LE MENSONGE CHRÉTIEN — (JÉSUS-CHRIST N'A PAS EXISTÉ)

V

ARTHUR HEULHARD

LE
GOGOTHA

PARIS

ARTHUR HEULHARD, ÉDITEUR

6, rue Saulnier, 6

1909

Droits de traduction et de reproduction réservés

LE GOGOTHA

ARTHUR HEULHARD

LE
GOGOTHA

PARIS

ARTHUR HEULHARD, ÉDITEUR

6, rue Saulnier, 6

—

1909

Guol-golta, vulgò **Golgotha**. *Géog.* Lieu de Jérusalem où furent crucifiés Bar-Jehoudda, Shehimon, Jacob et Ménahem.

Gogotha. *Myth.* Nom du bateau que nous monte l'Église et sur lequel elle embarque l'Apôtre des nations (le pseudo-Paul) pour apporter en Occident la Jehouddolâtrie ou culte de l'exécrable Juif connu sous le nom de Jésus. Rad. *gogo*.

Gogo (Monsieur), personnage de théâtre qui a donné son nom au type du gogo.

Gogo, *nom masc.* Capitaliste crédule, facile à tromper. Par extension, tout homme qu'une confiance irraisonnée condamne à être la proie des imposteurs. Étymologie : *goy*, païen, dont le redoublement familier donne *gogoy*.

LE GOGOTHA

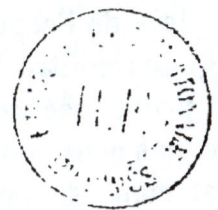

LES ANES DE MÉNAHEM

I

LES CHRISTIENS INNOCENTS, TACITE INTERPOLÉ

Les christiens brûlés, la gent judaïque conserve toutes ses positions du Transtévère et de la Voie Appienne.

Cette même année 817, une affaire amène à Rome un homme de vingt-six ans, appartenant à la famille royale des Hasmonéens et marqué déjà pour le grand rôle qu'il joua dans l'histoire de son pays, Flavius Josèphe. Le spectacle de tant de ruines, il le voit bien avec ses yeux clairs et jeunes ; mais l'infamante accusation qui pèse sur ses compatriotes, en souffre-t-il dans la mission dont il était chargé pour eux ? Il reste à Rome plus d'un an, il va chez Poppée, négocie par elle avec Néron et avec elle par un acteur juif qui a sa

1

confiance, mais la répression d'une secte qu'il exécrait lui-même et dont ses coreligionnaires pharisiens
auraient pâti dans Rome comme ils en pâtissaient en
Judée, il l'ignore ; il rentre à Jérusalem chargé des bienfaits de la maison impériale et plein de l'espoir que les
Juifs gagneront les procès engagés contre les Grecs.

Pas une seule expulsion n'est prononcée contre eux,
et alors que s'ils eussent été non pas coupables, comme
on le lit dans Tacite, mais seulement soupçonnés, on
les eût exterminés impitoyablement, la vengeance
sommeille sur tous les points de l'Italie où ils avaient
des colonies, notamment dans Pouzzoles, et sur tous
les points du globe où il y avait des citoyens romains,
notamment en Grèce, en Asie et en Égypte. Jamais
depuis vingt-cinq ans les Juifs n'ont été moins molestés
qu'au lendemain de la catastrophe !

Les deux tiers d'une ville, que dis-je? de la Ville,
anéantis par des Juifs, c'est pourtant un de ces exploits
qui ne disparaissent pas en un jour de la mémoire des
habitants ! Cela laisse des complaintes, des légendes,
des proverbes ! La grande histoire ne les recueille pas
toujours, elle a trop à faire avec les guerres ; mais la
petite, celle qu'écrivent les poètes d'étrivières comme
Juvénal, les coureurs de rue, les aiguiseurs d'épi-
grammes comme Martial? Celle-là fouille la plaie et
la ravive. Quand le peuple, sans même chercher,
trouve à qui s'en prendre, il a pendant tout le siècle un
dépôt d'humeur qui tourne rapidement à la rancune.
Eh bien ! on chercherait en vain dans Juvénal, qui vit
de près les Juifs de Rome et les méprise, dans Martial,
qui eut des rivaux parmi eux et les déteste, une allu-

sion quelconque à ce qui les eût perdus pour jamais dans l'esprit romain : leur immixtion à un degré quelconque dans le grand incendie de la ville. La satire brandira son fouet contre Domitien pour avoir expulsé les philosophes, et nul contempteur ne lui reprochera de garder les Juifs en échange. Comme avant 817 on ne leur en voudra que d'être Juifs, pas un instant d'avoir été incendiaires.

Et pourtant Juvénal n'épargne personne! Juvénal écrase Néron sur sa palette dans les plus violentes couleurs de la satire. Il parle bien d'esclaves sacrifiés à la justice de Tigellin, cousus dans la *tunica molesta*, enduits de résine, de bitume ou de poix, et brûlés vifs, c'était bien là leur supplice ordinaire; mais il n'insinue point que ceux-là fussent des christiens incendiaires, et la façon dont il parle ailleurs des Juifs ne permet pas de croire qu'il se fût attendri sur le sort de pareils malfaiteurs.

Il paraît donc bien que le passage de Tacite est une interpolation.

Une première chose étonne, c'est le mot *christien* présenté comme connu de tout le monde, alors que Tacite et Suétone, copiant les Actes publics à propos du mouvement de 772, ne l'emploient ni l'un ni l'autre pour désigner la superstition que Jehoudda et ses disciples ont ramenée d'Égypte (1). Pas un mot non plus des christiens dans le fameux passage de Tacite sur les Juifs en général; pas un mot des Juifs dans le passage sur les christiens en particulier. D'après ce dernier passage on peut croire que parmi les Juifs sup-

(1) Cf. le *Charpentier*, t. 1 du *Mensonge chrétien*, p. 297.

pliciés pour incendie il y a des païens égarés par les funestes doctrines de Bar-Jehoudda. C'est là, je crois, le but de l'interpolateur, un païen, un chrestien, un gnostique, un arien, un manichéen, à la fois ennemi de Néron et de Bar-Jehoudda, celui-ci plus nuisible à l'humanité que ne fut l'autre. Il espère être payé de sa peine par le discrédit dans lequel il enveloppe les jehouddolâtres non Juifs, ou les faire rougir de placer sur les autels de Rome le scélérat dont parlent les auteurs, soit juifs, soit grecs, soit latins, comme ayant été justement puni pour ses crimes. Il est bien certain en effet que le passage ne peut être de l'Eglise, puisque d'autre part elle a enlevé du même Tacite tout ce qui concernait les christiens dans le passage sur les Juifs, et tout ce qui les désignait plus clairement dans le passage sur les événements de 772.

Car l'interpolateur est renseigné merveilleusement, et en quelques lignes, dans le ton ordinaire de Tacite, avec des expressions familières à Tacite (1), il résume toutes les phases de la propagande christienne parmi les Juifs de Rome depuis la répression que le Sénat en fit sous Tibère jusqu'à leur participation supposée à l'incendie de 817. Il semble même qu'il en ait trouvé les éléments dans les parties de Tacite relatives à la secte de Jehoudda et qui, par un hasard où le doigt de Dieu a laissé son empreinte, ont aujourd'hui disparu de cet historien si attentif aux choses de Judée.

Le silence absolu qui règne pendant quatre siècles sur la participation des jehouddolâtres à l'incendie

(1) On a tort de croire que Tacite est inimitable. Aurélius Victor l'imitait fort bien.

s'explique par ce fait que le passage n'est entré dans Tacite qu'au cinquième. Ainsi s'explique également que les apologistes n'aient pas eu à s'en occuper et que le culte du Juif consubstantiel au Père ait pu, avec l'autorité du mensonge qui vient de loin, se propager dans Rome sans y rencontrer les résistances d'une population que ses disciples auraient livrée à toutes les horreurs de l'incendie et de la famine.

En effet, les apologistes avaient plusieurs moyens de défendre l'honneur de leur secte s'il eût été engagé dans cette aventure. C'était d'abord de la mettre sur le compte d'un illuminé qui, prenant l'*Apocalypse* trop à cœur, se serait cru obligé de la réaliser dans la Babylone d'Occident. C'était ensuite d'innocenter complètement les Juifs christiens en l'attribuant à une vengeance d'esclaves. L'incendie d'une maison (c'est ainsi que commence celui d'une ville) n'est pas nécessairement une œuvre collective. Mais si la folie d'un seul suffit à déchainer de pareils malheurs, la vengeance d'un groupe ne sera-t-elle pas un mobile plus puissant? Et si on admet le facteur représailles dans ces lames de fond qui secouent de temps en temps la nef aristocratique, n'avait-on pas hors des christiens une explication suffisante de l'ouragan de feu où la ville s'était abîmée?

Trois ans avant l'incendie, la population de Rome avait assisté à un spectacle cent fois plus révoltant que n'eût été celui des christiens brûlés sur le Vatican.

Le Sénat, qui allait jusqu'aux dernières limites de la cruauté, quand la légalité le couvrait, avait puni de mort un demi-millier d'innocents pour le crime d'un seul. Tacite ne proteste pas : il trouve naturel ici ce que son interpolateur trouve excessif chez Néron pour avoir puni des coupables. Un jour de 814 Pedanius Secundus, préfet de Rome, est assassiné par un de ses esclaves. L'homme avait égorgé Pedanius au milieu de quatre cents autres esclaves, et le même châtiment, la mort, attendait les quatre cents innocents pour avoir habité sous le même toit que le meurtrier. Sans doute y avait-il quelque circonstance à leur décharge, l'indignité du maître, l'impossibilité de lui porter secours ou de prévenir le coup, on ne sait, mais il y eut comme un frisson populaire lorsque ce supplice en masse fut décidé : la loi, car c'était la loi, révoltait déjà par sa barbarie. Le Sénat en imposa l'exécution sur le discours d'un de ses membres qui dans toute sa carrière ne fut éloquent que pour cette monstruosité. Caïus Cassius se leva, dit qu'on s'était méfié des esclaves, même en des âges en quelque sorte pastoraux, et que de tout temps on avait supplicié tous ceux qui habitaient sous le même toit au moment du crime ; « qu'il ne fallait point se relâcher de cette sévérité dans un temps où les maisons étaient pleines d'esclaves pris à des nations si différentes, de mœurs si opposées, de religions si bizarres, souvent même n'en ayant point : vil ramas de barbares qui ne pouvait se contenir que par la crainte ; et qu'enfin il n'était point de grands exemples sans des injustices particulières, qui disparaissent devant les grandes considérations de l'utilité publique ». Langage affreux qui détonnerait dans la bouche d'un Botocudo ; qui à la vérité souleva des rumeurs confuses, mais que personne n'osa combattre dans l'assemblée la plus haute du monde civilisé. Il n'y eut d'humanité que parmi le peuple, humanité d'instinct qui le fit descendre dans la rue, s'attrouper, s'armer de pierres, allumer des torches, menaçant de faire flamber Rome avant l'exécution d'un tel arrêt. Il fallut que Néron l'assurât en faisant border de détachements le chemin par où les malheureux furent conduits au supplice. Lui au moins s'en tint là, mais il dut résister à des affolés qui, outre la mort des esclaves, proposaient de punir par le bannissement les affranchis qui se trouvaient sous le même toit ! Périsse le subordonné plutôt que le privilège ! Tel était le sens de cette funèbre journée. Nous voyons ici des gens s'armer de torches et regarder Rome d'un œil torve, Tacite nous en a montré d'autres qui, vers le même temps, regardèrent Pouzzoles avec la même expression. L'Église eût pu soutenir avec avantage que l'étincelle de 817 était déjà dans les chemises soufrées où les quatre cents esclaves de 814 furent brûlés.

II

NÉRON INNOCENT, SUÉTONE INTERPOLÉ

On voudrait savoir si celui qui a cambriolé Tacite n'a pas tiré deux moutures du même sac, et renouvelé sur le papier, pour l'effet, *ad usum christianorum*, le supplice des quatre cents esclaves de Pedanius Secundus, prédécesseur de Tigellin.

On voudrait savoir encore si le texte de Suétone n'a pas subi les mêmes sévices ; on a le droit d'être inquiet. Il n'y a qu'un instant, il célébrait le supplice des chrétiens et les mesures de Néron contre les incendies sous la rubrique : bienfaits. Le voici qui tout à coup, par une contradiction inconcevable, va dénoncer ce même Néron à la postérité comme étant le seul incendiaire de 817, en sorte qu'aujourd'hui le principal accusateur, c'est l'apologiste de la veille, c'est Suétone lui-même !

Né dans les premières années du règne de Vespasien, ami de Pline qui le loge, protégé de Trajan qui l'estime, secrétaire d'Hadrien qu'il amuse, victime de Sabine qui le punit d'avoir joué peut-être au Bachaumont, Suétone est surtout causeur plutôt que chroniqueur, collecteur de faits plutôt qu'historien, compilateur de bruits plutôt que mémorialiste. Il conte plus qu'il n'écrit, il cite plus qu'il ne garantit. Il est suspect d'inconscience et de légèreté, au moins ne l'est-il pas d'injustice; si on doit se méfier de lui, ce n'est pas pour la même raison que de Tacite. Suétone ne s'émeut ni devant la vertu, ni devant le crime. Il parle comme on parle dans la rue, sur le pas d'une porte. Tacite rentre chez lui, s'enferme derrière les volets et peint comme il voit, tout en noir. Suétone, disgracié par Hadrien, ramasse ses papiers sans mauvaise humeur, met des notes bout à bout et les donne au public sans artifices de style. Tacite a la mauvaise humeur du conseiller évincé, du politique incompris ou méconnu : sa bile s'extravase jusque dans son encre; de la présomption à la prévention, du soupçon à l'accusation il ne fait qu'un saut. Entre Suétone et Tacite il y a toute la distance qui sépare Tallemant de Machiavel. Et pourtant, pour nous autres curieux, que de menus faits dans Suétone plus précieux que les psychologies tourmentées de Tacite !

Mais ici, à quel moment croirons-nous Suétone ?

Ses contradictions sont extraordinaires en ce qui touche Néron considéré tour à tour comme allumeur et comme extincteur d'incendies.

« Ayant cité ce vers grec :

Que la terre après moi périsse par le feu !

Non, reprit Néron, que ce soit de mon vivant ! Et il accomplit son vœu. En effet, choqué de la laideur des anciens édifices, ainsi que des rues étroites et tortueuses de Rome, il y mit le feu si publiquement que plusieurs consulaires n'osèrent pas arrêter les esclaves de sa chambre qu'ils surprirent dans leurs maisons avec des étoupes et des flambeaux ! Des greniers voisins du Palais d'Or (c'est le nom de son Palais rebâti après l'incendie) et dont le terrain lui faisait envie furent abattus avec des machines de guerre et incendiés, parce qu'ils étaient bâtis en pierre de taille. Le fléau exerça sa fureur durant six jours et sept nuits. Le peuple n'eut d'autre refuge que les monuments et les tombeaux. Outre un nombre infini d'édifices publics, le feu consuma les demeures des anciens généraux romains, encore parées des dépouilles des ennemis, les temples bâtis et consacrés par les rois de Rome ou pendant les guerres des Gaules et de Carthage, enfin tout ce que l'antiquité avait laissé de curieux et de mémorable. Il regardait ce spectacle du haut de la tour de Mécène, charmé, disait-il, par la beauté de la flamme, et chantant la prise de Troie, revêtu de son costume de comédien. De peur de laisser échapper cette occasion de pillage et de butin, il promit de faire enlever gratuitement les cadavres et les décombres ;

mais il ne permit à personne d'approcher des restes de sa propriété. Il reçut et même exigea des contributions pour les réparations de la ville, et faillit ainsi ruiner les provinces et les revenus des particuliers. »

On voit avec quelle vigueur, mais aussi avec quelle absence de documentation, Suétone flétrit Néron : Néron qui dans Tacite était à Antium est à Rome dans Suétone, il met le feu en personne et publiquement, et il le propage par les esclaves de sa chambre, si bien qu'on a peine à comprendre les historiens qui ont accusé le hasard, et plus encore l'unique Tacite qui ose accuser les christiens.

Le revirement de Suétone s'accentue avec le temps. Décidément Néron a la vocation de l'incendie.

« Il avait à la bouche la menace de mettre le feu à Rome losqu'il se croyait trahi. Lors de la révolte de Vindex et de la défection de Galba, il voulait empoisonner tout le Sénat dans un festin, mettre le feu à Rome et en même temps lâcher les bêtes féroces sur le peuple (1) pour l'empêcher d'échapper aux flammes. » Voilà pour l'incendiaire : il ne laisse rien à désirer dans ces citations de Suétone ; il a mis le feu à Rome en 817, il voulait l'y remettre en 821. Suétone ne lui tient aucun compte de ses libéralités envers le peuple, libéralités certaines, reconnues par Tacite, consacrées par la reconnaissance du peuple même : au contraire, son forfait n'est qu'un prétexte à exactions nouvelles ; Néron est le monstre complet. Mais les supplices des christiens de 817, que deviennent-ils dans ce Suétone d'un autre âge et d'un autre sentiment ? Il n'en est plus

(1) On utilise les bêtes introduites dans ces histoires par l'interpolateur de Tacite.

question ; ils ne sont plus l'épilogue de l'incendie, ils disparaissent pour laisser à Néron, et sans dérivatif, toute la responsabilité de la catastrophe. Voilà un recul bien extraordinaire chez Suétone qui tout à l'heure rangeait presque l'extermination des jehouddo-lâtres parmi les précautions prises par Néron contre le retour des incendies !

III

MÉNAHEM, HÉRITIER DE LA PROMESSE

Jamais les illusions chrétiennes n'ont été plus fortes que sous Néron. Sa mollesse, son renom d'artiste, de cocher et de chanteur, son éloignement de l'armée, cette couronne apollonienne qu'il portait devant ses sujets, c'était autant de marques de faiblesse extérieure. Les Juifs de Pouzzoles et de Baïa se pénétrèrent de cette vision d'un empereur de théâtre. Que ne pour-rait-on contre ce prince de comédie, si les Juifs de l'Euphrate se levaient, poussant devant eux les Par-thes, et si ceux de Syrie et de Judée se portaient contre le proconsul et le procurateur ?

Grâce à la croisade des Shehimon et des Jacob, l'*Apocalypse* qui servait les rancunes des nations contre Rome avait envahi tout l'Orient. C'est en Judée et dans la maison de David que le Roi du monde appa-raîtrait. Josèphe et le Talmud confirment sur ce point Suétone et Tacite. La Chaldée juive remua la première. C'est au-dessus de l'Euphrate que l'éclair s'alluma. Riche de sang, d'argent et d'ambition, au courant des plus secrètes divisions domestiques de Rome, Israël sème l'esprit de révolte autour de lui. Parti en apparence de Babylone, le mouvement grossit sur les rives du Jourdain où il était né. Et dans ce mouvement entre immédiatement tout ce qui restait de la grande famille de Jehoudda : Ménahem, dernier frère du christ et l'héritier de la promesse, Eléazar, fils de Jaïr, frère de celui que Jésus ressuscite dans l'Evangile, et Absalomon, fils ou neveu de Ménahem. Ménahem veut dire *consolation*. Dans le passage du Talmud que nous avons cité déjà, (1) il est dit que le Messie sera de David, et passé ou futur, s'appellera Ménahem ou Cémah.

Tacite et Suétone résument dans les mêmes termes, en deux mots fort expressifs, la substance même de l'*Apocalypse* : le Verbe se multipliant par plusieurs puissances apostoliques — le nombre Douze était certainement indiqué — et partant de Judée pour se partager l'empire du monde (2).

De deux choses l'une : ou les écrivains latins copient à cet endroit un annaliste antérieur, ou la même main a corrigé les deux passages pour en enlever la personne du Christ-pieuvre dont les apôtres ne sont que les douze tentacules, et celle de l'imposteur qui, pour s'être appliqué cette antique Révélation sous Tibère, avait fini sur la croix (3). C'est d'autant plus certain que cette

(1) Cf. Le *Charpentier* et le *Roi des Juifs*.
(2) Tacite : *Eo ipso tempore fore ut valesceret Oriens, profectique Judeâ rerum potirentur* (Histoires, l. V, chap. XIII,. Suétone, Vespasien, IV). « *Ut eo tempore profecti Judeâ rerum potirentur.* »
(3) Par contre on a fait disparaître de l'*Apocalypse* les douze Apôtres, juges ou pour mieux dire bourreaux des nations. Cf. le *Roi des Juifs*, p. 63.

unité de puissance initiale est indiquée dans la phrase de Suétone qui suit immédiatement : « L'événement prouva que cet oracle s'appliquait à l'empereur romain, mais les Juifs se l'appliquaient à eux-mêmes, ce qui causa leur rébellion. » C'était également la note de Josèphe, et Suétone la connaissait, car il dit qu'une fois prisonnier celui-ci tourna cette *Apocalypse* au bénéfice de Vespasien. Mais ce qu'il ne dit pas, c'est que Ménahem, dernier frère du roi-christ de 788, se l'était appliquée à lui-même.

Le Messie, c'est l'Espérance d'Israël : le Juif sera roi demain. « Ce qui, dit Josèphe, engagea les Juifs dans la guerre où périt le Temple, c'est le passage de leurs Ecritures, portant qu'on verrait en ce temps-là un homme de leur nation (le Fils de l'homme incarné dans un fils de David) commander à toute la terre (1). » Le songe de Joseph réalisé ! La crucifixion de Bar-Jehoudda n'était qu'un accident de cette infaillible *Apocalypse*. De même le martyre de Shehimon et de Jacob. Tant qu'il restait un fils à Jehoudda, la prophétie d'Israël aux douze tribus était valable (2). Et c'est pousser la flagornerie jusqu'à la démence que de prétendre, comme a fait Josèphe, que Vespasien était le Roi Souverain de la terre, de la mer et du genre humain, au sens de la prophétie. C'est trahir l'idée juive, non point cachée, mais affichée dans le christianisme, que de proclamer un goy Messie, à la place de « Celui qui devait libérer Israël », comme le dit si bien notre féal ami Cléopas de

(1) Nous citons une seconde fois cette phrase, p. 130.
(2) La prophétie de Michée, citée dans l'Evangile de Mathieu : « De toi, Betléhem-Ephrata, une des plus petites entre les villes de Juda, sortira celui qui, etc. » n'est qu'une diversion.

son beau-frère crucifié par l'immonde Pilatus (1). Josèphe n'est pas le premier qui doive sa fortune et sa vie à la bassesse. Il attribue son salut à cette audacieuse sophistication, mais il y a de l'impudeur à s'en vanter (2). Car Vespasien est mort, tandis que le beau-frère de Cléopas est ressuscité, comme vous le savez par le consentement unanime des exégètes.

IV

LES DEUX ANES

Le passage de l'Ecriture qu'invoquait Ménahem, c'est celui qu'avait invoqué déjà le roi-christ de 788. C'est la fameuse prophétie de Jacob à Juda (3), si obscure pour nous, si claire pour les christiens primitifs.

> Le sceptre n'échappera point à Juda,
> Ni l'autorité à sa descendance
> Jusqu'à l'avènement du Silo (4)
> Auquel obéiront les peuples.
> Alors il (5) attachera son ânon à la Vigne (6)

(1) Luc, xxiv, 21.
(2) *Guerre des Juifs*, liv. III, ch. xiv. et liv. VII, ch. xii.
(3) *Genèse*, chap. xlix, 10-12. V. le *Roi des Juifs*, p. 266.
(4) Celui qui doit libérer et sauver Israël du milieu des nations. D'où la vertu attachée à l'eau de la fontaine de Siloë. (Cf. le *Roi des Juifs*, p. 168.)
(5) Juda, vainqueur des nations.
(6) La Vigne du Seigneur. Toutes les paraboles évangéliques viennent de là, nous les examinerons en leur temps. Vous vous rappelez aussi le Christ vendangeur qui foule les Juifs non xénophobes dans sa cuve et verse aux païens le vin de sa fureur. (Cf. le *Roi des Juifs*, p. 45.)

Et à la treille (1) le fils de son ânesse ;
Il lavera son vêtement dans le vin
Et dans le sang des raisins sa tunique ;
Ses yeux seront pétillants de vin,
Et ses dents toutes blanches de lait.

Cette prophétie, qui avait échoué si misérablement avec Bar-Jehoudda en 788, il ne restait plus que Ménahem pour la réaliser. Toute la descendance de Jehoudda avait péri (2), sauf lui qui était, et par son nom et dans le fait, la dernière « consolation d'Israël ». S'il ne jouait même pas sa chance, il manquait à son naziréat. Il était obligé de marcher, dût-il finir comme son aîné, sans pouvoir attacher l'âne et l'ânesse à la Vigne du clos de Dieu. Il était poussé, soulevé par la crédulité des Juifs dont les yeux pétillaient déjà du vin de la Vigne et qui avaient à la bouche le lait qui coulait dans les ruisseaux de l'Eden. C'est par cette prophétie que les deux Anes de Jésus sont entrés dans les *Evangiles*, et le Christ à tête d'âne dans la caricature païenne : symbole d'espoir pour les Juifs qui ont fabriqué la fable, raillerie cruelle sous le stylet des païens qui ont dessiné l'image. Si Jésus entre à ânes dans la ville de David et dans le Temple (3), alors qu'il y peut entrer à pied, à cheval ou en char, c'est qu'il attache une idée de victoire définitive à cette monture géminée.

Une légende, vieille comme Abraham et peut-être comme Saturne, veut que les Juifs aient adoré un âne

(1) Au plant de Sorek, dit la traduction Ledrain.
(2) Impossible de savoir comment ont fini Jehoudda Toâmin et Philippe.
(3) En effet on ne le voit pas descendre de sa double monture avant d'entrer dans le Temple.

ou simplement une tête d'âne, comme si ce culte bizarre était la secrète revanche du règne animal sur une religion qui a fini par proscrire toutes les images.

Toutes les idées religieuses des Juifs leur étant venues de l'astrologie, leur âne descend, lui aussi, du ciel où le Zodiaque d'Abraham l'a mis à la place d'honneur. Il a été le signe du solstice d'été, du Soleil en sa gloire ardente, en son brûlant triomphe.

Le Christ qu'adoraient les Séthiens avait une tête d'âne, et Bar-Jehoudda — voyez plutôt sa généalogie dans Luc (1), — est fils de Seth.

Les Séthiens sont appelés ainsi de Seth, le patriarche à qui on attribuait l'invention de l'astrologie, et le signe de l'*Ane* était dit *Seta* en langue chaldéenne. Les Assyriens l'honoraient sous le nom de *Thartak* (2), des Babyloniens sous le nom de *Baal-Béor* (3).

Comment cet animal velu, ventru, au jarret fin, aux pyramidales oreilles, à l'œil d'agate, est-il devenu pour les fils de Seth comme est le jésus un symbole de la victoire des Juifs sur les nations? Un peu à cause de la croix blanche qu'il porte sur le front. Il se présente avec le monogramme du Christ.

A l'instar des Chaldéens et des Égyptiens, c'est sous l'*Ane* qu'ils attendaient la Grande Année du Renou-

(1) Cf. le *Charpentier*, p. 54.
(2) Les populations que les rois d'Assyrie établirent en Samarie firent comme avait fait Abraham, elles amenèrent leurs dieux ou en fabriquèrent de semblables à ceux des villes dont elles étaient originaires. Celles qui venaient d'Avah se firent un Thartak (IV *Les Rois*, XVII, 31) tandis que celles qui venaient de Sépharvaïm continuèrent à passer leurs enfants au feu en l'honneur d'Adra-Mélech et d'Ana-Mélech qui sont l'un et l'autre un Moloch semblable à celui des Juifs.
(3) Voir plus loin, p. 23, au chap. v, *L'ânesse de Balaam.*

vellement des temps. Les Juifs hellènes disaient que l'*Onos*, l'Ane, était le *Chronos* (temps) auquel le Christ devait venir. Le radical d'*Onos*, c'est *On*, Soleil, nom égyptien d'Héliopolis. La première lettre de Chronos en grec, c'est un X, une croix de Saint-André. C'est aussi la première lettre grecque de Christos.

Les *Anes*, car ils sont deux dans le signe — comme les *Poissons* et les *Gémeaux* — ont été remplacés par le *Cancer* sur les Zodiaques que les Grecs nous ont transmis. Héritiers des Chaldéens, les Hébreux voyaient un double Ane là où d'autres après eux ont vu un Cancer, c'était leur droit. C'était même leur devoir, étant donné les nombreux modèles qu'ils en avaient sous les yeux. Il était beaucoup plus facile de donner à cette constellation le gros ventre et les longues oreilles de deux ânes que les formes d'un cancer, sorte de crabe d'une construction fort tourmentée. Les *Anes* se trouvaient, comme le *Cancer*, à l'intersection du colure du solstice d'été, soit juin, et le goût inné de l'âne pour les eaux fraîches et pures, si utiles au milieu de la sécheresse de juillet, le désignait assez à la métaphysique imagée des astrologues.

Sur les zodiaques grecs les *Anes* sont encore à leur place dans le *Cancer*, mais réduits au rôle de simples étoiles, l'*Asinus borealis* et l'*Asinus australis*. Ces dénominations, inconcevables par elles-mêmes, prouvent indiscutablement que les Juifs les étendaient au signe tout entier : ils avaient mis deux mâchoires là où les Grecs ont mis deux pinces. Sur les dessins l'analogie est frappante (1).

(1) Voir les curieuses figures qu'en donne M. Bouché-Leclercq, *Astrologie grecque*, Paris, Leroux, 1889. in-8, p. 137.

2

Il y avait bien deux Anes dans le signe, un grand et un plus petit, et c'est pourquoi Jésus fait son entrée à califourchon sur ces deux bêtes : situation intolérable en fait, et qui eût soulevé autour d'un homme ainsi monté des ouragans de rires. Or il est impossible de nier que Mathieu n'ait représenté Jésus monté sur deux bêtes à la fois : la prophétie exige les deux *Anes*, Jésus demande deux ânes. « Les disciples donc... amenèrent l'ânesse et le poulain, mirent dessus leurs manteaux et y firent asseoir Jésus (1). »

L'*Ane* voisine avec le *Chien* sur les sphères. S'il n'est pas le *Chien*, il a des accointances caniculaires. Beaucoup de peuples, les Romains eux-mêmes issus d'Asie, avaient immolé le chien domestique au *Chien* d'en haut pour empêcher celui-ci de tout brûler, et ils le choisissaient roux de ce que les fruits et les herbes roussissaient sous le soleil comme s'ils allaient s'enflammer. L'Etrusque Tagès, qui importa l'art de la divination à Rome, avait ordonné qu'on plaçât, hors de la porte où on immolait le chien — la *Porta Catularia* — et près de l'endroit où commençait la campagne, une tête d'âne arcadique dépouillée de sa peau (2) afin de disposer favorablement l'*Ane* céleste et de lui demander sa rosée.

L'âne était consacré à Bacchus, dieu du Soleil qui fait le vin, et les mythologues balançaient l'ardeur des rayons solaires par celle de ses instincts aquatiques. C'est pourquoi le bon Silène précède sur l'*Ane* Bacchus ceint de la peau du *Lion*. Et c'est à cause de cet Ane et de la Vigne dont il y avait eu jadis une représenta-

(1) Mathieu. XXI, 7.
(2) Columelle, *De re rusticâ*; l. II.

tion sculptée dans le Temple que certains historiens ont soupçonné les Juifs d'avoir adoré Bacchus (1). Mais celui qui devait introduire Juda dans le clos du Seigneur n'est point Bacchus, c'est le Fils de l'homme, c'est le Messie.

Les plus anciens Juifs connus, ceux dont parle Hérodote, portaient une tête d'âne sur la leur dans les batailles. Les *Anes* conduisent au *Lion* sur le Zodiaque.

C'est un petit *Lion* que Juda !
Tu montes repu de carnage, ó mon fils ;
Le voilà qui s'étend, qui se couche comme une lionne ;
Qui osera le réveiller ?

Soit qu'elle vînt de la croix visible sur leur poil ou de celle qu'ils dessinaient sur la sphère par l'entrecroisement des colures solsticial et équinoxial, la glorification du Messie dans les *Anes* était un legs d'ancêtres encore intact au temps de Moïse, et Jehoudda qui dans l'*Apocalypse* joue le rôle du *Lion*, signe compris entre les *Anes* et la *Vierge*, n'avait pas laissé tomber la valeur du signe (2). C'est sous l'*Agneau* que devait commencer la mobilisation de la milice céleste en faveur des Juifs, mais c'est sous les *Anes*, après le troisième signe, que la victoire définitive sur les étrangers était acquise. C'est pourquoi le monde antijuif est détruit par tiers (3). Sous l'*Agneau* le Fils de l'homme « passe » encore avec difficulté, mais sous les *Anes* il est en pleine exaltation. S'il commence à pa-

(1) Tacite. *Histoires*, l. V, 5.
(2) Cf. le *Roi des Juifs*, p. 4.
(3) Cf. le *Roi des Juifs*, p. 17.

raître avec l'*Agneau,* il ne peut arriver qu'avec les *Anes,* puisque le Soleil n'est arrivé à la terre que le quatrième jour, représenté par le quatrième signe, les *Anes,* sur le Zodiaque des douze Cycles millénaires.

V

L'ANE DE JUDA ET L'ANESSE DE BALAAM

Josèphe joue sur les temps lorsqu'il défend les Juifs d'avoir cette étrange superstition. Il en faut déchanter ou plutôt débraire. L'Ancien Testament et le Nouveau le condamnent, et avec eux Diodore, Florus, Tacite, Epiphane, les Gnostiques et Suidas. Sans doute il n'est pas vrai que les Juifs aient adoré exclusivement l'âne et Josèphe a raison de réfuter Apollonius sur ce point. Mais il est indiscutable qu'ils lui attribuaient une signification exceptionnelle dans l'ordre des signes, comme les Moabites qui lui consacraient l'idole nommée *Béor* et les Assyriens qui lui consacraient l'idole nommée *Thartak.* Le *Thartak* ou *Béor* n'était pas moins en honneur que le *Zib* ou *Poisson* (1).

Lorsqu'Antiochus, après avoir pris Jérusalem, entra dans le sanctuaire, il y trouva une statue de pierre représentant un personnage avec une grande barbe qui était assis sur un âne et tenait un livre à la main. D'après Diodore de Sicile à qui nous devons ce renseignement (2), Antiochus supposa que le personnage était « Moïse,

---

(1) Rappelons pour la centième fois que le surnom évangélique de Jehoudda, Zibdéos (le *Verseau*), est tiré de Zib.

(2) Diodore, xxxiv, 1.

fondateur de Jérusalem ». Moïse n'a pas fondé Jérusalem, mais l'interprétation d'Antiochus n'en est pas moins vraie. Le livre que l'homme barbu tient à la main, c'est la pierre du témoignage dont il est question dans *l'Apocalypse*, et qui est tout à fait distincte des livres de la Loi, car elle porte une prophétie écrite des deux côtés, côté ciel et côté terre, c'est-à-dire astrologiquement déchiffrable : la prophétie de la prédestination juive au gouvernement du monde par le Messie. Il n'est pas douteux que ce Messie ne dût naître de Juda dans le dispositif millénaire et triompher sous les Anes. A l'Ane les Juifs avaient sacrifié des victimes humaines, disaient les Egyptiens. Au mot Juda Suidas rapporte d'après l'historien Damocritus que les Juifs, — et ici il faut entendre la tribu de Juda, — adoraient une tête d'âne en or à laquelle ils offraient tous les trois ans (1) un étranger dont ils coupaient les membres en petits morceaux (2).

On disait qu'un jour le grand-prêtre Zacharie avait vu apparaître dans le sanctuaire un homme à tête d'âne.

A son tour, lorsqu'il y pénétra, Pompée y vit l'image votive d'un âne (3), et il n'y a rien d'étonnant à ce que cette image ait été d'or, alors que d'autres animaux inté-

---

(1) Il existe une variante dans laquelle on lit sept ans. Mais c'est évidemment trois, l'Ane correspondant au quatrième signe.
La tribu d'Issachar avait eu également l'Ane pour signe : « Issachar est un âne robuste. » (*Genèse*, XLIX, 14.)

(2) Jacob dit de Siméon et de Lévi : « Ne t'associe pas à leurs desseins, ô mon âme ! Mon honneur, ne sois pas complice de leur alliance ! Car, dans leur colère ils ont immolé des hommes. » (*Genèse*, XLIX, 6.) Dans la prophétie de Jacob à Juda Siméon et Lévi occupent le signe des *Gémeaux*. C'est pourquoi ils sont dits « alliés ».

(3) Voltaire, dans son *Traité de la tolérance*, a confondu ce Thartak avec le Veau cardinal de l'Arche de Salomon.

ressés dans le Zodiaque d'Israël (1) pouvaient être d'une matière moins brillante et moins précieuse. Le signe du solstice d'été ne pouvait pas être en un autre métal.

L'âne aurait délivré les Juifs de la soif, à ce que disent Plutarque (2) et Tacite, et on voit par la prophétie de Jacob qu'après leur avoir trouvé de l'eau il devait étancher leur soif dans le vin de la Vigne du Seigneur au jour du triomphe. Que la vénération des Israélites en général pour l'âne vienne de l'aptitude de cet animal à flairer l'existence de l'eau potable, c'est très vraisemblable. Que Moïse en ait été frappé, qu'il ait suivi un troupeau d'ânes dans leur asile de verdure, qu'à cet endroit il ait creusé le sol et qu'il y ait grâce à eux découvert de larges veines d'eau (3), je trouve cette explication beaucoup plus admissible que celle de la baguette, fût-elle de coudrier. Mais si après la construction du Temple les Juifs ont mis un thartak de pierre, puis une tête d'âne en or dans leur sanctuaire (4), ce n'est pas seulement en souvenir des services que cet animal a pu leur rendre au désert, c'est surtout à cause de sa signification astrologique dans la prophétie de Jacob aux douze tribus. Le culte de l'Ane est donc antérieur à Moïse. Je ne pense pas que Tacite en ait ignoré le véritable sens et peut-être le donnait-il avant qu'on ne lui fit dire, comme aujourd'hui, qu'à l'inverse des Egyptiens, grands tailleurs d'images d'animaux symboliques, les Juifs ne conçoivent Dieu que par la

(1) Il était encore représenté dans le Temple au temps d'Ezéchiel. Cf. le *Charpentier*, p. 28.
(2) *Propos de table*, IV, 5.
(3) Tacite, *Histoires*, V, 3.
(4) Tacite, *Histoires*, V, 4.

pensée (1), car il y a entre cette affirmation et l'histoire juive, notamment celle des deux rois-christs, une contradiction irréductible.

Vous n'êtes pas sans avoir entendu parler de l'ânesse de Balaam ? L'ânesse de Balaam est très pénétrée de ses devoirs.

Qu'est-ce que Balaam ou pour mieux dire Baalam ? Un fils de Béor, un prophète de Béor. Et qu'est-ce que Béor ? Baal-béor, le dieu-âne, (2) comme Baal-Zib-Baal (3) dont on a fait Belzébuth est le dieu-poisson. Balaam est donc un béoriste, prêtre de l'idole à tête d'âne, comme la plupart des juges et des rois juifs ont été molochistes, adorateurs de l'idole à face de taureau (4), quand toutefois ils n'étaient pas en même temps béoristes et belphégoristes (5).

Balaam, c'est Babylone, l'Euphrate, la Chaldée,

(1) Tacite, *Histoires*, v, 4.

(2) Le mot, un vieux mot araméen, veut dire âne. (Cf. Daumer, dans *Qu'est-ce que la Bible ?* publié par Ewerbeck, Paris, 1850.)

(3) De *Zib*, poisson, d'où est venu Zibdéos, un des surnoms du père du christ. Cf. le *Charpentier*, t. I du *Mensonge chrétien*, p. 68.

(4) Iahvé est un progrès sur Moloch, — c'est Moloch sublimé — mais l'autel des holocaustes qui lui sont consacrés porte encore aux quatre angles les cornes du taureau en souvenir de son premier état. (*Exode*, XXXVIII, 2 ; *Ezéchiel*, XLIII, 15.)

(5) Baal-Phégor est encore un dieu-âne, mais pas du côté de la tête. D'où la vieille fable milésienne de l'*Ane d'Or*, reprise et moralisée par Lucius de Patras, Lucien et Apulée. Les Écritures ne font aucune difficulté d'avouer que les Juifs se sont « prostitués à Béor », non pas seulement au désert pendant les *guerres du Mage* (ou guerres de Moïse, c'est le titre de l'ouvrage d'après lequel ou pour mieux dire contre lequel ont été fabriqués l'*Exode*, les *Nombres* et d'une manière générale tout ce qui concerne le libérateur), mais pendant plusieurs siècles après David. C'est une vérité qui s'imposera lorsqu'on se décidera à mettre les faits au-dessus des écritures, les choses au-dessus des mots, la pénible honnêteté des aveux au-dessus des fourberies sacerdotales.

l'Aram. Il professe la même astrologie qu'Abraham et Jacob, il a le même Zodiaque dont les signes ont le même sens. Il connaît la disposition sabbatique de la Création et des planètes. Consulté sur une question dans laquelle est intéressé l'Ane de Juda, il sangle l'ânesse dont il se sert depuis qu'il est devin et qui jamais ne lui a fait faute. C'est une première imprudence de choisir dans une affaire aussi grave une bête qui est sous la dépendance du mâle. L'ânesse de Balaam ne marchera pas pour maudire Jacob, car ce que son maître lui demande, c'est de maudire l'Ane de Juda. S'il a oublié la prophétie de Jacob, l'ânesse se la rappelle pour lui, elle y est partie prenante. C'est elle qui tranchera la question soumise à son maître ; Dieu lui expédie un ange, qui, l'épée nue, se place devant elle et lui barre le chemin. Deux fois elle se jette de côté, la *troisième* fois elle s'abat (1). Balaam ne songe pas à continuer sa route par un autre moyen ; l'ange a fait les trois sommations réglementaires à l'ânesse, elle n'ira pas plus loin. Et cependant, avant de conduire son maître vaticiner contre les Juifs, elle ne méritait que des éloges. Si même il s'agissait de marcher avec l'Ane de Juda, vous la verriez se relever incontinent. C'est en elle qu'est le Verbe et elle parle. L'ange le dit formellement à Balaam : « Si tu avais persisté, je te tuais, laissant vivre cette ânesse » qui agit comme si l'Ane d'en haut lui eut parlé, en femelle soumise.

Balaam est démonté. Son ânesse l'a déposé devant le signe qui prépare l'entrée en scène du *Lion*. Immé-

(1) Devant le *quatrième signe* où, de par la Loi, elle doit obéissance au mâle. L'ange est le *Lion-kéroubim* ou cardinal.

diatement la prophétie de Jacob à Juda lui revient en mémoire : « Voyez, dit-il :

> Ce peuple se lève comme une lionne.
> Il se dresse comme un lion.
> Il ne se reposera qu'assouvi de carnage,
> Qu'enivré du sang de ses victimes !
> (Vainqueur) il se couche, il repose comme le lion
> Et la lionne ; qui osera le réveiller? (1)
> Heureux ceux qui te bénissent !
> Malheur à qui te maudit!

Et par trois fois, au lieu de maudire Israël, il le bénit. Auparavant, il a consulté Baal-Beor sur sept autels, un pour chacun des sept jours de la création. Sa conclusion est qu' « il sortira de Jacob une étoile », annonciatrice du dominateur devant qui tout pliera (2). Saluez, jehouddolâtres! Cette étoile, c'est l'*Ane*.

Néanmoins la prophétie de Balaam a toujours passé pour fatale au peuple d'Israël, car il ne se retire point sans avoir lancé cette flèche puisée dans le carquois parthique :

> Hélas! qui peut vivre quand Dieu ne l'a pas voulu?
> Des flottes parties de la côte de Kittim (3)
> Subjugueront Assur, subjugueront Héber (4);
> Mais lui aussi (Kittim) est voué à la ruine.

(1) Il est dit dans la *Genèse* (XLIX, 91, déjà citée p. 19 : « Juda est un jeune lion. Tu reviens du carnage, mon fils ! Il ploie les genoux, il se couche comme un lion, comme une lionne. Qui le fera lever ? »
(2) *Nombres*, XXV, 17.
(3) L'Italie.
(4) Les Assyriens et les Hébreux.

La victoire de Juda n'est donc pas éternelle, pensait Balaam (1).

VI

LE SERPENT DE DAN ET JEHOUDDA IS-KÉRIOTH

Loin d'être et le premier et le seul Dieu que les Juifs aient adoré, Iahvé n'est que le dernier, l'écume au-dessus de la marmite infernale.

Que de peine pour les amener à reconnaître ce Seigneur ennemi des victimes humaines et de l'idolâtrie! Tous les livres qui traitent de ce qu'on pourrait appeler le *Protonome* ont disparu ou ont été refaits. Au souvenir des monstruosités passées, le Seigneur du *Deutéronome* ne peut retenir sa colère et son dégoût, au point de se demander si les sacrifices innocents qui lui sont offerts pourront racheter les vieux crimes rituels : « M'avez-vous offert des hosties et des sacrifices pendant quarante ans dans le désert, ô maison d'Israël? Vous avez porté le tabernacle de votre Moloch (votre dieu solaire qui exige le sacrifice de vos enfants) et l'image de vos idoles (les quatre kéroubim cardinaux), l'astre de vos dieux (les douze kéroubim du Zodiaque, protecteurs des douze tribus), de ces dieux que vous vous êtes faits. » Et qui leur avait dit de faire des idoles animales? Moïse. Des dieux sur le voile? Moïse. Le Serpent? Moïse. Le Veau? Aaron.

Que font tous ces prétendus législateurs le lende-

(1) *Les Nombres*, ch. XXII-XXV.

main du jour où, dans les Écritures, ils menacent le peuple des châtiments éternels? Que fait Moïse après avoir défendu tout simulacre? Il exhibe son vieux Serpent d'airain, tandis que de son côté Aaron, grand prêtre institué par lui, fait faire le Veau. Qu'est-ce que ce Serpent? Ce Serpent qui se mord perpétuellement la queue est l'image du Soleil qui s'enroule autour de la terre sur la ligne écliptique, le signe des signes, le labarum de la religion du Mage : *in hoc signo vinces!* Est-ce un dieu? Certes, et on le porte au bout d'une croix dans la forme où nous voyons la croix ansée (1). Il est lui-même l'anse de cette croix, le signe de la longévité, puisqu'il tourne sans cesse autour de la croix solaire. Le serpent d'Esculape n'en est qu'une figure imparfaite. Iahvé a beau dire aujourd'hui que c'est lui qui a tiré les Juifs d'Égypte et qui les a protégés contre les plaies et les maladies dont mouraient les Égyptiens. Les ouailles du Mage n'en croyaient rien, c'est le Serpent qui avait tout fait. « Il est vrai, dit Salomon parlant à Dieu, que des bêtes cruelles et furieuses ont aussi attaqué vos enfants, et que des serpents venimeux leur ont donné la mort. Mais votre colère n'a pas duré toujours, ils n'ont été que peu de temps dans ce trouble en manière d'avertissement, et vous leur avez donné un *signe de salut* pour les faire souvenir des commandements de votre Loi. Car celui qui regardait le *Serpent* n'était pas guéri par ce qu'il voyait (l'idole), mais par vous-même qui êtes le jésus de tous les hommes » (2). L'auteur de la *Sagesse* plaide les

(1) Surmontée d'un cercle plus ou moins régulier. Nous en donnons l'image au ch. *Lancement du Golgotha.*
(2) *La Sagesse,* XVI, 5-7.

circonstances atténuantes, mais le cas n'est pas niable.

Pendant des siècles le Serpent d'airain reste le symbole de la religion juive. Quand on l'érigeait, les Juifs courbaient la tête. Jusqu'à Ézéchias ils ont brûlé de l'encens au Naasson Nehoûstan (1). Ézéchias a mis en pièces le Serpent qu'avait fait Moïse, c'était hardi! David dont il descendait n'avait pas osé, ni Salomon ni aucun des rois. Tous craignaient que se dressant contre Iahvé il ne l'étouffât dans ses anneaux! Le Serpent ne fut pas déshonoré pour cela. Jehoudda et ses fils ne le condamnent dans l'*Apocalypse* (2) que comme image du Temps, et parce qu'à ce point de vue il devait s'effacer devant le règne éternel des Juifs.

Sur les voiles du tabernacle et du sanctuaire Moïse fait broder les *keroubim* qu'on appelle aujourd'hui des chérubins. Qu'est-ce que les keroubim? Nous le savons par ceux d'Ezéchiel et ceux de l'*Apocalypse* où ils sont quatre (3) comme ils étaient deux (4) sur l'Arche qu'ils recouvraient de leurs ailes. Mais, sur les voiles, ils étaient douze, et c'étaient les douze signes, et il y avait le *Thartak*, et il y avait le *Zachú* (5), et il y avait le *Zib* et il y avait la *Vierge* et le *Capricorne*, et il y avait le *Lion*, et il y avait la *Balance*, et il y avait les *Gémeaux* et le reste. Et c'est à eux que revinrent les Juifs dans le Temple, comme si les douze tribus avaient été punies de les avoir négligés. Ezéchiel s'en indigne tardivement (6).

(1) Serpent qui est d'airain, IV *Rois*, XVIII, 4.
(2) Cf. *Le Roi des Juifs*, t. II du *Mensonge chrétien*, p. 31.
(3) Les quatre points cardinaux.
(4) L'Orient et l'Occident.
(5) Le Verseau.
(6) Cf. le *Charpentier*, p. 28.

Croyez-vous que le *Veau* d'Aaron soit en antago-
nisme avec le *Serpent* de Moïse? Aaron est-il moins
Mosché, moins Mage que son frère? Qu'est-ce qu'un
Mage? Avant tout un homme qui fait des dieux, les
taille dans le bois ou les fond dans le métal. Moïse,
son frère, leur sœur Maria Magdaléenne, ont-ils un
autre *testament* (1) qu'Abraham, Jacob et Joseph? La
tribu de Dan avait le Serpent pour emblème bien des
siècles avant Moïse, et elle lui rendait un culte avant
d'en rendre un au Veau d'or que Jéroboam fit élever
dans leur ville comme avait fait Aaron quand le Mage
emmenait les Juifs au désert. C'est que le Serpent
se bouclait dans le *Veau*, le kéroubim gardien du
point cardinal sis à l'Orient. « Dan, dit Jacob prophé-
tisant à son lit de mort, Dan jugera son peuple aussi
bien que les autres tribus d'Israël (2) ». Et par analogie
avec l'emblème de la tribu : « Que Dan devienne un
Serpent dans le chemin, et un céraste (3) dans le sen-
tier, qui mord le pied du cheval, afin que celui qui le
monte tombe à la renverse (4). »

Samson était de la tribu de Dan, vouée au *Serpent*,
et tant que les Danites s'en tinrent à ce signe des signes, ils méritèrent l'appui de Iahvé. Samson est à la
fois leur premier et leur dernier héros, exclusivement
solaire : Shamasch-On, Soleil-Être, dont une de leurs
villes, Hir-Shamasch, portait le nom. Jonathan, fils

---

(1) Le *Testament*, c'est l'ensemble des prophéties relatives à la prédestination juive. L'*Arche du témoignage*, c'est le magasin aux idoles
représentatives de ces prophéties. Qu'est-ce que l'*Apocalypse*? L'exécution de ce *testament* par les signes originaux.
(2) *Genèse*, XLIX, 16.
(3) La vipère d'Egypte, une des espèces les plus venimeuses.
(4) Le cavalier assyrien, redoutable aux Hébreux pastoraux, et celui
de Pharaon, redoutable aux Juifs d'Egypte.

de Gersom, fils de Moïse (1), et ses descendants servirent de prêtres au Serpent jusqu'à l'exil de la tribu.

Dans l'*Apocalypse de Pathmos*, les jehouddolâtres sont allés aux dernières limites de la gheoullah, (2) ils les ont même dépassées. Contre Jacob, contre Moïse, contre Josué, contre Samson, contre David, contre toute la famille de Jehoudda, ils ont exclu Dan non seulement de la judicature au premier Jugement, mais du salut au Jugement dernier (3). C'est la malédiction dans toute son horreur. A la vérité, ils ne pouvaient plus conserver parmi les juges un patriarche dont les enfants avaient pour emblème une bête semblable à l'*Ancien Serpent*, image du Temps dans l'*Apocalypse*, et qui devait disparaître à jamais du ciel le 15 nisan 789. Mais comme Chronos (4) en avait encore pour mille ans sur la terre où il collaborait avec les païens contre les Juifs, les disciples de Jehoudda ne pouvaient pas introduire dans le Royaume une tribu rendant un culte à l'animal qui avait suggéré à Ève le

(1) M. Zadoc Kahn lit : Manassé, ou : de la tribu de Manassé. Mais d'accord avec la Vulgate le Talmud lit : Moïse, et c'est incontestablement la bonne leçon. L'idole avait été fabriquée par un homme d'Ephraïm, nommé Micha (*Juges*. XVII, 4) qui est le même nom que Moché, Mage, dont on a fait Moïse, et son premier prêtre était (*Juges*, XVII, 7) né à Betlléhem, de la famille de Lévi et de la famille de Juda, exactement comme le roi-christ d'après les *Évangiles* synoptisés.

On ne donne pas le nom de ce lévite au commencement du chapitre relatif à cette idole, et nous pensons qu'on l'a fait exprès, car ce ne peut être que Jonathan, petit-fils de Moïse. Jamais les Danites ayant enlevé à Micha son idole et son lévite n'auraient été prendre un petit-fils de Manassé pour servir leur dieu.

(2) Vengeance.

(3) Le premier Jugement est celui qui devait avoir lieu à partir du 15 nisan 789. Cf. le *Roi des Juifs*, p. 73.

(4) Le Serpent-Chronos, dieu du Temps. C'est le même que Satan.

péché dont était mort Adam et qui gardait encore sa place au ciel en dépit du dogme christien (1). Ils ont donc consigné Dan à la porte de l'Eden. Jamais les quatre kéroubim de garde n'auraient laissé revenir les Danites avec leur Serpent au pied de l'Arbre de vie. Le scandale de l'Arbre de la science du bien et du mal (la Génération) aurait recommencé!

Les docteurs ecclésiastiques ont été très frappés de l'exclusion de Dan qui en effet n'est plus nommé parmi les douze tribus marquées de la croix, (2) et ils en ont conclu que l'Antéchrist devait sortir de cette tribu maudite. C'est donc une grande faute de croire, comme fait l'Église, que le Serpent d'airain était la figure de Bar-Jehoudda crucifié, mais c'est jusqu'à un certain point la figure du Soleil à chaque pâque : « Comme Moïse dans le désert éleva le Serpent, de même il faut que le Fils de l'homme soit élevé en haut afin que tout homme qui croit en lui ne périsse point et qu'il ait en lui la vie éternelle (3) », façon détournée de dire que le Serpent de Moïse était attaché à une croix; mais si Bar-Jehoudda comptait mourir de cette façon, je veux bien que le Naasson Nehoustan (4) m'emporte!

Dan est fils de Jacob (5). Moïse lui renouvelle formellement la prédiction que son père lui avait faite : de Serpent qu'il était il le fait Lion (6). Josué lui taille sa

(1) Nous avons déjà fait observer plusieurs fois que, ni l'Apocalypse ni le Fils de l'homme ne s'étant réalisés, Satan est toujours au ciel.

(2) Cf. le Roi des Juifs, p. 11.

(3) Quatrième Évangile, III, 15.

(4) Serpent d'airain.

(5) Genése, xxx, 6.

(6) Deutéronome, xxxiii, 22. C'est une des mille preuves que toutes ces Écritures sont modernes relativement à la date qu'on leur prête. Le Serpent était devenu gênant pour le peuple de Dieu.

part dans la Terre promise (1). Jamais le premier
Joannès chrétien (2) ne se serait permis de disqualifier
une des douze tribus, surtout celle-là qui avait produit
un Nazir comme Samson et dont le premier prêtre était
petit-fils de Moïse. C'eût été mettre les onze autres
contre soi. L'*Apocalypse* faisait donc à Dan la place
qu'ordonnait la Loi testamentaire. La forclusion actuelle
de Dan tient à des causes que nous allons exposer avec
ou sans la permission du Juif consubstantiel au Père.

Dan n'est plus nommé parmi les douze tribus de
l'*Apocalypse*, parce qu'il a eu un geste malheureux
dans une circonstance qu'on n'aime pas à rappeler.
C'est Dan qui par la main d'Is-Kérioth a arrêté Bar-
Jehoudda sur les confins de sa tribu : « Méjarcon et
Arécon avec ses confins qui regardent Joppé » (3). On
l'a fait disparaître à cause de son culte pour le Serpent-
Chronos dont les évangélistes ont distribué le rôle
à Is-Kérioth.

Mais Jésus n'a pas ratifié la condamnation prononcée
contre Dan par les successeurs de Bar-Jehoudda, les
Évangiles rétablissent la tribu dans tous ses privilèges.
Is-Kérioth sera un des douze juges d'Israël au règle-
ment général des choses ; il participe au corps de Jésus
dans la Cène pascale, il en a son morceau et il le mange.
En dépit des apparences, l'Évangile est la réhabilitation
d'Is-Kérioth. Celui qui a été forcé de remettre à Saül
son oreille droite coupée par Shehimon, celui-là n'a pas

(1) *Josue*, xx, 40 et suiv.
(2) Jehoudda, père du christ et véritable auteur du christianisme.
(3) *Josué*, xx, 46. Ces deux localités répondent d'assez près à celles
qu'on désigne aujourd'hui sous le nom de Kiriath dont était Is-Kérioth
et Lydda où Bar-Jehoudda fut arrêté par celui-ci.

pu épouser la basse vengeance des jehouddolâtres excluant toute une tribu pour le geste d'un seul. Mais ce n'est point par générosité qu'il remet à Saül son oreille et à Is-K'rioth son acte antijehouddique, c'est par calcul. Rien pour rien, telle est la devise du Fils de l'homme. En réintégrant Dan, il évite une réclamation qui ferait dégringoler Bar-Jehoudda des hauteurs de la droite de Dieu sur les bancs du sanhédrin siégeant au criminel. Enfin il fait droit à Samson qui, en sa qualité de Nazir danite, fournit aux évangélistes une étymologie dont ils ont le plus grand besoin pour duper les goym, celle du mot Nazireth (1).

VII

LA FABLE DE SAMSON ET LA MACHOIRE D'ANE (2)

La fable de Samson n'est en effet qu'une suite de rébus astrologiques dans le genre de ceux qui émaillent la fable de Jésus, et sans l'*Ane* de Samson on n'aurait peut-être jamais entendu parler des *Anes* évangéliques. Comme Jésus lui-même, Samson est une énigme en action. Son mariage avec une philistine la prépare. Ses parents ne peuvent comprendre que leur fils, un Nazir, prenne femme chez les incirconcis. « Ils ne savaient pas que cela venait de Dieu et que Samson cherchait une occasion de nuire aux Philistins qui dominaient alors sur Israël. » Dans ces conditions les parents ne s'opposent pas à ce qu'il se marie à l'ennemi, c'est

(1) Cf. *Le Charpentier*, p. 169.
(2) *Juges*, XIV, XV, XVI.

pour le bon motif. En effet, seul, sans armes, le fiancé lancé à travers le Zodiaque rencontre un lion qui n'est point de Némée parce que les choses se passent sur les confins de Philistie. Il le tue et le met en pièces : trente pièces, comme les fameux deniers d'Is-Kérioth, il ne peut faire à moins ! Le corps du *Lion* est d'ailleurs plein des choses succulentes qu'on y trouve sous la *Vierge*, et pour sa part Samson en tire les abeilles et le miel de la récolte annuelle. Car nous sommes à la fête des Tabernacles, clairement marquée par les sept jours du festin de Samson chez son épousée, et cette épousée, la seule qui convienne à un Nazir, quoiqu'elle ait ici la figure d'une philistine, c'est la *Vierge* elle-même (1).

Il suffit d'un tout petit peu de bon sens pour voir qu'on est en présence d'une allégorie millénariste qui est en même temps un attrape-nigauds. Le premier acte de ce Nazir, premier-né, consacré à Dieu dès le ventre de sa mère, et qui par conséquent doit rester vierge, c'est de se marier. Encore si c'était avec une Juive, il n'y aurait qu'une violation de la Loi du naziréat. Mais c'est avec une philistine, il y a violation de la Loi commune (2). Un Juge épousant la fille d'un païen et d'un païen ennemi, alors qu'il est tout entier à son dieu et qu'il devrait être brûlé, si on lui appliquait la Loi d'Abraham, ce n'est pas seulement sa damnation, c'est celle de toute sa tribu ! Or le Serpent va couronner

(1) La fête des Tabernacles marque l'équinoxe d'automne. Cf. *le Charpentier*, p. 189, et le *Roi des Juifs*, p. 209.
(2) Sur la foi de M. Germain Lévi, rabbin de Dijon, dont l'érudition est en général très sûre, on peut croire que Samson, s'il a existé, s'est réellement marié. M. Germain Lévi (*La famille dans l'Antiquité israélite*, Paris, 1905, in-8°) classe l'énigme de Samson dans les cas qui éclaircissent la législation matrimoniale.

toutes les entreprises de son serviteur et répandre ses bénédictions sur toute sa famille.

Samson se nourrit et nourrit ses parents avec le miel de la *Vierge* sans leur dire qu'il l'a tiré du *Lion*, car s'il le leur disait les philistins en sauraient aussi long que son père, qui est avant tout un compère, et sa mère, qui est avant tout une commère.

Il n'y aurait plus d'énigme, et c'est précisément une énigme qu'il propose aux trente philistins que sa fiancée lui donne pour lui tenir société. Elle ne peut en donner moins, à cause de la constitution du mois. Il s'agit de donner le change à ces trente philistins ; mais ils sont si bêtes ! « Je veux vous proposer une énigme, leur dit Samson. Si vous pouvez la résoudre et me l'expliquer dans les sept jours du festin, je vous donnerai trente chemises et trente habillements, mais si vous ne pouvez me l'expliquer, c'est vous qui me donnerez trente chemises et trente habillements (un par jour) (1) ». Ils lui répondirent : « Propose-nous ton énigme, afin que nous l'entendions ». Et il leur dit :

> Du mangeur est sorti un aliment,
> Et du fort est sorti la douceur.

Naturellement ils n'y comprennent rien, les parents de Samson non plus, puisqu'il ne leur a pas dit que le miel de la *Vierge* est sorti du *Lion*. Pendant trois jours, les trente Philistins cherchent dans les ténèbres. Le quatrième (2) ils disent à l'épouse philistine de

(1) Toujours les trente deniers d'Is-Kérioth ! Le compte en est fait depuis la Genèse.

(2) On lit : le septième dans quelques versions, mais c'est évidemment le quatrième, jour de la création du soleil. Ils ne sont pas en état de comprendre une énigme solaire avant le quatrième jour.

Samson, (la fausse, par conséquent elle aussi a le change!) : « Persuade à ton mari de te communiquer la solution de l'énigme, sinon nous te brûlons, toi et ta famille. » Le septième jour, Samson, désolé par ses pleurs, se décide à lui donner le mot de l'énigme. Or le premier soin de cette Ève philistine, c'est d'en faire part à ses compatriotes. Avant le coucher du soleil, ils s'approchent de Samson et lui disent :

Qu'y a-t-il de plus doux que le miel,
Et de plus fort que le lion ?

A quoi Samson réplique par ce propos peu révérencieux pour sa femme : « Si vous n'aviez pas labouré avec ma génisse, vous n'auriez pas deviné mon énigme »; et tandis que sa femme laboure avec l'un de ses compagnons, — perte nulle, — il descend à Ascalon et tue trente Philistins dont il distribue les dépouilles aux devineurs. Ceux-ci ont joué à qui gagne perd, Samson à qui perd gagne ; il a donné le change, comme il l'avait dit. Voilà trente Philistins qui ne recommenceront pas. Mais à ce prix-là Samson ne demande qu'à continuer, et il fait tinter son bénéfice dans la *Balance* (1).

Environ six mois après, à l'approche de la récolte des blés — la Pentecôte — il éprouve le besoin de revoir sa femme, besoin fort naturel étant donné le genre d'enfants qu'il lui fait : trente morts au mois ! Le père lui apprend qu'elle laboure avec un autre, mais il lui offre la cadette en échange, et en effet, depuis les Tabernacles, la *Vierge* de l'année précédente est devenue

(1) Le signe qui succède à la *Vierge*.

l'aînée. Samson fait semblant d'être furieux : « Les Philistins ne pourront s'en prendre à moi si je les maltraite! » Il prend trois cents chacals d'humeur caniculaire, les attache queue à queue, fixe une torche entre chaque paire de queues, allume les cent cinquante torches et lâche les trois cents chacals à travers les blés des Philistins. Tout est brûlé sur leur passage, jusqu'au plant des oliviers!

Nous pouvons fixer la date de la conversion ou pour mieux dire du change — ce sont autant d'opérations de changeur — de ces trois cents chacals en cent cinquante torches, ou, si vous aimez mieux, de ces cent cinquante torches en trois cents chacals. Cela s'est passé très exactement cent cinquante jours de vingt-quatre heures après la *Balance* sur laquelle Samson a calculé son premier change avec les Philistins. Il faut deux chacals, l'un de jour, l'autre de nuit, pour faire une torche à la façon de Dieu (1).

A cet exploit les Philistins ripostent en brûlant le père et la femme de Samson qu'ils croient la cause de tout : le père pour s'être attiré un tel gendre, la femme pour s'être attiré un tel époux. Ils ne se doutent guère que rien ne peut lui être plus agréable. Cependant Samson, toujours fidèle à ses opérations de change, leur tombe dessus, les bat dos et ventre, et se réfugie dans un rocher de la tribu de Juda. Ce qu'ayant appris, les Philistins montent au pays de Juda et y établissent leur camp, bien décidés à en finir avec ce voisin cala-

(1) La journée juive n'est que de douze heures. Il faut la doubler pour avoir la journée idéale, la journée sans nuit. C'est pour cette raison que Luc a dédoublé les trente-six Décans annuels dont il a fait les soixante-douze disciples de Jésus, en dehors des douze apôtres. Cf. le *Roi des Juifs*, p. 348.

miteux. Les gens de Juda eux-mêmes ne peuvent s'empêcher de les plaindre et ils offrent de leur donner satisfaction en le leur livrant. Ils se mettent à trois mille pour le lier de deux cordes neuves et l'entraînent vers les Philistins qui à cette vue poussent des cris de triomphe; et en effet il n'y a guère de chances que Samson échappe à trois mille hommes de Juda. Mais voici que les cordes qui serraient ses bras deviennent comme du lin roussi au feu, — Tagès eût dit comme du poil de chien roux (1), — elles tombent d'elles-mêmes, Samson est libre! Il a donné le change aux trois mille de la tribu de Juda; maintenant il va se tourner contre les Philistins. Nous sommes au mois d'août. Samson, jetant les yeux autour de lui, aperçoit une mâchoire d'âne fraîchement dépouillée (2), il s'en saisit et d'un coup abat mille Philistins, en criant :

> Une troupe, deux troupes
> Vaincues par une mâchoire d'âne !
> Par une mâchoire d'âne
> Mille hommes en déroute !

La première troupe, ce sont les trois mille de Juda qui croyaient si bien l'avoir lié; la seconde troupe, ce sont les Philistins ; ils perdent mille hommes d'un seul coup de mâchoire. Les trois mille de Juda font semblant d'être émerveillés, mais n'ont rien perdu au change, ils sont toujours trois mille (3). Leur chiffre montre qu'ils sont dans la confidence du système millénariste;

(1) Cf. le présent volume, p. 18.
(2) Pour calmer le zèle comburant du *Chien*, comme on faisait à Rome.
(3) Ils sont sous la protection des trois premiers signes, *Agneau, Taureau, Gémeaux*.

Samson répond au quatrième Cycle, un seul de ses jours est comme mille ans. De plus ils l'ont vu s'emparer de la tête d'âne qui répond au quatrième signe ; il est en règle avec la prophétie qui concerne Juda, patriarche de la tribu.

Sous la précédente *Balance*, il opérait à l'année, ici il opère au cycle. Quel progrès depuis la dernière *Vierge!* Ce furent d'abord trente morts parmi les Philistins; multipliés par les dix mois qui se sont écoulés depuis, ils ont produit trois cents chacals, lesquels, multipliés par les dix mois, ont produit trois mille hommes dans le camp de Juda. Et voici qu'en un seul jour la tête d'âne a produit mille ennemis de moins sans qu'un cheveu soit tombé de celle d'un seul Juif. Samson doit avoir bien soif après ce beau coup, mais jetant sa mâchoire d'âne à terre il invoque l'Éternel : « Toi qui as assuré cette grande victoire à la main de ton serviteur, le laisseras-tu maintenaut mourir de soif et tomber au pouvoir des incirconcis ? » Aussitôt Dieu fendit le rocher, et il en jaillit de l'eau qu'un âne véritable eût appréciée. Samson but, revint à lui, fut réconforté. Le lieu où il avait jeté la mâchoire fut appelé *Ramath-Lehi*, (le Jet de la mâchoire), et la source *Source de l'Invocateur à Lehi*, (la Mâchoire), car quoiqu'il fût de Dan il avait invoqué l'Ane de Juda.

L'histoire finit sans que Samson nous ait donné le mot de l'énigme de l'Ane. Mais nous sommes assez familiarisés avec le *testament* astrologique de Jacob pour savoir que, réfugié chez les gens de Juda, il s'est mis sous la protection du Seigneur de l'*Ane* lorsqu'ils l'ont lié des deux attaches qui réunissent l'Ane et l'ânesse au

Serpent. Il est bon de savoir, pour comprendre ses vic-
toires, qu'en opposition avec le Dieu d'Israël qui est un
dieu dévorant, les Philistins adoraient celui de l'eau,
Dagon, le dieu-Poisson, que le christ et son père appelaient Baal-Zib-Baal (1). Le soleil est plus puissant que
l'eau, *l'Ane* plus fort que le *Poisson*. Il en sera ainsi
tant que par un accident quelconque Dieu n'aura pas
perdu ses sept Esprits, les sept planètes (2). Et c'est
pourquoi, ayant révélé à Dalila le secret de sa clair-
voyance divinatrice, s'étant laissé couper pendant son
sommeil les sept boucles de sa naziréenne chevelure,
s'étant ainsi privé de ses deux yeux, qui répondent
au Soleil et à la Lune, (les deux yeux de l'Éternel),
Samson en est réduit à faire du Temple des Philistins
un tombeau et à s'y ensevelir avec eux.

Les *Anes* nous ont menés un peu loin, mais comme
nous allons les retrouver dans l'histoire de Ménahem,
d'où ils sont passés dans les *Évangiles*, il était nécessaire de faire ample connaissance avec ce signe, le
plus judaïque et par conséquent le plus christien des
douze signes du Zodiaque.

VIII

LES PRODROMES DE LA RÉVOLTE CONTRE NÉRON

Comme au temps du premier Jehoudda, un dénombrement auquel accéda le Temple fut le prétexte de la
rébellion, dénombrement entrepris sous Gessius Flo-

(1) Cf. le *Charpentier*, p. 71.
(2) Cf. le *Roi des Juifs*, p. 5.

rus, Cestius Gallus étant proconsul de Syrie (1), en 819, douzième année du règne de Néron. De quel droit Néron voulait-il savoir ce qu'était la force de la Ville pendant les Pâques ? De quel droit Florus demandait-il aux sacrificateurs d'établir le nombre des « disciples de l'*Agneau* » (2) par celui des victimes sacrifiées, chaque bête correspondant à une famille de dix (3) personnes ? (On trouva deux millions cinq cent cinquante six mille Juifs *paschantes*.) Et au nom de quelle loi juive le Temple prenait-il en main la conduite d'une enquête dirigée contre les saints défenseurs de la Ville de David ?

Vers ce même temps Néron avait donné gain de cause aux Grecs de Césarée contre les Juifs. Deux ou trois ans auparavant, le Sénat avait décidé que le mois d'avril — le mois de l'*Agneau*, le mois du Christ — prendrait le nom de Néron ; Cérialis Anicius, consul désigné, avait proposé d'ériger aux frais de l'Etat un temple *Divo Neroni*, et c'est pour ces raisons que les christiens ont donné plus tard à Néron vainqueur le nom et le personnage de l'Antéchrist. Au milieu du mois de mai, Florus, si on en croit le Josèphe actuel, aurait sans aucun motif plausible fait tuer, déchirer à coups de fouet, crucifier plus de trois mille personnes parmi lesquelles se trouvaient des Juifs de l'ordre des Chevaliers. (C'était bien la peine de porter au doigt l'image de la Bête !) Quelques jours après et sans plus de motifs apparents que la première fois,

(1) Josèphe, *Guerre des Juifs*, l. VI, ch. XLV, 498.
(2) C'est le nom que prennent dans l'*Apocalypse* les Juifs initiés au secret de leur divine extraction et de leur royale destinée.
(3) Division légale et qui fait ressembler chaque famille à un des décans gouvernés par les douze signes.

ce monstre aurait fait charger les Juifs sortis de la ville pour rendre honneur à une cohorte romaine qu'il amenait de Césarée. Enfin tel est aujourd'hui le portrait de Florus que tout homme de cœur s'explique en un instant la révolte des Juifs sans qu'il soit besoin d'autre cause, et passe immédiatement du côté des révoltés. Notre surprise est d'autant plus grande qu'en vingt endroits, depuis l'entrée en scène de Jehoudda au Recensement de 761, Josèphe nous prépare à cette conclusion que la perte de la Judée est l'œuvre des seuls chrétiens.

Le grand-prêtre de cette année-là était Ananias (1), un des fils de Kaiaphas. Agrippa (2) était à Alexandrie auprès de Tibère Alexandre à qui Néron venait de donner le gouvernement de l'Egypte. La reine Bérénice, sa sœur et davantage, dit-on, était à Jérusalem où elle s'acquittait d'un vœu de naziréat pour la Pentecôte. Saül était auprès d'elle avec son frère Costobar et son fils Antipas (3), eux aussi en état de naziréat. En effet, si comme pupille de Rome Saül s'était engagé fort avant

(1) Assassiné avec son frère Ezéchias par ordre de Ménahem, comme vous le verrez dans un instant. Vous chercheriez en vain cette filiation dans Josèphe, elle a disparu. Nous n'en avons la preuve que par les *Actes des Apôtres*, où elle se dissimule avec un art infernal. C'est en vain aussi que vous chercheriez le nom de ce grand-prêtre sur la liste dressée par M. Stapfer (*La Palestine au temps de Jésus-Christ.*)

Mais y avez-vous trouvé celui de Jonathas assassiné par les mêmes chrétiens ? (Cf. le *Saint-Esprit*, p. 360.)

Trouvez-vous celui de Ménahem dans les *Histoires ecclésiastiques?*

(2) Agrippa II, ethnarque, protecteur du Temple.

(3) Josèphe ne dit plus qu'Antipas fût le fils de Saül, mais une phrase des *Actes des Apôtres*, XXIII, 16, et la suppression dans Josèphe de ce qui touche la mort de cet Antipas, tué par les gens de Ménahem comme nous le verrons tout-à-l'heure, ne nous permettent guère d'hésiter.

dans la politique impériale, il n'avait point abjuré le judaïsme. Comme Juif, il célébra la pâque jusqu'à sa mort et ne connut jamais d'autre Cène que l'agneau du 15 nisan. Jusqu'à sa mort il célébra le sabbat et ne connut jamais d'autre jour d'assemblée. Jusqu'à sa mort il pratiqua les jeûnes selon le rite pharisien, et c'est pourquoi on a pu le rattacher au christianisme primitif, la théorie jehouddique n'étant que le retour au judaïsme jeûnant, pratiquant le sabbat et sacrifiant à la pâque. C'est au pupille de Rome que les christiens en voulaient, surtout à l'hérodien, au latinisant, au bourreau de la famille de Jehoudda. Mais, chose étrange, dans le Josèphe actuel Bérénice et son entourage ne s'estiment en danger qu'à cause de Florus ivre du sang des Juifs assermentés à l'Empire !

Bérénice, cette femme à demi-romaine par le mariage de sa sœur Drusille avec Félix, naguère procurateur de Claude, et qui latinisa au point de devenir la maîtresse de Titus; Saül, ce pupille de Rome, cet acolyte de tous les représentants de l'Empire depuis Pilatus ; cette famille qui vit depuis près d'un siècle à l'ombre de César, qui tient tout de lui, qui vient d'agir pour lui à la pâque dernière, et dont le chef est en ce moment à Alexandrie pour accréditer le nouveau gouverneur d'Egypte, hérodien lui-même par alliance; ces gens qui ne courent risque de la vie qu'à cause de leur loyalisme n'ont peur ici que de Romains, lesquels, à leur tour, ne combattent de Juifs que s'ils sont sans armes et ne les crucifient que s'il y a des chevaliers parmi eux! En vérité c'est une maison d'aliénés ou bien c'est le procurateur et ses soldats qui sont en révolte contre tous les amis de Néron !

On sent très bien que le texte actuel de Josèphe renverse les faits qui ont marqué le commencement de la rébellion. Ces charges et ces exécutions ne pourraient avoir eu lieu que si elles avaient été provoquées. Tant de violences, répétées contre des Juifs inoffensifs ou protégés de Rome, ne pourraient s'expliquer que par une passion de représailles portée au point où elle ne se contient plus. Les Juifs de Jérusalem vont en confiance au-devant de Florus, il les charge avec fureur; entré dans la ville il les fouette et les crucifie sans savoir pourquoi, c'est le crime d'un fou, si d'autres Juifs, en une circonstance antérieure à cette date, ne sont pas convaincus d'avoir fait quelque chose de pis contre les Romains ou leurs amis. Crucifier des chevaliers, cela s'expie même au temps de Néron, et il ne faut pas croire que Florus fût resté en fonction s'il s'était rendu coupable de pareille monstruosité, alors qu'il eût été puni tout au moins de destitution s'il se fût attaqué à de simples citoyens. Le *Civis romanus sum* est une sauvegarde, l'*Eques romanus sum* en est une autre. Il n'y a qu'un parti pour lequel ce soit un arrêt de mort, c'est celui de Ménahem. Si des Juifs ayant sur leur anneau l'image de la Bête ont été crucifiés, ce n'est point par Florus; si des Juifs sont allés au-devant de la cohorte que Florus amenait à Jérusalem, ce n'est pas pour lui présenter le pain et le sel. Florus n'est monté à Jérusalem que pour être massacré aux portes de cette Sainte ville.

IX

NÉAPOLITANUS DANS LE TEMPLE AVEC SAUL

En effet, dans les derniers jours du mois de mai, Néapolitanus arrive, envoyé par Cestius Gallus, pour se rendre compte de la situation. Bérénice et Saül ne tremblent point à la vue d'un Romain. Agrippa, revenu d'Alexandrie, le fait accompagner par un des siens que nous savons être Saül jusqu'à la piscine de Siloë (1) de jehouddique mémoire (2). Ensuite on monte au Temple, on y assemble le peuple, Néapolitanus le harangue, proteste de l'amour des Romains pour la paix, montre le respect dont il entoure la religion en adorant le dieu des Juifs, et, sans aller plus avant que la Loi ne le permet, pénètre dans les lieux saints.

Saül, guide empressé, les lui fait visiter dans cette limite hérodienne que les disciples du Rabbi trouvaient trop large. Sur quoi Néapolitanus s'en retourne à Antioche, sans que personne ici réclame contre les cruautés et les perfidies dont Florus se serait rendu coupable la veille. Au contraire on est plutôt tenté de protester contre l'indolence de ce procurateur, car c'est à lui, s'il ne se berce d'une fausse sécurité, qu'incombe l'inspection dont vient de s'acquitter Néapolitanus.

Il s'est en effet passé, après la pentecôte et le départ de Néapolitanus, des choses que nous apprenons inci-

(1) *Guerre des Juifs*, l. II, ch. xxviii, 194.
(2) Cf. le *Roi des Juifs*, t. II du *Mensonge chrétien*, p. 168.

demment par un discours d'Agrippa aux habitants pour prêcher l'obéissance dont ils se sont écartés. Ce discours est une composition de rhétorique bien postérieure à Josèphe et dont le but est de faire le silence complet sur l'histoire du sicariat christien, depuis la révolte de Jehoudda jusqu'à celle de Ménahem (1). Il a été introduit pour cela, c'est de toute évidence, lors de la christianisation de Josèphe par l'Eglise : passages sur Jean-Baptiste (2), sur Jésus-Christ (3), sur Jacques (4), transposition de faits, invention, suppression, supposition de motifs, interpolations, faux discours (5) et autres sophistications de même famille ou pour mieux dire provoquées par la même famille. Le faussaire comme toujours a mal fait son travail, il n'y a pas glissé un seul mot des deux abominables tueries dont Florus se serait souillé et dans lesquelles il aurait mis en croix des Juifs honorés du titre de chevalier, ce qui non seulement eût justifié la révolte des autres Juifs, mais encore entraîné la révocation de Florus, suivie d'un châtiment exemplaire. Car nous approchons du règne de Ménahem, et cette recrudescence d'impostures n'est faite que pour sauver en lui la mémoire de celui de ses frères qu'on a promu Auteur de la vie. On a bouleversé tout Josèphe lorsqu'il s'est agi de le mettre en harmonie avec les mensonges d'Eusèbe chez lequel

(1) Josèphe, *Guerre des Juifs*, l. II, ch. xxix, 197.
(2) Cf. les *Marchands de Christ*, p. 183.
(3) Cf. les *Marchands de Christ*, p. 243.
(4) Cf. le *Saint-Esprit*, p. 347.
(5) Citons parmi les plus scandaleux celui d'Eléazar, beau-frère des deux rois-christs, après la chute de Jérusalem.

Dans le même ordre d'idées nous avons démontré la fausseté de la Lettre d'Agrippa 1ᵉʳ dont fait état le texte actuel de la *Légation de Philon à Caligula*. Cf. les *Marchands de Christ*, p. 99.

on lit que de la famille du christ il ne restait plus, en 819, que ses petits-neveux, les enfants de son frère Jude (Jehoudda-Toâmin). « Les Ebionites, dit cet Eusèbe, les avaient emmenés avec eux au-delà du Jourdain, lorsque Titus mit le siège devant Jérusalem. »

Si faux que soit le discours d'Agrippa, nous y apprenons des choses que nous ignorerions totalement sans lui. Nous voyons qu'Agrippa incite le peuple à relever la Galerie qui reliait le Temple à la forteresse Antonia, car les Kanaïtes (1) ont abattu cette Galerie pour faire barricade à l'Occident, du côté de la prison où avaient été enfermés les Bar-Jehoudda, les Shehimon et les Jacob, et du prétoire où avaient siégé les Pilatus et les Alexandre. Nous voyons aussi qu'Agrippa envoie des officiers dans tout le pays pour faire rentrer ce qui restait à payer du tribut.

Et nonobstant le beau discours qu'on lui prête, Agrippa, débordé, insulté, presque chassé à coups de pierre, se sent impuissant et se retire en son royaume après avoir envoyé des personnes considérables à Florus, lui demandant d'en choisir quelques-unes pour lever le tribut, car pour lui il s'en avoue incapable. Florus est encore à Césarée au moment où Agrippa lui déclare son impuissance ; il n'est donc pas venu à Jérusalem, avant Néapolitanus et Agrippa retour d'Égypte ; nul ne se plaint des infamies qu'il y aurait commises. En revanche, quelqu'un, après le départ de Néapolitanus, avait ordonné de refuser le tribut et il avait été obéi. Ce quelqu'un, c'est Ménahem, héritier de la promesse et goël-ha-dam (2) de toute sa maison. Les pu-

(1) Nom des disciples de Jehoudda avant qu'on ne les appelât Sicaires.
(2) Vengeur du sang.

blicains avaient dû suspendre leurs opérations ; l'ethnarque avait essayé de les faire reprendre, il avait pas
réussi. Ménahem avait ressuscité la doctrine qui semblait morte avec Shehimon et Jacob : « N'appelez personne sur la terre votre Maître et votre Roi, vous
n'avez qu'un Maître et qu'un Roi, comme vous n'avez
qu'un père, et il est aux cieux (1). »

X

LE ROI-CHRIST DE 819

En même temps qu'il prêchait le refus du tribut et
qu'il baptisait, — car pourquoi n'aurait-il pas baptisé ?
Shehimon l'avait fait, et même Philippe si on en croyait
les *Actes*, — passant à des œuvres plus vives, remuant
tout, attirant à lui des gens de haute et basse condition, levant des brigands, prenant des voleurs pour
gardes du corps, Ménahem montait à Jérusalem avec
la bande christienne. Homme d'âge — il n'avait pas
moins de soixante ans (2) — Ménahem n'est pas l'aventurier qui empoigne la couronne d'un bras robuste et
l'enfonce sur sa tête, c'est le dernier représentant de
la famille de l'Évangile, ici Joseph (3) Bar-Schabath (4),
là Nathanael (5), qui achève en lui la courbe monar-

(1) Cf. le *Charpentier*, p. 139.
(2) Son père ayant été tué en 761, il faut nécessairement que Ménahem soit né avant cette date, le Saint-Esprit ayant épuisé tous ses
moyens dans la conception de Bar-Jehoudda.
(3) Mathieu, XIII, 55.
(4) *Actes des Apôtres*, II. Cf. les *Marchands de Christ*, p. 380.
(5) Dans le *Quatrième Évangile*, I, 45-49.

chique commencée avec son frère aîné. Ce n'est pas le génie, c'est l'*Apocalypse* qui le fait roi-christ.

Un rival avait pris les devants dans Jérusalem. Eléazar, fils du sacrificateur Ananias, très populaire, très riche, très généreux, prétendait secrètement à la dictature et il avait des hommes à sa solde. Peut-être était-il christien à la façon de Jehoudda Is-Kérioth, mais comme Is-Kérioth il était antidavidiste déterminé. On avait touché à la Loi en laissant Néapolitanus adorer dans le Temple ; à la voix d'Eléazar les officiers du Temple refusèrent les sacrifices offerts au nom de l'Empereur pour ne plus accepter que les victimes offertes par les Juifs. La Judée aux Juifs ! Tel était le cri de ce patriote renouvelé des Machabées, c'est-à-dire incomplet pour un christien comme Ménahem, dont le cri de guerre était : « Le monde aux Juifs ! »

Certes beaucoup de procurateurs ont abusé de leur mandat, versé dans le péculat, péché par excès de fiscalité. Aucun n'a rien fait contre la religion des Juifs. Cumanus punit de mort un de ses soldats pour avoir déchiré et foulé aux pieds un livre de la Loi. A la veille de la révolte finale, Néron, suivant l'exemple de tous les empereurs depuis Auguste, offre encore des sacrifices au Temple. Ses fonctionnaires respectent dans le dieu des Juifs comme un frère barbare de Jupiter Capitolin. Sacrifices, dons, présents, le Temple prend tout ce que les nations lui apportent en hommage, il est plein de ces précieux cadeaux. En Judée comme partout les Juifs repoussent jusqu'à l'idée d'une divinité qui ne soit pas la leur, mais leurs facultés préhensives ne s'en ressentent pas. Ils prennent toujours, le geste de donner

4

est étranger à leur histoire jusqu'à Hérode (1). Ils ne se contentent pas de l'indifférence envers les cultes étrangers, si semblables au leur pour les sacrifices, ils vont jusqu'à la haine et au mépris. La liberté religieuse n'existe même pas pour leur dieu : Iahvé n'est pas hors de leurs atteintes, ils l'ont circoncis. Au second siècle Luc a circoncis le Verbe après l'avoir incarné dans Bar-Jehoudda déjà circoncis légalement.

Les principaux de Jérusalem, tant sacrificateurs que pharisiens ou saducéens, Simon, fils d'Ananias (2), Saül, Antipas, Costobar, assemblent le peuple devant la porte de bronze qui regarde l'Orient et lui parlent comme Kaiaphas au sanhédrin dans l'Évangile : « A ces actes de révolte les Romains répondront par une guerre qui marquera la fin de la nation juive. Quelle cause porte les habitants à se soulever? Les sacrifices célébrés au nom des Empereurs, le droit accordé aux étrangers, aux Romains d'entrer dans le parvis sont choses tolérées par les ancêtres depuis Hérode au moins!

Ne venait-on pas de les souffrir chez Néapolitanus jusqu'à la limite du sanctuaire affectée à ce genre d'hommages? Le Temple est pour la majeure partie orné par les ex-voto des nations. Non seulement on n'a point rejeté leurs victimes, mais on ne peut le faire sans impiété. Ce serait un grand crime en matière de religion que de ne permettre qu'aux Juifs d'offrir des victimes à Dieu et de l'adorer dans son Temple. Il était

(1) Il était généreux et, surtout comparé à David, intelligent.
(2) L'Ananias, fils de Nébédaios, qui avait été grand-prêtre sous Tibère Alexandre, ou peut-être celui qui était grand-prêtre sous Florus.

étrange qu'on voulût établir de nouvelles lois : contre un seul particulier, inhumaines ; contre tous les étrangers, injurieuses aux Romains…« Si vous rejetez si hardiment les victimes des autres, ajoutèrent-ils, craignez d'être privés à l'avenir de la liberté d'en offrir par vous-mêmes (1) ! » A ces discours qui montrent la tolérance tout entière du côté des Juifs latinisants, et la barbarie tout entière du côté des Kanaïtes, chrétiens ou non, ceux-ci opposèrent l'ancienne Loi restituée par Jehoudda. Tout effort fut inutile pour la briser. En vain les scribes les plus instruits citaient-ils les exemples et les textes : les sacrificateurs eux-mêmes n'osaient plus se présenter à l'autel (2), craignant d'y succomber avant leurs bêtes.

Tandis que Simon, fils du grand-prêtre Ananias, allait chez Florus, Saül, Costobar et Antipas allaient vers Agrippa pour demander aide et secours contre le nouveau roi-christ qui approchait. Florus espérait-il en finir comme avec le premier ? Il répondit que c'était aux habitants de faire la police de la ville et du Temple (3). Notons cette réponse évasive, et comme elle surprend chez un homme à qui on offre une occasion de recommencer, cette fois avec des raisons plausibles et contre des révoltés, les inexplicables attentats dont il s'est rendu coupable sur des chevaliers quelques jours auparavant. Après avoir abandonné l'inspection de Jérusalem à Néapolitanus, il abandonne aux hérodiens la défense de la ville et du Temple, enfin il laisse la garnison ro-

(1) Josèphe, *Guerre des Juifs*, l. II, ch. xxi, 199.
(2) Josèphe, *Guerre des Juifs*, l. II, ch. xxi, 199.
(3) *Guerre des Juifs*, livre II, ch. xvii, 4.

maine exposée aux entreprises de Ménahem qui approche. Tous les moyens lui sont bons pour manquer à son devoir. Nous avons vu Pilatus monter de Césarée pour barrer la route au roi-christ de 788, Florus dit du roi-christ de 819 : « Qu'il entre! je reste. » Où est cette humeur sanguinaire dont il a fait montre tout à l'heure contre des gens inoffensifs? Moins rassuré, Agrippa envoya trois mille cavaliers auranites, bathanéens et trachonites sous le commandement de Darius et de Philippe Bar-Jacim, connus pour leur attachement à la politique hérodienne. Il vous souvient du Jacim qui, en 788, avait opéré avec Saül contre Bar-Jehoudda et son beau-frère Eléazar (1), et après la pâque de 789 contre leur bande en fuite sur la route de Damas (2).

XI

MÉNAHEM A MASSADA

Éclairé par le lamentable exemple de son frère aîné qui s'était avancé en Samarie avec peu d'armes tranchantes et beaucoup de besaces vides, Ménahem ne se souciait pas de finir comme lui, comme Shehimon et Jacob. Il soulève Betléhem et Hébron, se jette en Idumée, surprend Massada, coupe la gorge à toute la garnison romaine, et pille l'arsenal qu'Hérode avait établi dans la place (3).

(1) Cf. le *Roi des Juifs*, p. 306.
(2) Cf. les *Marchands de Christ*, p. 84.
(3) On lit dans Josèphe (*Guerre des Juifs*, l. II, ch. xxx, 198) que le fait s'est passé peu de temps après qu'Agrippa eut quitté Jérusalem. Cela est d'autant plus certain qu'il ne peut être que postérieur au départ de Néapolitanus.
Voir sur la carte Massada, aujourd'hui Es-Sebbé.

Située à plus de cinq cents mètres au-dessus du niveau de la mer Morte, fortifiée par Judas Macchabée, renouvelée par Hérode, avec son château, ses murailles et ses trente-sept tours, Massada passait pour la plus solide de toutes les positions au sud de Jérusalem. Elle avait le renom d'être imprenable. A moins d'être forcé par un ennemi outillé comme un général romain, celui qui tenait Massada tenait toute l'Idumée, toutes les plaines jusqu'à Hébron, tombeau d'Abraham, capitale du premier royaume de David et grenier d'abondance bâti par la nature dans le lieu le plus fertile de toute la Judée.

Métilius occupait Massada, avec une simple centurie sans doute, lorsque Ménahem se présenta devant la place. Métilius ne pouvait songer à résister longtemps avec sa poignée d'hommes, loin de Jérusalem, plus loin encore de Césarée, en un lieu qui de cœur était déjà au roi-christ. Il se rendit à composition, offrant même de se laisser circoncire si ce sacrifice pouvait disposer favorablement les christiens. En outre, c'était un sabbat; Métilius se croyait sous la protection de ce jour sacré. Il ignorait que le grand docteur Schammaï, maître de Jehoudda et interprète de la Loi, avait dit que, s'il était défendu aux Juifs de faire plus de mille pas un jour de sabbat, il leur était permis de continuer jusqu'à reddition de la place un siège commencé et de pousser à fond leurs avantages. Ménahem accorda la capitulation, mais à peine les Romains avaient-ils déposé les armes qu'il les fit massacrer jusqu'au dernier au mépris de l'honneur et de la parole donnée. Le voilà roi de grand chemin, non comme Bar-Jehoudda en Bathanée, au delà du Jourdain, mais en Idumée, ber-

ceau d'Hérode, et dans la tribu de Juda. Le roi-christ
selon l'*Apocalypse*, le voilà enfin ! Ce que n'a pu faire
l'aîné de ceux en qui était la promesse, le dernier fils
de Jehoudda le fait. Il a des positions pour se défendre,
il a des armes pour attaquer (1).

Son plan était d'une clarté toute jehouddique ; la gent
hérodienne et la gent sacerdotale le saisit tout de suite,
faisant cause commune depuis le Recencement de 761,
depuis que le Temple était comme le fief des Hanan et
des Kaiaphas. L'aventure de Ménahem est la répétition exacte de celle de son père (2), avec cette différence
qu'il fut tué hors du Temple. La même prétention le
relie à Bar-Jehoudda : être tout, roi, juge et prêtre.
L'idée christienne, c'est le cumul de toutes les tyrannies. On comprend l'éternelle lutte de l'Église contre
tout pouvoir qui n'était pas elle.

Comme en 788 à côté de Bar-Jehoudda, on retrouve
auprès de Ménahem un Eléazar, fils de Jaïr. Eléazar
est un christien de la grande marque. Outre Eléazar,
Ménahem avait auprès de lui un de ses fils ou de ses
neveux, Absalomon, tous Naziréens, tous enchaînés
par le même vœu (3). Couverts des lauriers cueillis à
Massada, ils retournèrent à Jérusalem, tuant sur leur
passage tout ce qui était romain ou juif adultère.

(1) On lit dans Josèphe que la reddition de Métilius a eu lieu à Jérusalem. Nous n'en croyons rien pour la raison que nous allons dire.
(2) En effet Jehoudda s'était emparé du Temple au Recencement
de 761.
(3) Les rabbins tiennent qu'Absalom l'ancien, fils de David, était nazir
perpétuel. (Wagenseil, *Sota*, Altdorf, 1674, in-8°, p. 213.)

XII

ENTRÉE DE MÉNAHEM DANS LE TEMPLE, LES INCENDIES
ET LES EXÉCUTIONS

A la fête de la Xilophorie, où l'on apportait au Temple
le bois nécessaire à l'entretien du feu perpétuel, ils
entrèrent en ligne, se jetèrent sur les gens pacifiques,
les empêchèrent de vaquer à ce pieux devoir, s'emparèrent de la ville basse et du Temple d'où les gens
d'Agrippa essayèrent en vain de déloger « ceux qui le
profanaient d'une manière si criminelle. » Saül faillit
rester dans cette affaire. Contre celui qui avait introduit Néapolitanus dans le Temple, — on disait : jusque
dans le sanctuaire, — l'accord était complet. Parmi les
Kanaïtes simples et les christiens, ceux d'Asie qui
l'avaient vu persécuter Shehimon et Jacob, ceux de
Grèce, ceux de Transjordanie, ceux de Judée, ceux de
partout, on n'entendait qu'un cri : « Qu'on ôte ce méchant, il n'est pas digne de vivre ! » Et à la vérité, s'il
n'est pas mort dans cette journée, c'est aux Romains
qu'il le doit; d'après les *Actes*, à un tribun de Florus (1).
Maîtres du Temple et du bois de la Xilophorie, ils
brûlent la maison du grand-prêtre Ananias, le palais
d'Agrippa et de Bérénice, le greffe des Actes publics
et, afin d'attirer à leur parti les débiteurs, anéantissent
tous les titres de créance qui y étaient conservés. Ils
chassent de la ville haute ceux qui tenaient pour

(1) Affaire avancée de sept ans et placée sous Félix, comme vous le
verrez tout-à-l'heure au chapitre *La Ceinture du frère Jacques*.

Agrippa; Ananias se réfugie dans les égouts du palais, avec quelques-uns des sacrificateurs et des principaux magistrats. La promptitude de cette détermination et le choix de cette retraite montrent qu'Ananias était tenu pour responsable des diverses sentences que le sanhédrin avait successivement rendues contre quatre des « démons de Maria ». Son frère Ezéchias l'avait spontanément suivi dans cet égout collecteur de sanhédrinards antichrétiens. Saül, Costobar, Antipas et Simon gagnèrent le palais d'Hérode dont ils fermèrent les portes derrière eux. C'était le 14 août. La chasse aux hérodiens durait déjà depuis longtemps. C'est dans ces lugubres journées que sont tombés les trois mille Juifs de tout sexe et de tout âge, déchirés à coups de fouet et crucifiés, les uns et les autres en expiation des peines qu'ils avaient, eux ou leurs pères, décrétées contre la famille de Jehoudda et ses partisans après le Recensement de Quirinius. Si la loi de gheoullah ne reçut pas une application plus vaste, c'est par des circonstances indépendantes de la volonté des meurtriers.

On lit aujourd'hui dans Josèphe que le siège du haut palais était commencé depuis plusieurs jours, lorsque Ménahem en personne revint de Massada. Dans ce système il aurait été étranger à tous les événements de la Xilophorie. Mais peu importe qu'il fût absent ou présent lors de ces exploits, il en est l'unique bénéficiaire. S'il a été proclamé roi des Juifs, s'il a fait son entrée dans Jérusalem comme il est dit dans les *Évangiles* actuels, à califourchon sur les deux Anes symboliques, s'il a foulé un tapis fait avec les manteaux de ses partisans agitant des palmes, si, vêtu de pourpre et la couronne sur la tête, il a pénétré dans le Temple au milieu des acclamations : « Bar-David! Bar-David! Hosannah! Gloire à notre père David! » (1); s'il n'a pas rencontré l'ombre d'une résistance dans ce triomphe longtemps attendu, c'est qu'il était maître du Mont des Oliviers et des lieux saints, soit par lui-même avant d'aller à Massada, soit par son lieutenant bar-Jaïr que le désir de venger son frère (2) animait d'une fureur inextinguible. Éléazar Bar-Ananias s'était rendu très fort par la délibération qu'il avait arrachée aux prêtres de supprimer toutes les offrandes et tous les sacrifices offerts par les non-circoncis; de plus il avait des troupes avec lesquelles il renversa Ménahem le mois suivant : s'il eût été maître du Temple et de la ville à la réserve du haut palais, avant que Ménahem parût sur la Montagne des Oliviers, jamais il ne se serait retiré devant lui; il n'aurait pas attendu pour faire l'épreuve de sa force que Ménahem eût épuisé sa tyrannie, car le roi-christ n'aurait eu à son actif que son exploit contre Métilius au fond de l'Idumée. Donc le Temple était au pouvoir de Ménahem avant la Xilophorie.

(1) En effet, c'est à l'entrée de Ménahem que nous assistons dans les Evangiles synoptisés. On l'a cousue à la triste aventure de son aîné qui, comme vous l'avez vu dans le Roi des Juifs, p. 343, a été arrêté à Lydda par Jehoudda Is-Kériolh et amené prisonnier à Jérusalem la nuit du 14 nisan, veille de la Pâque.
(2) Tué par les hérodiens quelques jours avant la pâque de 789. Cf. le Roi des Juifs p. 309.

LE CHRIST A TÊTE D'ANE

I

SIÈGE DU HAUT PALAIS, FUITE DE SAUL

Ménahem ordonna de continuer le siège du haut-palais, et même, s'il fallait croire Josèphe cambriolé, il aurait, le 17 août après deux jours d'assaut, emporté la forteresse Antonia, taillant en pièces la garnison romaine.

Comme il manquait de machines et ne pouvait en venir ouvertement à la sape à cause des traits que lui lançaient les assiégés, il eut recours à la mine : on commença de loin à y travailler, et lorsqu'elle eut été conduite jusque sous l'une des tours, on en sapa les fondements, on soutint le mur avec des pièces de bois auxquelles on mit le feu avant de se retirer, et, le bois consumé, la tour s'écroula. Mais les assiégés avaient prévu le cas, et derrière ce mur les assiégeants en trouvèrent un nouveau qui les arrêta, ayant été construit avec une extrême diligence. On a mis dans Josèphe que les assiégés envoyèrent vers Ménahem et les autres chefs pour demander de pouvoir se retirer en sûreté, et que Ménahem l'accorda seulement aux troupes de Philippe Bar-Jacim et aux habitants enfermés avec elles.

C'est un mensonge absurde. Des trois mille hommes de Philippe il n'en restait plus que quelques centaines, les autres avaient expié sous les verges et sur la croix leur attachement aux hérodiens et aux Romains.

D'autre part, nous savons ce qu'il advint de leur chef, de Saül, d'Antipas et de Costobar. Ils ne se sont pas rendus par composition au roi des Juifs, qui d'ailleurs ne les y eût reçus que pour les exécuter ensuite avec plus d'éclat, comme il avait fait aux soldats de Métilius.

Une bonne fortune inespérée lui livrait en ce palais tous les persécuteurs de sa famille. On ne voit pas Ménahem, fils de Jehoudda, Éléazar, fils de Jaïr, et Absalom rendant à la liberté sous caution Saül, Antipas et Philippe Bar-Jacim qui au point de vue chrétien étaient beaucoup plus coupables que les Romains. (Celui qui me livre à toi, dit Jésus à Pilate, est plus coupable que toi!) Le nouveau mur n'arrêta pas les gens de Ménahem qui prirent le palais tout au moins dans la partie occupée par Saül et les siens. C'était le 5 septembre. Antipas fut égorgé, n'ayant pas voulu s'enfuir. Saül et Costobar n'ont dû leur salut qu'à leurs jambes et à la ruse. Pris, ils savaient le sort qui leur était réservé. Philippe s'échappa, caché par des parents, Juifs babyloniens comme lui, et qui étaient venus à Jérusalem pour la pâque. Quelques jours après, il s'enfuit à Gamala sous un déguisement; il réussit même à maintenir la ville et les pays d'alentour sous l'obéissance des Romains (1).

De leur côté, Saül et son frère réussirent à gagner Césarée (2) où ils rejoignirent Agrippa et Bérénice qui étaient allés au devant de Gessius Florus (3). « Je dirai ailleurs, dit Josèphe, comment Antipas, qui était avec eux dans le palais royal et n'ayant pas voulu s'enfuir, fut tué par les séditieux ». Mais il n'y a plus dans la *Guerre des Juifs* rien de ce qu'il annonce dans sa *Vie*, et comme on ne voit pas dans quelle circonstance autre que celle-ci il aurait pu le dire sans sortir de son plan, c'est une preuve nouvelle que le Saint-Esprit a remanié tout ce qui touche à cette affaire et au règne de Ménahem.

Dans le passage relatif au meurtre d'Antipas Josèphe donnait les renseignements très circonstanciés qui sont aujourd'hui dans les *Actes des Apôtres* sur la fuite nocturne de Saül jusqu'à Antipatris (4). Il y a là près de cinq cents hommes, qui ne sont pas tous romains; les cavaliers proviennent manifestement des troupes de Philippe bar-Jacim (5). La route de Césarée était encore

(1) *Vie de Josèphe*. Tous détails dont il n'y a plus trace dans la *Guerre des Juifs* où ils devraient être et où ils ont été, encore plus explicites sans doute.
(2) *Guerre des Juifs*, livre II, ch. XLI, 222.
(3) Il est dit : « Gessius Florus » dans la *Vie de Josèphe*.
(4) On ne sait plus où était exactement la ville d'Antipatris, et au Moyen-Age on la plaçait au lieu dit actuellement Arsuf, si près de la mer qu'il y aurait eu inévitablement un port. Mais Antipatris, construite sur l'emplacement de Kapharsaba, aujourd'hui Kafr Saba, n'a rien de maritime, et d'ailleurs on a trouvé qu'au lieu de répondre à Antipatris Arsuf était Apollonie. Antipatris était dans les terres, en plaine, à quarante-deux milles romains de Jérusalem. Il n'en restait plus à Saül que vingt-six pour être à Césarée.
(5) *Actes des Apôtres*, XXIII, 31.

libre le 5 septembre; rien n'empêchait la garnison romaine, si elle se fût trouvée trop faible dans la forteresse Antonia, de se retirer sans pertes. Or, après avoir laissé Saül avec les cavaliers de Philippe, les légionnaires regagnent la forteresse et s'y enferment. Elle était donc à eux, et leurs camarades n'y avaient pas été massacrés les jours précédents.

Le 6 septembre, Ménahem mit le feu au camp (1) que les Romains, restés seuls pour supporter le choc, auraient abandonné pour se retirer dans les tours royales, Hippicos, Phasaël et Mariamne.

Le lendemain, après avoir eu le plus grand chagrin de sa vie, celui d'avoir manqué Saül, Philippe et Costobar, Ménahem en eut la plus grande joie, celle de retrouver dans les égouts du palais le grand-prêtre Ananias avec son frère Ezéchias, qui étaient là depuis le 14 août, de les prendre et de les massacrer en souvenir de leur père Kaiaphas et de leur grand-père Hanan.

On lit aujourd'hui dans Josèphe que le commandant de la garnison romaine était Métilius et que, réduit à capituler, il eut la vie sauve, sous la promesse bizarre de se faire circoncire, mais que nonobstant la capitulation, à peine ses troupes avaient-elles déposé leurs armes qu'elles furent massacrées jusqu'au dernier homme. Nous avons montré qu'il ne pouvait être question que de la prise de Massada. Ce parjure est signé Ménahem. Pour le roi-christ de 788, pas de serment entre un Juif de la Loi et un suppôt de la Bête hérodienne ou

---

(1) *Stratopedon*, sans doute situé entre la forteresse Antonia et le palais d'Hérode moins facile à emporter.

de la Bête romaine ! Bar-Jehoudda débauche les soldats d'Hérode Antipas, sous les armes, devant l'ennemi (1), et c'est un des principaux motifs de sa condamnation. Point de parole entre le christien et un Juif adultère ! Dans la cour de Kaiaphas, quand il voit son frère accablé de soufflets et d'outrages, Shehimon fait le serment qu'il ne connaît pas cet homme ! (2) Pour le dernier frère du crucifié de Pilatus point de traité entre Métilius et lui ! Ce crime religieux, car c'en est un, eut les conséquences les plus terribles pour les Juifs de tout pays. Les villes où ils étaient se jugèrent déliées envers eux de toutes les lois de la nature et de l'hospitalité. On lit dans Josèphe que le jour même où fut fait le massacre des Romains, les Grecs de Césarée coupèrent la gorge aux vingt mille Juifs de la ville sans qu'il en échappât un seul, Florus ayant fait arrêter ceux qui s'enfuyaient et les ayant envoyé aux galères.

Alors il sembla que la terre se soulevât contre les Juifs. Les Syriens se signalent par le massacre de tous ceux qui habitaient les villes de Syrie : on ne voyait partout que des corps morts, vieillards, femmes, enfants, sans sépulture. Les gens de Scythopolis se jettent sur les Juifs, et, aidés d'une partie de ceux-ci, en tuent treize mille. Ceux d'Ascalon en tuent deux mille cinq cents, ceux de Ptolémaïde deux mille, ceux de Tyr tant qu'ils peuvent, ceux d'Ippon et de Gadara en chassent une partie, gardant l'autre à vue. Varus, gouverneur des états d'Agrippa, tua les principaux de la Bathanée, qui venaient lui demander des secours. On n'eut quelque pitié d'eux qu'à Antioche, à Gadara,

(1) Cf. le *Roi des Juifs*, p. 251.
(2) Cf. le *Roi des Juifs*, p. 372.

à Sidon, à Apamée, à Gérasa. Mais les Alexandrins ne se crurent quittes qu'après en avoir tué cinquante mille dans leur quartier séculaire du Delta, et, non contents de cette boucherie, ils retuaient les morts. C'est poussée par toutes les nations que Rome résolut d'en finir avec Jérusalem. Sous la menace du Royaume des Juifs elles se rangèrent du côté de ceux que la veille encore elles appelaient des oppresseurs. Entre les deux tyrannies, celle de la Bête et celle du Christ, si on leur eût donné à choisir par un plébiscite, c'est à la Bête qu'elles seraient allées. Egyptiens de la côte, Egyptiens de la mer Rouge et des nômes éthiopiens, Grecs d'Athènes et d'Alexandrie, Macédoniens, Phéniciens de Tyr et de Sidon, Tyriens surtout, Syriens de Chalcis et de Damas, Arabes, Babyloniens, Grecs des îles et de Cyrénaïque, tous ceux qui connaissaient les Juifs les détestaient, ceux qui ne les connaissaient pas en avaient peur. Depuis que par les apôtres de l'*Apocalypse* ils avaient révélé au monde le sens intime de leur religion, on ne les voulait ni pour maîtres ni pour esclaves, on ne les voulait plus du tout. Les Romains apparurent comme des libérateurs.

Le rôle des Grecs de Césarée s'explique par leur vieille haine contre les Juifs, mais comment expliquer celui de Florus si le massacre de Césarée n'est pas une première réplique à celui de Massada?

Florus est encore procurateur de Judée au milieu de septembre, et depuis le commencement des hostilités, il n'a pas bougé. Il n'a pas fait un pas pour venger le massacre de Massada qui pourtant remonte au signe des *Anes* ou pour le moins au commencement d'août.

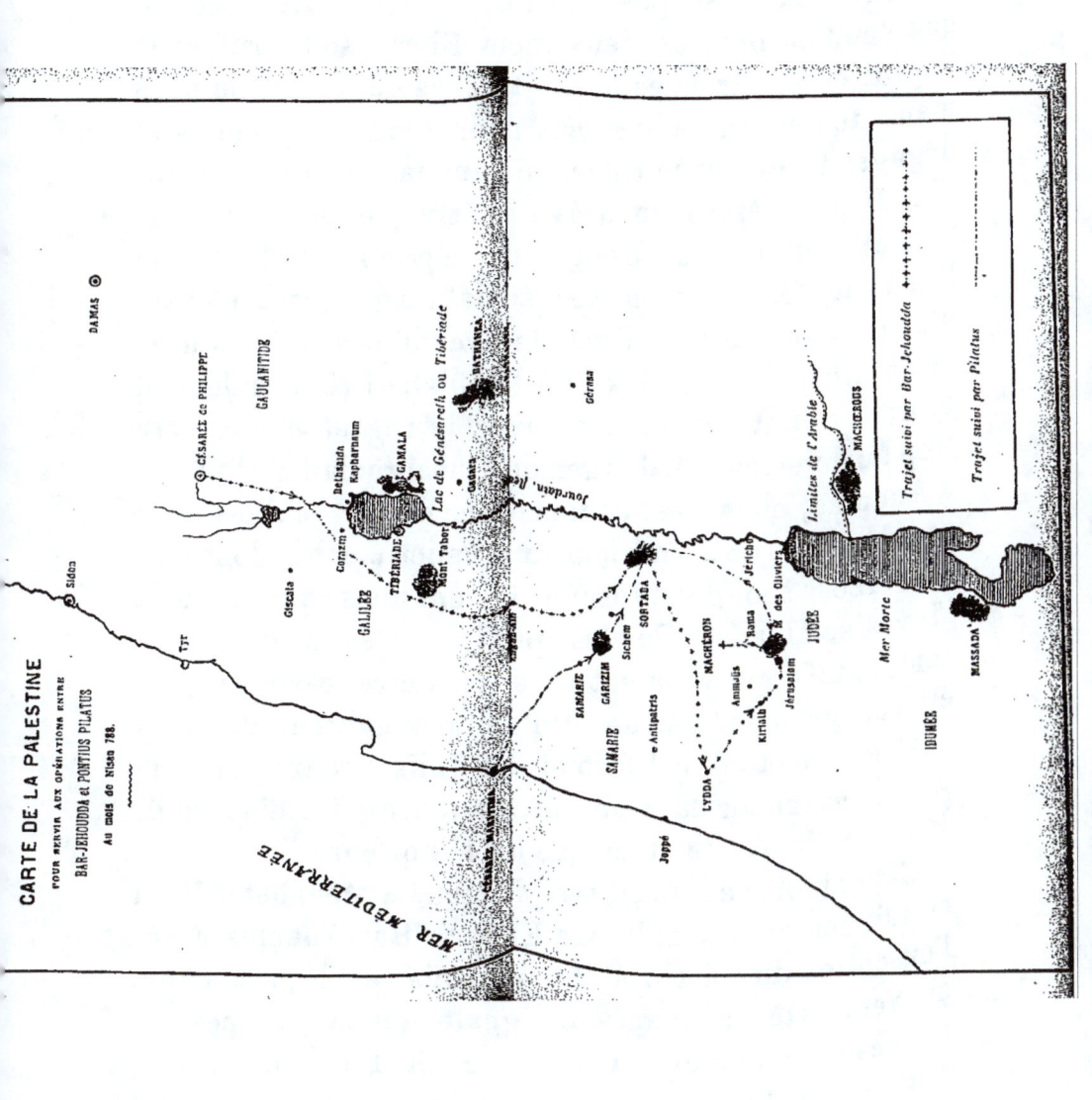

CARTE DE LA PALESTINE

POUR SERVIR AUX OPÉRATIONS ENTRE

BAR-JEHOUDDA et PONTIUS PILATUS.

Au mois de Nisan 788.

Trajet suivi par Bar-Jehoudda ·+·+·+·+·+·+·+·+·+

Trajet suivi par Pilatus ·············

Il a laissé Ménahem ensanglanter, incendier Jérusalem, assiéger, égorger la garnison romaine dans la tour Antonia, forcer les troupes alliées de Rome dans le haut palais. Cela n'est pas possible! Il n'est pas possible que pendant près de deux mois Florus soit resté avec le gros de ses troupes à vingt lieues de Jérusalem sans même tenter un mouvement pour venger ses morts et dégager la garnison assiégée dans la forteresse Antonia. Jusqu'à Massada il avait péché par excès de confiance; s'il n'a pas essayé de réparer sa faute, sa lâche indifférence pour ses soldats égorgés contraste d'une manière bien affligeante avec la férocité qu'on lui prête ailleurs envers les Juifs loyalistes! Non seulement Florus a fait son devoir, avec le regret d'avoir cru trop tardivement au danger que lui signalait Simon, fils d'Ananias, mais c'est en faisant ce devoir qu'il est mort sous les murs de Jérusalem au premier combat dont on a renversé le sens dans Josèphe et dont nous avons signalé l'invraisemblance. Ce n'est pas lui qui a chargé d'innocents Juifs qui venaient à sa rencontre, c'est lui qui a été chargé et tué par des Juifs plus nombreux et mieux postés : Suétone est formel, les Juifs ont tué leur dernier gouverneur dans une circonstance qui a disparu de Josèphe, de Tacite et de tous les historiens. (1)

Cet exploit ne saurait être attribué à Ménahem. Il fut certainement accompli par Eléazar Bar-Ananias après l'exécution du roi-christ. Bar-Ananias est le premier qui ait remporté un avantage signalé sur les troupes romaines dans une action régulière. Si Ménahem eût culbuté et tué Florus sous les murs de Jérusalem, ce n'est

_____

(1) Suétone, *Néron*.

pas au lendemain d'une telle victoire que Bar-Ananias
eût pu le chasser du Temple, l'arrêter et le livrer au
supplice.

II

EXÉCUTION DU ROI-CHRIST, FUITE D'ELÉAZAR BAR-JAIR

Tout marche à souhait et selon la loi de la gheoullah.
L'ombre de Jehoudda, celle de Jacob junior, celle de
Bar-Jehoudda, celle de Shehimon et celle de Jacob sont
satisfaites. Ménahem s'est vengé sur les fils de Kaiaphas, il n'y a plus d'autre grand-prêtre que lui, la monarchie davidique est rétablie, l'*Apocalypse* réalisée en
ce point. Il y a bien encore quelques sacrificateurs dans
les souterrains du Temple avec Josèphe, on n'a pu
les atteindre, ce sera pour demain. Ce maraud de Josèphe n'est-il pas de race royale et du sang des Machabées ? Sans doute. Mais qu'importe qu'au fond de
sa cachette il ait des visées antidavidistes ? On aura sa
peau dans quelques jours ! Que veut ce coquin de Bar-
Ananias ? Ce que voulait Jehoudda Is-Kérioth, une dictature fondée sur les suffrages du peuple et la grande-
prêtrise tirée au sort comme au temps des Juges. Qu'on
le surveille étroitement !

Mais que faire du Temple, maintenant qu'il est libéré
des Saducéens et purifié par l'avènement d'un fils de
Lévi et de David ? C'était la demeure d'un Dieu milliar-
daire, cousu, bardé d'or, trônant sur un peuple souvent affamé, perdu de misère et de lèpre. Tout y
était d'or. Il y en avait tant qu'après le pillage par

les troupes romaines, et quoique le budget de la révolte eût été taillé dans le filon, il ne se vendait pas dans la Syrie la moitié de ce qu'il valait auparavant. Iahvé aspirait, pompait tout l'or caché dans les paillasses, avalait tout, ne rendait rien, invisible dans un palais immense et plus luxueux que le Palais d'or de Néron, intangible, n'ayant en apparence ni d'yeux pour voir, ni d'oreilles pour entendre, ni de mains pour donner. Mais quelles mains pour prendre ! « Enrichissons Dieu, disaient tous les Juifs de la terre ! » Et de partout ils venaient, chargés d'offrandes parmi lesquelles il y avait des dépouilles. — « C'est pour Dieu, disaient-ils. — Mais il est riche? — Jamais assez ! »

Sous Pilatus on avait crié contre les prêtres parce qu'ils puisaient dans le trésor sacré pour faire des acqueducs, on venait de s'émouvoir parce que Florus y avait puisé, pour le service de l'Empereur, à ce qu'il disait. Mais maintenant qu'on possédait le tout, n'était-ce pas offenser Dieu que d'en donner quelque chose au peuple? On avait chassé les changeurs qui acceptaient la monnaie de la Bête, mais maintenant qu'il n'y avait plus à craindre le retour de cette impiété, n'était-ce pas un sacrilège d'exposer la monnaie du Temple aux regards de personnes circoncises évidemment, mais de naissance incertaine ou vile? Dans cet édifice qui était la Banque, Ménahem devenait propriétaire des fonds en caisse. Le Verbe régnait par son christ, on ne pouvait sans indiscrétion exiger de Dieu davantage. Le Fils de l'homme, s'il fût descendu en ce moment avec les Douze, les Trente-six et les Cent quarante-quatre mille, eût énormément gêné. En fait de baptême de feu, il ne réussirait pas mieux

que les gens de Ménahem, qui venaient d'ondoyer les
archives, le greffe et le reste. Les voiles de pourpre
qui entouraient le sanctuaire témoignaient par la solidité
de leur trame qu'ils avaient pu résister à la crucifixion
du jésus et à toutes celles qui s'en étaient suivies dans
la maison de David. Ils étaient dans un état de conser-
vation remarquable, lorsque Ménahem, vêtu à la royale
et de la même couleur qu'eux, avait introduit la pompe
davidique dans l'édifice hérodien.

Les sacrificateurs ne craignaient rien tant que la
Révolution. Ceux qui au début inclinaient vers le parti
kanaïte par haine de Rome, étaient maintenant aplatis
devant Ménahem, qui garantissait l'ordre dans le
Temple, confirmait les privilèges sacerdotaux et le
droit de lever les décimes. Intéressés dans la réaction
davidiste pour laquelle combattaient les Prophètes et
les *Psaumes*, ils amenèrent aux pieds du roi toute
cette valetaille du Temple, tous ces gens de sacristie
et d'office, tous ces petits fournisseurs, les mêmes en
tout temps et partout, vivant des miettes tombées de
la table des prêtres, confits en petites dévotions
funambulesques, de mine hypocrite et basse, fort in-
solents à l'ordinaire, féroces quand ils se sentaient en
nombre, économes de leur peau quand ils se voyaient
seuls, tigres pendant la paix, lièvres pendant la
guerre, déjà conquis avant d'être battus, déjà esclaves
avant d'avoir lutté, déjà pris avant d'avoir capitulé,
vraie chair à servitude, et qui ne passaient à Ménahem
que pour dorer leurs chaînes! Qui savait si la cour de
Salomon n'allait pas refleurir dans la Ville Sainte?

Un homme vit très bien que l'avarice seule, la soif

du gain, cette grande tradition de la famille, conduisait le bras du roi-christ, et que la liberté serait sa première victime, après la satisfaction de ses vengeances. Cet homme, c'est Eléazar Bar-Ananias. Il sentit le joint, élargit la brèche, pénétra dans le jeu, se porta contre le tyran, disant haut et clair que ce serait une honte pour les révoltés de recevoir pour maître un homme tel que Ménahem, dont la violence était le seul mérite, que ce Ménahem leur était inférieur et que de tous les chefs possibles il était le dernier à qui ils dussent obéir! (1) Qu'a-t-il fait depuis deux mois qu'il est roi? A part son facile avantage de Massada, qui a coûté plus cher aux Juifs de Césarée qu'il n'a rapporté à ceux de Jérusalem, a-t-il chassé les Romains de la ville? Jusqu'à présent il ne règne que pour exécuter les ennemis de sa maison, mais qu'en revient-il au peuple? Où est la Vigne du Seigneur? Est-ce que Ménahem partage? Est-ce qu'il prêche la communauté des biens depuis qu'il les a tous? Est-ce qu'il détruit le Temple en trois jours? Est-ce qu'il attend le Fils de l'homme? Que sert la Loi si la prétendue Révélation est au-dessus des droits de la nation, si sous couleur de christianisme Ménahem fait peser sur Jérusalem une tyrannie pire que celle des Hérodes? Voilà donc ce qu'eût été le Royaume des Juifs si la Grande pâque fût venue en 789! Ah! que Jehoudda Is-Kérioth avait bien vu les choses!

Enflammés par ce discours, les partisans de Bar-Ananias vont au Temple, en forcent l'entrée, trouvent

(1) Les actes antérieurs de Ménahem étant supprimés de Josèphe, ce portrait méprisant n'est plus aucunement préparé. Qu'avait donc fait Ménahem? Voilà ce qu'on se demande.

Ménahem vêtu à la royale avec sa suite armée, s'approchent de lui et prennent des pierres pour le lapider. Les davidistes firent d'abord quelque résistance, mais devant l'unanimité de l'assaut ils abandonnèrent apostoliquement leur maître. On tua ceux qu'on put prendre et on chercha ceux qui se cachaient. Ménahem s'était sauvé dans l'Ophel, le vieux quartier qui inclinait vers la vallée du Cédron en face la fontaine de Siloé où le Nazir avait autrefois exposé ses titres à la domination du monde. On l'y découvrit et on l'exécuta en public, — sur la croix, j'en jurerais! — après lui avoir fait subir des tourments affreux ainsi qu'aux principaux ministres de sa tyrannie, particulièrement Absalom (1).

Quant à Éléazar Bar-Jaïr, ne se sentant pas capable de lutter contre Bar-Ananias, il se réfugia dans Massada où il tint pendant trois ans, sans même être inquiété, tout l'effort de Titus étant dirigé contre Jérusalem d'abord. Le portrait d'Éléazar par Josèphe, c'est avant tout celui de Ménahem. Il explique les termes méprisants dont Bar-Ananias s'est servi tout à l'heure et auxquels nous ne sommes pas préparés, les actes qui les justifient ayant été supprimés par le Saint-Esprit.

« Éléazar, chef des Sicaires ou Assassins, commandait à Massada. Il était de la race de Jehoudda (2), qui

(1) Josèphe ne dit plus de quel supplice fut puni le roi-christ de 819. C'est depuis qu'il ne dit plus de quelle façon a péri le roi-christ de 788.
(2) Il était fils de Jaïr qui avait épousé la sœur de Jehoudda, père du christianisme. En même temps, par le mariage de Thamar avec

jadis avait persuadé à plusieurs Juifs de ne se point soumettre au Recensement que Quirinius voulait faire (1). Ces factieux ne pouvaient souffrir ceux qui voulaient obéir aux Romains, les traitaient en ennemis, pillaient leurs biens, emmenaient leur bétail, foulaient leurs moissons (2), disant qu'on ne devait point faire de différence entre eux et les étrangers, puisqu'ils avaient par leur lâcheté trahi leur patrie, et préféré la servitude à la liberté pour laquelle il n'y a rien qu'on ne doive sacrifier. Mais à l'effet on vit bien que ce n'était qu'un prétexte pour couvrir leur inhumanité et leur avarice (dans le sens de soif de gain, mot déjà employé par Josèphe pour Jehoudda leur auteur). Car lorsque ceux qu'ils accusaient d'être des lâches et des perfides (les pharisiens et les saducéens) se joignirent à eux pour faire la guerre aux Romains, ils (les gens de Ménahem) les traitèrent encore plus cruellement qu'auparavant, principalement ceux qui leur reprochaient leur méchanceté : (de là les massacres de loyalistes et les exécutions de chevaliers). Jamais temps ne fut plus fécond en crimes que celui-là l'était parmi les Juifs. Chacun tâchait de surpasser son compagnon en toutes sortes de forfaits et d'impiétés. (On croirait lire du Barnabé, du Saint-Barnabé (3) : « Les apôtres ont surpassé tout péché ! ») Ces Sicaires furent les premiers qui, sans épargner leurs compatriotes, se signalèrent par la violence et le meurtre. On n'entendait sortir de leur bouche que des paroles d'outrage ; leur cœur ne

son frère Eléazar l'aîné (le ressuscité de l'Évangile), il était le beau-frère des Sept fils de Jehoudda.
(1) Cf. le *Charpentier*, p. 245.
(2) Cf. le *Roi des Juifs*, p. 299, et le *Saint-Esprit*, p. 323.
(3) Cf. le *Roi des Juifs*, p. 296.

respirait que trahison (1), et leur esprit ne se plaisait qu'à chercher des inventions pour faire le mal. »

Aucun enseignement de douceur n'avait mitigé leur zèle, aucune doctrine de résignation n'avait tempéré leur ardeur exécrable. Leurs espérances étaient toujours ridicules, leurs ambitions toujours folles, leurs esprits toujours troublés. Les deux historiens de la guerre, Josèphe et Juste de Tibériade, dans l'accablement de la première heure se renvoient les responsabilités de la défaite ; Josèphe, philosophe plus calme et rhéteur plus délié, quand il jette un regard mélancolique et humilié sur les soixante ans qu'a durés l'agonie d'Israël, ne rencontre aucune figure surhumainement grave et haute comme eût été celle de Jésus prononçant le *Discours sur la Montagne* : rien que des visages grimaçants, des yeux hagards, des mains rouges, des flammes d'incendie, la plainte sombre des pillés et des éventrés. Ah! si Jésus eût existé, c'est lui qui, la veille de la chute d'Israël, occuperait tout l'horizon! Le silence qu'on aurait gardé sur lui depuis trente-quatre ans, il aurait bien fallu le rompre! Sa croix eût rayé tout le ciel comme un éclair depuis le Guolgolta jusqu'au Palatin! Mais devant la faillite des sept fils de Jehoudda, qui eût pensé à dire du premier : « C'était le fils de Dieu? »

Jusqu'à la mort d'Éléazar, le dernier d'entre eux, les apôtres ont célébré la pâque juive, mangé l'agneau sacrifié par eux-mêmes, selon la coutume antique, et en supposant qu'ils y aient mêlé parfois le souvenir amer du roi-christ de 788, nul ne remplaça l'agneau par le

(1) A Gamala contre Antipas (cf. le *Roi des Juifs*, p. 251), à Massada contre Métilius.

pain et le vin de l'Eucharistie substituée dans les *Evangiles Synoptisés* au sacrifice mosaïque devenu impossible. Le pain non fermenté, la coupe de vin, l'agneau égorgé, mis en croix et rôti, voilà la pâque de tous les Bar-Jehoudda, de tous les fils de Joseph le Charpentier et de Maria la Magdaléenne jusqu'à Ménahem, et de tous leurs petits-neveux jusqu'à Bar-Kocheba(1). Et cette pàque animale se prolongea parmi eux bien au-delà de la seconde chute de Jérusalem, jusqu'au jour où les Évangélistes prirent aux christiens de Phrygie et d'Égypte l'offrande innocente qui avait été celle de Caïn.

III

L'ENTRÉE DE JÉSUS SUR LES ANES

Les *Évangiles* ont fait entrer l'aventure de Ménahem dans celle de Bar-Jehoudda : Jésus qui est l'Alpha et l'Oméga de toutes choses, qui a extrait les sept démons des entrailles de Maria Magdaléenne et qui est le Maître des temps, peut se permettre de tels raccourcis chronologiques. Ménahem a décrit une parabole beaucoup plus étendue que celle de son frère qui s'est terminée au Sôrtaba, il a détaché les Anes sous le quatrième signe, il est entré à Jérusalem, et s'il a été, lui aussi, abandonné par ses disciples, au moins l'a-t-il été dans l'orientation du Mont des Oliviers. Tous les christiens à qui s'adressent les Synoptisés savent pourquoi Jésus ordonne de

(1) Révolté sous Hadrien.

détacher l'Ane et le Poulain : « Si quelqu'un vous dit quelque chose, vous direz que le Maître en a besoin (1). » Astrologiquement, le Maître, c'est le Seigneur, le Soleil vainqueur de la mort et réparateur éventuel de la déconfiture des sept fils de Jehoudda depuis le premier-né jusqu'au dernier. Les évangélistes ne sont pas forcés de dire aux goym qu'il y a trente ans d'intervalle entre les deux affaires et que la seconde n'appartient pas au même personnage que la première. La façon dont ils aiment Dieu et dont ils l'honorent ne leur permet pas d'avouer que, le premier roi-christ ayant été arrêté à Lydda sous Tibère, et n'ayant ni célébré l'Eucharistie ni paru sur le Mont des Oliviers, c'est le second qui a fait son entrée sur les *Anes* ou pour mieux dire avec les *Anes*, sous Néron. Cette entrée ne peut en aucun cas s'appliquer au christ de 788, qui fut amené à Jérusalem sous les *Poissons* (2).

Arrivé à Bethphagé de Jérusalem (3), le Jésus de la fable envoie dans la bourgade voisine prendre l'ânesse et l'ânon qui lui sont nécessaires pour entrer dans la Ville Sainte. Il n'y a point de telles bêtes dans Jérusalem, encore moins dans Bethphagé : Jésus le sait bien, car il a inspiré la Loi qui les y défend.

Bethphagé, comprenant le *Gethsémané* ou *Pressoir d'huile*, est le lieu où l'on serrait l'huile destinée au

---

(1) Mathieu, xxi, 1.
(2) Le 14 nisan, veille de l'*Agneau*.
(3) Il les envoie prendre à la « bourgade voisine » (Mathieu) que les scribes de l'Eglise moderne disent être Béthanie, d'après ce qu'ils infèrent de Marc et de Luc. En effet Béthanie-lez-Jérusalem était à quinze stades en arrière de Bethphagé, mais il ne s'agit pas de cette Béthanie-là dans l'Evangile, il s'agit de Bathanea en Bathanée, au-delà du Jourdain. (Cf. le *Roi des Juifs*, p. 282.)

Temple, l'huile vierge (1), l'huile des onctions sacrées. Il est tout naturel que Jésus s'arrête là d'où fut tirée celle qui servit au sacre de Ménahem. Pour les besoins de la fable, les scribes placent Bethphagé à une distance presque insignifiante de la ville. Les Talmuds le rattachent à la ville même, ils ont raison. Les gens de Bethphagé étaient si bien de Jérusalem qu'à eux seuls il était permis de retourner passer la nuit chez eux pendant les sept jours de la Pâque. C'était un clos planté d'oliviers et, à proprement dire, une dépendance du sanctuaire. Devant cet endroit sacré la curiosité capitulait. « Qu'y a-t-il à faire si le cadavre d'un homme tué est trouvé dans la ville? disaient les gens de Jérusalem. — Y aller voir. — Mais s'il est trouvé à Bethphagé? (2) » Point de réponse, il est défendu d'y aller voir, cela regarde les prêtres.

Si Mathieu n'avait pas fait descendre les deux *Anes* des hauteurs de la sphère céleste dans le voisinage de Bethphagé, il n'y aurait pas eu de christianisme. A la base il y a deux Anes. (Si encore ils n'avaient pas fait de petits!) Sur ces deux Anes Juda défie toutes les nations de la terre liguées contre lui. Les Juifs règneront un jour.

Les Évangélistes ne donnent plus les Anes comme étant dans l'horoscope de la tribu de Juda. Mais, pour peu qu'il fût christien, tout Juif saisissait le sous-entendu caché dans la prophétie de Zacharie citée par

(1) Vous avez vu le cas qu'en fait l'*Apocalypse*. Cf. le *Roi des Juifs*, p. 8-, 11.
(2) *Gemara* de Babylone, *Mischnah*, 1, 3, *Mischnah*, traité Megilloth,

Mathieu pour remplacer celle de Jacob un instant réalisée en Ménahem.

Elle est extraite du discours de Iahvé contre les Syriens de Tyr, de Sidon et de Damas et généralement contre tous les ennemis d'Israël qui occupaient la Judée au temps du prophète. La situation étant redevenue exactement ce qu'elle était en ce temps-là, l'Évangéliste annonce que le Scilo — dans Zacharie c'est Adonaï, le Roi des Rois, le Puissant parmi les Puissants — entrera un jour dans Jérusalem sous le signe de sa victoire, et qu'il chassera les étrangers : « J'ôterai leur sang de leur bouche, dit paternellement Iahvé, et leurs abominations d'entre leurs dents », et après l'énumération statutaire des maux qu'il répandra sur le monde : « Tressaille grandement, fille de Sion, pousse la clameur de joie, fille de Jérusalem, voici que ton Roi entre en tes murs, juste et victorieux. Il est humble et chevauchant sur un Ane et sur un Poulain fils des ânesses. Je retrancherai d'Éphraïm les chars (romains) et de Jérusalem la cavalerie, (celle de Pilatus, de Fadus, de Tibère Alexandre, de Félix, et des successeurs de Vespasien).

...Je lancerai tes fils, ô Sion, contre tes fils, ô Ionie ! »

Après Zacharie on mit Isaïe en avant : « Tout cela, dit Mathieu, se fit afin que fût accompli ce qui avait été annoncé par le prophète Isaïe : « Dites à la fille de Sion : « Voici que ton roi te vient, débonnaire et monté sur une ânesse, et sur le poulain fils d'une bête qui est sous le joug. »

Hypocrisie, fausse humilité, malice de scribe faite pour réjouir les initiés. Zacharie et Isaïe sont substitués à Jacob, de manière qu'on ne puisse plus retrouver Ménahem dans l'histoire. « Les disciples n'entendirent point cela tout d'abord, dit le *Quatrième Évangile* (1), mais quand Jésus fut entré dans sa gloire, ils se souvinrent alors que ces choses avaient été écrites de lui, et qu'il les avait accomplies en *sa personne* (substituée par antidate à celle de Ménahem). »

L'entrée ne fait aucune sensation dans Marc, sinon que les christiens, disposés là par la main des évangélistes, crient : « Hosanna ! Béni soit celui qui vient au nom du Seigneur ! Béni soit le Royaume de *notre père David* (2), lequel va venir ! Hosanna au *fils de David !* Hosanna dans les hauteurs ! » Le Royaume est toujours de ce monde et l'*Apocalypse* se réalisera tôt ou tard.

L'entrée est plus développée dans Mathieu, on crie : « Béni soit celui qui vient (ou le Roi qui vient) au nom du Seigneur ! » Les pharisiens du genre d'Éléazar Bar-Ananias et de ceux qui ont défendu la ville jusqu'à la fin, attirés par le bruit, conseillent à Jésus de faire taire ces cris ; mais Jésus répond : « Si ceux-là se taisent, les pierres même crieront ! » En effet, si elles ne prennent point parti pour les deux pierres de la promesse (3), que restera-t-il à la Judée ?

Sur le passage de Jésus les habitants s'attroupent, demandant : « Qui est celui-ci ? » Les *enfants* crient le plus fort, car ces enfants sont de la même famille que ceux dont Pilatus a jadis versé le sang : ce sont les Enfants de Dieu avec des barbes de patriarches (4).

(1) *Quatrième Évangile*, XII, 16.
(2) Père de la ville. On disait la Ville de David.
(3) Cf. le *Roi des Juifs*, p. 4.
(4) Cf. le *Charpentier*, p. 117.

Aussi ne s'étonnent-ils pas que Jésus fasse son entrée à califourchon sur les deux ânes. Toutefois, pour empêcher qu'on ne découvre le sens astrologique et chronométrique de la prophétie un instant réalisée par Ménahem, Marc et Luc ne parlent plus que d'un ânon.

Les Enfants qui crient dans le Temple, dans le sanctuaire même : « Hosanna au fils de David! » savent les *Psaumes* par cœur. S'ils crient dans ce texte, c'est pour que les pharisiens s'indignent et demandent : « Entends-tu ce que clament ceux-ci? » et pour que Jésus réponde, d'après les *Psaumes* : « Par la bouche des enfants et des nourrissons, tu as établi la louange. »

Mais Jésus répond cela pour donner le change aux goym. Il ment pour la patrie. Et tous les initiés comprennent son mensonge, car ils sont eux-mêmes ces enfants et ces nourrissons. Et tous le lui pardonnent de grand cœur :

> Mentir pour la patrie
> C'est le sort le plus beau,
> Le plus digne d'envie!

Et tous savent qu'il y a dans le texte auquel il les renvoie : « Par la bouche des enfants et des nourrissons *tu établis ta force à l'encontre de tes adversaires.* »

IV

LE CHRIST ASINAIRE

En Grèce, en Afrique, à Rome, partout lorsque Jérusalem tomba en 823, ce fut à qui sur les murs de Rome et de toute la Campanie — Pompéi, Pouzzoles où les Juifs pullulaient — peindrait le roi des Juifs sous les

LE ROI-CHRIST A TÊTE D'ANE

(Bar-Jehoudda ou Ménahem ?)

traits d'un âne en croix. Le fameux « graffito » du Palatin, le Christ à tête d'âne, est beaucoup plus dans l'actualité sous Vespasien que sous Septime Sévère (1).

Ce que les Juifs araméens appelaient le Scilo ou Messiah, les Syriens l'appelèrent comme aux temps anciens le Thartak, et ils lui donnèrent la forme d'un âne revêtu d'un manteau de pourpre et lisant les prophéties (2).

En dehors des dessins que l'Ane christien et la misérable fin de ses apôtres ont suggérés à la fantaisie des Romains, il y a les écrits. Le premier auteur qui renvoie les Juifs à leur idole, c'est Martial né au pays d'où Pilatus était parti pour gouverner la Judée et où s'étaient retirés Antipas, Hérodiade et Saül. Martial entreprend un poète juif qui écrivait sans doute en latin pour mieux braver l'honnêteté et qui avait rythmé de trop près avec un jeune esclave : « Tu me jures que non par Jupiter tonnant? Je n'en crois rien. Circoncis, jure

(1) Personne ne nie que le dessin au stylet trouvé au Palatin dans la domus Gelotiana ne vise un Jehouddolâtre nommé Alexamenos en adoration devant le roi-christ, vu de dos et dont la tête est remplacée par celle d'un âne. « Alexamenos adore Dieu, » dit l'inscription grecque. Alexamenos est imberbe et porte les cheveux courts. On y a vu un soldat et il se peut bien que telle ait été l'intention du dessinateur, si toutefois ce graffito est du troisième siècle, mais rien n'est moins certain. Nous verrons tout à l'heure si l'imberbe Alexamenos adorant un homme à tête d'âne et vu de dos ne serait pas purement et simplement un de ces Galiléens qui se rasèrent pendant le Siège et se déguisèrent en femmes. L'Eglise déclare que cette représentation du Roi des Juifs sous la forme d'un âne est un blasphème horrible. Mais comme elle sait tirer parti de tout, elle rapproche ce graffito de la *Lettre de Paul aux Philippiens* où il est dit que la foi jehouddolâtrique s'était répandue jusque dans le palais de Néron. De la domus Gelotiana le Christ asinaire a été transporté au Musée Kircher, salle n° III. Menacé d'une destruction certaine par le temps, salpêtré, crevassé, traversé de lignes qui contrarient les caractères déjà grossiers de l'inscription, on ne peut le reproduire clairement qu'en forçant les traits. La reproduction exacte de la paroi sur laquelle il est gravé serait aller contre notre but qui est en toutes choses de réduire au minimum la difficulté de compréhension.

(2) Cf. Eliphas Lévi, *Histoire de la Magie.*

par l'Ane! (1) » Prêté sur Jupiter, le serment ne vaut rien, le Juif n'y croit pas ; Martial ne l'accepte que prêté sur le Messie, — le Juif y croit; mieux que cela, il abuse du signe auquel on doit l'*Ane d'or* d'Apulée.

Minucius Félix, orateur chrestien de Rome et qui semble contemporain de Septime-Sévère, entend dire que parmi les christiens dont les honteuses et crimi- nelles pratiques excitent l'indignation des païens, il en est qui adorent la tête d'un Ane consacré, « religion véritablement digne de leur vie, ajoute-t-il ». On faisait toutes sortes de plaisanteries sur cet Ane. Il y en avai d'infamantes, d'autres inoffensives. A la longue cer- taines sont devenues impénétrables, une surtout que j'ai eu beaucoup de peine à saisir. Dans le dialogue où ils devisent de religion (2), Cécilius, païen, reproche à son compère Octavius, philosophe chrestien, de penser comme un jehouddolâtre sur la question des idoles et par là de prêter le flanc au soupçon de connivence avec la secte ignorante et licencieuse des christiens (3).

« Il se peut que tu sois de la race de Plaute, lui dit Cécilius, mais enfin de même que tu n'es pas le dernier des philosophes, tu n'es pas non plus *le premier des boulangers.* » Un seul sens s'offre à l'esprit, étant

(1) *Epigrammes*, livre XI, 94.

Ecce negas, jurasque mihi per templa Tonantis.
Non credo : jura, verpe, per Anchariam.

On lit maintenant *Anchialum* qui n'a aucun sens. Mais l'intention de Martial est claire, et elle domine toutes les interprétations proposées pour Anchialus qui a d'ailleurs le même défaut que Jésus, celui de n'exister point. Sur les divagations des savants, cf. Moïse Schuhl, rabbin, *Les préventions des Romains contre la religion juive*, Paris, Durlacher, in-8° (sans date.)

(2) *L'Octavius* de Minucius Félix.

(3) Celle des christiens Nicolaïtes est restée célèbre par ses débor- dements.

donné qu'Octavius n'est certainement pas boulanger,
tandis qu'il peut très bien être esclave, comme l'a été
Plaute, ou affranchi de date récente. Car Plaute a commencé par être esclave, il a tourné la meule dans un
moulin, il y a suppléé l'âne ; l'âne et le moulin sont
deux inséparables : l'âne est par l'intelligence le dernier des philosophes, mais par la fonction le premier
des boulangers ; il vient avant la farine dans les méta-
morphoses du blé. Octavius a parfaitement compris
cette allusion à l'*Asinaire* de Plaute : « Tout beau,
dit-il, point d'injures ! »

Trouvé dans la domus Gélotiana comme le christ
asinaire reproduit plus haut, le graffito que voici
contient des allusions qui confirment invinciblement
notre interprétation du propos de Cécilius à Octavius.
De plus il n'est pas très éloigné du temps où Minucius Félix écrivait contre le crucifié de Pilatus, « ce
scélérat justement puni pour ses crimes (1). » Il est daté
par le portrait de l'empereur Gordien qui se trouve à la
droite et qui semble fait d'après une monnaie (2). Cette
fois c'est un soldat qui dessine, un soldat resté inébran-
lablement fidèle à ce devoir militaire que les troupes
levées à l'étranger ne sentaient pas de la même façon.
Ce soldat se représente le bras tendu, probablement
vers les frontières qu'il avait défendues sous Gordien
et s'adressant à l'âne christien qui tourne sa meule, —
le premier des boulangers, a dit Minucius Félix — au
moulin de la servitude : « Travaille, âne, comme j'ai
travaillé moi-même, et tu t'en trouveras bien ! » Mais

(1) Cf. le *Roi des Juifs*, p. 334.
(2) Gordien III. Voyez ses grands yeux et ses traits largement dé-
coupés sur le buste qui est aux Offices de Florence.

l'âne christien est las et rebuté, il a reçu trop de coups, il ne veut ni porter les armes ni coloniser après

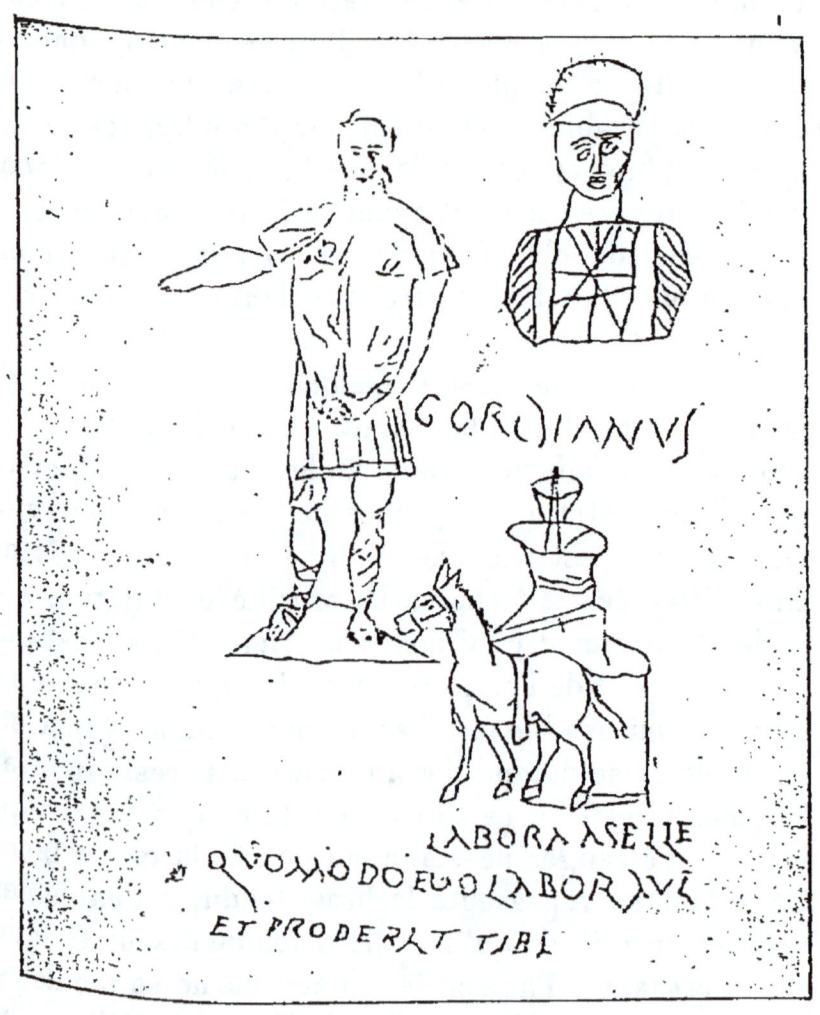

L'ANE JEHOUDDOLATRIQUE SOUS GORDIEN III (1)
(Graffito du III° siècle

avoir accompli son service. Périsse Rome? il ne sera

(1) Dans son œuvre destructrice, le temps a ménagé ces images grossières, mais marquées au coin de la vérité. Nous sommes sûr

pas plus malheureux sous les Barbares! Qu'on le tue, si l'on veut, il tournera, il n'avancera pas!

Toutes ces imaginations qui ont leurs racines dans des traditions millénaristes ne nous paraissent saugrenues qu'à cause de notre ignorance. S'il était possible qu'un ancien et un moderne fussent contemporains, il serait plus facile au premier de comprendre le second qu'au second de comprendre le premier, à plus forte raison s'ils étaient séparés par la race et par le climat. Mais les Écritures sibyllines n'étaient pas tellement éloignées des chaldéennes que les Romains instruits ne pussent interpréter les énigmes astrologiques de l'Évangile. Pétrone, dans son curieux passage sur l'influence des signes, et avant lui Manilius assurent tous les deux qu'un enfant né sous le *Verseau* doit fatalement aimer les fontaines et les eaux jaillissantes. Combien plus, si comme l'inventeur du baptême il est inscrit dans un calcul où son père porte le nom engageant du *Verseau!* (1) Auguste était né sous le signe du *Capricorne* réputé bon comme étant celui de la Nativité solaire, et il avait une telle foi dans cette constellation qu'il a fait frapper une médaille en son honneur. Ainsi la Bête romaine (horreur!) avait le même signe de géniture que le Sauveur des Juifs! Celui-ci lui fait expier cette coïncidence et cette

que celles-là sont l'expression spontanée du sentiment universel, et elles ont ceci d'éloquent qu'elles partent du peuple auquel tout revient un jour ou l'autre.

(1) On se souvient que Jehoudda est appelé tantôt *Zachûri*, nom chaldéen du *Verseau*, tantôt *Zibdéos* (Faiseur de *Poissons*) qui en est l'équivalent.

primauté par quelques épithètes malsonnantes dans

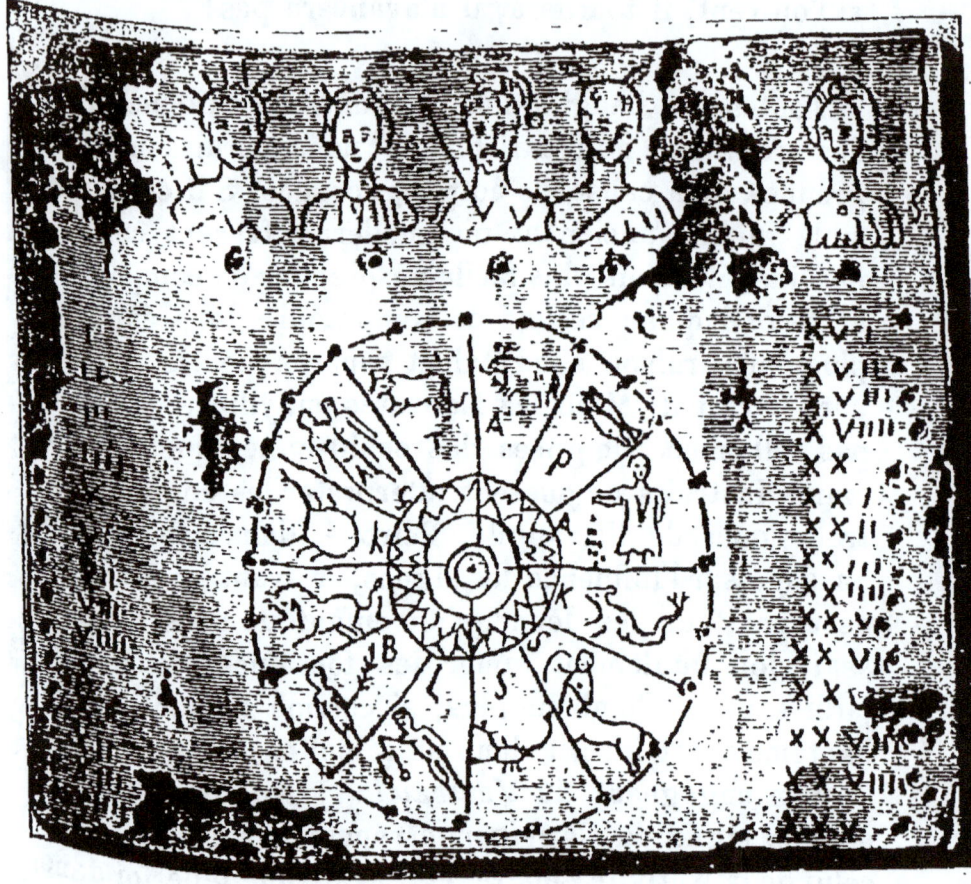

CALENDRIER ROMAIN

(Trouvé dans la maison de Néron)

1. **A** Aquarius.	5. **G** Gemini.	9. **L** Libra.
2. **P** Pisces.	6. **K** Kancer.	10. **S** Scorpio.
3. **A** Aries.	7. **L** Leo.	11. **S** Sagittarius.
4. **T** Taurus.	8. **B** Beata ? (1)	12. **K** Kapricornus.

l'*Apocalypse* (2), mais quelle revanche Tibère a prise au Guol-Golta sur la Bête juive !

(1) La Fortune avec une palme, la Vierge avec l'épi.
(2) Cf. le *Charpentier*, p. 122.

..... Pauvre bête,
A peine à tes pieds tu peux voir,
Tu pensais lire au-dessus de ta tête!

dit La Fontaine sans se douter, le bonhomme, qu'il parle de son Rédempteur déconfit par Pilatus!

En même temps qu'elle s'inclinait devant le pouvoir des astres Rome a connu leur utilité pratique, comme en témoigne ce calendrier dans lequel on retrouve tous les signes qui entourent la croix solaire, à l'exception des *Anes* dont les christiens se réclamaient spécialement et qui sont remplacés par le *Cancer*, à la mode grecque (1). Ce calendrier est extrêmement curieux, parce qu'il a été trouvé dans la *domus aurea de* Néron, le palais d'or qui dans la pensée de cet empereur — et dans celle de Lucain aussi — répondait au Cycle d'or où le peuple-roi était entré sous Auguste. Pensée identique à celle que les parents de Bar-Jehoudda avaient nourrie pour leur fils aîné, lorsqu'ils lui firent le thème de géniture repris par lui dans son *Apocalypse* (2).

(1) Les sept figures qui sont au-dessus du calendrier (la première et la sixième ont disparu) sont celles des sept jours planétaires à partir de Saturne. On distingue assez bien le Soleil, la Lune, Mars et Vénus. Au-dessous des sept figures sept trous sont disposés pour recevoir des fiches. Le mois se compose de trente jours comme dans le calendrier d'Abraham, quinze jours à la droite, quinze jours à la gauche. Les douze signes, en allant de l'Orient à l'Occident et de l'Occident à l'Orient, sont ceux que nous connaissons, à part les *Anes*, avons-nous dit. Vingt-quatre trous sont disposés pour recevoir la fiche mobile de la quinzaine. Les signes se présentent dans le même ordre, si ce n'est que, le *Verseau* et les *Poissons* se trouvant au-delà du bras est de la croix, le calendrier romain avance de deux signes sur l'immuable calendrier juif.
(2) Cf. le *Roi des Juifs*, p. 31.

V

LE CHRIST CILLOPORCUS (1)

Si par un prodige de tératologie, l'Ane eût eu les extrémités d'un porc, il eût été plus significatif encore.

Pour être complet, le Christ devait être fait de deux extrémités animales, les longues oreilles de l'*Ane* par lesquelles il tenait du ciel et les pieds fourchus du *Porc* par lesquels il touchait aux enfers. Les Juifs n'avaient jamais sacrifié aucun de ces animaux, d'où les païens concluaient qu'ils respectaient l'un et l'autre jusqu'à l'adoration. Les païens s'égaraient : si les christiens revendiquaient pour Jésus la tête de l'*Ane*, ils ne lui refusaient point les extrémités du *Porc*.

Est-ce à dire que ces Juifs portassent si peu de respect au Christ qu'ils se le figurassent ainsi bestialisé ? Point. Mais, coiffé des oreilles de l'Ane, il était en même temps chaussé des pieds du *Porc*. Car si l'Ane était la sixième *maison* de Jésus dans l'Empire des vivants ou ciel, et répondait au sixième signe du Zodiaque à compter du solstice d'hiver, de son côté le *Porc* était l'enseigne de la sixième maison inverse dans l'Empire des morts ou terre. Situés aux deux bouts de la verticale tirée du ciel à la terre, l'*Ane* et le *Porc* étaient les deux attributs du Christ venant dans sa gloire au solstice d'été. Ainsi en avaient décidé l'astrologie et la mythologie acceptées par tous les christiens juifs. Bar-Jehoudda lui-même, décrivant les demeures

(1) Ane et porc.

infernales qu'il est allé visiter pendant les trois jours de sa mort (1), affirme solennellement que la sixième est régie par le *Porc*.

Le premier acte de Jésus étant de donner la vie millénaire aux Juifs et d'envoyer les païens rejoindre les morts logés à l'enseigne du *Porc* dans les enfers, on peut juger de sa puissance par l'espace inscrit entre les deux signes : l'animal ami des eaux claires du baptême, et l'animal attiré par la fange de la science et de la philosophie. Sur la faculté qu'a Jésus de métamorphoser les puissances terrestres en porcs, c'est-à-dire de les envoyer à la mort selon son bon plaisir, vous avez vu la scène où il en expédie deux mille d'un coup dans le lac de Génézareth (2).

Autorisés par les christiens à faire toutes sortes de jeux de mots, au lieu de les appeler Scilitains (de Scilo, Envoyé, comme il est dit dans le *Quatrième Évangile*) les Romains les nommaient Cillitains (du grec *Killos*), lisez Onolâtres, adorateurs de l'Ane. La raillerie de l'Ane réuni au Porc prit un tour plus personnel lorsqu'après avoir débarrassé l'homme-légion de deux mille démons sous les espèces de deux mille porcs, Jésus fut représenté dans la mystification évangélique à califourchon sur deux ânes.

Le cillitanisme ou même la cillo-porcolâtrie des christiens jehouddolâtres est un fait très connu, et qui le

(1) Valentin, en sa *Sagesse*, éd. Amélineau. La descente de Jésus aux enfers est des plus anciennes. Elle se trouvait dans les thèmes qu'a corrigés Valentin vers 200 de l'Erreur christienne et dans ceux qu'a connus Celse au quatrième siècle.
(2) Cf. le *Roi des Juifs*, p. 251.

serait davantage si l'Église n'en avait pas supprimé les traces par la plume de ses gagistes.

« Permis au Juif d'adorer un dieu aux pieds de porc et d'appeler à son secours l'Ane aux puissantes oreilles ! » dit fort bien Pétrone (1).

Les Scilitains livrés au supplice à Carthage, sous Septime-Sévère, n'étaient nullement des habitants d'une certaine bourgade de Scillium, d'où ils auraient été amenés au prétoire, mais des Juifs qui, pour préparer les voies du Scilo, avaient commis quelque crime public, allumé quelque incendie. Sur la date passons, elle importe assez peu (2). Ce qui frappe, c'est le nom que l'histoire de leur supplice a conservé à travers le temps : « Martyre des *Scilitains* », et ce nom, c'est tout ce qu'il y a d'ancien dans la légende (3). On a pensé

(1)
> *Judæo licet et porcinum numen adoret*
> *Et* cilli *summas advocet auriculas !*

Au lieu de *cilli*, les copistes ont mis *cœli*, contresens évident. Je signale la manœuvre à M. Laurent Tailhade, pétronisant émérite. De tous les latins de la décadence — il est contemporain d'Elagabale — Pétrone est le seul qui emploie le mot *cillus*, pour désigner l'âne. C'est donc un mot qu'il ne tient pas de la tradition, mais du grec κίλλος. Sa langue est d'ailleurs toute farcie de grec, et de grec syrien. De son côté, le grammairien Festus est le seul qui emploie le mot *cilo* dans le sens de : « Celui qui a la tête pointue, élevée », et le mot, en ce sens-là, ne se rattache à aucune racine grecque. L'un et l'autre mot ne viennent-ils pas de Scilo, qui est le vieux nom hébreu du Messie Tout-Puissant ? Cette question serait digne d'un hébraïsant, et elle passe trop loin de ma compétence pour que j'insiste davantage.

(2) Que le supplice des Scilitains soit de 180 de l'Erreur christienne, comme le pense M. Monceaux (*Histoire littéraire de l'Afrique chrétienne*), ou qu'il se place plus avant dans l'histoire, il n'importe pour le moment. Je pense pour ma part qu'il eut lieu après 207, sous Septime-Sévère qui eut à défendre les villes d'Afrique et les mœurs contre le christianisme jehouddolâtre.

(3) Il n'est d'ailleurs que sur le titre, sauf dans la version grecque de la *Passion des Scilitains* qu'à de nombreuses altérations on devine

qu'ils le tiraient d'une petite ville de la Proconsulaire, Scilium, dont personne n'entendit jamais parler (1), mais il ne sont pas de Scilium qui n'existe pas, ils appartiennent au Juif qui doit revenir juger la terre au nom de son Dieu. Ils sont douze, comme les Apôtres, sept hommes et cinq femmes, qui prêchent à Carthage la bonne parole d'injustice universelle.

C'était des christiens, de Cyrène sans doute, et qui erraient sur le port de Carthage menaçant la ville de leur pluie d'astres. Les noms de ces colporteurs de mauvaises prophéties sont tous latinisés. Il en est qui éveillent des souvenirs d'Apocalypse et de Judée, Aquilinus et Nartzalus, celui-ci sonnant comme Lazarus ou Nazarus.

Quoiqu'ils s'enveloppassent d'un tel réseau d'allégories que les Syriens y perdaient leur grec et les Romains leur latin, les Évangiles dénonçaient à la civilisation le traité de haine qui liait tous les Juifs par l'Apocalypse. Les rabbins éprouvèrent le besoin de rompre avec cet exécrable principe. Les synagogues de Car-

être postérieure à la latine. Le scribe grec, séparé par un long temps, plusieurs siècles peut-être, de la version latine, croit devoir faire un peu de géographie et peut-être un peu plus que de la géographie. C'est un catholique qui entend que ces martyrs, les premiers de l'Afrique, soient disciples du pseudo-Jésus de Nazareth, et non des Scilitains plus ou moins jehouddolâtres. « Ils étaient, dit ce scribe, originaires d'Ischlé en Numidie. » C'est à tort que dans les versions modernes on orthographie « Scillitains », (en ce cas ce serait : Cillitains) il faut dire « Scilitains » comme le fait le calendrier de Carthage.

(1) Quoique la Numidie n'existât point en tant que province distincte en 180, Scilium aurait pu se trouver dans la partie numide de la Proconsulaire. On n'en trouve pas de mention avant le cinquième siècle, mais on a découvert à Chemtou (Simitthu) une épitaphe où se lit Iscilitana, et on est tenté d'identifier Simitthu avec Scillium et Scillium avec Ischlé. (Voir M. Paul Monceaux.)

thage sont des « sources de dénonciation, dit Tertullien, des fontaines de persécution. » Nullement. Mais qui voudrait être solidaire de ces abominables Scilitains? En pleine ville, sous Septime Sévère, un Juif, valet d'amphithéâtre ou bestiaire, prend un pinceau, barbouille sur un tableau un personnage vêtu de la toge avec des oreilles d'âne et un pied fourchu, et qui tient un livre en main. Lequel? l'*Ane d'or* d'Apulée, célèbre dans la région, l'*Apocalypse*, l'Évangile zélote? On ne le saura jamais. Au-dessus, il met une inscription sur laquelle on lisait : « Le Dieu des christiens », avec cette épithète : « *Onocoetès*, qui couche avec les ânes », dans un sens péjoratif auquel les pieds du porc donnent toute sa pointe (1).

Enchanté de son invention, le Juif la promène dans les rues et depuis ce jour on ne parle plus dans la ville que du dieu de ceux qui couchent avec les ânes (2). Ce Juif a un succès monstre parmi les gens de Carthage, les soldats, le peuple et les chrestiens. « Nous avons ri nous-même de ce nom et de cette figure », ajoute Tertullien. Je crois que Tertullien, s'il a vu cela, s'en est moins amusé qu'on ne le lui fait dire, car il était

_____

(1) *Apologétique*, xvi et *Ad nationes*, l. Iᵉʳ, xiv. Les deux récits diffèrent, ce qui s'explique : il n'y a rien de vrai que le fait lui-même.

(2) Et non du « Dieu qui couche avec les ânes. » On a pensé, en effet, que cette plaisanterie visait le Juif consubstantiel au Père, et à ce point de vue elle est injustifiable, elle n'aurait même pas été comprise de ceux à qui elle s'adressait. Il ne faut pas oublier qu'il y avait des femmes parmi les Scilitains qui furent exécutés à Carthage et précisément la compagne de l'Ane dans Apulée est elle-même une condamnée à mort. Il ne faut pas oublier non plus les nombreux excès dont les christiens nicolaïtes se sont rendus coupables dans leurs réunions nocturnes. C'est le mariage de toutes ces idées qui a inspiré la méchante composition dont l'auteur de l'*Apologétique* dit s'être tant amusé.

millénariste, de l'école de Montanus, il est vrai, c'est-à-dire ennemi de la jehouddolâtrie.

Voilà donc vidée cette question du Christ asinaire qui a mis tant d'érudits à la torture (1). Rentrons dans Jérusalem d'où elle nous est venue.

VI

AMBASSADE DE SAUL A NÉRON

La mort de Ménahem fit Eléazar Bar-Ananias chef de la révolte; il continua de presser sans relâche les Romains dans leurs tours. Les principaux sacrificateurs qui étaient avec Josèphe sortirent de leurs cachettes, ils conseillaient de laisser les troupes romaines se retirer sans dommage, certains que Cestius Gallus viendrait sous peu d'Antioche pour venger leur affront. Voilà ce qu'on lit dans la *Vie de Josèphe par lui-même.*

Mais s'il était encore temps, après l'exécution de Ménahem, de laisser les Romains se retirer sans dommage, que devient l'histoire de la garnison de Jérusalem massacrée jusqu'au dernier homme, sauf leur chef Métilius, contre la promesse qu'il aurait faite de se soumettre à la circoncision? Cestius Gallus vint vers le milieu de septembre, et il était à Antipatris pendant la fête des Tabernacles; mais ayant mal pris ses mesures et dispersé ses forces, il fut repoussé sous Jérusalem.

(1) Ce fut, il m'en souvient, le sujet de mon dernier entretien avec le regretté Henri Bouchot, qui était de l'Institut et méritait d'en être, avec ceci de charmant qu'il n'en avait pas l'air.

Il revint et le 13 octobre il entra, prit son quartier dans la haute ville, près du palais, et même il aurait facilement emporté le Temple si Tyrannus (1) et Priscus, ses lieutenants, ne l'eussent détourné de ce dessein : avis malencontreux qui a prolongé la résistance des Juifs et causé la perte de la ville. Mais Gallus ne paraît avoir eu d'autre but que de dégager la garnison ; il leva le siège si précipitamment, se retira en si mauvais ordre et protégea si mal ses derrières que les Juifs crurent pouvoir le poursuivre sans danger et qu'enhardis par cette retraite qui ressemblait à une fuite, ils lui firent subir un échec complet après lui avoir enlevé ses machines. Ces succès inattendus ne firent qu'irriter contre eux les populations voisines acharnées à les perdre. Gallus tua huit mille quatre cents Juifs dans Joppé, cinquante seulement dans Lydda, parce qu'il n'y en avait pas davantage, et comme pour réparer la faute qu'il avait commise de ne point emporter le Temple du premier coup, les habitants de Damas en tuèrent dix mille.

Lors de cet échec, Saül était encore à Césarée avec Agrippa et Bérénice, Costobar et Philippe Bar-Jacim. Comme il avait assisté aux débuts du règne de Ménahem dont il était une des victimes les plus intéressantes, c'est lui que Gallus choisit pour conduire la mission chargée d'expliquer les faits à Néron et d'en rejeter la responsabilité sur Florus qui avait négligé d'intervenir en temps opportun. Florus étant mort, cette version n'atteignait que sa mémoire. Saül partit vers le milieu de novembre. Néron était en Achaïe lorsque Saül et les autres lui apportèrent les nouvelles de Judée, le dernier frère du

(1) L'ancien préteur d'Ephèse qui opéra avec Saül, Tibère Alexandre et Démétrius contre Shehimon et Jacob. (Cf. le *Saint-Esprit*, p. 293.)

christ exécuté par les révoltés eux-mêmes, Gallus obligé
de se retirer, la légion poursuivie par les Juifs jusqu'à
Antipatris, le Temple cédant aux vœux du peuple, orga-
nisant la défense, Josèphe envoyé en Galilée, aux prises
avec les chefs Galiléens avant même qu'il pût l'être avec
les romains, Eléazar-bar-Jaïr retiré dans Massada et
terrorisant toute la contrée. Nous perdons toute trace
historique de Saül à partir de ce moment, mais la logique
nous porte à croire qu'il est revenu rendre compte de sa
mission à Cestius Gallus dans Césarée, puis retourné à
Corinthe, probablement avec toute sa maison, et nous
savons qu'il a émigré à Rome avec elle dans l'année
qui a précédé la chute et la mort de Néron. Agrippa
restait dans ses états ; contre les révoltés de Galilée
Néron avait décidé d'envoyer Vespasien, le meilleur
de ses généraux.

Quel chemin Saül a-t-il pris pour aller en Italie ?
Celui qu'a pris Néron pour y retourner ? On ne sait,
mais il est passé par l'Illyrie, province romaine que
Néron a peut-être voulu visiter avant de rentrer. C'est
la seule occasion que Saül ait eu de passer par l'Illyrie
où il n'est certainement jamais allé exprès. Le voyage
du prince hérodien à Rome par l'Illyrie était donc
une chose connue, puisqu'au troisième siècle l'auteur de
la *Lettre aux Romains* est obligé d'y mêler le tisserand Paulos. (1) C'était une maladresse, mais réparable ;
dans les *Actes* on fait venir Paul à Rome par Malte et
par la Campanie. pendant la procurature de Festus,
environ sept ans avant son passage par l'Illyrie qui se

(1) *Aux Romains*, xv, 19.

trouve ainsi reporté sous Claude à une date indéterminée du proconsulat de Gallion en Achaïe.

Saül n'était probablement plus à Corinthe lorsqu'arrivèrent les six mille Juifs que Vespasien y envoya pour être employés au percement de l'isthme. Il était à Rome où Agrippa vint se fixer avec Bérénice au retour de Titus en Italie. Félix n'était peut-être pas mort et il avait des enfants de Drusille dont l'un mourut avec sa mère dans l'éruption du Vésuve en 832. Il semble que Simon le Magicien soit venu s'établir à Rome dans le temps que Félix y retourna avec Drusille. Il était en grande faveur, ayant fait leur mariage et répandu sa *Grande Exposition* dans le monde latin. Et là il renoua avec Saül, car les premières impostures ecclésiastiques nous montrent Shehimon dit la Pierre poursuivant jusqu'à Rome Saül, sous les traits de Simon le Magicien, et Simon le Magicien, sous les traits de Saül, afin de tirer vengeance de l'un et de l'autre.

Tout ce monde voisine avec le Palatin ou loge au Palatin comme Flavius Josèphe après la campagne de Judée. On s'étonne que Bérénice avec ses quarante-cinq ans ait pu enlever Titus à des patriciennes plus jeunes qu'elle et plus belles : c'est que Bérénice n'a qu'à changer de côté pour sauter de son lit dans celui de Titus. Titus avait pris Jérusalem après un siège ; Bérénice était déjà dans la place lorsqu'elle prit Titus.

Les *Actes*, malgré tous leurs détours, avouent que Saül est resté deux ans à Rome dans une petite chambre, mais où est cette petite chambre ? Pas très loin de celle de Bérénice, laquelle est bien près de celle de Néron. C'est même ce qui a permis à l'auteur de la *Lettre aux Philippiens* d'insinuer qu'il y avait avec le tisserand Paulos des christiens jehouddolâtres dans la *maison de César* (1). C'est l'origine des facéties ecclésiastiques dans lesquelles on le montre prêchant devant Néron lui-même, quelque peu ébranlé par l'enthousiasme de ces discours, la divinité du frère aîné de Ménahem. Telle est également l'origine de la correspondance échangée entre l'Apôtre des nations et Sénèque et qui serait à peine digne de leurs cuisinières.

L'auteur de la *Lettre aux Philippiens* n'ayant pas daté ce faux comme a fait l'auteur de la *Lettre aux Galates*, il n'y avait plus qu'à la supposer écrite en un temps antérieur à la mort de Sénèque; et Sénèque ayant prêché une morale admirable que les Pères de l'Eglise ont essayé d'adapter à la jehouddolâtrie, il convenait que l'Apôtre des nations se fût rencontré avec lui pour la lui inspirer. Comme Sénèque était mort en 818, il n'y avait qu'à dater la *Lettre aux Philippiens* de 815, par exemple, parce que ces deux sages eussent pu se connaître et s'aimer dans une touchante communauté de vues et de sentiments, le jehouddolâtre redressant les préjugés du philosophe. Toutefois il n'apparaissait pas que Sénèque eût quitté la vie avec la ferme conviction que Bar-Jehoudda fût ressuscité, mais peut-on jamais pénétrer l'âme d'un philosophe qui fait de la politique? Il se pouvait très bien que Sénèque, peu communicatif depuis le meurtre d'Agrippine et vivant retiré d'une cour frivole, eût emporté ce secret dans la tombe. L'auteur de la *Passio Pauli* mit dans cet écrit remarquable que *de la maison de César* il arrivait à Paul

(1) *Aux Philippiens*, IV, 22. « Salutant vos qui mecum sunt fratres; salutant vos omnes sancti, maxime autem qui de Cœsaris domo sunt. »

un grand concours de croyants en le Seigneur Jésus-Christ, et que leur foi causait chaque jour un redoublement de joie et d'allégresse parmi les fidèles, le précepteur de Néron y ayant une part secrète, mais active (1).

VII

SA MORT EN ESPAGNE

Après un séjour dont il est impossible de fixer la durée, Saül s'est retiré en Espagne où très certainement il est mort. Il y avait de la famille et des amitiés. Pontius Pilatus, qui était venu de la province de Tarragone, y était sans doute retourné, surtout s'il en était originaire. Il était mort, à moins qu'il n'ait été envoyé en Judée à l'âge qu'avait Saül lorsqu'il lapidait Jacob junior, blessait Éléazar et persécutait les frères survivants de Bar-Jehoudda. Antipas, le tétrarque de Galilée et la victime de la journée des Porcs, avait été exilé en Espagne avec Hérodiade; tous deux sans doute étaient morts, mais peut-être pas sans postérité, et ils avaient été suivis dans leur exil par des membres de leur famille qui y avaient fait souche. Car que sont devenus les Salomé (2) et les Aristobule ? (3). On aime à se représenter Saül faisant sauter leurs petits enfants sur ses

(1) « Concursus quoque multus *de domo Cæsaris* (c'est l'expression de la *Lettre aux Philippiens* que le faussaire a sous les yeux) ad eum credentium in Dominum Jesum Christum, et augmentabantur quotidie fidelibus gaudium magnum et exultatio. Sed et institutor imperatoris, etc...

(2) Fille d'Hérodiade et veuve de Philippe, tétrarque de Gaulanitide, Bathanée et Trachonitide. Cf. le *Roi des Juifs*. p. 206.

(3) Second mari de Salomé après la mort de Philippe.

7

genoux et leur contant les histoires de la grande époque,
la lapidation de Jacob junior, l'affaire où Shehimon lui
enleva l'oreille, la crucifixion de Bar-Jehoudda, l'expédition de Damas et la fuite dans la corbeille, et pour
le bouquet Ménahem roi forçant les hérodiens dans le
haut palais, Saül lui-même filant au grand trot sur Antipatris après avoir laissé Antipas sur le carreau. Ah !
mes enfants, quel coup ! Et eux criant : « Encore !
Encore ! » car il en connaissait des histoires de christiens, le cousin Saül à la barbe grifaigne !

Ce voyage était connu de l'auteur de la *Lettre aux
Romains*, qui en parle par deux fois (1). Il a même fallu
que l'Eglise en ramenât Paul, lorsqu'après avoir fixé le
martyre de Pierre à Rome en 817 il lui parut mieux de
le placer en 819, afin que l'Apôtre des nations fût de la
fête. Elle ne peut contester qu'il soit allé en Espagne,
puisqu'elle l'a dit elle-même dans la *lettre aux Romains;* elle nie simplement qu'il y soit mort. Elle le
ressuscite pour être « témoin de Pierre », comme elle a
ressuscité Shehimon et Jacob, et comme les évangélistes ont ressuscité le fils de la veuve, la fille de Jaïr,
Eléazar et Bar-Jehoudda lui-même.

Après la *Lettre aux Romains*, l'attestation la plus

(1) XVI, 24. « J'espère que, *lorsque je partirai pour l'Espagne* (fait
acquis et qu'exploite l'auteur de la *Lettre aux Romains*), je vous verrai
en passant (séjour à Rome) et que vous m'y conduirez, après que
j'aurai un peu joui de vous. » (Principe de l'entretien de la dignité
épiscopale par la cotisation des croyants et développé dans les ver-
sets 25, 26, 27.)
XVI, 28. « Lorsque j'aurai terminé cette affaire, (le voyage à Jérusalem pour porter la collecte de Macédoine et d'Achaïe que l'Apôtre des
nations est censé avoir faite pour les *saints*) et que je leur aurai remis
le fruit des collectes, *je partirai pour l'Espagne*, en passant par chez
vous. »

grave de ce voyage dont il n'est jamais revenu, c'est la *Première de Clément aux Corinthiens*, faux non moins patent que les *Lettres de Paulos* et qui leur fait suite. Le faussaire est dit successeur de Pierre à Rome, sa parole a donc le caractère sacré ; il compose en un temps où l'on n'a pas encore reconnu la nécessité de ramener Saül d'Espagne pour le faire mourir à Rome le même jour que Shehimon dit la Pierre. Les Corinthiens sont censés avoir reçu sous Claude la *Première* et la *Seconde* lettre que leur adresse le tisserand Paulos. Clément leur annonce que « la parole de saint Paulos a été entendue de l'aurore au couchant, qu'il a enseigné la justice à l'univers entier, et qu'il a pénétré jusqu'aux limites de l'Occident (1) », par quoi il faut entendre les colonnes d'Hercule. Epiphane (2), qui doit à ses impostures l'épiscopat de Chypre ; Athanase (3), qui doit à ses fraudes le patriarcat d'Alexandrie ; Cyrille (4), qui doit à ses fourberies le patriarchat de Jérusalem, s'en tiennent tous trois à ce que dit la *Lettre aux Romains* sur le dernier voyage de Saül et répétent qu'il est allé de Jérusalem en Illyrie, d'Illyrie à Rome et de Rome en Espagne où ils le perdent de vue.

A ces trois docteurs viennent s'ajouter Chrysostome, chez qui l'on peut lire en trois endroits appartenant à des ouvrages différents que l'Espagne est le dernier terme

---

(1) Clément romain, *Première aux Corinthiens*, 5. (*Patrologie grecque de Migne.*) Notons que Clément est à lui seul un syndicat de scribes à la solde de l'Eglise de Rome.

(2) Epiphane, *Contra hœreses*, XXVII, 6.

(3) Athanase, *ad Dracontium*.

(4) Cyrille, *Cathéchèses*, 17. Il faut faire les réserves les plus expresses sur l'authenticité de ces documents. En tout cas ils émanent de scribes qui ne peuvent être antérieurs à la fin du quatrième siècle.

connu de la carrière de Saül (1), et Hiéronymus chez qui
on lit qu'il y fut transporté sur des navires étrangers (2),
expression caractéristique dont on peut conclure que les
Navigations de Paulos ne finissaient pas comme aujourd'hui à Pouzzoles, mais qu'elles se poursuivaient
jusqu'en Espagne sur un bateau non moins « étranger »
à l'histoire et non moins inconnu des armateurs que les
trois vaisseaux qui, dans les *Actes*, vont le transporter
de Césarée en Italie. C'est plus tard et dans un intérêt
qui n'a pas besoin d'être précisé davantage, que les
gagistes de la papauté ont contesté, quelques-uns nié
tout à fait le voyage en Espagne qui, ne concordant
plus avec les nécessités du martyrologe romain, fut
relégué au dernier rang des navigations de plaisance.

VIII

LA GUERRE FINALE

La mort de Ménahem donna l'essor à toutes les ambitions. Bar-Ananias étant maître de Jérusalem, Josèphe descendit en Galilée, avec un mandat du Temple,
dit-il, à la fois pour faire rentrer les décimes en retard

---

(1) *In Matthæum Homel.* LXXV, LXXVI ; *De laudibus Pauli*, VII, et *Præ-
fatio in Epistolam ad Hebræos*, avec cette observation que dans ce
dernier ouvrage on fait dire à Chrysostome qu'après l'Espagne Saül
serait retourné en Judée, ce qui est en opposition avec les deux précédents. Un homme d'Église romaine a modifié l'itinéraire afin que de
Judée l'Apôtre des nations pût revenir une seconde fois en Italie pour
y être martyr avec Pierre. Il a négligé de mettre les deux autres passages en harmonie avec cette imposture qui est spéciale à l'Église de
Rome et conforme à ses plans d'usurpation.

(2) *In Isaiam*, XI, 14.

et pour démolir le palais qu'Antipas avait fait bâtir à Tibériade, à cause des figures d'animaux qui y étaient peintes en dépit de la loi. Jésus, fils de Saphias, l'avait prévenu à la tête des bateliers du lac, il avait mis le feu au palais pour le piller, tuant tous les Grecs de la ville et tous ceux qu'il regardait comme ses ennemis personnels. Le zèle subit de Josèphe est des plus suspects ; il semble décidé à profiter de tout, quoiqu'il s'en défende vivement, et s'il n'avait pas l'arrière-pensée d'un prétendant, il aurait la mine d'un traître. Les Galiléens s'étaient soulevés contre ceux de Séphoris qui tenaient pour les Romains. Tibériade était divisée, mais le menu peuple, agité par Justus, était pour la guerre à la fois contre Rome et contre Séphoris qui avait grandi aux dépens de Tibériade. Jochanan de Giscala était contre Josèphe, ceux de Gadara et de Gabara contre Jochanan, ceux de Gamala pour les Romains, Josèphe successivement pour les uns et pour les autres, contre tout le monde. Somme toute, guerre civile d'abord, plutôt que révolte contre l'étranger, détachement graduel du Temple, qui, au lieu de compatir à la misère publique, envoyait en Galilée Josèphe avec deux autres délégués pour lever les décimes en retard. Josèphe ne défendit bien que Jotapat et se rendit à Vespasien sans trop se faire prier. Vespasien traita fort durement les Galiléens : il en envoya six mille à Néron pour être employés à l'isthme de Corinthe, il en vendit trente mille, tua, brûla tout le reste.

Jochanan, échappé de Giscala, se jeta dans Jérusalem avec ses hommes et vint renforcer Bar-Ananias. Le Temple ne fut plus qu'une citadelle, un camp où Mars aux pieds crottés remplaça Iahvé. On rejeta les anciens sacrificateurs grands et ordinaires que Ménahem avait maintenus, on tira les dignités au sort comme du temps des Juges, on fit de cette manière un grand-prêtre qui venait tout droit des pâturages (1). Ménahem avait achevé les Saducéens et le parti des Hérodes, Eléazar bar-Ananias avait achevé les christiens et le parti de David. Quelques sacrificateurs, tenant pour la monarchie, quelle qu'elle fût, regrettaient déjà Ménahem et espéraient un retour offensif d'Eléazar-bar-Jaïr. Ils conspiraient pour arracher le Temple aux intrus, se flattant de le conserver à leur race comme à eux-mêmes, et prévoyant qu'il était perdu pour tous s'il était à la venue immanquable des Romains le dernier foyer de la résistance. « Tenons le Temple hors de la Révolution ! » telle était la pensée de ces hommes. « S'il faut périr, périsse même le Temple ! » répondaient les révolutionnaires. Et d'ailleurs ils traitaient de folies et de rêveries les sinistres prédictions des prophètes. Ils ne comprenaient pas la distinction que le parti des décimes faisait entre Jérusalem et le Temple, ils ne séparaient point l'un de l'autre.

Les sacrificateurs évincés tentèrent de barrer l'accès de la ville aux Iduméens, qui venaient pour renforcer

(1) Le premier acte des révolutionnaires lorsqu'ils s'établirent dans le Temple, après en avoir chassé Ménahem, fut de changer l'ordre établi touchant le choix des sacrificateurs qui se transmettaient successoralement les charges. L'usage avant les Rois était de remettre au sort le soin de désigner le grand-prêtre et les sacrificateurs. « Mais, dit Josèphe, ils furent confondus dans leur malice, car ayant fait jeter le sort sur l'une des familles de la tribu consacrée à Dieu (la tribu de Lévi) il tomba sur Phanias qui non seulement était indigne d'une telle charge, mais qui était si rustique et si ignorant qu'il ne savait rien du sacerdoce. » Ils le tirèrent malgré lui de ses occupations champêtres et le revêtirent de l'habit sacerdotal.

bar-Ananias et Jochanan de Gischala. Simon, fils de Cathlas, qui commandait les Iduméens, trouva les portes fermées, et Jésus, le plus vieux des sacrificateurs, à la tête de ceux qui lui refusaient l'entrée. « Je ne m'étonne plus, dit Simon, de voir que vous assiégez dans le Temple les défenseurs de la liberté publique, puisque vous nous fermez les portes d'une ville dont l'entrée doit être libre à toute notre nation. Vous voulez nous obliger à quitter les armes que nous avons prises. Au lieu de vous en servir pour la défense de notre capitale, vous nous proposez de nous rendre juges de vos différends (1), et dans le même temps que vous accusez les autres d'avoir fait mourir quelques-uns de vos citoyens sans condamnation (2), vous condamnez vous-même toute notre nation par l'outrage que vous faites à vos frères, en nous refusant l'entrée d'une ville qu'on ne refuse pas même aux étrangers qui y viennent par un mouvement de piété... Vous nous refusez, en nous refusant l'entrée de votre ville, la liberté d'offrir des sacrifices à Dieu comme ont fait nos pères, et vous accusez en même temps ceux que vous assiégez dans le Temple de ce qu'ils ont puni des traitres à qui vous donnez le nom d'innocents! La seule faute qu'ils ont faite est de n'avoir pas commencé par vous qui aviez plus de part que nul autre à une aussi infâme trahison (3). Mais leur conduite a été trop faible, la nôtre sera plus vigoureuse : nous conserverons la maison de Dieu;

(1) Le parti des sacrificateurs évincés par le sort les aurait laissés entrer, s'ils avaient promis de marcher contre Eléazar-bar-Ananias et Jochanan de Gischala.
(2) Ménahem et ses ministres.
(3) Ménahem avait trahi le peuple : roi-prêtre, il aurait levé les décimes et davantage.

nous défendrons notre commune patrie contre les ennemis étrangers et domestiques ; et nous vous tiendrons
toujours assiégés jusqu'à ce que les Romains vous dé-
livrent, ou que le désir de maintenir la liberté vous fasse
rentrer dans le devoir » !

Voilà la vérité sur Ménahem et sur tous ceux de sa
secte. Elle est dans les sentiments de ces Iduméens, de
ces fils d'Esaü et d'Amalech que l'*Apocalypse* rejetait
hors du Royaume de Dieu. Ménahem et son parti, c'est
le parti des décimes, le vrai parti des trente deniers : le
droit populaire confisqué par la restauration davidique,
la liberté publique escamotée par la Révélation. Voilà
ce qu'on n'a pas vu, voilà ce qu'il faut voir, voilà ce
qui juge tout ! C'est au satrapisme assyrien, au roi-dieu
que les fils de Jehoudda auraient ramené le peuple, si
par Is-Kérioth et par Eléazar-bar-Ananias le peuple
ne les eût par deux fois condamnés. Le tremblement de
terre qui accueille le dernier soupir de Jésus (1) n'a point
éclaté sous Pilatus : ce n'est ni pour Bar-Jehoudda, ni
pour Ménahem que le voile du Temple s'est déchiré,
c'est pour tout un peuple perdu par eux. La nuit qui
suivit l'arrivée de Simon, un orage épouvantable creva
sur les Iduméens, debout sous leurs boucliers, et un
tremblement de terre, nullement allégorique celui-là,
accompagné de mugissements, bouleversa l'ordre de
nature : présage que les trois factions interprétèrent
les unes contre les autres et qui devait les accabler
toutes, le doyen Jésus d'abord avec les principaux du
parti davidiste dont les corps, massacrés par les Iduméens, furent laissés sans sépulture.

(1) Dans Mathieu et autres.

Que restait-il des œuvres de la Loi, six mois après la mort de Ménahem? Peu de chose assurément, plus rien de ces rites majestueux qui étaient presque toute la religion. Seuls les Sicaires d'Éléazar bar-Jaïr surent faire un emploi judicieux et vraiment chrétien de la nuit de la Pâque, ils saccagèrent Engaddi et offrirent au Seigneur la vie de ses sept cents habitants.

Quoique les signes précurseurs de la fin s'accumulassent contre eux, il dut y avoir un moment de joie pour les défenseurs de Jérusalem, un moment d'arrêt dans les défections des riches tournés vers Vespasien comme vers le salut. Ce fut quand les mêmes signes éclatèrent dans l'Empire et dans Rome, quand on sut Néron mort, Galba, Othon, Vitellius se succédant comme les chefs d'une armée en déroute, la guerre dans Rome, le Capitole assiégé comme était le Temple. Éléazar-Bar-Jaïr dans Massada frissonna d'un espoir fou. Le même espoir enfla Simon, fils de Gioras, maître de la montagne et de la plaine autant que Bar-Jaïr en Idumée.

Caressant, lui aussi, le rêve de se faire roi, il entra dans Jérusalem avec ses troupes et occupa les quartiers disponibles. Au milieu de cette anarchie, la population, les Juifs hellènes qui n'avaient pas regagné leurs foyers depuis la pâque du dénombrement, les femmes et les enfants, appelaient ouvertement l'ennemi comme un sauveur. On verra Josèphe se réjouir de ce que Jochanan n'ait point eu temps d'achever les ouvrages qui auraient pu arrêter les Romains autour du Temple. L'intrépide Galiléen n'avait-il pas eu l'audace d'employer des matières préparées pour de saints usages, espérant s'affermir par un moyen qui était « l'effet de son impiété? » Les robustes charpentiers qu'il avait avec lui n'avaient-ils pas construit des tours de défense avec les bois apportés du Liban pour arc-bouter le Temple? Ces hommes que Josèphe appelle des brigands et des factieux quand ils fortifient le Temple contre la ville, le parti des décimes va les chercher pour jeter la ville contre le Temple. C'est le sacrificateur Mathias qui ouvrit à Simon-Bar-Gioras les portes que le sacrificateur Jésus avait fermées à Simon-Bar-Cathlas. Cette politique coupa la défense en trois tronçons épars d'un même serpent, Jochanan à l'extérieur du Temple avec l'avantage des hommes et des machines, Eléazar à l'intérieur, avec l'avantage du produit des sacrifices, Bar-Gioras tout autour, avec l'avantage de la complicité sacerdotale, tous trois ne se rejoignant, ne s'enlaçant que pour broyer dans le sanctuaire tous ceux qu'un reste de piété rassemblait au pied de l'autel.

A la croisade contre les païens les nations voisines avaient répondu par la croisade contre les Juifs. Les Syriens, les Arabes, les princes alliés avaient demandé à servir sous les enseignes de Titus. Tibère Alexandre, qui déjà gouvernait l'Égypte sous Néron et qui avait été dans Alexandrie le premier héraut de Vespasien empereur, pressait la Ville Sainte avec des troupes à moitié juives. Josèphe, passé aux Romains, négociait clandestinement avec les notables, prêchant que Vespasien était le Roi du monde, Dieu ayant révoqué l'*Apocalypse*.

Cependant Jochanan s'était emparé du Temple, et le jour de la dernière Pâque, celle de 823, il avait, en faisant verser le sang des partisans d'Eléazar, réduit à deux les factions qui déchiraient Jérusalem. Jochanan, malgré tout, est le dernier héros de la Ville expirante. La haine de Josèphe contre les Galiléens de Jochanan vient de ce qu'ils avaient fait du trésor sacré le trésor de guerre. Jochanan finit par prendre — on a peine à croire que ce fût par avarice — des coupes, des plats, des tables, même des vases qui servaient au service divin et dont quelques-uns avaient été donnés par Auguste et sa femme; il osa prendre aussi l'huile et le vin que les économes conservaient dans l'intérieur du Temple pour les sacrifices. Il disait que Dieu ne leur en voudrait pas d'user ainsi des choses sacrées, puisque c'était pour lui qu'ils combattaient. Et d'ailleurs il avait suspendu les sacrifices à cause de l'impureté des sacrificateurs et de l'origine des ustensiles. Tout le culte d'Israël était dans la main de ce Galiléen. Libre à lui de le confier à celui de sa nation qu'il eût désigné ; Josèphe le lui ayant proposé, il refusa, faisant passer la défense avant tout, et alla jusqu'à manger sans difficulté des viandes proscrites.

Dans cet horrible siège, les Romains n'eurent pas d'alliés plus sincères que les Juifs de l'intérieur, si ce n'est ceux de l'extérieur que Tibère Alexandre animait contre la ville. Elle n'eut d'autres défenseurs que les huit ou neuf mille Galiléens de Jochanan et les Juifs mêlés d'Iduméens que commandait Bar-Gioras, en tout vingt-trois mille hommes que la population entassée derrière les murailles, affamée et tremblante, eût voulu voir dans le feu du Scheöl. L'approche de la fin, réunissant les deux partis, les avait désarmés l'un contre l'autre, et, sans la famine, alliée invincible des Romains, le sort eût pu tourner. Josèphe, interprète de tous les dévots et de tous les riches, leur faisait du haut des tertres des cours de capitulation, leur exposant que, moyennant le tribut qu'ils avaient toujours payé, ils auraient la paix et surtout sauveraient le Temple, la demeure de Dieu. Il leur montrait qu'ayant souillé cette demeure Dieu abandonnait Jochanan et Bar-Gioras pour se mettre avec Titus.

Mais du haut des murs ils lançaient mille imprécations aux judéo-romains. Comme les premiers jehouddistes, ils criaient qu'ils préféraient la mort au tribut et même à la patrie asservie. Jusqu'au dernier jour, beaucoup attendirent le Royaume qu'avait annoncé l'*Apocalypse* : « Quant au Temple, disaient-ils, Dieu en avait un autre infiniment plus grand et plus admirable, parce que le monde entier était son Temple, et que, s'il était, comme ils le croyaient, le défenseur de celui-là, il ne le laisserait pas périr. » Ainsi, aux deux bouts de la chaîne qui va du Recensement de 761 à la chute de Jérusalem, même après l'exécution de Ménahem, nous trouvons attachée la Révélation du Joannès, l'idée du Règne éternel et universel des Juifs. Et cette idée, religieuse sans cesser d'être politique, nous la voyons épanouie dans le langage des derniers défenseurs de Jérusalem, qui en appelent à Dieu de la sentence que Satan, maître du monde, exécutait contre eux. Dominés par la peur de l'Enfer, les Galiléens de Jochanan se livrent mutuellement leur corps pour s'éviter le péché originel et s'habillent en femmes pour sauver les apparences. L'Enfer ou Sodome, voilà le dilemme ; ils choisissent Sodome.

Cette répugnante folie n'a rien d'obsidional, elle est d'origine religieuse. C'est le retour à l'ancienne prostitution masculine consommée dans le Temple même et qui était dite sacrée, parce qu'elle rendait impossible le péché de génération condamné par la *Genèse*. Le risque d'un enfant était selon la doctrine du christ un obstacle au Royaume de Dieu. « Mon règne aura lieu, disait Bar-Jehoudda à sa mère, lorsque vous aurez foulé aux pieds le vêtement de la pudeur et que ce qui est dehors sera dedans », c'est-à-dire, avons-nous expliqué (1), quand l'homme sera redevenu bisexuel comme Adam. Cette imagination stupide eut, en dehors du nicolaïsme, autre aberration apocalyptique (2), le beau résultat que vous voyez. Toutes les fois qu'on viole la nature, elle s'en venge par un vice. Celui-ci n'est pas le plus turpide de ceux qu'a inspirés le criminel blasphème « du plus grand des prophètes qui ait jamais paru », au dire de Jésus dans Mathieu (3). Mais il est resté le plus célèbre, et c'est pourquoi le christ asinaire qu'adore Alexaménos est représenté de dos sur le *graffito* du Palatin.

Dans les derniers jours, la famine, encore plus mauvaise conseillère que la peur, ayant amolli les courages, — une mère tua et mangea son enfant — Bar-Gioras exécuta quelques sacrificateurs et gens du Sanhédrin suspects de trahison. Il tua de même Jehoudda, un des siens, qui voulait rendre une des tours et fit jeter son corps, avec ceux de ses complices, par-dessus les murailles à la vue de tous les Romains. Le pillage et l'in-

(1) Cf. le *Charpentier*, p. 109.
(2) Sur les Nicolaïtes, cf. le *Charpentier*, p. 112. et le *Saint-Esprit*, p. 32.
(3) Mathieu, xi, 11.

cendie de la ville autorisés par Titus achevèrent le mal
que les gens de Jochanan et de Bar-Gioras avaient
pu faire. Ce qui restait du trésor et des ornements du
Temple, chandeliers, vases, tables, coupes d'or massif,
parfums, habits et tissus précieux, le fameux voile toujours intact, tout fut passé à Titus par-dessus le mur du
Temple. Ayant fait le serment de ne se rendre jamais,
après avoir parlementé (à l'aide de truchements) avec
Titus, et évacué le Temple en feu, il ne leur restait
plus qu'à se retirer dans la ville haute et dans le palais.
Ils y tuèrent huit mille quatre cents hommes du peuple
qui s'y étaient réfugiés. En dépit des crimes par lesquels ils se rattachaient à Caïn et des orgies par lesquelles ils renouvelaient Sodome, les Galiléens de Jochanan rendirent en mourant le dernier souffle de la
patrie. Josèphe peut les charger des couleurs les plus
sombres : Iahvé Sabaoth parle en eux. Ils ont com-
combattu plus âprement pour leurs passions que les
prêtres pour leurs privilèges.

L'incendie du Temple est romain, mais celui de la
Galerie d'Occident, face à Rome, est juif : il fut allumé
par les défenseurs. « Sur l'assurance d'un prophète
auquel ils étaient attachés, (1) six mille gens du
peuple » (2) périrent, qui s'étaient réfugiés vers la Galerie d'Orient dans l'espoir que Dieu leur enverrait personnellement du secours, car l'année était sabbatique.
Mais les Cent quarante mille Anges de la milice céleste

(1) Nul autre que l'auteur de l'*Apocalypse*.
(2) Le chiffre de ces illuminés semble avoir été grossi comme beaucoup d'autres appartenant au même récit de Josèphe. Mais il n'y a
rien d'étonnant à ce que la galerie et sa plate-forme pussent recevoir
six mille personnes.

s'obstinèrent à rester dans les régions où leur taille et leur constitution ignée les retenaient. La vallée et la fontaine de Siloé furent le dernier asile de la résistance. Là Jochanan et Bar-Gioras, atteints du vertige final, abandonnés de presque tous leurs hommes, tentèrent un dernier effort avec une poignée de braves, tout ce qui restait de « cette engeance de vipères, dit Josèphe. » Du haut des tours qu'ils ne surent garder ils descendirent dans les égouts où ils furent pris. Dix-huit hommes tenaient encore dans la tour de Siloé, elle s'écroula sur eux, et cet épisode, le point *thav* du siège de Jérusalem, leur a valu l'inscription au tableau d'honneur de l'Évangile (1).

Le Temple était tombé sans que l'autorité de Moïse eût diminué d'un iota. Pour tous les Juifs, du temps de Vespasien, tant à Rome qu'ailleurs, le seul homme qui vint après Iahvé, c'était toujours Moïse. L'*Apocalypse* ne valait que parce qu'au fond elle était signée Moïse. « Il n'y a personne parmi les Juifs, dit Josèphe, qui encore aujourd'hui ne se croie obligé d'observer exactement ses ordonnances et qui ne le regarde comme présent et prêt à les punir s'ils les avaient violées (2). » On croirait entendre Luc parlant du père et de la mère du Juif consubstantiel au Père : « Ils étaient tous deux *justes* devant Dieu, marchant dans *tous* les commandements et dans *toutes* les ordonnances du Seigneur d'une manière irréprehensible (3). »

(1) Cf. le *Roi des Juifs*, p. 390. Je pense que les six mille malheureux brûlés sur la Galerie Orientale peuvent être rapprochés de ces dix-huit chrétiens millénaristes.
(2) *Antiquités judaïques*, livre II, ch. VII.
(3) Luc, 1, 6.

IX

LA CÈNE DES OISEAUX DE PROIE

La ville brûlée et pillée, les fortifications abattues, le menu peuple de Jérusalem vendu sur place, mal vendu faute d'acheteurs, les hommes pris les armes à la main passés au fil de l'épée, les voleurs envoyés au supplice, les plus jeunes et les plus beaux gardés pour le triomphe, d'autres, ceux qui étaient au dessus de dix-sept ans, envoyés en Égypte pour travailler aux ouvrages publics, d'autres distribués entre les provinces pour servir aux spectacles et aux combats contre les bêtes, d'autres encore, près de cent mille, réduits en esclavage, le reste enlevé par la famine ou la peste, il resta quarante mille Juifs de tout âge à qui Titus permit de se retirer où ils voudraient. Les plus heureux étaient les morts. Josèphe veut que le siège ait coûté la vie à onze cent mille personnes.

Promise aux Juifs par l'*Apocalypse* la Cène des oiseaux de proie (1) se fit contre eux ! Les Syriens et les Arabes montrèrent un acharnement et des raffinements de cruauté inouïs : ils s'adjugèrent les transfuges riches qui avalaient leur or avant de quitter la ville et faisaient de leurs entrailles un coffre-fort : ces êtres abominables en tuèrent plusieurs milliers, ouvrirent le ventre avec l'épée, fouillant avec la main pour chercher les pièces d'or, objet de cette immonde convoitise.

(1) Cf. le *Roi des Juifs*, p. 62.

C'est un Syrien qui avait réclamé la faveur de monter le premier sur la brèche, à l'assaut de la tour Antonia.

Pompée s'était contenté de prendre Jérusalem et de la piller. Titus la ruina jusque dans les fondements, ne conservant d'elle qu'assez de pierres debout pour prouver qu'elle avait été habitée, assez de murs branlants pour empêcher qu'elle ne le fût encore.

A la destruction il ajouta une de ces persécutions par lesquelles Rome a mérité sa chute, deux mille cinq cents captifs brûlés ou sacrifiés aux bêtes dans Césarée pour contenter la population et célébrer la fête de son frère Domitien, d'autres sacrifiés de la même façon dans Césarée de Philippe, d'autres dans Béryte, pour faire plaisir aux Phéniciens et célébrer la fête de son père. Antioche n'attendit pas sa venue pour massacrer une partie des Juifs qui s'y trouvaient, pour molester les survivants, les forçant de sacrifier aux dieux de Rome et de travailler le jour du sabbat. Un Juif apostat menait évangéliquement toute l'affaire, accusant son père et les autres Juifs d'avoir allumé l'incendie qui venait de brûler un quartier de la ville, et poussant si avant contre eux qu'ils en vinrent à cesser le sabbat dans Antioche et dans les autres villes de Syrie. Cependant, quelque mal que les renégats et les Syriens leur voulussent et quelque instance qu'ils aient faite, Titus ne consentit ni à chasser les Juifs d'Antioche ni à effacer leurs droits de bourgeoisie. Il allégua non la justice, mais l'embarras où il était de les caser ailleurs, Jérusalem n'étant plus et les autres villes n'en voulant pas. Lorsque d'Antioche il revint à Jérusalem, pour aller de là en Égypte et à Rome, il était suivi d'une foule de prisonniers qu'on venait voir comme on vient voir des bêtes. On voulait les voir dans leurs haillons de honte et de misère, leur défaite paraissant encore au-dessous de la haine qu'on leur avait vouée. Lorsqu'après Jérusalem Machœrous tomba (1), que toutes les terres des morts et des prisonniers furent vendues, réunies au domaine impérial ou données aux Juifs latinisants, on put croire qu'il n'y avait plus de Judée. Enfin lorsque Vespasien commanda qu'en tous lieux qu'ils fussent, les Juifs paieraient au Capitole les didrachmes qu'ils payaient auparavant au Temple, on put croire qu'il n'y avait plus de Juifs.

X

LE RÈGNE D'ÉLÉAZAR A MASSADA

Il y en avait encore, il y avait ceux de la race et de la secte des deux christs. Éléazar-bar-Jaïr, pendant le supplice de Ménahem, ne s'était enfui de la Ville de David que pour mieux combattre les antidavidistes d'Idumée. Éléazar fut le dernier Sicaire ; mais quand il mourut il n'avait plus personne à tuer, Titus lui avait volé sa vengeance !

Éléazar depuis trois ans commandait, régnait à Massada dans des conditions exceptionnelles d'absolutisme ; les Romains tenaient assiégés dans Jérusalem tous les chefs qui auraient pu s'opposer à lui. Tous les efforts de Vespasien avaient porté sur la Galilée, tous ceux de Titus sur Jérusalem ; on avait laissé Éléazar,

(1) Les révoltés avaient pris cette forteresse sur les Arabes.

maître de l'Idumée, libre de fomenter la révolte par
des émissaires et des subsides sinon dans les synagogues d'Égypte où il avait peu de chances, du moins
dans celles de Cyrène où les fils de Simon et ceux de
Lucius avaient prêché les *Paroles du Rabbi* (1). Au
début de la guerre les Juifs avaient emporté sur les
Arabes la redoutable forteresse de Machœrous, et il
semble qu'ils y aient tenu pour Éléazar après la mort
de Ménahem. Les Romains ne se tournèrent vers Massada qu'après avoir repris Machœrous. Le dernier bou-
levard juif, ce ne fut pas Machœrous, ce fut Massada.
Le dernier roi des Juifs, ce ne fut ni Ménahem, ni ceux
qui se disputèrent la tyrannie dans la Ville Sainte, ce
fut Éléazar dans Massada. La couronne de David
reforgée par Jehoudda, son dernier fils l'avait posée
sur sa tête à Jérusalem ; Éléazar bar-Jaïr, son dernier
neveu, la porte dans le Palais d'Hérode à Massada.

Les fils de Jaïr sont d'une trempe plus forte que les
fils de Jehoudda. L'Éléazar de 788 est tombé dans la
bataille, celui de 823 s'est immolé. Je ne pense pas
qu'il y ait rien de plus grand dans l'horreur et dans le
désespoir que la journée où sur son avis les mille
Juifs qui ne reconnaissaient d'autre roi que David
s'entretuèrent dans Massada, avec les femmes et les
enfants, et finirent sur le bûcher qu'ils avaient allumé.

Dans Josèphe on prête à Éléazar deux discours encore
plus faux qu'éloquents sur l'âme et sa séparation d'avec
le corps dans une autre vie. C'est un platonicien qui
parle : nulle allusion par Éléazar à son ascendance, à

(1) Sur Simon de Cyrène et Lucius, son frère, cf. les *Marchands de
Christ*, p. 3 et le *Saint-Esprit*, p. 163.

ses parentés, aux Révélations des Joannès, à la resur-
rection, au jugement futur, au millénarisme de toute
sa famille, à la fin de Ménahem, son beau-frère. Les
discours d'Éléazar à ses compagnons sont tout entiers
de quelque Père de l'Église fortement imbu de plato-
nicisme, et surtout mû par la nécessité d'éliminer complètement de l'histoire l'Apocalypse dynastique qui
avait fait l'erreur des deux rois-christs et causé la
ruine de leur patrie.

L'éloge de la Bête dans la bouche d'un Jaïr, d'un
frère de l'Éléazar que Jésus ressuscite à Bathanea,
voilà où nous conduit cette nouvelle imposture ! « De
tous les peuples auxquels les Juifs ont eu affaire, les
Romains sont ceux dont ils eurent le moins à se plaindre ! Les Romains ne se conduisaient en ennemis que
quand les Juifs se conduisaient en révoltés ! Une cause
supérieure à la puissance de ces conquérants leur a
donné sur les Juifs les avantages qui leur ont donné la
victoire ! Et cette cause, c'est la haine spéciale que par
leurs folles espérances et leurs ambitions ridicules les
Juifs ont allumée dans le cœur de tous les voisins ! (1) »
De telles vérités n'ont pu être confessées par le beau-
frère du Juif consubstantiel au Père qu'après l'introduction du : « Rendez à César ce qui est à César »
dans les *Évangiles*. Il n'y a qu'un faux de plus. Mais
c'est si bien sous l'empire de l'*Apocalypse* que la
Judée a vécu sa dernière période sabbatique, le nom de
Bar-Jehoudda, surnommé Joannès dans ses Révélations
et Jésus dans l'Évangile, est tellement inséparable de
ceux de Ménahem et d'Éléazar, qu'il a fallu introduire

(1) Second discours d'Eléazar à Massada, *Guerre des Juifs*, VII, 24.

dans Josèphe un prophète nommé Jésus pour annoncer
la catastrophe finale pendant les sept dernières années
de Jérusalem ! On a placé les débuts de ce prophète
sous la procurature d'Albinus, parce qu'en effet la
dernière période sabbatique (816-823) part d'Albinus
pour finir à la chute du Temple.

XI

LE FAUX SEPTENNAT DE JÉSUS

Voici d'ailleurs l'économie de cette imposture.

Quatre ans avant la guerre, un illuminé du nom de
Jésus et fils d'un paysan vient à la Fête des Tabernacles. Il crie : « Voix du côté de l'Orient, voix du côté
de l'Occident, voix aux quatre vents, voix contre Jérusalem et contre le Temple, voix contre les nouveaux
mariés et les nouvelles mariées, voix contre tout le
peuple ! » Nuit et jour il va par les rues, répétant ce
lugubre cri. Quelques-uns de la ville le font prendre et
fouetter : il ne se défend ni ne se plaint, ne cessant de
répéter ses voix. Alors les magistrats croyant, *comme
il était vrai*, qu'il y avait en lui quelque chose de
divin, le mènent à Albinus. Albinus le fait fouetter
jusqu'au sang, mais, à chaque coup, sans pousser un
gémissement ni verser une larme, il dit d'une voix
lamentable : « Malheur sur Jérusalem ! » Et quand
Albinus lui demande d'où il est, d'où il vient, et pourquoi
il parle de la sorte, il ne répond rien. Renvoyé comme
fou, il erre dans la ville, n'injuriant point ceux qui le
battent, ne remerciant point ceux qui le nourrissent,

et répétant sans cesse : « Malheur sur Jérusalem! »
Pendant sept ans et demi il va ainsi, criant d'une voix
plus forte et plus claire. Quand Jérusalem est assiégée,
il n'en continue que davantage, tournant autour des
murs : « Malheur sur Jérusalem, malheur sur le Temple! crie-t-il toujours » ; et comme il ajoute : « Malheur
sur moi! », jeté bas par la pierre d'une machine, il
rend l'esprit qui l'agitait.

Examinons cette histoire; c'est, comme disent les
experts en peinture, une « réplique » en petit format de
celle qu'on a mise sous le nom de Jésus dans les *Évangiles*. Elle est conforme au plan de l'Eglise du quatrième
siècle en ce qui touche la paternité de l'*Apocalypse* : selon
l'Eglise, l'*Apocalypse* n'est plus du Joannès surnommé
le jésus à cause de son baptême et le Nazir à cause de
son vœu ; elle est d'un autre Joannès, qui l'aurait écrite
après la chute de Jérusalem et qui aurait été disciple de
Jésus de Nazareth, personnage conventionnel qui réunit
en lui deux des surnoms de Bar-Jehoudda. Malheureusement la vérité sur le fond de l'affaire est dans les
écrits juifs, dans les écrits païens et dans le *Quatrième
Evangile* : le Joannès de l'*Apocalypse* et le Jésus de la
fable ne font qu'un, c'est le même homme sous deux
noms. Et pendant sept ans, de 782, date du consulat
des deux Géminus, jusqu'au dernier jour de 788, date
de sa crucifixion, il a prêché une *Apocalypse* dans laquelle il prédisait la destruction de Jérusalem et son
remplacement par une Ville descendue des cieux. Or
l'Eglise vient de décapiter le Joannès dans l'Evangile
de Marc et de Mathieu pour qu'on ne puisse le retrouver
sur la croix ; elle a introduit dans Josèphe le passage
sur le Joannès emprisonné et mis à mort par Hérode

Antipas, le passage sur Jésus-Christ livré par le Temple et crucifié par Pilatus, et le passage sur Jacques, lapidé un peu avant l'arrivée d'Albinus. Comment faire que néanmoins il ait paru, avant la chute de Jérusalem, un certain Jésus qui ne soit pas fils de David et qui ait prêché pendant sept années une *Apocalypse* semblable à celle du Jourdain, un Jésus dont l'existence offre quelques points de contact avec celle du crucifié de Pilatus sans être chronologiquement identique à celui-ci ?

Sous l'empire de cette préoccupation on forge l'histoire du Jésus qui, prêchant sous Albinus, c'est-à-dire après la pseudo-lapidation de Jacques, ne saurait être, malgré la similitude du nom, identifié avec le frère aîné de cet estimable évêque de Jérusalem (1) lequel a depuis longtemps cessé d'être Jacob senior, crucifié avec Shehimon en 802.

Voici le raisonnement que le faussaire tend à imposer : « A la vérité il a bien paru un Jésus qui a prêché une *Apocalypse*, mais il n'a pas été connu d'abord sous le nom de Joannès, il s'appelait Jésus Bar-Hanan en circoncision et il a prêché de 816 à 823. Ce Jésus n'était du sang de David ni par l'adultère de Bethsabée ni autrement ; ce n'est donc pas lui que le Talmud désigne sous le nom de Ben-Sotada et l'Evangile sous le nom de « fils de David. » Il n'était pas fils du grand Jehoudda en Evangile Joseph le Charpentier, Zibdéos ou Zacharie, et de Salomé en Evangile Maria Magdaléenne ou Eloï-Schabed ; il n'avait pas six frères dont le dernier, Ménahem, est la cause de la guerre finale. Son père

(1) Cf. le *Saint-Esprit*, p. 340.

n'avait pas fondé de secte, c'était un paysan ignorant des Ecritures; lui-même n'avait reçu aucune éducation. Il a bien paru à une fête des Tabernacles, comme le jésus dans l'Evangile de cet horrible Cérinthe. (1) Mais c'était sous Albinus. Il a bien crié des choses qui sont dans l'*Apocalypse* : « Voix du côté de l'Orient, (2) voix du côté de l'Occident (3), voix aux Quatre vents (4), voix contre les nouveaux mariés et les nouvelles mariées, (5) voix contre tout le peuple (6). » Mais c'était sous Albinus. Il a bien été arrêté à cette fête, emprisonné et fouetté (7), mais ce n'était pas sous Pontius Pilatus, ce fut sous Albinus. Il disait bien comme le Joannès-jésus : « Malheur sur Jérusalem » (8) mais c'était sous Albinus, sous Gessius Florus, sous Ménahem et pendant le siège.

(1) Le *Quatrième*. (Cf. le *Roi des Juifs*, p. 209.)

(2) Cf. l'*Apocalypse* dans le *Roi des Juifs*, à toutes les pages et particulièrement p. 10 (VII, 2 de l'*Apocalypse*).

(3) Cf. l'*Apocalypse* dans le *Roi des Juifs*, à toutes les pages et particulièrement p. 50 (ch. XVI de l'*Apocalypse*). Et Mathieu, XXIV, 27.

(4) Cf. *Apocalypse*, VII, 1 : « Je vis quatre Anges qui étaient aux quatre coins de la terre et qui retenaient les Quatre vents de la terre, pour qu'ils ne soufflassent point, etc. » Et Mathieu, XXIV, 30 : « Il (le Fils de l'homme) enverra ses anges qui rassembleront ses élus des Quatre vents de la terre. »

(5) Cf. le *Roi des Juifs*, p. 62, (XVIII, 23 de l'*Apocalypse*) : « La voix de l'époux et de l'épouse ne sera plus entendue. » Mathieu, XXIV, 19, et Luc, XXI, 23 : « Malheur aux femmes enceintes et à celles qui nourriront en ces jours-là ! » Et Luc, XVII, 27, 30 : « Ils se mariaient et mariaient leurs enfants... et le déluge vint et les perdit tous... Ainsi en sera-t-il le jour où le Fils de l'homme sera révélé. » Luc encore, XXIII, 29 : « Heureuses les stériles, et les entrailles qui n'ont pas engendré, et les mamelles qui n'ont point allaité ! »

(6) « Malheur à cette génération ! » C'est la substance même de l'*Apocalypse*. Vingt exemples dans l'Evangile. Luc, XXI, 32 : « En vérité, je vous le dis, cette génération ne passera pas que toutes ces choses ne soient accomplies. »

(7) Cf. le *Roi des Juifs*, p. 209.

(8) Les trois Synoptisés, Marc, Mathieu, Luc : « Il n'en restera pas pierre sur pierre. »

« Ce n'était ni un baptiseur, ni un chef de bande redoutable, il ne s'est nullement dressé contre le Temple
et contre Rome, il n'a point été proclamé roi-christ au-
delà du Jourdain, il n'a point marché sur Jérusalem à
la tête de ses partisans, il n'a pas été défait au Sôrtaba,
ni arrêté à Lydda ; il ne quittait point l'enceinte de Jérusalem. Il a bien été livré par les magistrats à un procurateur, mais ce fut à Albinus. Il a bien été fouetté de
nouveau (1), mais ce ne fut pas de souples roseaux par
Pilatus, ce fut de lanières sifflantes jusqu'au sang et
par Albinus. Néanmoins il fut renvoyé comme hors de
sens (2). On lui a demandé qui il était (3), d'où il venait (4), pourquoi il parlait ainsi (5), comme au héros
des *Evangiles*, mais il n'a jamais répondu (6). Y a-t-
il là prétexte à soutenir que le jésus était fils de Jehoudda ? Il n'a pas fini sous Tibère, puis qu'il vivait
encore sous Néron, ne cessant de répéter son cri :
« Malheur sur Jérusalem » et qu'il continuait encore,
pendant la guerre, à tourner autour des murs sans aucun égard pour l'état de siège qui rendait plus périlleux
cet exercice déjà difficile en temps de paix. Il n'a pas
été crucifié, puisqu'il est mort d'une pierre lancée par
une baliste. A la vérité, il a prêché pendant sept ans et
demi, comme il appert de l'*Apocalypse* que les Juifs

---

(1) Pilatus fouette Bar-Jehoudda de sa propre main dans Mathieu.

(2) Luc, XXIII, 4 : « Je ne trouve aucune cause de mort en cet
homme, dit Pilatus. » Luc, XXIII, 11 : « Hérode avec sa cour s'en mo-
qua et se joua de lui. »

(3) Luc, XXIII, 3 : « Es-tu le Roi des Juifs ? »

(4) Luc, XXIII, 6 : « Pilatus, ayant entendu nommer la Galilée, demanda si cet homme était Galiléen. »

(5) Luc, XXII, 67 : « Si je vous le dis, vous ne me croirez pas. »

(6) Luc, XXIII, 9 : « Il (Hérode Antipas) lui faisait donc beaucoup de
questions, mais Jésus ne lui répondait rien. »

déicides et les païens infâmes attribuent au jésus, — comment croire de telles gens ? — mais encore une fois ce fut depuis Albinus jusqu'à la fin de la guerre. »

Notez que, datée de quatre ans avant le siège, l'affaire des Tabernacles remonte à 816 ; elle peut se passer sous Albinus qui part en 817. La prédication de ce second Jésus ayant duré sept ans et demi, celui qui la prêche ne peut avoir été tué que le jour même de la chute du Temple en 823. Il a donc fait, jour et nuit, le tour de Jérusalem pendant toute la procurature de Gessius Florus (817-819) ; pendant tout le règne de Ménahem, dernier frère du vrai jésus ; pendant toute l'expédition de Cestius Gallus, proconsul de Syrie, battu par les Juifs ; pendant toute la guerre de Vespasien en Galilée, et tout le siège de Jérusalem par Titus, assisté de Tibère Alexandre, le bourreau de Shehimon et de Jacob en 802. C'est un gaillard d'une solidité peu commune, et si les Juifs avaient résisté aux Romains comme il a résisté au sommeil, la Judée eût été sauvée par lui sans qu'il fût besoin de la Milice céleste !

Remarquez aussi avec quelles précautions l'interpolateur touche à ce second Jésus. Il ne veut point condamner dans le faux Jésus ce qu'il admire dans le véritable auteur de l'*Apocalypse* à laquelle sont empruntés tous les miracles et toutes les paraboles de l'Evangile. Ce Jésus a l'Esprit-Saint, il y a du divin en lui, les magistrats le reconnaissent ; il a annoncé des choses qui n'étaient pas dans l'*Apocalypse* et qui sont aujourd'hui dans les *Evangiles* Synoptisés, notamment la chute de Jérusalem pressée par une armée étrangère (1),

1) Luc, XXI, 20.

évènement en opposition formelle avec ce qui devait se passer en 789. Tout le monde avait relevé l'anachronisme de cette prophétie placée dans la bouche du Jésus que l'Eglise fait mourir en 782 sous le consulat des deux Géminus ; c'était, comme toutes les compositions du même genre, une prophétie faite après coup. En la plaçant dans la bouche du Jésus que ce faux fait mourir sous Vespasien, on obtient qu'elle soit un simple écho des jérémiades évangéliques où Jésus verse sur Jérusalem des larmes en avance de quarante et un ans (1).

Voilà pour le but évangélique de l'interpolation. Le Jésus d'Albinus a un autre but : il vient appuyer les impostures relatives à Saül dans les *Actes des Apôtres*, impostures que nous allons examiner tout à l'heure. Dans cet écrit, Saül sous le nom de Paul quitte la Judée vers 815, envoyé prisonnier à Néron par Festus, successeur de Félix et prédécesseur d'Albinus, alors qu'historiquement il est attaqué en plein Temple et assiégé dans le haut palais par les gens de Ménahem en 819, sous Gessius Florus, successeur d'Albinus. Le faux Jésus absorbe donc en lui, avec l'approbation de l'Église, toutes les Apocalypses de la maison de Jehoudda jusqu'à la chute de Jérusalem : Ménahem, le roi-christ de 819, n'est plus qu'un aventurier sans mandat des cieux. Paul n'est plus dans le corps de Saül en 819, il est à Rome, moitié prisonnier, moitié libre, et il attend que Pierre, crucifié depuis 802 au Guol-golta, vienne le rejoindre pour être martyr avec lui de ce monstre de Néron. Il importe que dans les sept dernières années du Temple, il n'y ait plus en Judée ni de frère de Bar-

(1) Au compte de l'Église, dont la chronologie est entièrement fausse, ainsi que nous l'avons démontré tant de fois.

Jehoudda, ni d'Hérode ennemi de la maison de David :
ni Ménahem ni Saül. Et comme le dernier contact de
Paul avec Jacques est daté de Félix par les *Actes*, on
interpole Josèphe pour lui faire dire que ce Jacques,
frère du christ, est mort lapidé sous Albinus, avant
l'*Apocalypse* dont Albinus fouette l'auteur aux Tabernacles de 816. Il n'est pas étonnant qu'après l'avoir
farci de tant de fourberies on se soit demandé si
Josèphe n'était pas jehouddolâtre au fond de l'âme,
car le Josèphe actuel est le plus grand des Pères de
l'Eglise, elle en a canonisé qui ne le valent pas!

Quant au Juif qui dans les *Evangiles synoptisés*
annonce les mêmes catastrophes et a été promu dieu
pour cela, vous chercheriez vainement la trace de sa
sinistre mission dans Josèphe. Cet historien qui pousse
aujourd'hui la minutie jusqu'à nous conter les faits et
gestes de Jésus bar-Hanan, pendant sept ans et cinq
mois, ignore incurablement que ce rustre a été précédé
sous Tibère par un nommé Jésus-Christ, lequel, étant
Auteur de la vie, prédisait aussi leur fin lamentable
aux habitants de Jérusalem. Or si l'on en croit l'Eglise
interpolatrice, non seulement Josèphe a connu le Jésus
des *Evangiles*, comme il appert des passages sur cet
être surhumain, sur Jean-Baptiste, son précurseur, et
sur Jacques, son frère, mais encore il l'admirait au
point d'avoir pressenti sa consubstantialité avec le
Père! Il semble donc qu'un accomplissement aussi
complet de prophéties écrites pour ainsi dire sous sa
dictée par Mathieu, Marc et Luc eût été l'occasion de
rendre hommage à sa perspicacité sans rivale. D'où
vient que Josèphe n'en a rien fait? De ce qu'en intro-

duisant Jésus bar-Hanan sur le marché pour donner le change aux bons goym, l'Eglise a pris soin de dire « qu'on ne le vit *parler* à personne jusqu'à ce que la guerre commençât (1). » Ce Jésus ne saurait donc être un mauvais surmoulage de l'auteur des *Paroles du Rabbi* (2), puisqu'il n'a « *parlé* à personne » avant le commencement de la guerre. Notez d'ailleurs l'incohérente absurdité de cette imposture sous la plume d'un individu qui vient de nous présenter bar-Hanan comme ayant été fouetté pour ses prédictions orales par Albinus, c'est-à-dire deux bonnes années avant le règne de Ménahem, qui est le prologue de la guerre en question.

Le chapitre sur les *Signes et prédictions des malheurs arrivés aux Juifs* (3) a été ajouté tout entier. En effet il n'est pas remarquable que par son ineptie, il l'est encore plus par les fraudes qui décèlent son origine. C'est ainsi qu'on y voit, et toujours avant la guerre, des Juifs assemblés pour célébrer la pâque le *huitième jour du mois d'avril !* Or vous savez, et Josèphe qui était sacrificateur le savait encore bien mieux, que la pâque se célébrait invariablement le soir du quatorzième jour du premier mois (15 nisan qui répond à avril) et vous avez vu par le *Quatrième Évangile* que, dans l'après-midi du 14 nisan 788, Bar-Jehoudda, prisonnier depuis la veille, avait été mis en croix sans avoir pu célébrer la moindre pâque (4). Vous vous rappelez que dans cet Evangile Jésus préside un ban-

(1) *Guerre des Juifs*, l. VI, ch. XXXI, 476.

(2) C'est le titre véritable des écrits ou Révélations (d'où le mot *Apocalypse*) de Bar-Jehoudda sous le nom de Joannès. Nous y consacrerons tout un chapitre, le moment venu.

(3) C'est le trente et unième du livre VI.

(4) Cf. le *Roi des Juifs*, p. 356 et suiv.

quet allégorique que les trois Évangélistes *synoptisés*
— et synoptisés dans ce but — transforment en une
pâque afin que le christ n'eût pas l'air d'avoir été supplicié sans avoir créé un sacrement vendable. La transformation n'ayant pu se faire qu'au mépris de l'histoire
et de la chronologie, et les honnêtes gens, parmi lesquels se rangent tous les christiens non jehouddolâtres,
ayant dénoncé cette diabolique imposture, l'Église ne
pouvait se défendre que par des mensonges en ligne
collatérale ; elle avait inséré dans Lactance que, mué en
Jésus, Bar-Jehoudda était mort un jour qui correspond
au 9 avril (1). Si donc on montrait les Juifs célébrant
la pâque, ne fût-ce qu'une fois, un 8 avril, avant la
guerre, ce pouvait être précisément celle que le héros
mythique des *Évangiles* avait célébrée avec les douze
apôtres. D'où la date du 8 avril introduite dans Josèphe.

Ce n'est pas tout. « A cette pâque, dit le faussaire,
on vit en *la neuvième heure de la nuit*, durant une
demi-heure, autour de l'autel et *du Temple lui-
même* une si grande lumière qu'on aurait cru qu'il
était jour. » Or vous pouvez lire dans les Synoptisés
que Jésus est arrêté (allégoriquement) sur la Montagne
des Oliviers à la troisième veille (neuvième heure) de
la nuit, *alias* trois heures du matin, et que quand il
arrive dans la cour du grand-prêtre, le coq chante
pour annoncer le petit jour. Vous pouvez lire également dans cette même fable qu'au moment où Jésus
apparaît à ceux qui viennent pour l'arrêter, la lumière

(1) Nous avons cité le passage dans les *Marchands de Christ*, p. 150.

qu'il dégage les fait tomber à la renverse, comme morts. L'ecclésiastique qui a falsifié Josèphe suppose que cette lumière insolite a été constatée tant à l'extérieur du Temple qu'à l'intérieur, et cela pendant la durée, une demi-heure, qu'il attribue au trajet accompli par Jésus dans la ville. « Les ignorants, dit le faussaire, l'attribuèrent à un bon augure ; mais ceux qui étaient instruits dans les choses saintes (le voilà bien, l'Esprit-Saint !) y considérèrent comme un présage de ce qui devait arriver depuis. » Et en effet, comment le Père n'aurait-il pas démenti les ignorants ? Ils avaient crucifié le juif qui lui était consubstantiel !

Ce n'est pas tout. « Un peu après la fête (la fameuse pâque qui aurait été célébrée le 8 avril) il arriva le *vingt-septième jour* de mai « une chose que je craindrais, dit le pseudo-Josèphe, de rapporter de peur qu'on ne la prît pour une fable, si des personnes *qui l'ont vue* n'étaient encore *vivantes*, et si *les malheurs qui l'ont suivie n'en confirmaient pas la vérité. Avant le lever du soleil*, on aperçut en l'air dans toute cette contrée des chariots pleins de gens armés traverser les nues et se répandre à l'entour des villes (telle la lumière de tout à l'heure autour du Temple) comme pour les enfermer. » Il s'est écoulé quarante-neuf jours (sept fois sept, un jubilé de semaines) depuis la pâque, lorsque ce phénomène s'est produit, mais ce qui gâte un peu sa spontanéité, c'est que pour le voir tous les Juifs se sont levés avant le soleil. D'où vient cette détermination plus étrange que le phénomène lui-même ? Si tous ces Juifs (du sixième siècle pour le moins) ont devancé le jour pour voir paraître cette milice (céleste, uniquement céleste), c'est qu'elle était annoncée par le

Joannès-jésus dans l'*Apocalypse* de 781 (1); qu'elle l'est par Jésus à Kaiaphas dans les *Évangiles* : « Je te dis que dès maintenant tu verras le Fils de l'homme paraître sur les nuées du ciel » avec ses saints anges; que ces saints anges devaient être armés jusqu'aux dents pour la défense d'Israël, et que Jésus, revenu à des sentiments moins belliqueux à la suite de la leçon que son prophète a reçue, les annonce encore, disant (2) : « Si mon royaume était de ce monde, pensez-vous que mon Père ne m'enverrait pas ses (douze) légions d'anges, (les Cent quarante-quatre mille de l'*Apocalypse*)? »

Mais le Fils de l'homme, sa milice et ses chariots (3) n'ayant paru ni sous l'*Agneau* de 789, ni sous les *Anes* de 819, qu'est-il arrivé, goym candides? Il est arrivé qu'on a remplacé la tranchante *Apocalypse* du Joannès par cette piteuse reculade de Jésus de La Palice : « Quand vous verrez les armées entourer la ville sainte, c'est que la fin (4) est proche. » Eh bien! ces armées d'investissement, les Juifs les ont vues avant la guerre qui a consommé cette fin cruelle — comprenez-vous, gogoym? — et ils ne les auraient point vues si quelqu'un qu'on ne cite pas, mais dont le nom est de matines à complies dans la bouche du faussaire, n'en parlait dans cette belle fable jehouddolâtrique, « *tanto utile alla Chiesa* », comme disait en son temps le bon pape Léon dixième.

Ce n'est pas tout, car le lendemain du quarante-neu-

---

(1) Cf. le *Roi des Juifs*, p. 79.
(2) Le *Roi des Juifs*, p. 107.
(3) Le quadruple char jadis décrit par Ezéchiel.
(4) Ou désolation. (Luc, xxi, 20.)

vième jour après la pâque, c'est le cinquantième, aliàs la Pentecôte. Or dans les *Actes des Apôtres* (1) vous avez vu le Saint-Esprit arriver ce jour-là. Josèphe cambriolé tient donc le plus grand compte de ce phénomène, lorsqu'à la date du 27 mai — sa Pentecôte ne peut tomber qu'au jour adopté par l'Église romaine, c'est la même — (2) il fait résonner dans le Temple une voix d'en haut qui presse les sacrificateurs de déménager au plus vite pour céder le lieu saint à Bar-Jehoudda devenu consubstantiel au Père (3) !

Ce n'est pas tout, car le mensonge fleurit les lèvres de l'Église comme le miel parfume celles du Verbe. Il vous souvient que dans le système du Juif consubstantiel au Père le monde des incirconcis est détruit par tiers, *cujus pars magna sumus* (4); que la Jérusalem terrestre est détruite par tiers également pour faire place à la Jérusalem céleste (5); que le Fils de l'homme commence ses opérations sous le premier signe, soit l'*Agneau* (6), pour les terminer sous le quatrième, soit les *Anes* (7); que pour cette raison Jésus dit dans les Évangiles : « Je puis détruire le Temple en trois *jours* (d'un signe chacun) (8); que pour cette raison aussi il ressus-

(1) Les *Marchands de Christ*, p. 384.
(2) Du 9 avril au 27 mai il y a juste cinquante jours. Si le compte était de Josèphe ou simplement d'un Juif il partirait du 15, selon la Loi, pour aboutir au 5 juin.
(3) Les *Marchands de Christ*, p. 388.
(4) Le *Roi des Juifs*, p. 13.
(5) Le *Roi des Juifs*, p. 77.
(6) Le *Roi des Juifs*, p. 49.
(7) Cf. le présent volume. p. 14.
(8) Pour comprendre le propos de Jésus dans la mystification évangélique. il faut savoir que dans le système de Bar-Jehoudda un *jour* est comme un *cycle*, et que chacun de ces *jours* est représenté par un signe sur le Zodiaque millénaire

9

cite les deux précurseurs de Bar-Jehoudda (1), ensuite
Éléazar et Bar-Jehoudda lui-même le quatrième jour,
celui de la création du Soleil; que le Cycle commençant
le 15 nisan 789 (2) et marquant le retour de la terre au
point de départ du Soleil dans la Genèse, c'est sous le
quatrième signe, les *Anes*, que le Fils de l'homme venant dans le soleil lui-même brûlait les hommes à la
réserve des Juifs sauvés par le baptême du Joannès.
Savez-vous ce que tout cela devient dans le chapitre
sur les *Signes et prédictions des malheurs arrivés
aux Juifs?*

Oyez, gogoym : « Si l'on veut considérer tout ce que
je viens de dire, conclut le faussaire, on verra que
les hommes ne périssent que par leur faute... Ainsi les
Juifs après la prise de la forteresse Antonia (par les
Romains) *réduisirent le Temple au quart* (3), quoiqu'ils ne pussent ignorer qu'il est écrit dans les *Livres
Saints* que la Ville et le Temple *seraient pris* (4)
lorsque cela arriverait. Mais ce qui les porta surtout à
cette guerre, c'est *un autre passage de la même Écriture* où il est dit « qu'on verrait en ce temps-là un
homme de leur pays commander à toute la terre. » Cette
Écriture, c'est l'*Apocalypse*, non celle de Pathmos,
mais celle du Jourdain, et le prophète qui a tout perdu,

(1) Jehoudda, son père, et Zadoc, son oncle. Cf. le *Charpentier*, p. 258.
(2) Le Cycle final, les Mille ans pendant lesquels Bar-Jehoudda devait régner en attendant le Père.
(3) Incompréhensible. On lit le plus souvent *au quarré*, ce qui a le
mérite d'être plus incompréhensible encore.
(4) Il n'est question de prise ni dans Zacharie, qui est le seul prophète ancien où s'affirme la doctrine du renouvellement de Jérusalem par tiers, ni dans l'*Apocalypse* où Bar-Jehoudda développe cette
prophétie. Le baptême de feu n'abolissait la Jérusalem terrestre que
pour la remplacer par une ville descendant des cieux, c'est-à-dire
éternelle. (Cf. Le *Roi des Juifs*, pp. 77 et 99.)

le prophète qui est cause de tout, depuis 788 jusqu'à la fin misérable des six mille hommes du peuple brûlés dans la Galerie d'Orient ou précipités, c'est celui-là même dont l'Église a imposé la sinistre image par les moyens qu'il prêchait : le fer, le feu, la destruction. Et cette fois voici du Josèphe authentique : « Ce malheureux peuple est d'autant plus à plaindre qu'ajoutant aisément foi à des imposteurs qui abusaient du nom de Dieu pour le tromper, il fermait les yeux et se bouchait les oreilles pour ne point voir et ne point entendre les signes certains et les avertissements véritables par lesquels Dieu lui avait fait prédire sa ruine (1). »

XII

LA BÊTE VESPASIENNE

Pendant la guerre les Juifs d'Égypte avait fourni des hommes et peut-être de l'argent contre les Zélotes qu'ils redoutaient, ayant déjà payé pour leur démence. Philon ne l'eût peut-être pas fait, mais son neveu Tibère, fils de l'alabarque Alexandre, avait entraîné toute la famille. Les Alexandre étaient des Juifs césariens, suppôts de la Bête, très fiers de leurs charges et de leurs insignes. Les Juifs d'Égypte avaient un Temple à Héliopolis, moins riche sans doute, mais plus vieux que le Temple hérodien de Jérusalem. Celui-ci tombé, les Sicaires pouvaient nourrir l'espoir de rétablir la sacrificature dans

_____

(1) *Guerre des Juifs*, l. VI, ch. xxx, 475.

celui-là, hors de la Ville de David. En allant en Égypte,
ils retournaient à la source des *Paroles du Rabbi*. Jehoudda, leur maître, en avait jadis ramené l'Apocalypse
du Fils de l'homme, développée et défendue par ses sept
fils. Sans pouvoir être comparé au Temple de Jérusalem,
le Temple d'Héliopolis était le seul après lui. Il existait
depuis trois siècles et demi, bâti par le grand-prêtre
Onias, transfuge de Jérusalem, dans un but de sup-
pléance religieuse, au cas où le sanctuaire de Jérusalem
viendrait à manquer. Il avait ses sacrificateurs à lui,
une lampe à défaut de chandelier, des revenus et des
biens. Ses portes étaient de pierre ; sur cette pierre il y
avait des hiéroglyphes, et ces hiéroglyphes sont ceux qui
étaient sur la *pierre du témoignage* gravée par Iahvé
lui-même, au dire de Zacharie et de Jehoudda (1). Toute
la magie de Bar-Jehoudda venait d'Égypte, nous vous
l'avons déjà dit d'après Tacite, Suétone, Mathieu, le
Talmud et le prologue du *Quatrième Évangile* (2).

Depuis soixante ans la secte de Jehoudda luttait
contre les Juifs bestialisés par Hérode. Les Sicaires
trouvèrent des Juifs descendus plus bas, vespanianisés
par Alexandre, ce rénégat qui, de la même nation qu'eux,
(3) avait changé de religion et crucifié deux de leurs
maîtres, Shehimon et Jacob. Une phrase trop suggestive
a sauté de Tacite à l'endroit où il est question des
représailles qu'ils exercèrent (4). Alexandrie était le

(1) Cf. le *Roi des Juifs*, p. 3.
(2) Cf. le *Charpentier*, p. 313.
(3) *Ejusdem nationis*, dit Tacite. (*Histoires*, l. I, ch. xi.)
(4) Les mots *Ejusdem nationis*, égarés dans le texte remanié, s'ap-
pliquent maintenant à la nationalité égyptienne. Or il n'est pas possible que Tacite, si bien documenté par Apion et par Josèphe, ait pris
Tibère Alexandre pour un Égyptien. Ce qui caractérise Alexandre,
c'est précisément son judaïsme originel.

siège du gouvernement d'Alexandre hier encore lieutenant de Titus devant Jérusalem et qui avait sinon
conseillé tout, du moins consenti à tout. Ces âmes de
fer se jetèrent sur ceux qui cédaient à la Bête et comme
en Judée, comme à Corinthe, comme à Ephèse, ils les
égorgèrent christiennement. Livrés par les parents des
victimes, poursuivis jusqu'à Thèbes et ramenés dans
Alexandrie, ils subirent les tourments les plus affreux
avec une constance et une sérénité qui semblent avoir
manqué à Bar-Jehoudda et à ses frères. Nul ne put les
amener à reconnaître Vespasien, un incirconcis, pour roi.
Inflexibles dans leur Loi, insensibles à la douleur, tous,
au nombre de plus de six cents, persistèrent dans leur
résolution. « Mais dans cet horrible spectacle rien ne
parut plus merveilleux que l'opiniâtreté incroyable des
jeunes enfants à refuser de donner à l'Empereur le
nom de Seigneur (1), tant la forte impression que les
maximes de cette secte furieuse avaient faite dans
leur esprit les élevait au-dessus de la faiblesse de leur
âge. » Ce qui rendait ces enfants si durs à la souf-
france, c'est l'assurance qu'ils ressusciteraient prochai-
nement pour se retrouver avec leurs parents dans
l'Eden, tandis que leurs bourreaux seraient plongés dans
le feu qui ne s'éteint point et connaîtraient le ver qui
ne meurt point. Ils ont mérité que Jésus donnât ordre

(1) Ce nom ne peut convenir qu'à leurs rois légitimes, comme était
Bar-Jehoudda. C'est en partie pourquoi celui-ci est appelé Seigneur
dans les *Evangiles*. Toutefois le nom de Seigneur revient de droit à
tout Juif, de famille royale ou non, par comparaison avec un incirconcis grec ou romain. Shehimon dit la Pierre est appelé Seigneur
par Cornélius ; Saül dit Paul est appelé Seigneur par les magistrats
de Philippes. Tout Juif est dieu, quand il est présenté en même temps
comme jehouddolâtre. A Lystre, Barnabé est Jupiter, Paul est Mer-
cure. Cf. le *Saint-Esprit*, t. IV du *Mensonge chrétien*, p. 180.

aux disciples de ne point les brutaliser et de les laisser venir à lui (1).

De même qu'en Judée ils avaient été cause de la ruine du Temple de Jérusalem, de même en Égypte ils furent cause de celle du Temple d'Héliopolis. Après quelque temps il fallut le fermer et le détruire.

D'Alexandrie la contagion gagna la Cyrénaïque où les fils de Simon de Cyrène, Alexandre et Rufus, et ceux de Lucius (2) avaient planté la foi millénariste. Jonathas, un vrai tisserand peut-être (3), se fit christ intérimaire à la façon de Theudas sous Claude (4). Il emmena au désert une foule d'hommes simples à qui il avait promis de montrer des signes et des prodiges. Dénoncés par les autres Juifs, on n'eut pas de peine à les prendre. A leur tour, dénonçant les dénonciateurs comme étant de la même faction, ils réussirent à en faire tuer trois mille.

Sur ce mouvement Josèphe ne s'explique pas clairement du tout, ou plutôt ce n'est pas lui qui parle. On ne voit pas comment Jonathas, envoyé pieds et poings liés à Vespasien, peut accuser raisonnablement Josèphe, qui avait pris le nom de l'empereur (5) et vivait à Rome dans le palais, de lui avoir fourni des recrues et fait passer des subsides ! Josèphe, dans la situation où il était, ne pouvait ni aider matériellement les christiens de Cyrène ni conspirer avec eux, fût-ce de loin. Il ne sait même

(1) C'est-à-dire de les admettre au baptême sans attendre qu'ils fussent hommes faits.
(2) Sous le nom de qui on a mis un Évangile. Cf. le *Saint-Esprit*, p. 165.
(3) A la façon d'Aquila, c'est-à-dire travaillant au relèvement de la tente de David. Cf. le *Saint-Esprit*, p. 257.
(4) Cf. le *Saint-Esprit*, p. 215.
(5) Flavius.

plus de quelle manière finit Jonathas. « Vespasien le fit brûler, » dit-il ici. Et ailleurs : « Vespasien lui fit trancher la tête ». Un seul homme avait pu fournir des recrues et des subsides à Jonathas, c'est Eléazar-bar-Jaïr, beau-frère de Ménahem, pendant les trois années qu'il fut maître de Massada. On n'a eu qu'un but en mêlant Josèphe à cette affaire, c'est de rompre le lien qui rattache Jonathas sous Tibère à Bar-Jehoudda par Simon de Cyrène, sous Néron à Ménahem par Éléazar, et sous Trajan à la grande révolte des Juifs Cyrénéens. Quand on veut saisir le fil de l'histoire ecclésiastique il faut toujours avoir présent à l'esprit le mensonge sans lequel il n'y aurait pas de christianisme : Salomé, Shehimon, Cléopas et sa femme racontant que Simon de Cyrène avait été crucifié à la place de Bar-Jehoudda, et les fils de Simon consentant, peut-être de bonne foi, à cette substitution, avec ceux de leur oncle Lucius.

CEINTURE DU FRÈRE JACQUES

I

LA DERNIÈRE PARTIE DES ACTES DES APÔTRES

Fidèle à notre plan, nous avons fait passer l'histoire, du moins le peu que l'Église nous en a laissé, avant la dernière partie des *Actes des Apôtres*. Même mutilée, avons-nous dit, la Vérité conserve encore assez de force pour anéantir le Mensonge triomphant.

Trois grandes intentions se dessinent dans les *Actes*. Tandis que Shehimon, au lieu d'être crucifié sous Tibère Alexandre en 802, s'évade sous Agrippa Ier pour aller fonder « l'Église de Jésus-Christ » à Rome sous le nom de Pierre, Jacob, au lieu d'être crucifié avec Shehimon, demeure à Jérusalem où il gouverne l'Église sous le nom de Jacques, et Saül, au lieu de persécuter ces deux messieurs comme il a persécuté tous leurs frères, évangélise les nations sous le nom de Paul et fonde toutes les Eglises non latines. Mais tout cet édifice croule si en 819 Saül guerroye encore contre Ménahem, dernier frère du crucifié de Pilatus. Il y avait un moyen, c'était de faire pour l'aventure de Saül avec Ménahem comme on avait fait pour la crucifixion de Bar-Jehoudda : l'envelopper d'une confusion inextricable, la placer sept ans en arrière, livrer Paul aux Romains dans Jérusalem même sous Félix, le retenir en prison à Césarée jusqu'à l'arrivée de Festus, successeur de celui-ci, et l'expédier à Néron avant l'arrivée d'Albinus, prédécesseur de Florus.

L'Église a deux raisons et majeures pour qu'il en soit ainsi : la première, c'est qu'elle veut en avoir fini avec les six frères de Bar-Jehoudda avant *le chrisme* (sacre) de Ménahem sous Florus, dernier procurateur de Judée ; la seconde, c'est qu'elle entend que, sous le nom de Paul, Saül soit à Rome en 817, première date qu'elle ait adoptée pour le martyre de Pierre sur le Janicule ou sur le Vatican au choix. Or, envoyé à Corinthe après son aventure avec Ménahem et la mort de Gessius Florus, qui sont des événements de 819, pour demander secours à Néron contre les christiens qui achevaient de perdre leur patrie, Saül n'a pu arriver en Italie avant la fin de cette année-là. Le prince Saül était allé libre à Rome ; Paul ira à Rome, prisonnier. Saül avait vécu dans le palais d'Agrippa, peut-être même dans celui de l'empereur ; Paul, sans précisément vivre chez Néron, aura une petite chambre en ville et fréquentera le personnel de la maison de César avec lequel il aura des relations jehouddolâtriques. Saül était allé de Césarée en Achaïe, d'Achaïe en Illyrie, et d'Illyrie à Rome ; Paul ira de Césarée à Malte, de Malte en Campanie et de

Campanie à Rome. Le dernier voyage de Saül à Corinthe était postérieur au règne de Ménahem ; les trois
voyages de Paul à Corinthe seront antérieurs non
seulement au règne de Ménahem, mais même à la procurature de Félix. Cette mainmise de l'Esprit-Saint sur
Saül est préparée par les *Actes* dès le lendemain des
troubles d'Ephèse sous Claude : « ces choses accomplies
(les livres de magie brûlés en public) Paul se proposa
en son esprit d'aller, après avoir traversé la Macédoine
et l'Achaïe, à Jérusalem, disant : « Après que j'aurai
été là, (Macédoine, Achaïe, Jérusalem,) il faut aussi
que j'aille à Rome » (1).

Tel est le plan des faussaires et il rentre dans celui
des *Lettres aux Corinthiens*. *Actes* et *Lettres*, tout
est combiné pour que Paul quitte à jamais Corinthe
avant que Saül y retourne pour la troisième fois, de
manière qu'à ceux qui auraient percé cette imposture
spéciale on répondît : « Il se peut que Saül ait été à
Corinthe sous Néron et après la mort de Florus, mais
c'est sous Claude que Paul y est allé pour la dernière
fois, et il y était presque en même temps qu'Apollos,
c'est-à-dire avant la procurature de Félix. La preuve
c'est qu'il y a rencontré Aquila et Priscilla qui venaient
d'être expulsés de Rome par Claude avec tous les
Juifs qui habitaient la ville (2). »

(1) *Actes*, xix, 21. Cf. le *Saint-Esprit*, p. 305.
(2) Sur cette imposture, cf. le *Saint-Esprit*, p. 251.

II

Imposture n° 91.

LA COLLECTE DE PAUL

Ceci bien établi, revenons à cette inépuisable canal d'impostures des *Actes*, auprès duquel le tonneau des Danaïdes n'est qu'un tube de calibre inférieur. Nous avons laissé Paul jehouddolâtrisant Ephèse chez le maître d'école Tyrannus, après l'émeute de 802 réprimée par Saül, Démétrius et Tibère Alexandre.

Tandis que Saül retourne en Syrie avec Alexandre et Démétrius, Paul, adoptant l'itinéraire indiqué par le Saint-Esprit, (1) se dirige vers la Macédoine et l'Achaïe d'où il s'embarquera pour la Syrie. Mais comme Saül a laissé le plus déplorable souvenir parmi les christiens de Corinthe, Paul, pour éviter les représailles qui menacent Saül par le chemin le plus court, va en Syrie par le chemin le plus long et le plus contraire à sa destination; il prend par la Macédoine et par les côtes d'Asie.

1. Après que le tumulte eut cessé, Paul ayant appelé les disciples et leur ayant fait une exhortation, leur dit adieu, et partit pour aller en Macédoine.

2. Lorsqu'il eut parcouru ces contrées et fait beaucoup d'exhortations, il vint en Grèce (2);

(1) Au chapitre xix, 21.
(2) En exécution de la *Seconde aux Corinthiens*. A Corinthe il trouve

3. Où, après avoir séjourné trois mois, (1) il résolut de s'en retourner par la Macédoine, les Juifs lui ayant dressé une embuscade sur le chemin qu'il devait prendre pour se rendre par mer en Syrie.

4. Sopater, fils de Pyrrhus, de Bérée, l'accompagna, de même qu'Aristarque et Secondus, Thessaloniciens ; Gaïus, de Derbé, et Timothée ; Tychicus et Trophime, tous deux d'Asie (2).

Il est accompagné de sept païens convertis par l'Esprit : on n'a pas trouvé un seul juif pour endosser ce faux témoignage sabbatique. Parmi ces compagnons, le très excellent Théophile retrouve Gaïus et Aristarque, rendus à la liberté par Saül, leur non-participation au tumulte d'Ephèse ayant été démontrée par leur inexistence même.

Saül étant allé à Rome et ayant fini ses jours en

Apollos, en son vivant contre-christ chez les Juifs hellènes et qui, converti dans Ephèse après sa mort, prêche du fond du tombeau Bar-Jehoudda déifié. Cf. le Saint-Esprit, p. 277.

(1) Trois mois, trois jours, l'Esprit Saint est comme Dieu, il se réjouit du nombre trois.

(2) Ce Trophime a ceci de commun avec Paul et ses autres compagnons qu'il n'a pas existé. Bien loin de nuire à sa gloire, cette circonstance lui a valu dans l'Eglise une telle illustration que nous ne pouvons guère nous dispenser de reproduire la note qui le concerne dans l'édition du Saint-Siège. « Trophime paraît avoir rejoint Paul à Rome, puis l'avoir accompagné dans ses dernières missions. La Seconde Epître à Timothée, IV, 20, nous le montre retenu à Milet par la maladie, durant la dernière captivité de l'Apôtre ; mais, d'après la tradition, il n'aurait guère tardé à repasser, comme S. Crescent, de l'Orient dans les Gaules. S'étant fixé à Arles, il prêcha l'Évangile avec zèle, et cultiva avec tant de soin le champ qui lui avait été assigné, que de là, comme d'une source abondante, les ruisseaux de la foi se répandirent dans la France entière. » Ces paroles du Martyrologe romain, 29 décembre, empruntées de la première Epître de S. Zozime (417 de l'E. C.), indiquent l'existence d'une tradition, attestée quelques années plus tard (450), plus d'un siècle avant S. Grégoire de Tours, par tous les évêques de la province de Vienne. »

Espagne, on a préparé l'hégire de Paul vers ces contrées occidentales par diverses manœuvres, entre lesquelles brille la *Lettre aux Romains* dont l'auteur se
montre étonnamment zélé pour la cause de l'Église. On
aurait pu se dispenser de reconnaître dans ce faux que
le christianisme était une chose déjà vieille pour les
Juifs de Rome au temps de Claude, une chose qui re-
montait au père de Bar-Jehoudda, et qui depuis 772
avait ses martyrs dont la foi était célèbre dans le monde.
De mystérieux fourriers ont autrefois précédé Paul
avec des instructions et des lettres. Il se sent gênant
et gêné en Macédoine et en Achaïe : « il n'a, dit-on,
plus de place en ces contrées ». On résume avec une
brièveté prudente la carrière qu'il a accomplie. Il a
prêché le christ depuis Jérusalem et la Judée jusqu'en
Illyrie où Saül est passé, allant à Rome, « prenant
soin de ne point évangéliser là où le christ avait été
proclamé (le Jourdain et la Bathanée) pour ne point
bâtir sur la fondation d'autrui. » Il ira porter la jehouddolâtrie chez les Juifs de Rome, et de là, par leur
secours, il passera en Espagne. Quoique toute la race
de David se soit éteinte ou sur la croix au premier
siècle ou dans la révolte de Bar-Kocheba sous Hadrien,
la promesse de Dieu ne fauldra point aux Juifs. S'ils
n'ont pas le Royaume tel que Bar-Jehoudda l'avait
rêvé pour eux, ils l'auront tel qu'ils peuvent l'édifier
sur son cadavre.

Pour le moment — n'est-ce point une perspective qui
met à la bouche une eau plus suave encore que celle du
baptême? — Paul est obligé d'aller en Judée porter
la collecte qu'il a faite en Asie, en Macédoine et en

Grèce pour les « Saints de Jérusalem : l'abondante collecte », dit-on d'un air content du résultat. On conjure ses frères romains « de combattre avec lui et pour lui dans leurs prières, afin qu'il soit sauvé des incrédules qui sont en Judée et que l'argent dont il est chargé pour Jérusalem soit bien accueilli. » Mais il prend un chemin qui montre à quel point il aurait eu peur pour lui et pour son argent, s'il avait fait une collecte en Asie, en Macédoine et en Achaïe. En s'embarquant à Kenkhrées, il peut tomber sous les coups des ennemis de Saül ; en naviguant vers la Syrie, c'est-à-dire vers Antioche, il peut succomber aux embûches des partisans de Shehimon devant qui il n'était pas bon de passer avec de l'argent dans ses poches. Évitant donc et Kenkhrées et Antioche, il remonte vers la Macédoine pour s'embarquer à Philippes, tournant ainsi le dos à sa destination. En effet, au lieu d'aller de Grèce en Syrie et de Syrie en Judée, il va de Macédoine en Troade, et n'arrive à Jérusalem qu'après avoir longé péniblement les côtes d'Asie.

Imposture n° 92.

CÉLÉBRATION D'UNE CÈNE DE NUIT A TROAS LE DIMANCHE

Cette imposture paraît empruntée aux *Voyages de Saülas*, car, outre les sept compagnons nommés plus haut, l'ancienne équipe de témoins parmi lesquels se range l'auteur de ces *Voyages* reste un instant en Macédoine et ne rejoint la nouvelle qu'en Troade. Titus Annœus Gallion, proconsul d'Achaïe, et Barnabé faisaient partie de l'ancienne équipe au temps où fut fabriquée la *Lettre aux Galates* (1). On les a cassés aux gages et remplacés par les sept païens susnommés :

5. Ceux-ci étant allés devant, nous attendirent à Troas ;

6. Pour nous (2), *après les jours des azymes* (3), nous nous embarquâmes à Philippes, et en cinq jours nous les rejoignîmes à Troas, où nous demeurâmes sept jours.

7. *Le premier jour de la semaine* (4), les disciples étant assemblés pour rompre le pain, Paul, qui devait partir le lendemain, les entretenait, et il prolongea son discours jusqu'au milieu de la nuit.

8. Or il y avait beaucoup de lampes dans le cénacle (5) où nous étions rassemblés.

9. Et un jeune homme du nom d'Eutychus, qui était assis sur la fenêtre, était enseveli dans un profond sommeil, car Paul parlait depuis longtemps, et entraîné par le sommeil, tomba du troisième étage en bas, et fut relevé mort.

10. Paul étant descendu où il était, s'étendit sur lui, et, l'ayant embrassé, dit : « Ne vous troublez point, car son âme est en lui. »

11. Puis étant remonté et *ayant rompu le pain et mangé*, il leur parla encore beaucoup jusqu'au jour, et il partit ainsi.

12. Or on ramena le jeune homme vivant, et ils en furent grandement consolés.

C'est une résurrection due à la célébration de la Cène. Le miracle a lieu non après trois jours comme

---

(1) Cf. les *Marchands de Christ*, p. 269.

(2) Quelqu'un, Saülas lui-même, disait avoir été attaché à la personne de Paul en qualité d'historiographe.

(3) *Après* est un changement. Il y a eu d'abord *avant*, nous en avons la preuve dans la Cène de nuit célébrée en mer par Paul au chapitre XXII.

(4) Le jour assigné à la résurrection de Bar-Jehoudda par les évangélistes.

(5) *Hyperôon*, la chambre haute, la plus haute de la maison, la plus près du ciel. Cf. les *Marchands de Christ*, p. 356.

la résurrection de Bar-Jehoudda, mais après trois étages. Ce n'est pas sans raison que le ressuscité s'appelle Eutychus et ne tombe ni du premier ni du second, Eutychus veut dire Fortuné, appelé ailleurs Fortunat. Au premier abord l'épisode de Troas a l'air de ne consister qu'en ce miracle. Mais quand on observe les chiffres employés, on voit que Paul a célébré la Cène jehouddolâtrique le dimanche, comme si du temps de Saül elle s'était déjà substituée à la pâque juive ; c'est le corps de Bar-Jehoudda crucifié qui en est l'agneau. Or nous avons la preuve, et nous la fournissons plus loin d'après les *Actes* eux-mêmes, que les jehouddolâtres du second siècle célébraient ce repas le 14 nisan, veille de la pâque juive, et non le *premier jour de la semaine* ou dimanche qui tomba trois jours après la pâque en l'année où Bar-Jehoudda mourut sur la croix. Ce n'est donc pas après les jours des Azymes, autrement dits le premier et le second de la semaine pascale, (15 et 16 nisan) que Paul part de Philippes, c'est le 2.

Cinq jours s'écoulent qui sont employés à la traversée de Philippes à Troas, nous voilà le 7. S'il en était autrement, et que Paul fût parti de Philippes *après* les Azymes, c'est à Philippes et non à Troas qu'il aurait célébré la Cène. Puisqu'il la célèbre à Troas, c'est qu'il a quitté Philippes avant les Azymes, et non après, comme on le dit actuellement. Nous sommes matériellement sûr qu'on a touché au texte primitif, car arrivé à Troas le 7, Paul attend encore sept grands jours avant de rompre le pain dans les termes de la pâque évangélique : « Et Jésus prit le pain et le rompit. » C'est donc bien la nuit du 14 que Paul rompait le pain dans l'ancien texte, mais comme c'était l'aveu formel que Bar-Jehoudda était en croix lorsque Jésus célèbre la pâque (le 15, par conséquent) dans les *Évangiles Synoptisés*, comme cet aveu corroborait d'irréfragable façon ce fait irréfragablement établi déjà dans le *Quatrième Évangile* et dans les *Actes* eux-mêmes, on a remplacé la malencontreuse date du mercredi 14 avant la pâque par celle du dimanche 18 à laquelle s'attache l'idée commerciale de la résurrection. Les lampes qu'on allume ici ne sont plus ni celles que Bar-Jehoudda et les siens allumaient le 15 nisan pour la Cène juive, ni même celles que les christiens d'Asie allumaient le 14 pour honorer le roi-prophète en qui était l'espoir de la Revanche, ce sont celles qui aux yeux de l'Église romaine ne pouvaient manquer d'éclairer la chambre où étaient les onze Apôtres lorsque, sous les espèces de Jésus, Bar-Jehoudda leur apparaît ressuscité.

La Cène de Troas est une imposture décisive au point de vue chronologique de la fabrication des *Actes*. Car, admit-on que les documents rapportés par les *Histoires de l'Église* soient authentiques (et elles sont d'une fausseté réjouissante), ces documents avouent que la question de la date à laquelle il convenait de célébrer la pâque était encore pendante à la fin du deuxième siècle : tous les christiens d'Asie tenaient pour la date du 15 nisan qui est dans les *Synoptisés* parce qu'elle est dans *l'Apocalypse* et par conséquent dans la Loi. Jusqu'à la chute de Jérusalem en 823 tous les christiens Juifs ont fait la pâque le 15 nisan, non seulement parce qu'il en était ainsi, mais parce qu'il n'y avait pas moyen de faire autrement. Quand après Hadrien, le Temple remplacé et la patrie perdue, ils en appelèrent de leur malheureuse destinée au prophète de l'Eden millénaire, c'est le 14 nisan de chaque année qu'ils « nourrissaient » sous les espèces du pain rompu et partagé l'espérance de voir un jour la Grande pâque de la victoire et de revoir à l'honneur, sous le harnois du Fils de l'homme, Roi des Rois et Maître de la terre, celui qui avait été à la peine, la veille de l'échéance. Commémoratif de la pâque manquée, ce repas marqua en même temps leur appel à Dieu et leur foi dans la promesse. C'est le 14 nisan que Paul l'eût célébré à Troas et qu'il le célèbrera en mer dans la suite des *Actes* (1). La Cène n'a pu être placée le dimanche qu'après rupture complète avec la Loi telle que la pratiquaient Jehoudda, fondateur de la secte christienne, et ses sept Naziréens. La Cène célébrée le dimanche après la pâque, c'est une chose dont aucun juif n'a pu être témoin ou complice au temps de Saül, et c'est bien pour cela qu'on n'a mis autour de Paul que des païens convertis par l'Église au troisième siècle.

Les premiers jehouddolâtres ne s'entendirent pas tout d'abord sur le jour où il convenait de se réunir pour commémorer le prophète. Avant de choisir définitivement le premier jour de la semaine ou dimanche, présenté par les fables comme étant celui où il ressuscite, beaucoup avaient adopté le quatrième, comme étant celui où il avait été livré aux Romains (2), ce qui

---

(1) Voir plus loin au ch. *Lancement du Gogotha.*

(2) Mosheim, *Histoire ecclésiastique*, t. I, p. 212. (Maestricht, 1776, in-8°.) En effet, sa défaite au Sôrtaba eut lieu un *premier jour de la semaine* (lendemain du sabbat), qui était le 11 nisan;

Sa fuite vers Lydda le second jour de la semaine ou lundi 12;

Son arrestation le troisième jour de la semaine ou mardi 13;

Sa livraison à Pilatus le matin du quatrième jour ou mercredi 14, et sa mise en croix dans l'après-midi de ce même jour. C'est le soir,

fixe une fois de plus sa crucifixion au mercredi veille de la pâque, et ces réunions, ils les tenaient soit après le coucher du soleil soit au lever de l'aurore, dans une double intention à la fois commémorative et apocalyptique qui a échappé aux exégètes.

Imposture n° 93.

LE DISCOURS DE PAUL A MILET

13. Pour nous, montant sur le vaisseau, nous naviguâmes vers Asson, où nous devions reprendre Paul, car il l'avait ainsi disposé, devant lui-même aller par terre.

14. Lors donc qu'il nous eut rejoint à Asson, nous le reprimes, et nous vînmes à Mitylène.

15. Et de là, naviguant, nous arrivâmes le jour suivant devant Chio ; le lendemain nous abordâmes à Samos, et le jour d'après nous vînmes à Milet ;

16. Car Paul s'était proposé de passer Ephèse sans y prendre terre, de peur d'éprouver quelque retard en Asie. Car il se hâtait, afin d'être, s'il lui eût été possible, *le jour de la Pentecôte* à Jérusalem.

Pour commémorer la venue du Saint-Esprit dont Paul a maintenant sa grande part, l'Église substitue la fête du Saint-Esprit à la Pentecôte juive dont elle respecte la date, et elle n'est pas fâchée de laisser croire au très excellent Théophile qu'elle se célébrait déjà dans l'Église de Jérusalem. Il est d'ailleurs possible que la présence de Saül à Jérusalem pendant la Pentecôte de 819 ait été marquée par quelque aventure avec les

au commencement du huitième jour, après trois jours et trois nuits de croix, que sa famille l'avait enlevé du Guol-golta et transporté à Machéron. Les christiens juifs appelaient l'ensemble de ces journées la Grande semaine.

christiens de Ménahem, (Ménahem s'est fait roi quelques semaines après cette fête). Saül n'étant jamais revenu dans Ephèse après 802, le faussaire n'a pas eu l'idée d'y ramener Paul, et c'est une maladresse, car Paul n'a que les raisons pour entrer dans cette ville d'où il est parti quand il lui a plu, après trois ans d'un séjour dans lequel, au milieu des pires émeutes, il n'a trouvé que la douce hospitalité de Tyrannus et le ferme appui des asiarques (1). C'est donc à Ephèse qu'il devrait prononcer le discours de Milet, mais il ne s'appartient pas, il est au pouvoir de l'Esprit, il est même *lié* d'un lien que nous ne voyons pas.

17. Or, de Milet envoyant à Ephèse, il appela les anciens de l'Église.

18. Et lorsqu'ils furent venus près de lui, et qu'ils étaient assemblés, il leur dit : « Vous savez comment, dès le premier jour où je suis entré en Asie, j'ai été en tout temps avec vous,

19. Servant le Seigneur en toute humilité, au milieu des larmes et des épreuves qui me sont survenues par les trames des Juifs;

20. Comment je ne vous ai célé aucune des choses utiles, et que rien ne m'a empêché de vous les annoncer, et de vous les enseigner publiquement et dans les maisons,

21. Prêchant aux Juifs et aux Gentils la pénitence envers Dieu, et la foi en Notre-Seigneur Jésus-Christ.

22. Et maintenant voilà que, *lié* par l'Esprit, je m'en vais à Jérusalem, ignorant ce qui doit m'y arriver (2) :

23. Si ce n'est que, dans toutes les villes, l'Esprit-Saint

---

(1) Pour cette imposture se reporter au *Saint-Esprit*, t. IV du *Mensonge chrétien*, p. 293.

(2) Le faussaire ne l'ignore pas, lui, ce qui est arrivé à Saül dans le palais d'Hérode ! Cf. le présent vol., p. 60.

m'atteste que des chaînes et des tribulations m'attendent à Jérusalem.

24. Mais je ne crains rien de ces choses, et je ne regarde pas ma vie comme plus précieuse que moi, pourvu que j'accomplisse ma course et le ministère que j'ai reçu du Seigneur Jésus, de rendre témoignage à l'Évangile de la grâce de Dieu.

25. Et maintenant, voilà, je sais que vous ne verrez plus mon visage, vous tous au milieu desquels j'ai passé, annonçant le Royaume de Dieu.

26. C'est pourquoi je vous prends aujourd'hui à témoins que je suis pur du sang de vous tous.

27. Car je ne me suis point refusé à vous annoncer tous les desseins de Dieu.

Le faussaire répète ce qu'il a dit de Paul à Corinthe, qu'il est pur du sang versé par Saül. En même temps, lié par le Saint-Esprit, — avant cela il n'était encore que *mû*, — (1) il prépare le très excellent Théophile à la fantastique imposture des emprisonnements de Paul.

28. Soyez donc attentifs et à vous et à tout le troupeau sur lequel Dieu vous a établis évêques, pour gouverner l'Église de Dieu qu'il a acquise par son sang.

29. Car moi je sais qu'après mon départ s'introduiront parmi vous des loups ravissants, qui n'épargneront point le troupeau (2) :

30. Et que, d'au milieu de vous-mêmes, s'élèveront des hommes qui enseigneront des choses perverses, afin d'attirer les disciples après eux (3).

31. C'est pourquoi, veillez, retenant en votre mémoire que

(1) Cf. le *Saint-Esprit*, p. 305.

(2) La chose est passée et non à venir.

Ces loups ravissants, c'est Saül lui-même avec Tibère Alexandre, Démétrius et Tyrannus. Cf. le *Saint-Esprit*, p. 313.

(3) Les Nicolaïtes, dont il est question dans l'Envoi de l'*Apocalypse de Pathmos* depuis longtemps parue lors de la fabrication des *Actes.*

pendant trois ans (1) je n'ai cessé d'avertir avec larmes chacun de vous.

32. Et maintenant, je vous recommande à Dieu et à la Parole de sa grâce, à celui qui est puissant pour édifier, et pour donner un héritage parmi tous les sanctifiés (2).

33. Je n'ai convoité ni l'or, ni l'argent, ni le vêtement de personne (3), comme

34. Vous le savez vous-même; parce que, à l'égard des choses dont moi et ceux qui sont avec moi avions besoin, ces mains y ont pourvu.

35. Je vous ai montré en tout que c'est en travaillant ainsi qu'il faut soutenir les faibles (4) et se souvenir de la parole du Seigneur Jésus; car c'est lui-même qui a dit : « il est plus heureux de donner que de recevoir (5). »

36. Lorsqu'il eut dit ces choses, il se mit à genoux, et pria avec eux tous.

37. Et il y eut de grands pleurs parmi eux tous, et se jetant au cou de Paul, ils le baisaient,

38. Affligés surtout de la parole qu'il avait dite, qu'ils ne devaient plus revoir son visage. Et ils le conduisirent jusqu'au vaisseau.

Saül n'est donc plus retourné en Asie (6) et Paul

(1) On établit le compte d'après le chapitre XIX de manière qu'il réponde à la durée de la procurature de Tibère Alexandre, qui avec l'aide de Saül et de Gallion a fait crucifier Shehimon et Jacob. Converti en Paul, Saül n'est pour rien dans ces deux crucifixions.

(2) La Parole de la grâce de Dieu et celui qui a le pouvoir de transmettre l'héritage du Royaume, c'est Bar-Jehoudda mué en Jésus.

(3) Paul ne ressemble point aux fils de Bar-Jehoudda, uniquement préoccupés de la jouissance des biens temporels par le rétablissement de la monarchie davidique.

(4) Rien de plus honteux que cette simulation.

(5) Voilà le but de tout ce discours. Vous pouvez ouvrir tous les *Evangiles*, vous n'y trouverez rien de pareil dans la bouche de Jésus; mais ici c'est l'Eglise qui parle. Et elle est sincère. Qui reçoit? Elle.

(6) Le discours de Milet ruine complètement la *Seconde à Timothée* et la *Lettre à Titus*.

n'est pas responsable du sang que le persécuteur a versé dans Ephèse. De plus, si l'on s'étonne qu'après la prédication de Paul les Eglises d'Asie se soient toutes trouvées nicolaïtes ou millénaristes au second siècle, c'est qu'elles se seront perverties. Mais il appert bien de ce discours que dès le premier siècle, elles avaient reçu l'enseignement spirituel, qu'elles n'attendaient plus le Royaume des Juifs et s'en tenaient à la résurrection de Bar-Jehoudda comme unique gage de salut. Voilà le but poursuivi par l'auteur des *Actes* à cet endroit.

III

ACTES DES APÔTRES, CHAPITRE XXI

Imposture nº 94.

DISSIMULATION DE LA MISSION DE SAUL A ANTIOCHE

Or il arriva qu'ayant fait voile, après nous être arrachés d'eux, nous vînmes droit à Cos, et le jour suivant à Rhodes, et de là à Patare.

2. Et ayant rencontré un vaisseau qui allait en Phénicie, nous y montâmes, et mîmes à la voile.

3. Quand nous fûmes en vue de Chypre, la laissant à gauche, nous naviguâmes vers la Syrie et vinmes à Tyr, car c'est là que le vaisseau devait déposer sa charge.

4. Or, y ayant trouvé les disciples, nous y demeurâmes sept jours ; et les disciples disaient, par l'Esprit-Saint, à Paul de ne point monter à Jérusalem.

Oui, très excellent Théophile, il est bien vrai qu'après les événements d'Ephèse, Saül est venu à Tyr, mais remarque-le bien par l'itinéraire de Paul, il ne s'est point arrêté à Antioche, et il ne s'y arrêtera plus. On te montrera certaine *Lettre aux Galates* dans laquelle Saül déclare être venu à Antioche en 802 quatorze ans après son expédition de Damas, et y avoir trouvé Pierre mangeant avec les païens, ce qui a été cause d'une grande dispute entre l'apôtre de la circoncision et celui des Gentils, mais n'attache aucune importance à ce document qui n'a pas été revu et corrigé en temps utile par le Saint-Esprit, chasse-le de ta mémoire et garde-toi de le soumettre aux règles ordinaires de la critique !

5. Et ces jours écoulés, nous partîmes, et ils vinrent tous, avec leurs femmes et leurs enfants, nous conduire jusque hors de la ville ; et nous étant agenouillés sur le rivage, nous priâmes.

6. Et après nous être dit adieu les uns aux autres, nous montâmes sur le vaisseau, et ils s'en retournèrent chez eux.

7. Pour nous, terminant notre navigation de Tyr, nous descendîmes à Ptolémaïs, et les frères salués, nous demeurâmes un jour avec eux.

Vois, très excellent Théophile, combien Paul était aimé dans ces villes de Tyr et de Ptolémaïs ! Comment veut-on que Saül ait persécuté Shehimon, Jacob et Ménahem dans ces villes où les disciples, leurs femmes et leurs enfants, ne pouvaient s'arracher à la douce étreinte de Paul ?

Imposture n° 95.

PAUL CHEZ PHILIPPE L'ÉVANGÉLISTE

8. Le lendemain, étant partis, nous vînmes à Césarée ; et,

entrant dans la maison de Philippe l'Evangéliste, qui était un des Sept (1), nous demeurâmes chez lui.

9. Il avait quatre filles vierges qui prophétisaient.

Des sept fils de Jehoudda, des sept démons de Maria Magdaléenne il n'y avait que Philippe avec qui l'Esprit Saint n'eût pas réconcilié Saül avant son départ pour l'Italie. On l'avait réconcilié avec l'aîné, le Joannès, dans la *Lettre aux Galates*, (2) mais c'était un regrettable excès de zèle, puisque dans le dispositif des *Actes* Joannès, sous le nom de Jésus, est au ciel depuis le consulat des deux Géminus. On l'avait réconcilié avec Shehimon (3), avec Jacob senior, (4) avec Jehoudda Toâmin (5), avec Ménahem, (6) mais on avait totalement oublié de le présenter à Philippe, surnommé l'Evangéliste pour avoir transmis les *Paroles du Rabbi*. Or Philippe était le plus important des sept au point de vue de la tradition dogmatique et il était mort, on ne sait ni quand ni comment, à Hiérapolis de Phrygie, dit-on, après avoir marié ses filles à des Juifs qui peut-être ont produit Papias (7). On pouvait donc, puisque Saül était mort

(1) « Des sept diacres, dit le Saint-Siège. Ce Philippe est nommé *évangéliste*, parce qu'il a été le premier à prêcher l'Evangile dans la Samarie. C'est dans ce sens que saint Paul recommande à son disciple Timothée (II *Tim.*, IV, 5) de remplir la charge d'évangéliste. » Nous avons démontré que les sept diacres étaient une invention des *Actes*. Tel est aussi le joyeux Trophime qui va entrer en scène dans quelques instants. Philippe est un des sept tonnerres de l'*Apocalypse*, un des sept anges chargés de répandre l'Evangile éternel, la Bonne nouvelle du règne des Juifs dans le monde.

(2) Cf. les *Marchands de Christ*, p. 275.

(3) Cf. les *Marchands de Christ*, p. 263 et le *Saint-Esprit*, p. 190.

(4) Cf. les *Marchands de Christ*, p. 263.

(5) Cf. le *Saint-Esprit*, p. 90.

(6) Cf. le *Saint-Esprit*, p. 200.

(7) Entre les mains de qui on retrouve les *Paroles du Rabbi* sous Antonin le Pieux.

aussi, lui présenter à Césarée un nommé Paul qui venait de célébrer la messe à Troas le dimanche, deux cents ans avant l'invention de l'Eucharistie. Philippe, à supposer qu'il vécût encore, n'habitait certainement pas Césarée de la mer, siège de la procurature romaine sous Pilatus, qui avait crucifié Bar-Jehoudda, sous Fadus, qui avait décapité Theudas, sous Tibère Alexandre, qui avait crucifié Shehimon et Jacob, et sous Félix, qui avait nourri des projets non moins homicides contre Philippe, Jehoudda Toâmin et Ménahem.

Saül ne venait pas précisément de chez Philippe, lorsqu'il se trouva dans Jérusalem exposé aux représailles des jehouddistes et des apolloniens. Nous aimons à croire que, s'il était passé la veille par Césarée, Paul, citoyen romain, au lieu de descendre chez un des frères de Bar-Jehoudda, serait au moins descendu chez Cornélius, le centurion qui, baptisé par Pierre depuis longtemps, détenait dans Césarée le record de l'Esprit-Saint. D'autant plus qu'on a quelque chose de très important à lui demander dans cette demeure hospitalière : on désire savoir pourquoi dans la *Lettre aux Galates*, Paul reproche à Pierre de violer pour la première fois en 802 le traité par lequel il s'est engagé à ne pas évangéliser hors de la circoncision, alors que, quatorze ans auparavant, Pierre a couché, mangé, baptisé chez Cornélius dans Césarée (1).

On peut être également certain par l'insistance des *Actes* à les déclarer vierges, que les quatre filles de Philippe, à ne lui supposer que ces enfants, ont été mariées et qu'elles ont fait souche d'évangélistes, non

(1) Pour toutes ces impostures, cf. les *Marchands de Christ*, p. 129, et le *Saint-Esprit*, p. 189.

de ceux qui comme Philippe, Toâmin et Mathias-bar-Toâmin ont transmis les *Paroles du Rabbi*, mais de ces scribes mystérieux dont personne ne percera plus l'anonymat et qui ont bâti les premières fables jehouddolâtriques. Ce n'est pas sans raison que la tradition fait mourir Philippe à Hiérapolis de Phrygie au milieu de ses enfants, et qu'un siècle après, Papias, un arrière-petit-fils sans doute, chef des millénaristes du lieu, commente l'Apocalypse de son ancêtre.

Imposture n° 96.

LA CEINTURE DU PROPHÈTE AGABUS

10. Et comme nous y demeurâmes quelques jours, il arriva de Judée un prophète nommé *Agabus*.

11. Or, étant venu nous voir, il prit la ceinture de Paul, et, se liant les pieds et les mains, il dit : Voici ce que dit l'Esprit-Saint : « L'homme à qui est cette ceinture, les Juifs *le lieront ainsi* (1) à Jérusalem et ils le livreront entre les mains des Gentils. »

12. Ce qu'ayant entendu, nous conjurions Paul, nous et ceux qui étaient en cet endroit, de ne point monter à Jérusalem.

13. Alors Paul répondit et dit : « Que faites-vous, pleurant et affligeant mon cœur? Car moi, je suis prêt, non seulement à être lié, mais à mourir à Jérusalem pour le nom du Seigneur Jésus. »

14. Mais ne pouvant le persuader, nous nous tînmes en repos, disant : « Que la volonté du Seigneur soit faite. »

Eh! bien oui, si l'Esprit-Saint le commandait, Paul n'hésiterait pas à être martyr dans Jérusalem, mais

(1) Voilà le *lien* annoncé par Paul depuis Milet.

l'Esprit-Saint en a disposé autrement, non certes à cause de l'histoire, (il est incapable de cette faiblesse,) mais à cause de la *Lettre de Paul aux Romains*. Saül est allé à Rome, il faut que Paul y aille aussi. La seule différence est que, *mû* depuis Ephèse, *lié* depuis Milet, Saül est au pouvoir de l'Esprit menteur. Il semble au premier abord qu'Agabus ait eu tort de se déranger ; les quatre prophétesses vierges, issues de Philippe, devraient amplement suffire à renseigner Paul sur le sort qui l'attend. Mais l'Eglise ayant décidé de prolonger jusqu'en 817 les jours de Jacques, comme elle a prolongé ceux de Pierre jusqu'en 819, c'est Agabus qui possède l'Esprit dans lequel Paul doit aller à Jérusalem.

Qu'est-ce donc que cet Agabus dont nous avons apprécié déjà le pouvoir prophétique à l'occasion de la famine de Judée (1)? Jacques lui-même, Iacobus devenu le rempart de la foi à Jérusalem, où il meurt pape des Circoncis sous Albinus (2). Mais comment négocier la rentrée en grâce de Saül avec ce personnage peu abordable ? Par la collecte. On n'a pas trouvé d'autre moyen, et celui-là était excellent, car il contenait un exemple. Dans une religion où tout se vend, particulièrement le salut, le moyen paraîtra tout naturel. Jacques va donc au-devant de Saül jusqu'à Césarée où, pénétrant chez son frère Philippe qu'on a posté là tout exprès, il use sur le prince hérodien du pouvoir d'exorcisme qui appartient en propre à son corps davidique (3). Car tu

(1) Cf. le *Saint-Esprit*. p. 188.
(2) Cf. le *Saint-Esprit*, p. 340.
(3) Au moyen de la ceinture il chasse les mauvais démons hérodiens qui peuplent le corps de Saül et il leur substitue les bons démons Jehouddiques dont il est. Toujours les sept démons de Maria !

ne dois point l'oublier, très excellent Théophile, Jacques sans être l'aîné, ni même le cadet, vient immédiatement après Pierre dans l'ordre des fils de Jehoudda. Par son père et par sa mère, il est prince du sang de David. Cela ne va point sans quelque privilège attaché à sa chair. Son corps est tout aussi adorable que celui de Pierre, devant qui tu as vu le centurion Cornélius prosterné le front dans la poussière. On ne peut montrer Saül s'acquittant de cette adoration, parce que Jacques se présente ici sous le nom anodin d'Agabus, mais cela n'enlève rien à la divine essence de Jacques, il est consubstantiel au Père dans toute la mesure laissée libre par son frère aîné et les cinq autres. Son corps a donc le pouvoir de « lier et délier. »

Vous avez vu ce qu'a fait Agabus. Il a pris la *zônè*, la ceinture de Saül, — car c'est bien Saül qu'on a en vue, — il s'en est lié les mains et les pieds, et il la lui a rendue ; Saül l'a remise et dès ce moment le voilà *enzôné* par Jacques (1). C'est pis que de l'envoûtement, c'est de l'enzônement. Désormais Paul ne fera plus rien que par la vertu de la ceinture qui, en touchant le corps de Jacques, s'est imprégnée de celui de Bar-Jehoudda. La chair et

_____

(1) Cette ceinture est de la même qualité que les chaines d'Ezéchiel qui durèrent tant que dura le siège de sa patrie : la ceinture durera tant qu'il plaira à Jacques. Ezéchiel est un de ceux à qui le père des Sept démons avait le plus emprunté. Une partie de l'*Apocalypse* vient de lui, notamment l'endroit où le Joannès, apercevant le livre que lui tend son père, s'en empare et le mange pour s'en assimiler l'esprit. En ce qui concerne les chaines, « l'Esprit m'enleva, dit Ezéchiel, il me mit debout sur mes pieds et il me dit : « Fils d'homme, renferme-toi dans « ta maison ; voilà des chaines dont tu seras lié, et tu ne sortiras pas... « Tu dormiras sur ton côté gauche trois cent quatre-vingt-dix jours, « et quarante jours sur ton côté droit... Voilà que je t'ai entouré de « chaines ; tu ne changeras point jusqu'à ce que tu aies ainsi passé « tous les jours que doit durer le siège de ta patrie. » Saül est lié pour la vie par la ceinture de Jacques.

le sang hérodien de Saül sont sous l'action de la chair et du sang davidiques. En revanche il exerce le même empire sur ceux à qui il va avoir affaire. Je vous en prie, mettez-vous bien cet enzônement dans la tête, car tout dépend maintenant de la ceinture du frère Jacques. Elle a rendu Saül méconnaissable dans Paul.

Imposture n° 97.

PAUL CHEZ MNASON LE CHYPRIOTE

Une fois dans la ceinture du frère Jacques, Paul a pris les mesures nécessaires pour assurer l'exécution de la prophétie d'Agabus, il s'est déclaré prêt à mourir pour Bar-Jehoudda. Cela signifie qu'il est certain d'échapper !

Une telle soif du martyre l'honore extrêmement, quoi qu'elle contraste avec sa prudence dans Ephèse. Philippe ne songe pas à partager ses périls, mais il juge bon de le faire accompagner par des disciples de Césarée qui ont des connaissances à Jérusalem. Ils le conduisent chez un certain Mnason, chypriote, disciple ancien, dans la maison de qui tous logeront, car il n'est pas convenable que, la ceinture du frère Jacques autour des reins, Paul habite avec le fils, le frère et la belle-sœur de Saül, dans le palais d'Hérode Agrippa, deuxième du nom. Le très excellent Théophile n'apprécierait pas cette combinaison.

15. Après ces jours, ayant fait nos préparatifs, nous partîmes pour Jérusalem.

16. Or avec nous vinrent aussi quelques disciples de Césa-

rée, amenant avec eux un certain Mnason, de Chypre, ancien disciple, chez qui nous devions loger.

17. Quand nous fûmes arrivés à Jérusalem, les frères nous reçurent avec joie.

Cependant Jacques, prompt à se formaliser, ne devait pas être content, car Paul était descendu chez Pierre en 789 et il avait vu Jacques, il y avait même vu le Joannès, en 802 (1). Mais loger chez Mnason quand on peut loger chez Jacques et qu'à Césarée on a logé chez Philippe ! C'est vouloir sortir de la famille du Juif consubstantiel au Père !

Si Jacob n'est pas mort, d'où vient que, mûri par l'apostolat, glorifié par les épreuves, enrichi par sa collecte et tout chaud encore de l'hospitalité reçue chez Philippe à Césarée, Paul ne descend pas chez lui, puisque Jacques est chef de l'Église à la place de Pierre ? D'où vient qu'il descend chez un simple presbytre, le chypriote Mnason que ce nom seul rend suspect d'hellénisme ? D'où vient aussi qu'il élit domicile chez cet étranger, alors que, de l'aveu même des *Actes*, Saül a de la famille dans Jérusalem, une sœur, un beau-frère, un neveu ? (2) C'est que Mnason est de la véritable famille de Paul ; il est inexistant lui aussi. Dans ces conditions quel peut être le danger qui menace Paul ? On n'en voit aucun, il est accompagné de gens qui ne craignent rien pour eux mêmes, à qui il n'arrivera rien et qui prennent logement chez un homme à qui il n'arrivera rien non plus.

(1) Pour ces impostures, se reporter à la *Lettre aux Galates*. Cf. les *Marchands de Christ*, p. 276.

(2) Voyez plus loin, p. 198.

Imposture n° 98.

LE REVENANT DE SAUL DEVANT LE REVENANT DE JACOB
SENIOR

Paul répand la joie parmi les frères : donc il a l'argent de la collecte! Sinon la tristesse et la déception se seraient lues sur tous les visages. Le lendemain, il se rend chez Jacques, le chef de l'Église; il a encore l'argent, sinon il ne se serait même pas présenté. Il est accueilli comme une puissance, et en effet, c'est une puissance. C'est même une puissance de grand chemin, on le reçoit comme une diligence. Il a des bagages tout pleins des drachmes de Corinthe et de Kenkhrées, des mines de Thessalonique et de Bérée, des talents d'Ephèse et de Galatie. Il a de l'or, de l'argent, peu de cuivre, le montant entier de la grande collecte qui dure depuis trois ans, tout le budget du salut et de la vie éternelle levé sur les fidèles et remboursable au centuple le jour du jugement.

18. Le jour suivant, Paul entrait avec nous chez Jacques, et tous les anciens s'assemblèrent.

19. Après les avoir salués, il racontait en détail ce que Dieu avait fait pour les Gentils par son ministère.

20. Or eux, l'ayant entendu, glorifiaient Dieu; et ils lui dirent : « Tu vois, mon frère, combien de milliers de Juifs ont cru; cependant tous sont Zélateurs de la Loi. » (1)

Aucune défection parmi les Kanaïtes et les Sicaires, le faussaire est obligé de le constater. Shehimon et

(1) C'est le nom que Josèphe donne aux disciples de Jehoudda, père du christ.

11

Jacob senior n'ont tenu aucun concile, ils n'ont rédigé aucun canon. Shehimon n'est point allé chez Cornélius, aucun Paul ne l'a vu manger dans Antioche avec les païens, et pourtant nous sommes en 812, il s'est écoulé dix années depuis la *Lettre aux Galates!* Paul comparait devant Jacob, frère puîné du Nazir, et devant les anciens du naziréat, tous consacrés à la Loi. Le faussaire fait croire tout ce qu'il veut au très excellent Théophile, l'un et l'autre sont des aigrefins de Rome; mais il y a là-bas, en Terre Sainte, des gens qui protesteront si on ne les ménage, ce sont les disciples de Jehoudda et de ses fils restés sous la Loi après 823. Puisque nous ne sommes encore qu'en 812, ils tiennent que la circoncision est le péage du salut. Ils observent scrupuleusement le sabbat, les fêtes et les sacrifices sanglants, juifs de mœurs, juifs de rites et encore plus d'idées, à supposer qu'ils aient des idées. Je ne crains rien pour les compagnons de Paul, qui, n'étant pas liés, s'échapperont, mais je crains beaucoup pour le revenant de Saül, car plus il se rapproche du Temple et plus il rentre dans la peau qu'il avait avant que Jésus ne lui remît l'oreille droite. Je n'augure rien de bon de sa présence au milieu des Naziréens et des Sicaires.

Car enfin le voilà devant le revenant de Jacques qui n'est pas encore lapidé et ne le sera que sous Albinus, mais qui, crucifié en 802, gît au fond de quelque Guol-golta ou de quelque Machéron, et Jacques est le frère de celui que Saül a lapidé en 787! Il est impossible que tout cela finisse bien. Cependant, comme la première chose que Jacques aperçoive sur le corps de Paul, c'est sa ceinture, il feindra de ne pas reconnaître Saül, qui de son côté feindra d'avoir été bien avec Jacob.

Ce Jacques chez qui se tient le synode, « était, dit le Saint-Siège, Jacques le Mineur, frère de Saint-Jean l'Évangéliste et évêque de Jérusalem. » Hélas! non, Jacob junior est déjà mort trois fois, une fois dans l'Évangile de Luc où d'ailleurs il ressuscite (1), et deux fois dans les *Actes*, la première lapidé par Saül, sous le nom de Stéphanos, la seconde décapité par Agrippa Ier. Ce « Jacques était *frère de Joannès* » disent les *Actes* eux-mêmes, mais puisque le Saint-Siège ici fait ce Joannès auteur du *Quatrième Évangile* et fils de Zibdéos, nous sommes en droit de lui demander quel est le Jacques qui a été jadis décapité par Agrippa Ier? « C'est Jacques le Majeur, dit le Saint-Siège. » Alors qui est Jacques le Majeur? « Le frère du Seigneur, répond la *Lettre aux Galates*. Le frère de Joannès, disent les *Actes*. » Donc Joannès et le Seigneur sont un seul et même homme. Dans un instant Jacques lui-même va nous dire qu'il est le Majeur. Que pense le Saint-Siège de tout ceci? Que Jacques le Majeur est seulement le « cousin du Seigneur. » Mais alors pourquoi la *Lettre aux Corinthiens* dit-elle de lui qu'il est son frère? (2).

(1) C'est celui qu'on appelle le fils de la veuve. Cf. le *Roi des Juifs*, p. 227.

(2) Dans la littérature paulinienne postérieure à la *Lettre aux Galates* où il est au premier plan avec ses deux grands frères, Joannès et Shehimon, Jacob senior passe au dernier rang des témoins de l'apparition du ressuscité
L'auteur de la *Première lettre aux Corinthiens* où se trouve ce détail a supprimé l'apparition à Maria la Magdaléenne qui vicie l'Évangile de l'infâme Cérinthe en démontrant l'identité de la Magdaléenne avec la mère du crucifié. Il maintient l'apparition à Pierre (à la table d'Amaüs sans doute) en éliminant Cléopas, second témoin dans les anciennes versions, et l'apparition aux Onze qui avec Pierre complètent le chiffre apostolique exigé par l'*Apocalypse*. Ce n'est qu'après son apparition à plus de cinq cents frères que le ressuscité apparaît à

Paul est donc bien devant Jacques le Majeur, et même je lui reproche d'être si peu ému en sa présence qu'il oublie de se jeter à ses pieds pour l'adorer, comme doit faire un romain devant un juif et comme Cornélius fait à Pierre. Mais insensible à ce manque d'égards Jacques s'attend à tout depuis qu'il a lu les *Lettres de Paul*, et continuant :

21. Or ils ont ouï dire de toi que tu enseignes aux Juifs, qui sont parmi les Gentils, d'abandonner Moïse, disant qu'ils ne doivent point circoncire leurs fils, ni marcher selon les coutumes.

C'est, en effet, la thèse des *Lettres de Paul*, de la *Lettre aux Galates* surtout, elles n'ont été faites que pour cela. On ne se rappelle plus la circoncision pénale de Timothée, et on oublie que Paul, s'il existait, pourrait répondre : « Qu'est-ce vous me chantez là? Est-ce que nous ne sommes pas d'accord depuis le dernier Concile? Est-ce qu'on ne peut pas être sauvé sans être circoncis? Je viens de célébrer la messe à Troas, deux cents ans avant l'institution de cette cérémonie sacrée, et vous n'êtes pas encore contents? » Mais lié par l'Esprit et la ceinture, il ne bronche pas. Il bronche d'autant moins que Jacques l'accuse non plus d'avoir conseillé aux Gentils de ne pas se faire circoncire, mais aux Juifs de renoncer à la circoncision. Jacques pourrait ajouter : « Tu les menaces même de la mort éternelle s'ils pas-

---

Jacob. On a eu certainement l'intention de diminuer l'importance de Jacob que les disciples mettaient sur le même pied que ses deux grands frères, et les *Lettres de Paul* ne connaissent, après le père et la mère dont on ne parle jamais, que trois apôtres de premier plan, Jacques senior, Pierre et le Joannès baptiseur, celui-ci appelé Christos dans la *Lettre aux Corinthiens*.

sent outre (1). » C'est un crime d'un nouveau genre,
et comment l'en laver? A Jacques de trouver l'expédient; c'est sa ceinture qui le lui dicte.

Imposture n° 99.

22. Que faire donc? Certainement la multitude devra s'assembler, car ils apprendront que tu es arrivé (2).

23. Fais donc ce que nous te disons : « Nous avons ici
quatre hommes qui sont liés par un vœu (3).

24. Prends-les avec toi, purifie-toi avec eux, et paie pour
eux afin qu'ils se rasent la tête, et tous sauront que ce qu'ils
ont entendu dire de toi est faux; mais que toi aussi tu
marches observant la Loi.

25. Quant à ceux qui ont cru d'entre les Gentils, nous
avons écrit qu'ils devaient s'abstenir de ce qui a été immolé
aux idoles, du sang, des animaux étouffés et de la fornica-
tion. »

Telle est la renommée des disciples de Jacob à Jérusalem que, s'il se trouve des témoins qui aient vu Paul
avec quatre Naziréens authentiques, Saül pourra passer
pour être devenu un de leurs chefs sur ses vieux jours.
C'est à quoi l'Esprit va procéder.

On voit où tendent ici les *Actes*. Ce n'est plus après
avoir accompli un vœu de naziréat hérodien avec Bérénice à la Pentecôte de 819 que Saül a failli être
victime des Sicaires, c'est pour en avoir accompli

(1) Cf. les *Marchands de Christ*, p. 295.
(2) On ne peut pas le dissimuler, le cas de Saül, de Costobar et d'Antipas est dans Josèphe. Cf. le présent volume, p. 61.
(3) Le vœu de ces quatre Naziréens, c'est celui de Jehoudda et de ses
fils : défendre la Loi jusqu'à la mort contre les hérodiens.

un sur l'ordre de Jacob, frère du christ. De là à dire
ensuite qu'il était de la même secte que les Naziréens, Ebionites ou Jesséens, il n'y a qu'un pas et
on est résolu à le franchir. Le scribe va dire tout à
l'heure qu'après cet acte Paul a passé pour être chef de
la secte des Naziréens. Inversement, Jacques, ressuscité pour la circonstance, au lieu d'attaquer Saül dans
le Temple et dans le palais d'Hérode par la main de
Ménahem, vit paisible et honoré dans Jérusalem où il
ne s'occupe que des matières de la religion judaïque,
circoncision, viandes immolées aux idoles, sang versé,
bêtes étouffées et paillardise, comme il l'a montré dans
les canons du précédent Concile. Car c'est bien le
même Jacques qui est censé parler, et il donne lui-
même la preuve de cette identité, en rappelant le mandement qu'il a envoyé à l'Église d'Antioche touchant
l'observation des coutumes. Le Saint-Esprit lui con-
seille de ne pas rappeler que l'Apôtre Paul est avec
Saülas un des porteurs de ce mandement. (1) Et d'ailleurs il ménage à Paul un tour de sa façon, puisqu'il
est sous le nom de Jacques l'exécuteur de la prophétie qu'il lui a faite sous celui d'Agabus. On n'est
jamais mieux servi que par soi-même.

Au point de docilité posthume où il en est dans le
milieu du troisième siècle, Saül consent à tout ce que
la ceinture du frère Jacques exige de Paul. Il se prépare à la cérémonie et se consacre avec les quatre
Naziréens Jacobites qui, de leur côté, en raison de circonstances aussi peu gênantes pour leurs mânes, con-
sentent à se montrer dans le Temple avec un prince

(1) Cf. le *Saint-Esprit*, p. 199.

hérodien, pupille de Rome, persécuteur de leur secte et bourreau de leurs apôtres. C'est que sur son corps enzôné ils ont reconnu la ceinture de leur maître, et par là ils se trouvent liés, eux aussi !

Imposture n° 100.

LE COUP DU FRÈRE JACQUES

26. Alors Paul ayant pris ces hommes, et s'étant le lendemain purifié avec eux, entra dans le Temple, indiquant les jours ou s'accomplirait la purification, et quand l'offrande serait présentée pour chacun d'eux.

27. Mais comme les sept jours s'écoulaient, les Juifs d'Asie l'ayant vu dans le Temple émurent tout le peuple, et mirent la main sur lui, criant :

28. « Hommes d'Israël, au secours ! Voici l'homme qui enseigne partout contre le peuple, contre la Loi, et contre ce lieu; et qui de plus a introduit des Gentils dans le Temple, et a ainsi violé le saint lieu. »

29. Ils avaient vu, en effet, Trophime, d'Ephèse, dans la ville avec Paul, et ils pensèrent que Paul l'avait introduit dans le Temple.

Si nous n'entendions pas rire le très excellent Théophile, nous serions fort inquiets pour Paul, contre qui les Zélateurs de la Loi relèvent ici le même grief que contre Saül, celui d'avoir introduit des païens dans le sanctuaire. Et nous accuserions Jacques de la plus ignoble trahison, car il n'envoie Paul au Temple que pour le faire arrêter par les Juifs d'Asie qui, sous le masque de Trophime, ont reconnu Tyrannus, préteur d'Éphèse au temps où Saül opérait dans cette ville contre Shehimon et Jacob senior (1). Mais par bonheur pour Saül Jacques n'est que le revenant de Jacob et en même temps qu'il fait arrêter Paul, il lui garantit la vie sauve, car il l'inscrit au milieu de quatre Naziréens disposés en croix et qui le gardent aux quatre points cardinaux, comme les quatre escouades de quatre hommes gardent Pierre dans sa prison de la tour Antonia (2). Ces Naziréens ont eux-mêmes la croix tatouée sur leur bras droit comme feu Bar-Jehoudda.

En outre le revenant de Saül est sous la puissance du chiffre sabbatique assigné à sa purification, et contre la coutume, car en cas de naziréat ordinaire il ne fallait pas prier moins de trente jours avant de pouvoir offrir le sacrifice libératoire ! (3). Mais ici il y a sept jours d'offrande, partant d'expiation, et vous connaissez assez l'Esprit-Saint contenu dans la ceinture du frère Jacques pour savoir qu'ayant à expier les crimes de Saül envers la progéniture mâle de Jehoudda, Paul ne peut rien faire à moins de sept sacrifices, un pour Jacob junior lapidé en 787, un pour Jehoudda senior, le roi-christ de 788, deux pour Shehimon et Jacob, crucifiés en 802, deux pour Philippe et pour Jehoudda Toâmin Évangélistes, un pour Ménahem, le roi-christ de 819. Rien pour Apollos, ce vil intrigant qui n'appartenait pas à la famille de David. Et puis Apollos ferait un huitième échelon qui dérangerait tout le calcul, car il n'y eut que sept démons

(1) Il résulte de cette transfiguration que Tyrannus était avec Néapolitanus. Cf. le présent volume, p. 293.
(2) Cf. le *Saint-Esprit*, p. 156.
(3) Le naziréat de Saül en 819 fut de trente jours, comme celui de Bérénice. Voyez Josèphe.

dans les entrailles de Maria Magdaléenne, et il n'y a que sept ans pour aller de 812, date à laquelle l'Esprit a reporté ces événements, jusqu'à 819, date à laquelle ils se sont passés. Ce sont des riens, mais ils amusent le très excellent Théophile.

L'Esprit ne veut pas la mort de Paul, puisqu'après ses aventures avec les christiens Saül est allé à Rome, il veut simplement qu'il soit lié, matériellement lié selon la prophétie d'Agabus. Ici il n'est encore qu'arrêté, grâce à la complicité des quatre Naziréens de Jacques, mais tout permet de croire qu'il portera bientôt des chaînes, car tous ceux qui pourraient le défendre, tous ses compagnons, y compris Trophime l'éphésien, cause innocente du malentendu, et tous les anciens de l'Eglise, y compris Jacques, disparaissent, enlevés par l'Esprit comme fut Philippe sur la route de Gaza lorsqu'il eut baptisé l'eunuque de la reine d'Ethiopie (1). Car l'Esprit crée, l'Esprit tue, l'Esprit ressuscite, l'Esprit lie, l'Esprit délie, l'Esprit enlève, il fait à point nommé tout ce qui concerne son état. Cependant il commet ici une imprudence inexplicable en envoyant Paul, qui naguère célébrait la messe à Troas, offrir des sacrifices animaux dans le Temple pendant sept jours, après s'être fait couper les cheveux dans la salle du Naziréat, à l'angle de la cour d'entrée, le tout sur l'ordre de Jacques le Majeur, frère du christ, et devant quatre de ses disciples désignés pour lui faire leur rapport. Ce rapport, nous l'avons dans la Loi même, nous savons que Paul n'a pu expier pour Saül que par sept sacri-

(1) Cf. le *Saint-Esprit*, p. 62.

fices animaux. Nous savons par l'Evangile que Jehoudda et sa femme n'en eussent point admis d'autres (1).

Grands dieux, nous périssons! Jacques le Majeur
n'adorait donc pas le corps de son frère aîné sous
les espèces du pain et du vin? Bar-Jehoudda n'avait
donc pas institué l'Eucharistie, remplacé les sacrifices
par l'oblation de son corps consubstantiel à celui du
Père? Mais c'est affreux! Trente ans après sa mort au
compte de l'Église de Rome où Pierre était pape depuis dix-huit ans, l'Église de Jérusalem, conduite par
Jacques le Majeur, frère du christ et évêque des
évêques, offrait donc encore le sacrifice d'Aaron conformément à la Loi de ses ancêtres? Paul a observé la
Loi, nous n'en pouvons douter, c'est pour cela que
Jacques l'a entouré de quatre disciples; il ne l'a pas seulement observée en un sacrifice isolé que Jacques lui
aurait conseillé par inadvertance, il l'a observée par la
répétition de ce sacrifice pendant sept jours, prenant
même soin d'en indiquer l'heure, afin de le rendre aussi
public que possible. Jacques reconnaissait donc aux
lévites du Temple le pouvoir de remettre les péchés par
le moyen d'animaux, pourvu que ces animaux fussent
sacrifiés selon les rites? Il n'a donc pas été témoin et
acteur dans une réforme religieuse où le divin Maître a
supprimé le sabbat et l'agneau? En un mot, il est donc
bien mort sous la Loi, comme son frère aîné, comme
ses autres frères, comme son père et comme sa mère
dont le surnom seul de Maria Magdaléenne indique

(1) Cf. le *Charpentier*, p. 187.

assez l'inflexible fanatisme? Nous nous en doutions bien un peu, mais était-ce à l'Esprit-Saint de nous le dire lui-même?

Imposture n° 101.

LA « CONFUSION » DE LA XILOPHORIE

Pendant un instant nous avons devant nous Saül lui-même, et l'affaire de la Xilophorie, mais reportée sous Félix, antidatée de sept ans et mise sur le compte des Zélotes d'Asie. A la vue de cet hérodien maudit, plus ancien que Tibère Alexandre dans le reniement et dans la persécution, et qui, pupille de Rome, laissait entrer en l'enceinte sacrée des Néapolitanus et des Tyrannus, les christiens de Ménahem et autres Naziréens de marque se ruent sur lui, appelant à l'aide les Kanaïtes de tout pays. Ils ne sont d'Asie que juste le temps qu'il faut pour reconnaître l'éphésien Trophime dans la rue, et pour supposer que Paul se préparait à l'introduire dans le Temple, en un mot pour fournir un prétexte d'arrêter Paul. Car, une fois dans le Temple où ils ont surpris Paul en plein sacrifice, ils ont pu voir que Trophime n'y était pas. Sitôt Paul arrêté, ils passent la main aux gens de Ménahem avec lesquels ils sont assez *liés* pour leur dénoncer la présence de Saül dans le Temple avec Néapolitanus et autres officiers romains. Cette fois, voilà des Naziréens qui ne sont point une création de l'Esprit, et la preuve de leur authenticité, c'est que leur vœu est d'assassiner Saül, fût-ce devant l'autel, comme ils ont fait au grand-prêtre Jonathas et à cent autres sous Félix. Or c'est sous Félix que les *Actes* ont placé la scène. Voilà bien les gens qui ont assassiné Ananias et Zaphira sous la conduite du vénérable Shehimon, voilà bien les descendants et les disciples de Jehoudda, la garde du corps du Verbe juif, l'armée terrestre du Fils de l'homme !

Une poussée tumultueuse jette Saül hors du Temple dont les portes sont aussitôt fermées pour résister à un assaut venant du dehors ; s'ils l'eussent empoigné, ils l'eussent égorgé sur place comme feu Is-Kérioth. Dans l'affaire de la Xilophorie ce n'est pas Paul qui s'est joint aux quatre Naziréens de Jacques, ce sont les Naziréens de Ménahem qui, mêlés aux gens de Saül, comme jadis à ceux de Jonathas (1), ont joint ce maudit et se sont jetés dessus. A Corinthe, à Éphèse, il avait trouvé un appui dans les synagogues hellénisantes et dans la haine que portait le peuple aux fanatiques juifs ; mais là, dans la Ville Sainte, dans l'ombre du Temple, avec Trophime dans la rue pour tout soutien, c'est ce jour-là qu'il eût dû mourir, écartelé par les apolloniens et par ceux des jehouddistes qu'il avait jadis poursuivis et fustigés. Il coalisait toutes les rancunes et toutes les animadversions en sa personne, et s'il eût été l'homme de la collecte, il eût syndiqué toutes les convoitises en son argent ; il eût été mieux que la victime : la proie !

30. Aussitôt toute la ville s'émut, et il se fit un grand concours de peuple. S'étant donc saisis de Paul ils l'entraînèrent hors du Temple : et aussitôt les portes furent fermées.

31. Comme ils cherchaient à le tuer, on vint dire au tribun de la cohorte : « Tout Jérusalem est en *confusion*. »

32. Celui-ci ayant pris, sur-le-champ, des soldats et des centurions, courut à eux. Dès qu'ils virent le tribun et des soldats, ils cessèrent de frapper Paul.

(1) Pour le procédé qu'ils employaient. Cf. le *Saint-Esprit*, p. 360.

33. Alors s'approchant, le tribun le prit, et le fit lier de deux chaînes (Enfin!); et il demandait qui il était, et ce qu'il avait fait.

34. Mais, dans la foule, l'un criait une chose, l'autre une autre. Ne pouvant rien savoir de certain à cause du tumulte, il le fit conduire au camp.

Même procédé de narration que pour la « confusion » d'Ephèse à la fin de laquelle on arrive sans qu'il soit possible aux plaignants, aux accusés, au ministère public, aux avocats et aux témoins de pouvoir dire de quoi il s'agit (1). Grâce à la ceinture du frère Jacques, voilà Paul *lié* de deux chaînes pour les péchés de Saül, ce qui est évidemment l'idéal en matière de *confusion*.

Imposture n° 102.

LE JEU DE NOMS PAULOS-APOLLOS

Comme ce n'est ni pour avoir accompli un vœu dans le Temple, ce qui était fort naturel et fort commun, ni pour y avoir introduit Trophime — celui-ci est resté en ville — que le tribun de la cohorte fait lier Paul et l'emmène dans le camp, il va falloir justifier cette arrestation par une *confusion* qui ne soit pas celle de tout à l'heure, mais la confusion de deux personnes dont l'une est susceptible d'être arrêtée, si elle vient à tomber au pouvoir de Rome. Le faussaire des *Actes* connaît la loi d'après laquelle nul ne peut arrêter ni retenir sans cause un citoyen, et il l'a invoquée dans un précédent chapitre. Le tribun n'a donc arrêté Paulos (nous lui

(1) Cf. le *Saint-Esprit*, p. 313.

rendons pour un instant son nom grec) que parce qu'il l'a pris pour un autre. Quel autre ?

35. Lorsque Paulos fut arrivé sur les degrés, les soldats le portèrent, à cause de la violence du peuple.

36. Car une multitude de peuple le suivait, criant : « Ote-le du monde! »

37. Comme il allait entrer dans le camp, Paul demanda au tribun : « M'est-il permis de vous dire quelque chose ? Le tribun lui répondit : « Tu sais le grec ?

38. N'es-tu pas cet Egyptien qui a excité, il y a quelques jours, une sédition, et qui a conduit au désert quatre mille sicaires? »

39. Et Paul lui répondit : « Je vous assure que je suis Juif, de Tarse en Cilicie, et citoyen de cette ville qui n'est pas inconnue. Permettez-moi, je vous prie, de parler au peuple. »

Ainsi, dans le vif dialogue qui s'est établi entre le tribun et Paulos, celui-ci s'est servi de la langue grecque, il lui a donné son nom : Paulos; et le tribun en a conclu qu'il avait fait la capture... d'Apollos (1), qui, quelques jours auparavant s'est présenté devant Jérusalem avec sa bande, qui s'est enfui et qu'on recherche. Le nom de Paulos l'a donc confirmé dans ses soupçons, il a fait un coup magnifique ! Mais comme il a l'Esprit, il garde le secret de l'allitération qui lui permet de garder Paulos dans les chaines, car Paulos, c'est Apollos jusqu'à ce que soit démontré le contraire. Sans nous donner le nom grec de l'Égyptien qu'il recherche, il feint d'ignorer son nom de circoncision qui à l'époque de la rédaction des *Actes* était encore dans Josèphe. De cette façon le très excellent Théophile, s'il

(1) Sur Apollos, cf. le *Saint-Esprit*. p. 365.

est dupe de la fumisterie, ignorera toujours qu'Apollos est le roi-christ antidavidiste que les *Actes* ont converti plus haut en jehouddolâtre ; mais, s'il est complice, il ne perdra pas cette nouvelle occasion de s'égayer aux dépens des goym.

De son côté, lié par l'Esprit de deux chaînes apparentes, sans compter celles qu'on ne voit pas et qui sont les plus fortes, Paulos fournit au tribun les renseignements capables de l'égarer le plus et sur la personne d'Apollos qui cesse d'être juif pour n'être qu'égyptien, et sur celle de Saül qui cesse d'être pupille de Rome pour n'être que Juif de Tarse. Bref, grâce à l'Esprit-Saint, nous n'en savons pas plus sur Paulos qu'auparavant et nous en savons encore moins sur Apollos, car ce n'est pas du tout pour avoir « emmené quatre mille sicaires au désert » qu'Apollos appartient à l'histoire, c'est pour les avoir amenés sur le Mont des Oliviers, là où Bar-Jehoudda aurait tant aimé conduire les siens, et pour les avoir baptisés et endoctrinés en son propre nom (1).

---

(1) Voici comment l'Église a arrangé l'affaire Apollos dans les *Actes* et dans les *Lettres de Paulos*. On a d'abord commencé par dissimuler qu'Apollos fût l'imposteur mis en fuite par Félix. Ensuite on en a fait le successeur du tisserand Paulos à Corinthe en un temps antérieur à sa déconfiture. Déjà ils s'étaient croisés à Ephèse, mais sans se rencontrer. Une fois à Corinthe on ne dit plus ce qu'il est devenu, mais cela n'importe guère, puisqu'il y est allé pour remplacer Paulos qui venait de s'y illustrer grandement sous Claude, comme il appert et des *Actes* et des *Lettres aux Corinthiens* : « J'ai planté, dit le pseudo-Paulos dans la *Première aux Corinthiens*, Apollos a arrosé (avec l'eau du baptême). » Il a pu y avoir entre eux quelque froissement d'amour-propre, les uns se prononçant pour Apollos, les autres pour Paulos, mais c'est tout, et, ce nuage dissipé, Paulos n'a pas craint d'utiliser les services d'Apollos, comme il appert encore de la *Première aux Corinthiens* (XVI, 12) où il dit : « Je vous apprends que j'ai instamment prié Apollos d'aller auprès de vous avec les frères, il n'a pas voulu y aller maintenant, mais il y viendra quand il le pourra. » Et la

Les exégètes sont donc à la merci du faussaire qui va rédiger le discours suivant, à moins que le tribun n'interdise à Paulos de le prononcer, cas auquel cet officier n'aurait pas l'Esprit-Saint. Mais il l'a au plus haut point, puisqu'il a pris le préfet de la police du Temple pour un chef de brigands et confondu ces deux hommes dans le nom de Paulos. A la faveur de cette confusion il peut bien mêler deux affaires, séparées par un intervalle de sept ans. Les Evangiles ont fait bien mieux, quand ils ont tiré deux personnes du même individu ! Que devient la religion s'il n'est plus permis à un honnête scribe ecclésiastique de fondre deux personnes en une seule ?

D'ailleurs, c'est calomnier Apollos que de confondre volontairement sa bande, (armée, il est vrai,) avec les Sicaires qui avaient l'habitude d'opérer dans le Temple, qui viennent de manquer Saül et qui attendent un moment plus favorable. Un chiffre est là pourtant qui était dans Josèphe, le nombre des hommes que le roi des Juifs de 812 avait enchaînés à sa fortune. « Ces Sicaires, dit le Saint-Siège, étaient des assassins alors répandus dans la Judée, et ainsi nommés parce qu'ils portaient, sous leurs habits, un petit poignard, en latin

Deuxième aux Corinthiens ne nommant pas le député qui est censé avoir été envoyé par Paulos en Achaïe avec Titus (viii, 22, 23), Théodoret, historien ecclésiastique, daigne supposer qu'il s'agit d'Apollos. Maintenant, étant donné ces relations si étroites avec l'Apôtre des nations, de quelle ville Apollos a-t-il été évêque? De Duras? De Colophon? D'Iconium en Phrygie? L'Eglise grecque hésite entre les trois, ce qui permet à Hippolyte et à Dorothée de le faire évêque de Césarée Maritima, et de le mettre au nombre des soixante-douze disciples qui dans l'Evangile selon Luc suivent Jésus à Jérusalem. Enfin quelques exégètes (citons Amédée Fleury, *Saint Paul et Sénèque*. Paris, 1853, in-8, t. I, p. 197) ont pensé qu'il fallait unir Apollos à l'Eglise par des liens plus solides : ils disent qu'Apollos avait été converti et baptisé par Joannès lui-même, ce qui était une préparation à la science et à la grâce du Christ !

sica. Josèphe donne trente mille hommes à cet Egyptien:
mais rien n'empêche que ce nombre n'ait été d'abord
que de quatre mille. Puis Josèphe ne dit pas que tous
ces trente mille brigands fussent sicaires. Ajoutons
qu'il ne s'accorde guère avec lui-même au sujet de cet
événement. » Le fait est qu'il ne s'accorde plus du tout.
C'est que le Saint-Esprit n'a opéré que dans la *Guerre
des Juifs* où il a remplacé quatre mille par trente mille,
négligeant les *Antiquités judaïques* où il a laissé les
quatre mille dont il est question dans les *Actes*.

En attendant, les *Actes* s'accordent avec Josèphe en
ceci qu'à la date de 812 Apollos n'a été tué ni par les
Juifs ni par les Romains.

Il a disparu sur le Mont des Oliviers, on ne sait ce
qu'il est devenu, et, si on le sait, on ne veut pas le dire.
De son côté, Saül, en 819, a échappé aux Sicaires, gens
de Ménahem, d'Éléazar bar-Jaïr et d'Absalomon, il est
allé à Rome en passant par Corinthe pour demander
secours à Néron. Paulos, produit de Paulos et d'Apollos
fusionnés, va être livré à Félix et conduit prisonnier
à Rome où il mourra martyr avec Pierre.

Imposture n° 103.

LA CONVERSION DE SAUL NARRÉE PAR PAUL

Paul s'étant expliqué en grec avec le tribun, les Juifs
n'ont pu comprendre et rectifier ce qu'il lui a dit. Afin
que le tribun ne puisse comprendre et rectifier ce qu'il
va dire aux Juifs, il leur parle en araméen. Depuis qu'il
a le Saint-Esprit il peut mentir en quinze langues (1).

(1) Sur cette faculté que l'Eglise a considérablement étendue, cf. les
Marchands de Christ, p. 384.

Il lui suffit ici de mentir en deux, puisque l'auditoire de langue araméenne n'a pu entendre ce qu'il a dit à son confident de langue grecque.

40. Le tribun l'ayant permis, Paul se tenant debout sur les degrés, fit signe de la main au peuple, et un grand silence s'étant fait, il leur parla en langue hébraïque, disant :

IV

ACTES DES APÔTRES, CHAPITRE XXII

1. « Hommes, mes frères et mes pères (1), écoutez ma défense que je vais entreprendre devant vous. »

2. Quand ils entendirent qu'il leur parlait en langue hébraïque, il se fit encore un plus grand silence.

3. Il dit donc : « Je suis Juif, né à Tarse en Cilicie, élevé dans cette ville aux pieds de Gamaliel, instruit selon la vérité de la Loi de nos pères, *Zélateur de cette loi*, comme vous l'êtes vous tous aujourd'hui :

4. C'est moi qui ai poursuivi jusqu'à la mort *ceux de cette voie* (2), les chargeant de liens, hommes et femmes, et les jetant en prison.

5. Comme le prince des prêtres m'en est témoin (3), ainsi que tous les anciens (4); et même, ayant reçu d'eux des

(1) Il y a beau temps qu'ils ont disparu, les pères de Saûl !

(2) De la secte des Zélotes. Il est impossible d'avouer plus maladroitement que les christiens ne font qu'un avec la secte fondée par Jehoudda !

(3) Ananias sous Félix, mais c'est à Kaïaphas que songe le faussaire, car il fait immédiatement allusion à la circonstance dans laquelle Saûl est allé à Damas avec les lettres du gendre d'Hanan. Cf. le *Saint-Esprit*, p. 87.

(4) Gamaliel, son maître, Mathias, père de Josèphe, tout le sanhédrin, toute la famille hérodienne et tous les procurateurs romains depuis Pilatus jusqu'à Gessius Florus.

lettres pour nos frères de Damas, j'y allais pour les amener enchaînés à Jérusalem, afin qu'ils fussent punis.

6. Or il arriva que, lorsque j'étais en chemin et que j'approchais de Damas au milieu du jour, soudain brilla du ciel autour de moi une abondante lumière.

7. Et tombant par terre, j'entendis une voix qui me disait : Saül, Saül, pourquoi me persécutes-tu? »

8. Et moi, je répondis : « Qui êtes-vous, Seigneur? » Et il me dit : « Je suis Jésus de Nazareth, que tu persécutes. »

9. Et ceux qui étaient avec moi virent là lumière, mais ils n'entendirent pas la voix de celui qui me parlait.

10. Alors je demandai : « Que ferai-je, Seigneur? » Et le Seigneur me répondit : « Lève-toi, va à Damas : et là on te dira tout ce qu'il faut que tu fasses. »

11. Et comme je ne voyais point à cause de l'éclat de cette lumière, conduit par la main de mes compagnons, je vins à Damas.

12. Or un certain Ananias, homme selon la loi, ayant le témoignage de tous les Juifs qui habitaient dans cette ville,

13. Venant à moi, et s'approchant, me dit : « Saül, mon frère, regarde. » Et moi, au même instant, je le regardai.

14. Et lui reprit : « Le Dieu de nos pères t'a prédestiné pour reconnaître sa volonté, voir le Juste (1), et entendre la voix de sa bouche (2) ;

15. Parce que tu lui seras témoin, devant tous les hommes, de ce que tu as vu et entendu.

16. Et maintenant, que tardes-tu! Lève-toi, reçois le baptême et lave tes péchés en invoquant son nom. »

Jusqu'ici, Paul a plaidé coupable, il a parlé pour Saül que tous ses contemporains ont vu émigrer à

(1) Nom qu'on donne à Bar-Jehoudda sur la croix dans certains Evangiles.

(2) Par l'intermédiaire des aigrefins qui ont fabriqué les *Lettres de Paul.*

Rome dans les sentiments qu'il avait déjà lors de son départ pour Damas. Le faussaire n'a pu établir la conversion de Saül que par les impostures accumulées dans son propre ouvrage. Il ne nous apprend rien de nouveau, sinon que Saül serait né à Tarse (1), qu'élevé dans Jérusalem, il a été instruit dans la Loi par Gamaliel, et qu'il était midi quand la voix de Bar-Jehoudda retentit dans un éclair aux portes de Damas. Le tribun n'a pas protesté contre la conversion de Saül, il n'entend que le grec. Voyons maintenant comment l'Esprit va se tirer du retour de Paul à Jérusalem avec la contre-marque de Saül, dans un discours qui est censé avoir été prononcé devant des Zélotes de 812, sectateurs de Jehoudda et de ses fils.

Le faussaire a devant lui la *Lettre aux Galates* dans laquelle il est dit que Paul a passé quinze jours à Jérusalem chez Pierre et Jacques en 789, et plus de temps encore en 802, sous les yeux mêmes du Joannès survivant; il a devant lui son propre ouvrage dans lequel il est dit que Paul a été présenté aux apôtres par Barnabé dans Jérusalem même et qu'il est revenu près d'eux pour une collecte et pour un concile. Voilà le moment ou jamais pour Paul de faire valoir ces recommandations, puisque l'auditoire n'est composé que de Zélotes et de Sicaires qui suivent la « voie » du Joannès, de Pierre, de Jacques et de Barnabé. Osera-t-il?

(1) Cela est contesté par Hiéronymus (saint Jérôme). Cf. les *Marchands de Christ*, t. III du *Mensonge chrétien*, p. 88.

Imposture n° 104.

LE RETOUR A JÉRUSALEM APRÈS DAMAS

17. Et il arriva qu'étant de retour à Jérusalem, et priant dans le Temple, je tombai dans un ravissement d'esprit.

18. Et je vis le Seigneur (1) qui me disait : « Hâte-toi, et sors vite de Jérusalem; car *ils* (2) ne recevront pas le témoignage que tu rends de moi. »

19. Et moi je répondis : « Seigneur, ils savent eux-mêmes que c'est moi qui enfermais en prison et déchirais de coups dans les synagogues ceux qui croyaient en vous ;

20. Et que, lorsqu'on versait le sang de Stéphanos (3) votre témoin, j'étais là, et j'y consentais, et je gardais les vêtements de ses meurtriers (4).

21. Et il me dit : « Va, parce que je t'enverrai bien loin vers les nations. »

Eh bien ! le faussaire n'a pas osé ! Devant les christiens de langue araméenne, il a dû renoncer à invoquer le témoignage de Jacob. Sous le masque ecclésiastique,

(1) Le Rabbi. Pour corroborer le « N'ai-je pas vu le Seigneur ? » de la *Lettre aux Corinthiens*, et le : « J'ai appris du Seigneur que la nuit où il fut livré. »

(2) Les frères de Bar-Jehoudda, leurs disciples, et les Juifs du Temple eux-mêmes, en un mot, tous ceux qui, au lendemain de la pâque de 789, ont vu Saül partir à la tête de ses soldats pour accomplir la mission que Paul vient de définir : « Amener ceux de cette secte à Jérusalem enchaînés afin qu'ils fussent punis. »

(3) *La Couronne*, c'est-à-dire Jacob junior, le premier des sept fils de Jehoudda qui ceignit celle du martyre. Le Saint Siège, en traduisant Stéphanos par Étienne, crée un personnage distinct et en quelque sorte chargé d'égarer les recherches.

(4) Nous pensons qu'en effet Saül, en qualité de stratège du Temple, a eu la garde des vêtements sacerdotaux, notamment de celui de Kaïaphas dont Vitellius eut également à s'occuper lors de la pâque de 790, au lendemain du départ de Pilatus et quand il remplaça Kaïaphas par Théophile, son beau-frère.

tous ont reconnu Saül, le prince hérodien, le pupille de Rome, le persécuteur impénitent de la secte de Jehoudda. Qu'à Rome les grands faiseurs et les grands collecteurs de l'Eglise spéculent sur l'imposture de Saül converti pour tondre les goym, c'est peut-être de bonne guerre! Mais lorsque les disciples authentiques du Nazir entendent dire que l'ombre de leur maître a commandé à l'ombre de Saül d'aller parmi les nations, lui qui dans les Évangiles dont ils se servent, défend expressement cette souillure, une huée formidable s'élève, faite de risée et d'indignation. Les nations! Le mot seul a suffi pour déchainer la haine.

Imposture n° 105.

LA QUESTION DE DROIT

22. Ils l'avaient écouté jusqu'à ce mot; mais alors ils élevèrent leur voix, disant : « Ote de la terre un pareil homme, car ce serait un crime de le laisser vivre! »

23. Eux donc, poussant de grands cris, jetant leurs vêtements, et lançant de la poussière en l'air,

24. Le tribun ordonna de le conduire dans le camp, de le déchirer de verges, et de le mettre à la question, afin de savoir pourquoi ils criaient ainsi contre lui.

25. Mais lorsqu'ils l'eurent lié avec des courroies, Paul dit au centurion qui était près de lui : « Vous est-il permis de flageller un citoyen romain non condamné? »

Comme à Philippes, le faussaire se rappelle que la loi romaine fait obstacle à cette invention (1). Mais, de même qu'à Philippes Paul attend qu'il soit élargi pour protester contre son emprisonnement sans cause, de

(1) Cf. le *Saint-Esprit*, p. 223.

même ici il attend qu'il soit lié avec des courroies pour protester contre sa fustigation éventuelle. Grâce à la question de droit qui va s'engager, l'Esprit-Saint élude complètement la question de fait qui livre Paul aux mains du centurion. Celui-ci ne lui appliquant pas la fustigation qui, parait-il, est le seul moyen de savoir des Juifs pourquoi ils crient contre Paul, personne ne devine pourquoi, déjà chargé de deux chaînes, Paul est lié de courroies et menacé de peines corporelles. C'est qu'il a mission d'exécuter le « coup du frère Agabus. » Agabus en le ceignant de sa ceinture n'a point parlé de chaînes, mais de courroies. Ce détail se perd au milieu du tapage.

Pour des raisons différentes, mais génératrices de la même obscurité, le très excellent Théophile est dans la même situation que Tibère Alexandre à Ephèse (1) : voyant il ne voit point et entendant il n'entend point. C'est le triomphe de l'Esprit annoncé par Isaïe.

Imposture n° 106.

LE CENTURION LÉGISTE

Heureusement le centurion possède du droit et de l'histoire une connaissance moins superficielle que le tribun son supérieur. Il ne prend pas Paulos pour Apollos, lui ! Il n'a pas l'Esprit-Saint depuis 789 comme son vieux camarade Cornélius de Césarée ! Il a été de garde à la tour Antonia sous Gessius Florus et il n'est pas *enzôné* comme semble l'être son chef. Il sait que le prince Saül est né citoyen romain et

(1) Cf. les *Marchands de Christ*, p. 313.

qu'il n'est point homme à se laisser fouetter sous Félix, fût-ce dans les liens où Paul est attaché par Jacques.

26. Ce qu'ayant entendu, le centurion se rendit auprès du tribun, et l'avertit, disant : « Qu'allez-vous faire? car cet homme est citoyen romain. »

27. Et le tribun venant à lui, demanda : « Dis-moi, es-tu Romain? » Et Paul répondit : « Oui. »

28. Le tribun repartit : « C'est avec beaucoup d'argent que j'ai acquis ce droit de cité. » Et Paul répliqua : « Moi, je suis né citoyen. »

C'est une scène fort curieuse à cause de la situation légale des parties. Le tribun est officier dans l'armée romaine, mais c'est un juif comme il y en eut dans les troupes commandées par Tibère Alexandre, juif lui-même avant d'être chevalier, procurateur de Judée, gouverneur d'Egypte et général sous Vespasien. Paulos qui, il n'y a qu'un instant, était l'Égyptien Apollos pour le tribun, parce que le Saint-Esprit en avait disposé ainsi, redevient ce qu'il est réellement, Saül, prince hérodien, pupille de Rome, parent du procurateur Félix. On remporte les verges, et pour avoir fait enchaîner d'abord, puis lier sans savoir pourquoi, un cousin de son chef et du roi Agrippa, le tribun a grand' peur pour son avancement. Néanmoins, lié lui-même par l'Esprit-Saint, il ne le délie ni ne le relâche. Agabus avant tout ! Au dessus du tribun, de Paul et de Félix, il y a celui qui lie et qui délie, tu ne l'ignores pas, très excellent Théophile, et Jacques est un de ses frères, suppléant de Pierre en Judée, car Pierre à qui est passé le pouvoir de lier et de délier, pouvoir davidique par excellence, est en ce moment à Rome où il exerce la mystérieuse profession de pape. Tu le sais bien, voyons, très excellent Théophile !

Nous ne pouvons nous ranger à l'opinion du Saint Siège lorsqu'il conclut du nom de Lysias que le tribun était grec (1), car Hérode, tétrarque d'Abilène, fils de Cléopâtre et partant demi-frère du juif consubstantiel au Père (2), s'appelait Lysias ou Lysanias et il n'était pas grec. Mais nous nous rangeons à son opinion lorsqu'il conclut du nom de Claudius que le tribun tenait son droit de cité de l'empereur Claude, c'est pour la même raison qu'Alexandre avait pris le nom de Tibère, et Josèphe celui de Flavius qui était avant tout celui de Vespasien. L'intention du scribe est très claire, c'est bien à un juif latinisant qu'il en a, et il a beau faire risette aux Romains dans l'espoir de les dépouiller plus à l'aise, il les déteste comme on déteste des ennemis, il les méprise comme on méprise des dupes, et il maudit les Juifs qui, en violation de la loi prêchée par celui d'entre eux qui était consubstantiel au Père, ont accepté l'image et porté le nom de la Bête.

29. Aussitôt donc s'éloignèrent de lui ceux qui devaient lui donner la question ; le tribun lui-même eut peur, après qu'il eut appris qu'il était citoyen romain, parce qu'il l'avait fait lier.

30. Le lendemain, voulant savoir plus exactement de quoi il était accusé par les Juifs, il lui ôta ses liens, et ordonna aux prêtres, et à tout le conseil de s'assembler, puis il amena Paul, et le plaça au milieu d'eux.

(1) Claudius Lysias, c'est le nom que le faussaire donne plus loin au tribun.
(2) Pour le lien de parenté qui existait entre les Hérodes et la famille de Bar-Jehoudda, se reporter au *Charpentier*, p. 98.

Evidemment il aurait pu consulter les membres du
Sanhédrin la veille, avant de lier Paul avec les courroies
et de le condamner au fouet sous le prétexte qu'il pourrait bien être Apollos, mais en ce cas il saurait pourquoi les Zélotes et les Sicaires crient contre Saül, il le
dirait peut-être, et ce faisant il ne suivrait plus les voies
impénétrables du Saint-Esprit. Paul n'a plus besoin de
ses liens, puis que le coup du frère Jacques a réussi ; le
tribun les lui ôte, ou pour mieux dire Jacques les re-
prend, ce sont des liens juifs : mais, remarquez-le bien,
il lui laisse ses chaînes, car elles sont romaines, et il
faut que Paul aille à Rome.

Au lieu de s'adresser aux Juifs de la rue, à ceux
d'Asie qui ont manifesté contre Saül en leur qualité de
Zélotes et de Sicaires, le tribun pour se renseigner
amène Paul aux Juifs du sanhédrin qui naturellement
n'ont jamais entendu parler de lui. Il prend donc toutes
les mesures nécessaires pour ne rien apprendre de nouveau, et comme il ne savait rien la veille, il en sera
de même le lendemain.

Imposture n° 107.

DEVANT LE REVENANT DU GRAND-PRÊTRE ANANIAS

Un simple tribun de cohorte fait assembler les prêtres
et tout le Conseil pour juger un citoyen romain, sans
même savoir de quoi on l'accuse. Si Paul ressortit à la
loi romaine, pourquoi les magistrats juifs ? Si c'est à
la loi juive, pourquoi le tribun et de quoi s'occupe-t-il?
Comme fourberie et duplicité, la scène devant le sanhédrin est d'une magnificence incomparable : pendant
la nuit, Saül, ce persécuteur contre qui les Sicaires

poussaient hier des cris de mort, est redevenu à la fois Paulos et Apollos, tous deux coupables aux yeux du Sanhédrin, l'un pour avoir donné son nom aux *Lettres* que l'on sait, l'autre pour s'être dit roi-christ en 812. Alors que Saül eût été reçu avec enthousiasme par le Conseil dont il avait si souvent exécuté les ordres ou inspiré les délibérations, c'est Paulos le jehouddolâtre qui se présente. On le laissera d'autant moins parler qu'il comparaît devant le revenant d'Ananias, le grand-prêtre assassiné par Ménahem (1), dernier frère de celui qu'il prêche dans ses *Lettres* comme étant ressuscité et fils de Dieu.

V

ACTES DES APOTRES, CHAPITRE XXIII

1. Paul, regardant fixement le Conseil, dit : « Hommes, mes frères, jusqu'à ce jour je me suis conduit devant Dieu en toute bonne conscience. »

2. Mais le prince des prêtres, Ananias, ordonna à ceux qui étaient près de lui de le frapper au visage.

3. Alors Paul lui dit : « Dieu te frappera, muraille blanchie. Tu sièges pour me juger selon la loi, et, contre la loi, tu ordonnes de me frapper ! »

4. Ceux qui étaient présents dirent : « Tu maudis le grand prêtre de Dieu? »

5. Et Paul répondit : « J'ignorais, mes frères, que ce fût le prince des prêtres, car il est écrit : « Tu ne maudiras point le Prince de ton peuple. »

Vous voyez comment Paul a été reçu !

(1) Cf. le présent volume, p. 62.

A peine a-t-il ouvert la bouche qu'Ananias la lui a fermée à coups de poing, d'abord parce que, s'il avait parlé, le tribun aurait peut-être appris quelque chose, ensuite parce qu'il n'aurait pu prendre la parole que pour plaider la résurrection et la divinité de Bar-Jehoudda, ce qui eut étonné le tribun qui est un tribun du temps de Claude. Mais Ananias ne lui laisse pas le temps de prononcer le nom de circoncision du juif consubstantiel au Père ; on a tout l'Esprit-Saint qu'on peut avoir, car le très excellent Théophile écoute aux portes et il ne faut pas qu'il entende.

Paul « reçoit sur la gueule » comme on dit dans le langage des Halles de Jérusalem auxquelles cette scène semble empruntée, mais en revanche il traite Ananias de « mur récrépi » ce qui, sans valoir « vieux fourneau », rappelle agréablement « sépulcre blanchi » dont les *Evangiles* font un usage assez fréquent pour que le faussaire le leur emprunte à son tour.

A la vérité Ananias, assassiné dans les égouts par les gens de Ménahem, avait trouvé là un tombeau aussi mal blanchi que celui du Nazir au Guol-golta, mais il se portait encore assez bien lors du guet-apens organisé par ces mêmes gens contre Saül le jour de la Xilophorie. Malheureusement il figurait dans Josèphe parmi les premières victimes du christ à tête d'âne.

Il fallait donc que le Saint-Esprit trouvât de cette vengeance une cause qui ne fût ni Bar-Jehoudda, ni aucun de ses frères. Il a trouvé Paul. C'est Paul qui dans le personnage d'un Naziréen, — car il est Naziréen, il n'y a pas à dire, le très excellent Théophile l'a vu dans le Temple avec quatre disciples de Jacques, — a reçu le premier coup porté à la secte par Ananias, et c'est pourquoi Ananias a été frappé à son tour, mais ailleurs que sur sa bouche. « Dieu te frappera, muraille blanchie. Tu sièges pour me juger selon la loi, et contre la loi, comme a fait Kaiaphas ton père au roi légitime des Juifs, tu ordonnes de me frapper!.. Dieu te frappera! » Paul qui dans un instant passera chef de la secte des Naziréens voue donc Ananias à la vengeance céleste avec d'autant plus de certitude que cette vengeance est inscrite dans l'histoire parmi les gheoullas de Ménahem parvenu au pouvoir suprême. « Quoi! lui dit-on, tu maudis *le Grand-prêtre de Dieu ?* » (Amère ironie : il n'y avait qu'un seul grand prêtre de Dieu, c'était Bar-Jehoudda.) Et Paul, avec plus d'amertume encore : « J'ignorais que ce fût le *prince des prêtres* (remarquez la différence) car il est écrit : « Vous ne maudirez point le *Prince du peuple* (1). » Or qu'a fait autrefois Kaiaphas? Il a maudit le Prince du peuple, (le vrai, à la fois Grand-prêtre et Roi) en la personne de Bar-Jehoudda, fils de David; un apôtre tel que le veulent les *Actes* et qui a lu ses *Evangiles* ne reconnait pas de telles gens pour être princes des prêtres, ils sont indignes de cette fonction, il est permis de les tuer. Qu'on ne s'étonne donc pas qu'Ananias ait été frappé! « Celui qui a frappé de l'épée sera frappé de l'épée, avait dit le Joannès en son *Apocalypse*. » Et mieux encore Jésus : « Amenez-les moi et tuez-les en ma présence pour m'avoir empêché de régner. »

Le séjour de Paul au berceau de Socrate lui a donné

(1) Tiré de l'*Exode* (xxii, 29), mais par les cheveux, comme il convient à la secte des Naziréens : « Vous ne parlerez point mal des *dieux* (dans le sens de puissances) et vous ne maudirez point le prince de votre peuple. »

le secret de l'ironie, et il refuse de reconnaître un grand-prêtre au sens de la Loi dans cet Ananias qui conduit l'interrogatoire à coups de poing sur la bouche du prévenu. Cependant, comme ce prévenu est citoyen romain, cette façon de faire n'eût pas déplu à Bar-Jehoudda, si la Grande pâque se fût réalisée. Elle ne déplaît qu'appliquée au chef de la secte des Naziréens. Mais d'où vient que Paul refuse de reconnaître physiquement Ananias ? Considérant que le Saint-Siège est le dépositaire du Saint-Esprit, nous ferons passer son explication avant la nôtre qui ne saurait prétendre au caractère sacré : « Saint Paul, dit-il, a pu aisément ne pas connaître le grand-prêtre, attendu qu'alors le pontificat était une dignité variable selon le caprice ou la politique des Romains. Josèphe dit qu'il y eut trois grands-prêtres la même année, et que l'un deux ne conserva sa dignité qu'un seul jour. Ainsi saint Paul a pu facilement être dans l'ignorance sur ce point. Ajoutons que le grand-prêtre n'avait pas alors ses vêtements de pontife ; ils étaient renfermés dans la tour Antonia, d'où on ne les tirait qu'aux jours solennels. Enfin, en supposant que dans le lieu où se tenait le sanhédrin, il y avait une place affectée pour le grand-prêtre, il ne s'en trouva assurément point de telle chez le tribun où se tint le conseil devant lequel comparut saint Paul. »

Que Paul ait été incapable de reconnaître Ananias, cela se conçoit dans l'état où ils sont l'un et l'autre, mais ce n'est pas pour les raisons qu'invoque le Saint-Siège, la dernière surtout, car il est clair que la réunion n'a pas lieu chez le tribun ; elle se tient dans la salle du Sanhédrin, le Hanoth, où Bar-Jehoudda, ses frères et ses autres parents ont été successivement jugés et où dans les *Actes* mêmes Saül en 787 se saisit de Jacob junior pour le mener au lieu de la lapidation (1). Paul qui a tout lu, *Évangiles*, *Actes*, *Antiquités judaïques* de Josèphe et *Talmud* de Tibériade, Paul n'ignore rien de tout cela. Et comme il est toujours dans les liens du frère Jacques, il a reconnu tout de suite Ananias. Ananias est de ceux qui ont « maudit le *prince* du peuple juif » non seulement dans Bar-Jehoudda, roi-christ en 788, mais dans Ménahem, roi-christ en 819, il est de la famille d'Hanan et de Kaiaphas. Si Paul feint de ne pas le connaître, Saül, élève de Gamaliel et stratège du Temple, l'a parfaitement connu, c'est l'Ananias que Ménahem, dernier frère du roi-christ et roi-christ lui-même, a fait assassiner dans les égouts en 819, pour avoir « maudit le prince de son peuple. »

L'Église prétend, par l'organe de la Sacrée Congrégation de l'Index, que cet Ananias était fils de Nébédaios et le même que celui qui, grand-prêtre sous Claude, fut envoyé à Rome au moment de la guerre de 803 entre les Galiléens et les Samaritains. Voici la note de l'édition des *Actes* approuvée par le Saint-Siège : « Ananias, fils de Nébédée, avait reçu le souverain pon-

(1) Ce n'est pas chez le tribun que s'assemble le Sanhédrin au grand complet, — tout le Conseil (xxii, 30) — c'est dans la salle ordinaire de ses séances, par conséquent dans le Hanoth. (Cf. le *Roi des Juifs*, p. 215.) Lysias amène lui-même Paul aux magistrats, (xxii, 30) et craignant qu'ils ne le mettent en pièces, il l'envoie prendre par ses soldats pour le ramener au camp (xxiii, 10). Pour aller au sanhédrin ils sont obligés de descendre (xxiii, 10), ce qui montre chez le scribe une connaissance parfaite de la topographie. (Cf. le *Roi des Juifs*, p. 215). Ce n'est pas tout : le lendemain les sicaires qui ont fait vœu de tuer Paul vont trouver les magistrats, leur demandant de le faire amener de nouveau devant eux afin qu'ils puissent accomplir leur vœu dans le trajet compris entre le camp et la salle des séances (xxiii, 15 et 20).

tificat d'Hérode, roi de Chalcis, l'an 48 de notre ère
(l'erreur chrétienne) à la place de Joseph, fils de Ca-
mithas. Le procurateur romain Cumanus l'envoya à
Rome en 52 pour répondre aux accusations portées
contre lui par les Samaritains. Ananias fut acquitté et
conserva sa dignité jusqu'en 59, où il dut la céder à
Ismaël, fils de Phabi. » Cet Ananias n'a rien de commun avec celui qui nous occupe. Ce n'est point par Cumanus qu'il fut envoyé à Rome, c'est par Quadratus, et
prisonnier ; Cumanus lui-même fut envoyé avec lui pour
se disculper. Il paraît bien qu'il n'arriva rien à Ananias de pis que la prison, mais on ne voit pas qu'il eût
repris ses fonctions jusqu'en 59 (812)! Ce n'est point
à Ananias qu'a succédé Ismaël, fils de Phabi, c'est à
Jonathas, assassiné par les Sicaires. Enfin ni dans les
Actes ni dans Josèphe, à l'endroit où il est question
de lui (1), l'Ananias visé par les *Actes* et seul grand-
prêtre de ce nom sous Néron n'est fils de Nébédaios.
Le nom de son père a été enlevé dans Josèphe. Mais
voici où nous sommes pleinement d'accord avec le Saint-
Siège. L'Ananias dont parlent les *Actes* « périt de la
main des Sicaires qui lui firent expier ainsi ses relations
avec les Romains. » Ajoutons que celui-là n'était nullement fils de Nébédaios et que les *Actes* sous-entendent
assez clairement qu'il était fils de Kaiaphas. Le gendre
de Hanan n'est pas mort sans enfants, et faute d'avoir
pu l'atteindre personnellement, c'est sur eux qu'on s'est
vengé, comme l'ordonne la Loi selon Jehoudda et ses
fils et selon Jésus aussi dont nous avons toujours pré-
sentes à la mémoire les exquises paroles : « Amenez

(1) *Actes*, xxiii, 2 et xxiv, 17 et *Guerre des Juifs*, livre II, ch. xxi,
201 et 202.

ceux qui m'ont empêché de régner et tuez-les en ma présence ! » C'est même parce que le dernier frère de Bar-Jehoudda a tenu compte au plus haut point de cette disposition testamentaire envers Ananias, que l'Esprit-Saint a placé l'affaire de la Xilophorie sous Félix en 812. Ananias n'était pas encore grand-prêtre cette année-là, mais il était encore vivant, et Paul avec les facultés divinatoires qu'il tient de la ceinture du frère Jacques annonce à cette muraille blanchie, à cet homme-sépulcre, le sort qui l'attend le jour où il tombera entre les mains d'un goël-ha-dam du « prince du peuple. »

On chercherait vainement le nom d'Ananias, assassiné par les gens de Ménahem dans la liste des grands-prêtres dressée par M. Stapfer. C'est vainement aussi que nous y avons cherché celui de Jonathas, assassiné sous la procurature de Félix. Nous avons cru devoir sauver de l'oubli ces deux illustres victimes, sachant que le culte du Juif consubstantiel au Père n'en serait point diminué.

Imposture n° 108.

LE SILENCE D'ANANIAS

Au milieu de tout cela, le tribun ne sait toujours pas pourquoi il a arrêté Paul, et Ananias n'a pas l'air disposé à le lui dire, car apercevant la ceinture du frère Jacques sur le corps de Saül il est frappé d'un hébétement sans rémission. Quant à Paul les coups qu'il reçoit sur la bouche lui ont fait descendre la langue au plus profond de l'œsophage. Il ne la recouvrera que pour guider le Sanhédrin dans la voie des discussions

13

les moins propres à édifier le très excellent Théophile
sur l'identité du grand-prêtre Ananias.

6. Or Paul sachant qu'une partie étaient saducéens, et
l'autre pharisiens, s'écria dans le Conseil : « Hommes, mes
frères, je suis pharisien, fils de pharisien; c'est à cause de
l'Espérance (1) et de la Résurrection des morts (2) que je
suis en jugement. »

7. Lorsqu'il eut dit cela, il s'éleva une discussion entre
les pharisiens et les saducéens, et l'assemblée fut divisée.

8. Car les saducéens disent qu'il n'y a ni résurrection, ni
ange, ni esprit; les pharisiens, au contraire, confessent l'un
et l'autre.

9. Il s'éleva donc une grande clameur. Quelques-uns des
pharisiens se levant, contestaient, disant : Nous ne trouvons
rien de mal dans cet homme; et si un Esprit ou un Ange lui
a parlé? (3). »

10. Et comme le tumulte s'accroissait, le tribun, craignant
que Paul ne fût mis en pièces par ces gens-là, commanda
aux soldats de descendre, de l'enlever d'au milieu d'eux, et
de le conduire dans le camp.

On voit que la séance n'a pas lieu chez le tribun, mais
qu'il faut au contraire descendre du camp dans la direction du Hanoth pour enlever Paul à la fureur des saducéens, si toutefois les soldats arrivent à temps, car les
discussions sur la résurrection sont mortelles, surtout
quand on n'est soutenu que par les pharisiens. Paul
montre beaucoup de courage en soulevant celle-là, mais

(1) L'Espérance d'Israël, dont il est question plus loin (xxviii, 20),
c'est-à-dire le Messie de la délivrance, celui qui n'était pas venu à la
pâque de 789, mais que les christiens attendaient encore — selon les
promesses de l'Apocalypse.
(2) Qui, n'ayant pas eu lieu en 789, n'était que remise.
(3) On n'avoue plus que celui qui avait parlé à cette génération,
c'était le Joannès-jésus, auteur de l'Apocalypse.

on aimerait savoir de quoi il est accusé par les saducéens. C'est lui qui est obligé de leur apprendre qu'il passe en jugement. Toutefois il semble bien que s'il était en jugement, ce ne pourrait être que comme chef des Naziréens ou pour avoir fait semblant d'introduire Trophime dans le Temple. Mais que serait-ce, ô Iahvé, s'il racontait qu'à Troas il a supprimé la pâque juive et remplacé l'agneau par le corps de l'homme condamné en 788 pour trahison et crimes de droit commun ? Mais le Saint-Esprit n'a pas voulu qu'il en fût ainsi, et (choc en retour dont la foudre elle-même fournit peu d'exemples) c'est Paul, frappé sur la bouche, qui parle d'abondance, tandis qu'Ananias, dont l'organe est intact, observe un mutisme cadavérique. Ce n'est pas encore cette fois-là que le tribun saura pourquoi il a arrêté Paul.

Lysias n'a toujours aucune raison pour le garder et il en a une pour le relâcher, car Paul et après lui le centurion lui ont cité la loi romaine. Au lieu de cela, il le tient chargé de deux chaînes et de plusieurs courroies, l'enferme étroitement dans la citadelle et ne le dégage un instant que pour le conduire au sanhédrin. Que va faire ce tribun de cohorte au Conseil des Juifs ? Que lui importe l'opinion des saducéens et des pharisiens sur la résurrection des corps et l'existence des anges, et quel intérêt Mars, dieu de Lysias, peut-il avoir dans une discussion pareille ? Il suffit de poser la question pour voir que la scène du Sanhédrin est de la même farine que tout le reste. Lysias n'a rien à demander au Sanhédrin, et le seul fait qu'il lui défère un citoyen romain aurait dû éveiller les soupçons des exégètes qui ont une teinture de droit.

Imposture nº 109.

RECONVERSION DE PAUL EN SAUL

Au sortir du Sanhédrin, Paul est toujours jehouddo-lâtre et il le sera pendant toute la nuit, mais comme nous approchons de l'affaire où Saül faillit laisser la vie entre les mains des gens de Ménahem, il rentre pendant quelques heures dans le corps du prince hérodien. Rien ne lui est plus facile à la condition de détacher la ceinture du frère Jacques, car si, et les *Actes* nous l'ont dit, Saül est le même que Paul, la réciproque est vraie : Paul peut redevenir momentanément Saül.

11. Mais, la nuit suivante, le Seigneur (1) se présentant à lui, dit : « Aie bon courage; car, comme tu m'as rendu témoignage à Jérusalem, il faut aussi que tu me rendes témoignage à Rome. »

12. Le jour étant venu, quelques-uns d'entre les Juifs s'assemblèrent, et se firent à eux-mêmes anathème, disant qu'ils ne boiraient ni ne mangeraient qu'ils n'eussent tué Paul.

13. Ils étaient plus de quarante hommes qui avaient fait cette conjuration ;

14. Ils se rendirent auprès des princes des prêtres et des anciens et dirent : « Nous avons fait le vœu, en appelant sur nous l'anathème, de ne goûter de rien, que nous n'ayons tué Paul.

15. Maintenant donc, vous avec le Conseil, faites avertir le tribun de l'amener devant vous, comme pour savoir quelque chose de plus certain sur lui. Nous, de notre côté, nous sommes prêts à le tuer avant qu'il arrive. »

---

(1) Le Rabbi toujours. le Juif consubstantiel au Père.

A la bonne heure, voilà des Naziréens comme il faut ! A part cette franchise qui n'était pas dans leurs habitudes (1), ils sont tout à fait ressemblants.

D'où viendrait à des Juifs ordinaires cette soif de vengeance qui leur coupe tout autre appétit ? Et que font dans ces tragiques circonstances les milliers de Zélotes, (on nous a dit des milliers), que les *Actes* nous ont montrés autour de Jacques ? Que font les fidèles de Césarée, descendus chez Mnason ? Que font l'éphésien Trophime et les autres compagnons de Paul ? Aucun n'est apparu pour témoigner en sa faveur, pour l'assister dans ses épreuves. Les Juifs qui s'apprêtent à l'assassiner sont donc bien sûrs de n'être pas dérangés dans cette opération éminemment naziréenne par les disciples de Philippe et de Jacques. Pour n'être que quarante ils n'en ont pas moins une assurance qui n'appartient qu'aux majorités sûres d'elles-mêmes. Ainsi ils sont certains de pouvoir tuer Saül avant que le tribun ne puisse apprendre de quoi Paul est accusé. C'est l'essentiel.

Imposture n° 110.

L'AFFAIRE DU HAUT PALAIS DEVANT LE SAINT-ESPRIT

Le Saint-Esprit a déjà fait beaucoup en mêlant les partisans et les amis de Saül au complot ourdi contre Paul par les Naziréens. Cela permet de les considérer comme des traîtres, et leur rôle est plus ignoble encore que celui des gens de Ménahem ; c'est toujours autant de gagné, n'est-ce pas, très excellent Théophile ?

(1) Cf. le *Saint-Esprit*, p. 360.

16. Mais ayant ouï parler de cette trahison, le fils de la sœur de Paul (1) vint, entra dans le camp, et avertit Paul.

17. Alors Paul, appelant à lui un des centurions, dit : « Conduisez ce jeune homme au tribun, car il a quelque chose à lui dire. »

18. Et le centurion, le prenant avec lui, le conduisit au tribun, et dit : « Le prisonnier Paul m'a prié de vous amener ce jeune homme qui a quelque chose à vous dire. »

19. Aussitôt le tribun, le prenant par la main, se retira à part avec lui, et lui demanda : « Qu'as-tu à me dire? »

20. Et le jeune homme répondit : « Les Juifs sont convenus de vous prier d'amener demain Paul devant le Conseil, comme pour savoir quelque chose de plus certain sur lui,

21. Mais vous, ne les croyez pas; car des embûches lui sont dressées par plus de quarante hommes d'entre eux, qui ont fait vœu de ne manger ni de boire qu'ils ne l'aient tué; et maintenant ils sont prêts, attendant votre ordre. »

22. Le tribun donc renvoya le jeune homme, lui défendant de dire à personne qu'il lui eût donné cet avis.

C'est égal, Paul doit commencer à regretter de ne pas être descendu chez la sœur de Saül! Il n'a vraiment pas de chance depuis que Philippe lui a conseillé de descendre chez Mnason et que Jacques lui a passé sa ceinture pour lui permettre d'accomplir un vœu dans le Temple avec des Naziréens authentiques!

Prisonnier de Rome et lié par Jacques, accablé sous le faix des chaînes et des courroies, menacé de mort par les Naziréens, il ne reste à Paul qu'un seul défenseur, le fils de la sœur de Saül, cet éphèbe qui

(1) On se rappelle que par ses liens de sang avec la sœur d'Hérode le Grand, Saül était — Josèphe le dit expressément — par les femmes l'allié d'Agrippa. Il se peut qu'il ait eu une sœur, mais ce n'est pas d'un fils de celle-ci qu'il est question ici, c'est du sien propre.

se révèle à nous sans aucune préparation dans la littérature paulinienne et dans les *Actes*, où nous ne lui avons vu jusqu'ici ni cette sœur ni ce « jeune homme. » Cette « sœur » n'est autre que sa femme, car il n'est point dit que le fils qu'elle a soit le neveu de Saül. Or nous connaissons les façons du Saint-Esprit lorsqu'il s'introduit dans les ménages jehouddiques (1), et nous craignons qu'il ne les étende aux ménages hérodiens après en avoir converti les chefs à la jehouddolâtrie. Ce jeune homme, c'est Antipas, fils de Saül et tué par Ménahem dans la prise du haut palais.

Les quarante Naziréens qui ont fait vœu, avec grands serments, de ne manger ni boire qu'ils n'aient assassiné Saül dans les rues, ont fourbi leurs siques avec zèle, ils sont prêts, archi-prêts depuis deux jours, mais il est acquis que Saül a échappé. Lysias défend à Antipas de dire à personne, pas même à Flavius Josèphe, qu'il a été l'une des victimes du complot, car Lysias, s'il était de garde ce jour-là, a eu grand'peur que les gens de Ménahem n'enlevassent le père et ne le tuassent comme ils avaient fait du fils. Mais il n'a pas eu peur *qu'après cela on ne l'accusât d'avoir reçu d'eux de l'argent pour le leur livrer,* car ce genre de corruption n'était pas encore dans les mœurs de l'armée romaine lors des événements de 819. L'auteur des *Actes* est tout plein de Mathieu où l'on voit les soldats de Pilatus accepter de l'argent des prêtres pour faire ce faux témoignage de déclarer que

---

(1) Les Evangélistes ayant donné à la femme de Jehoudda, père du christ, le nom de la sœur de Moïse, Maria Magdaléenne, il s'ensuit que les femmes de ses fils mariés, notamment Shehimon, Jacob senior et Philippe, sont dites leurs « sœurs » dans les *Lettres aux Corinthiens*.

le corps du jésus a été enlevé du Guol-golta la nuit par ses disciples. Lysias, au contraire, tient à ce que Paul ne soit enlevé que par les Romains.

23. Puis, deux centurions appelés, il leur dit : « Tenez prêts, à la troisième heure de la nuit, deux cents soldats, soixante-dix cavaliers et deux cents lances, pour aller jusqu'à Césarée.

24. Et préparez des chevaux pour monter Paul, et le conduire sûrement au gouverneur Félix. »

25. (Car il craignit que les Juifs ne l'enlevassent et ne le tuassent, et qu'ensuite on ne l'accusât d'avoir reçu de l'argent.)

L'argent est tout pour les misérables gagistes qui ont forgé ces inepties. Ils révèlent à chaque instant leur préoccupation maîtresse d'avoir de l'argent pour posséder et corrompre. Pourquoi font-ils Bar-Jehoudda consubstantiel au Père ? Parce que le baptême, moyen d'avoir de l'argent en trompant les goym, ne peut être que d'un dieu. L'argent est le nerf de toute cette politique, le but aussi. Avec de l'argent on fait tout. Dans les Évangiles Synoptisés vous voyez Kaiaphas donner de l'argent aux soldats romains pour trahir Pilatus, Judas recevoir trente deniers pour trahir Jésus ; il n'est question que d'intendants qui volent leurs maîtres, et quand il n'y a pas de somme en jeu on se trahit pour le plaisir. Dans les *Actes* nous avons déjà vu Blastus, chambellan d'Agrippa, acheté par les Tyriens pour leur livrer le blé de ses compatriotes (1), Jason acheter les magistrats de Bérée pour obtenir l'élargis-

(1) Cf. le *Saint-Esprit*, p. 323.

sement de Paul (1). Ici on trouve plausible qu'un tribun d'origine juive puisse recevoir de l'argent pour livrer son prisonnier aux sicaires de Ménahem. Quel est le but, le but unique des *Lettres de Paul*? L'argent des collectes. Que de faussaires on pourra entretenir quand les coffres seront pleins ! Que de prétendus Paul, que de prétendus Pierre, et que de prétendus papes Clément ! Vrais témoins ceux-là ! Faux témoins ceux qui ont déposé contre Jacob junior (2) et contre Bar-Jehoudda (3) ! Achetés, comme l'Église achète un scribe !

Imposture n° 111.

LA LETTRE DE LYSIAS

Mais Lysias est incorruptible, et, se rappelant qu'il est sous l'œil de Flavius Josèphe, il agit comme un tribun de l'histoire en fournissant à Saül l'escorte qui lui permit d'aller auprès de Cestius Gallus à Césarée.

26. Il écrivit en même temps une lettre conçue en ces termes :

« Claude Lysias à l'excellent gouverneur Félix, salut.

27. Les Juifs avaient pris cet homme, et ils allaient le tuer, lorsque, arrivant avec les soldats, je l'ai tiré de leurs mains, ayant appris qu'il était Romain :

28. Et voulant savoir de quoi ils l'accusaient, je l'ai conduit dans leur Conseil.

29. J'ai trouvé qu'il était accusé au sujet de questions qui concernent leur loi ; mais qu'il n'avait commis aucun crime digne de mort ou de prison.

(1) Cf. le *Saint-Esprit*, p. 227.
(2) Cf. le *Saint-Esprit*, p. 35.
(3) Cf. Mathieu, XXVI, 60.

30. Et comme j'ai été averti des embûches qu'ils lui avaient dressées, je vous l'ai envoyé, déclarant aux accusateurs eux-mêmes qu'ils aient à s'expliquer devant vous. Adieu. »

31. Ainsi, selon l'ordre qu'ils avaient, les soldats prirent Paul avec eux, et le conduisirent de nuit à Antipatris.

32. Et le jour suivant, ayant laissé les cavaliers aller avec lui, ils revinrent au camp.

Dans le rôle qu'il prend ici devant son chef, Lysias ne peut reconnaître qu'il a arrêté Paul sans motif, le prenant pour Apollos, jadis repoussé par Félix lui-même, qu'il l'a chargé de chaînes, puis de courroies, qu'il a donné ordre de le déchirer de verges, qu'il l'a emprisonné, qu'il a réuni un tribunal juif pour juger ce citoyen romain innocent de tout délit, qu'il l'a conduit lui-même devant ce tribunal et maintenu en prison. Ces faits sont de nature à nuire à son avancement. Il est obligé de se rapprocher un peu de la vérité historique : ce sont les Romains qui ont tiré Saül des mains de Ménahem, ils n'en ont pu tirer ni Antipas ni Ananias. Quant à Paul, emballé dans les liens du frère Jacques, c'est à Félix de trouver le moyen de ne pas le délier. La force sous la protection de laquelle Lysias envoie Saül jusqu'à Antipatris montre qu'il n'a aucune foi dans les disciples de Jacques pour défendre Paul contre les quarante sicaires. Cette force comprend deux cents soldats, soixante-dix cavaliers, deux cents dexiolabes (gardes hérodiens) et les montures nécessaires pour mener Saül sain et sauf à Félix, qui n'en avait pas tant quand il revenait de Jérusalem à Césarée. En même temps Lysias écrit à Félix, parti depuis sept ans et remplacé successivement par trois autres procurateurs,

Festus, Albinus et Florus, une lettre dont la fausseté
ne le cède en rien à celle des *Actes* eux-mêmes, à moins
que Lysias qui ne l'a jamais écrite et Félix qui ne l'a
jamais reçue n'en aient communiqué la minute aux
scribes ecclésiastiques.

Toutefois, sur l'ordre et le sens des faits, Lysias
s'accorde avec l'histoire de Flavius Josèphe : les christiens s'étaient emparés de Saül et ils allaient le tuer
lorsque, survenant avec la troupe, il le leur a arraché,
parce qu'il était citoyen romain. Donc Lysias l'a enlevé aux assaillants, comme dans Josèphe ; il ne l'a
point arrêté le prenant pour Apollos, comme dans les
Actes, et s'il l'a conduit devant le sanhédrin, pour une
raison qu'il ignore lui-même, c'est uniquement par
respect pour la ceinture du frère Jacques. Saül n'a dû
son salut qu'aux Romains, voilà la vérité. Les soldats l'accompagnèrent jusqu'à Antipatris et revinrent
au camp (1), tandis que Saül avec son frère et la femme
que les *Actes* lui donnent pour sœur gagnaient Césarée
en hâte. A Jérusalem comme à Corinthe, comme à
Ephèse, ce sont les chiens de païens, ce sont les
petits de la Bête, les mangeurs de chair consacrée aux
idoles, les suppôts de l'infâme Babylone, ce sont les
soldats de César qui tirèrent Saül des griffes de ces
fanatiques.

(1) Cf. le présent volume, p. 61.

Imposture n° 112.

LE REVENANT DE SAUL DEVANT CELUI DE FÉLIX

33. Lorsque les cavaliers furent arrivés à Césarée, et qu'ils eurent remis la lettre au gouverneur, ils lui présentèrent aussi Paul.

34. Or, quand il eut reçu la lettre, et demandé à Paul de quelle province il était, apprenant qu'il était de Cilicie :

35. « Je t'entendrai, dit-il, quand tes accusateurs seront venus. » Et il ordonna de le garder dans le prétoire d'Hérode.

Lysias avait arrêté Paul comme Juif d'Égypte (1), le prenant pour Apollos ; Félix, inspiré par l'Esprit qui ne délie pas, enferme comme Juif de Cilicie un homme que Lysias lui a envoyé comme étant et citoyen romain et innocent de tout crime méritant la prison ou la mort. Il y a toutefois un détail que le faussaire des *Actes* ne peut dissimuler : c'est au prétoire d'Hérode, dans le palais construit par Hérode et servant de résidence au procurateur romain, que Saül descendait d'habitude et qu'il est descendu, venant de Jérusalem, après avoir échappé à Ménahem, le goël-ha-dam christien. Paul est à califourchon sur la situation de Saül : on ne peut pas dire qu'il soit prisonnier, et pourtant il est dans le pré-

(1) On se rappelle qu'Apollos était juif d'Egypte, alexandrin. La doctrine de Jehoudda était originaire d'Egypte où Apollos avait également puisé la sienne. C'est ce qui explique qu'il ait pu se dire christ sans être du sang de David et entraîner à sa suite un nombre de partisans qui paraît avoir été supérieur à celui de Bar-Jehoudda en 788. Toutefois, il ne pouvait faire école comme son rival. Celui-ci s'appuyait sur l'idée dynastique et avait déjà dans son illustre famille toute une théorie de révélateurs, qui en travaillant pour eux dans le passé lui avaient préparé les voies millénaires. Et puis, Apollos n'eut pas autour de lui six frères intéressés à son avènement.

toire. Félix n'a aucune confiance dans ce que lui écrit le tribun, il attendra les accusateurs de Paul, c'est-à-dire le revenant d'Ananias et ses collègues. Car, lui aussi, la ceinture du frère Jacques éblouit ses yeux et leur fait perdre la vue du monde, il n'a plus devant lui qu'un juif de Cilicie prévenu de quelque chose de mystérieux et qui n'est pas de sa compétence. Il est tellement enzôné qu'il ne reconnait pas le cousin Saül! Aussi ne se demande-t-il pas pourquoi Lysias lui envoie, chargé de deux chaînes et de nombreuses courroies, ce citoyen romain contre lequel personne ne peut relever le moindre délit, pas même le grand-prêtre Ananias qui en est réduit, pour tout réquisitoire, à causer avec lui des anges et de la résurrection. Il ne se demande pas davantage pourquoi, si ce Juif de Cilicie n'est coupable que vis-à-vis de la loi juive, Lysias ne l'a pas laissé au Sanhédrin qui a seul qualité pour le juger.

Il est donc permis de trouver le Saint-Siège un peu sévère dans le portrait qu'il fait du cousin de Saül :

« L'histoire profane le mentionne, comme ayant gouverné la Judée, sous le règne de Néron (1), immédiatement avant Festus. Tacite, Suétone et Josèphe nous apprennent quelques particularités de sa vie. Il était frère de Pallade, et comme lui, un affranchi de la maison de Claude. Suivant Tacite, il gardait dans sa fortune les sentiments de sa première condition. Josèphe ajoute qu'il vivait en adultère, et qu'il s'était

(1) « Pendant le pontificat d'Ananias (sous-entendu, fils de Nébédaios), dit le Saint-Siège. » Nous avons montré que cet Ananias, juge de Shehimon et de Jacob sous Tibère Alexandre, avait été remplacé par Jonathas, assassiné par les christiens.

rendu fameux par ses concussions. Une fois déjà, les plaintes causées par sa rapacité l'avaient fait mander à Rome, et c'est grâce au crédit de son frère qu'il avait été absous. Les *Actes* confirment ce que l'histoire profane nous apprend de son avarice et de sa vie licencieuse. Cet esclave débauché eut successivement pour femmes trois filles de rois. La dernière était Drusille, fille d'Hérode Agrippa I, sœur de Bérénice et d'Agrippa II. Félix, en effet, l'avait enlevée à Azize, roi d'Emèse, grâce aux artifices d'un magicien juif, nommé Simon. Elle lui donna un fils, qui périt avec sa mère, dans l'éruption du Vésuve, sous le règne de Titus. Il fallait l'intrépidité de l'Apôtre pour oser parler de chasteté et de justice devant un pareil juge, qui pouvait l'envoyer à la mort. Saint Paul fit plus. Il lui annonça hautement le Jugement dernier où les vertus auront leur récompense et les vices leur châtiment. Si Félix ne se rendit pas, il ne put du moins se défendre d'un sentiment de terreur. » Voyons cela.

VI

ACTES DES APÔTRES, CHAPITRE XXIV

Cinq jours après, le prince des prêtres, Ananias, descendit avec quelques anciens, et un certain Tertullus, orateur ; lesquels comparurent contre Paul devant le gouverneur.

2. Or, Paul ayant été appelé, Tertullus commença de l'accuser, disant : « Jouissant par vous d'une profonde paix (1), et beaucoup de choses étant redressées par votre prévoyance,

---

(1) Ceci est sublime, le gouvernement de Félix ayant vu naître les sicaires et n'ayant été, depuis les guerres entre les Galiléens et les Samaritains, qu'une longue répression de brigandages, d'assassinats et d'incendies avec Apollos au point d'orgue!

3. Toujours et partout, excellent Félix, nous le reconnaissons avec toute sorte d'actions de grâces.

4. Mais pour ne point vous retenir plus longtemps, je vous prie de nous écouter un moment avec toute votre bonté.

5. Nous avons trouvé que cet homme, vraie peste, excite le trouble parmi les Juifs répandus dans le monde entier, et qu'il est *chef de la secte séditieuse des Nazaréens !*

6. Il a même tenté de profaner le Temple ! Et l'ayant saisi (1), nous avons voulu le juger suivant notre Loi.

7. Mais le tribun Lysias survenant, l'a arraché avec une grande violence de nos mains,

8. Ordonnant que ses accusateurs vinssent vers vous ; c'est par lui que vous pourrez vous-même, l'interrogeant, vous assurer des choses dont nous l'accusons. »

9. Et les Juifs ajoutèrent que cela était ainsi.

Voilà enfin l'accusation précisée par Tertullus. Tertullus avance à Césarée des choses dont Lysias et le sanhédrin n'ont eu aucune connaissance à Jérusalem. D'une part, Paul, en tant que Juif de Cilicie est chef de la secte naziréenne qui, depuis le Recensement de 760 jusqu'à Ménahem, fomente la sédition et le sicariat ; d'autre part, en tant que citoyen romain, il a tenté de profaner le Temple en y introduisant le païen Trophime. Le Saint-Esprit ne relève aucune contradiction entre ces deux faits, puisqu'étant faux de Paul, le premier est conforme à ses vues, et qu'étant vrai de Saül, le second est conforme à l'histoire. Le Saint-Esprit ne trouve pas étonnant qu'à Troas Paul ait célébré la messe en remplacement de la pâque juive et qu'à Jérusalem il ait sacrifié des animaux selon la loi de naziréat.

(1) D'un seul mot tout change. On vient de voir que Paul est arrêté par Lysias.

A Troas, c'est Paul qui officie; à Jérusalem, ce sont les lévites.

Toute cette imposture joue sur le mot *Naziréen*. De ce fait qu'un acte de naziréat ordinaire a été le point de départ des troubles dont Bérénice et Saül ont failli être victimes en 819, le faussaire par l'organe de Tertullus en conclut que Paul qui a été trouvé dans le Temple avec quatre disciples de Jacques, est lui-même chef de la secte des Naziréens ou sectateurs du Nazir et de ses frères; à ce titre il est passible de la loi romaine et des mêmes châtiments que Jacob senior (1); du fait que Saül a introduit Tyrannus et Neapolitanus dans le Temple, il est passible de la loi dont le sanhédrin a la garde et dont les Naziréens poursuivaient l'exécution à coups de sique. Félix ne pourra retenir le crime de sacrilège défini par le *Lévitique*, mais il devra retenir le crime de conspiration et de révolte habituelles défini par la loi Julia. Tertullus lui suggère donc le moyen de garder Paul dans le prétoire sans le tuer, et c'est là ce qu'a décidé le Saint-Esprit, une première fois dans le chapitre relatif aux événements d'Ephèse, une seconde fois dans la prophétie d'Agabus (2), relative aux événements de Jérusalem. Félix ne doit pas tuer Paul à Césarée, puisque Paul doit être martyr à Rome avec Pierre. Mais dans l'accusation de naziréisme telle que Tertullus la formule il y a de quoi garder un homme à vue jusqu'à la parfaite instruction de son affaire, et Félix saisit cet expédient avec alacrité. J'espère que tu comprends bien, très excellent Théophile?

(1) Compagnon de croix de Shehimon, nous ne le répéterons jamais assez.
(2) Dont le nœud est dans la ceinture de Jacques.

Paul en tout n'est pas resté plus de sept jours à Jérusalem, et comme il n'était pas chef des Naziréens auparavant, c'est dans ces sept jours que doivent se circonscrire les faits de rébellion que Tertullus lui impute. Il est certain d'avance qu'il ne pourra rien établir de pareil. Félix est un homme trop au courant, après ses onze ans de procurature, pour confondre son cousin Saül, qui était encore stratège du Temple sous Gessius Florus, avec ce Paul qui n'est pas resté plus de sept jours à Jérusalem depuis le dernier Concile. (1) Envahi lentement mais sûrement par le Saint-Esprit, il se garde bien de protester lorsque Paul faisant le compte des jours qu'il a passés en Judée pendant sa procurature, arrive à douze avec quelque difficulté. Et comme d'autre part on abandonne l'accusation d'avoir voulu introduire Trophime dans le Temple, il est clair qu'on ne pourra rien prouver contre Paul. Il restera simplement ceci qu'au témoignage des Juifs présents à l'audience, le chef de la secte des Naziréens sous Félix, au temps des assassinats dans le Temple, n'était ni Jehoudda Toamin, ni Philippe, ni Ménahem, ni même le revenant de Jacques; c'était Paul. L'accusateur lui-même, Tertullus, s'en remet sur ce point aux explications de l'accusé, mais comme celui-ci n'aura pas de peine à se disculper, on se demandera éternellement comment s'appelaient les chefs des Sicaires qui assassinaient en plein Temple pendant la procurature de Félix. Or, si on ne dit même pas comment on les appelait, pourra-t-on jamais les identifier avec les frères survivants de Shehimon et de Jacob?

(1) Le Concile inventé par le faussaire (cf. le *Saint-Esprit*, p. 190), et où assistent Pierre et Jacques.

14

Une fois certain que la ceinture de Jacques est passée autour de toute l'assemblée, Félix fait signe à Paul de parler.

10. Mais Paul (le gouverneur lui ayant fait signe de parler) répondit : « Sachant que depuis plusieurs années, vous êtes établi juge sur ce peuple, je me défendrai avec confiance.

11. Car vous pouvez savoir qu'il n'y a pas plus de douze jours que je suis monté pour adorer à Jérusalem (1) :

12. Et ils ne m'ont trouvé disputant avec quelqu'un ou ameutant la foule, ni dans le Temple, ni dans la synagogue.

13. Ni dans la ville (2) ; et ils ne sauraient vous prouver ce dont ils m'accusent maintenant.

14. Mais ce que je confesse devant vous, c'est que, suivant la secte qu'ils appellent *hérésie* (3), je sers mon Père et mon Dieu, croyant à tout ce qui est écrit dans la loi et dans les prophètes (4) ;

15. Ayant en Dieu l'espérance qu'il y aura une résurrection, qu'eux aussi attendent, de justes et de méchants (5).

16. C'est pourquoi je m'efforce d'avoir toujours ma cons-

(1) Saül y était depuis plusieurs années avec Costobar lorsqu'il a quitté définitivement la Judée. Cf. le *Saint-Esprit*, p. 373 et le présent volume, p. 45.

(2) Comme faisaient Bar-Jehoudda et ses frères. Paul établit par là qu'il n'est point chef de la secte séditieuse des Naziréens.

(3) La *secte*, ici, c'est la jehoudolâtrie proprement dite qui en effet est pire qu'une hérésie, étant le culte, uniquement obtenu par des moyens frauduleux, d'un Juif puni de la croix par Dieu.

(4) Le faussaire essaie de désarmer les christiens millénaristes, (les Naziréens surtout,) d'attirer même les Juifs orthodoxes par cette déclaration.

(5) Avec quelle astuce hypocrite le faussaire passe à côté de la question telle que le Joannès l'avait posée dans son *Apocalypse* et telle que son revenant la pose devant Kaïaphas lui-même dans tous les *Evangiles* synoptisés ! La croyance aux vieilles prophéties n'était crime ou délit ni pour les Juifs ni pour les Romains. Tous les pharisiens du sanhédrin la partageaient et on n'eût pas trouvé de majorité même parmi les Saducéens pour condamner un croyant qui ne passait point à l'action.

cience sans reproche devant Dieu et devant les hommes (1),

17. Mais après plusieurs années, je suis venu pour faire des aumônes à ma nation (2), et *à Dieu* des offrandes et des vœux.

18. C'est dans ces *exercices* qu'ils m'ont trouvé dans le Temple, sans concours ni tumulte.

19. Et ce sont certains Juifs d'Asie, lesquels auraient dû se présenter devant vous et m'accuser, s'ils avaient quelque chose contre moi (3) ;

20. Ou bien que ceux-ci (4) disent s'ils ont trouvé en moi quelque iniquité, quand j'ai comparu devant le Conseil ;

21. Si ce n'est à l'égard de cette seule parole que j'ai prononcée hautement étant au milieu d'eux : « C'est à cause de la résurrection des morts, que je suis aujourd'hui jugé par vous (5). »

22. Mais Félix qui connaissait très bien *cette voie* (6), les remit, disant : « Quand le tribun Lysias sera venu, je vous écouterai. »

23. Et il commanda au centurion de garder Paul, mais de lui laisser du repos, et de n'empêcher aucun des siens de le servir.

Avez-vous remarqué le silence d'Ananias pendant les débats? Ce silence s'explique par l'état de mu-

---

(1) Le mensonge et son exploitation, le faux et son usage ne comptent pas dans les actes interdits à la conscience.

(2) Les collectes pour les aigrefins de Rome, voilà le but de toutes les *Lettres de Paul*.

(3) Il accuse uniquement les Juifs d'Asie pour que les recherches ne portent pas sur les gens de Ménabem, seuls exécuteurs du plan de vengeance ourdi contre Saül.

(4) Il désigne Ananias et ses collègues, qui sont censés présents à l'audience.

(5) Copié dans le verset 6 du ch. XXIII.

(6) Cette voie, c'est la secte fondée sur l'*Apocalypse*. C'est à cause de cette voie que l'émeute d'Ephèse avait éclaté. Coponius, Quirinius, Pilatus, Fadus, Tibère Alexandre connaissaient cette voie bien avant Félix.

raille blanchie qu'il exerce depuis 819 dans les égouts de Jérusalem. Le Saint-Esprit refuse de lui remettre la langue comme il a remis l'oreille de Saül. C'est Tertullus qui parle pour lui, sa feinte ignorance de la vérité lui en donne le droit. « Tertullus, dit le Saint-Siège, c'est le diminutif de Tertius, » et en effet c'est le petit nom d'amitié que le Saint-Esprit donne à ce *tiers*, à cette personne interposée. La ceinture de Jacques, Ananias la porte sur la bouche dans cette mémorable séance. Ah! tu as le sourire, très excellent Théophile, l'Église fera quelque chose de toi!

Imposture n° 113.

EN ATTENDANT LYSIAS

L'audience terminée, Tertullus se retire avec le revenant d'Ananias. La ceinture du frère Jacques se desserre un peu, pas au point que Félix relâche Paul, mais assez pour que Saül puisse être assisté des siens. Les siens ici, c'est Félix lui-même et sa femme Drusille. Félix espère que bientôt Lysias, descendant de Jérusalem, lui fera entendre les raisons pour lesquelles il lui a envoyé Paul, mais ce n'est pas une raison pour que le cousin Saül meure de faim dans le palais occupé par sa famille!

Saül avait aidé Félix dans les affaires qui éclatèrent à Césarée entre les Juifs et les Grecs. C'est probablement dans la maison de Félix, et nullement dans celle de Sergius Paullus à Chypre, qu'il a été en rapports avec Simon le Magicien, rapports qui ont dû être parfaits, le cousin de la Juive romanisée ne pouvant que s'entendre avec le Mage latinisant. Il y a là toute une nichée de Juifs et de Juives que l'intérêt a transformés en agents de l'Empire et de la procurature. Si le Saint-Esprit laisse Paul en liberté, c'est le corps de Saül qu'on aura vu dans les rues; mais s'il est prisonnier dans le palais, comment veut-on que ce soit le même? Paul sera donc prisonnier pendant les deux dernières années de Félix à Césarée. Libre, Saül l'apostat eût fait de l'impérialisme; prisonnier, l'apôtre Paul aura prêché Bar-Jehoudda ressuscité. Et pour que Rome ne soit point trop odieuse, car on la ménage fort, le centurion va devenir un officieux, presque un brosseur, comme tous les centurions que nous avons vus et que nous sommes appelés à voir, y compris même celui qui a conduit le Roi des Juifs au supplice.

La liberté conditionnelle qu'on laisse à Paul va devenir liberté totale: sur le navire qui conduit Paul en Italie, c'est Paul qui commande. Le centurion toutefois est l'égal de Paul en ceci qu'assistant au banquet de Cornélius aux côtés de Pierre et de Jacques, il a le Saint-Esprit qu'il faut avoir: la ceinture du frère Jacques ne permet pas à ce « ceinturion » de laisser Paul sortir du palais sous les espèces de Saül. « Je jugerai de ton affaire lorsque Lysias sera venu de Jérusalem », dit Félix.

Lysias ne venant pas, Félix ne juge pas, et deux ans après, lorsqu'il s'en va, cédant la place à Festus, Paul est toujours à la chaîne, malgré la lettre où Lysias déclare ne l'avoir trouvé digne d'aucun emprisonnement. Les lenteurs de la justice! Tertullus est descendu de Jérusalem pour soutenir l'accusation d'Ananias contre Paul; Lysias n'en descend pas pour expliquer dans quelles conditions, dans quelles circonstances il a arrêté Paulos, le prenant pour Apollos. C'est cela pourtant qui serait palpitant! Mais on aurait un judéo-romain déposant contre Paul, et ce serait le renversement complet de la situation. La ceinture du frère Jacques retient Lysias à Jérusalem, il y mourra plutôt que de dire pourquoi il a chargé Paul de deux chaînes et d'une quantité incommensurable de courroies. De son côté Félix s'en ira de Judée plutôt que de dire pourquoi il n'a pas fait venir Lysias à Césarée. Cependant, puisque Paul est citoyen romain et innocent comme le dit la lettre de Lysias, puisque d'autre part il a vaincu la calomnie juive embusquée dans les réquisitions de Tertullus, pourquoi Félix le garde-t-il en prison? Et Paul lui-même, puisqu'il sait à quoi conclut Lysias, pourquoi ne sollicite-t-il pas ce témoignage libérateur? Exégètes, versez-moi quelque lumière!

Imposture n° 114.

ENZÔNEMENT DE LA COUSINE DRUSILLE

Quel scandale si, au milieu de l'audience, Drusille allait entrer et s'écrier: « Tiens! le cousin Saül! » Mais, mariée sous le régime de la communauté, Drusille a la moitié dans l'enzônement de Félix, et quand elle aperçoit Paul dans la ceinture du frère Jacques, elle ne le reconnaît pas.

24. Or, quelques jours après, Félix venant avec Drusille, sa femme, qui était Juive, appela Paul, et l'entendit sur ce qui touche la foi dans le christ-jésus (1).

25. Mais Paul, discourant sur la justice, la chasteté et le

(1) Trace d'une rédaction plus ancienne. Le christ-jésus, c'est encore Bar-Jehoudda. Jésus-Christ, c'est la combinaison de ce juif avec le Verbe réalisée dans la mystification évangélique.

jugement futur, Félix effrayé répondit : « Quant à présent, retire-toi ; je te manderai en temps opportun. »

26. Il espérait en même temps que Paul lui donnerait de l'argent ; c'est pourquoi, le faisant souvent venir, il s'entretenait avec lui.

27. Deux années s'étant écoulées, Félix eut pour successeur Portius Festus. Or Félix, voulant faire plaisir aux Juifs, laissa Paul en prison.

Mais aussi pourquoi Paul n'a-t-il pas voulu donner d'argent à Félix ? Si Félix avait eu de l'argent de Paul, il aurait immédiatement cru à Jésus-Christ ! Oui, mais alors il aurait été obligé de relâcher Paul, ce qui aurait contrarié les Juifs. Or c'était un homme si bizarre qu'il aimait mieux désobliger un christien que d'être payé pour le devenir. De son côté Paul aimait mieux rester en prison que de faire un christien parmi les goym avec de l'argent destiné aux saints de Jérusalem. Point de conciliation possible entre ces deux natures !

VII

ACTES DES APOTRES, CHAPITRE XXV

Imposture n° 115.

FESTUS DANS LA CEINTURE DU FRÈRE JACQUES

Après deux ans de ce régime, pendant lequel il ne se passa rien, sinon que Paul ne convertit pas Félix et que Félix ne relâche pas Paul, Portius Festus arrive, nommé procurateur de Judée par Néron. Félix s'en va donc, laissant là Paul et son argent. Car dans le système des *Actes*, Paul a toujours en poche le produit de la collecte. Félix et Pallas étaient riches des prodigalités de l'Empereur, mais Paul ne l'est pas moins de la crédulité des dupes. Festus étant monté à Jérusalem — ce que Félix s'est bien gardé de faire, il aurait rencontré Lysias qui l'aurait supplié d'élargir Paul ! — les princes des prêtres et les anciens du Sanhédrin insistent pour que le prisonnier soit amené dans la Ville sainte, afin qu'ils puissent le tuer en route. Ils montrent peu de foi dans leur cause, puisqu'ils trouvent plus expédient d'assassiner l'inculpé que de le juger. Mais les quarante Naziréens, naguère altérés de son sang, avaient renoncé à leur gheoullah ; n'ayant pu tuer Saül entre le Hanoth et la forteresse Antonia, c'est à Festus, au sacerdoce et à la magistrature de faire le nécessaire entre Jérusalem et Césarée. Noblesse oblige.

Que va répondre Festus ? « Festus, dit le Saint-Siège, était un affranchi aussi bien que son prédécesseur. Il vint en Judée en 59 (812 de Rome), la cinquième année de Néron, la seconde de la captivité de saint Paul ou de la légation de Félix. Si désireux qu'il fût de plaire aux Juifs, Festus sut rappeler aux ennemis de l'Apôtre ce qu'exigeaient le droit romain et l'équité naturelle : que nul accusé ne fût condamné avant d'avoir été confronté avec ses accusateurs et mis à même de s'expliquer sur leurs imputations. » Vous voilà fixés. Cependant quelques réserves s'imposent. La cinquième année de Néron n'était pas la seconde année de la légation de Félix, puisqu'il avait été envoyé en Judée sous Claude après Tibère Alexandre, lequel est parti en 803 au plus tard ; elle était la douzième, et la procurature de Félix est l'une des plus longues qu'ait connues la Judée. L'histoire, je le sais, ne compte pas pour le Saint-Siège, non plus que la chronologie, mais ici nous avons le bonheur de pouvoir lui opposer le Saint-Esprit lui-même, s'adressant à Félix par la bouche de Paul : « Depuis plusieurs années vous êtes établi juge sur ce peuple (1). » Tertullus n'en disconvient pas : « Jouissant par vous d'une profonde paix, beaucoup de choses ont été redressées par votre prévoyance (2). » Nous avons vu également que Paul avait été confronté avec ses accusateurs, représentés par Tertullus, et qu'il n'était rien resté des misérables imputations portées contre lui devant Félix. Il est donc certain que Festus va se trouver dans l'obligation de relâcher Paul, obligation à laquelle son prédécesseur semble n'avoir pu se soustraire que par la fuite. Heureusement qu'il a commis l'imprudence, trois jours après son débarquement, de monter dans la Ville où se noue autour des procurateurs la ceinture enchantée du frère Jacques ! Depuis le quatrième jour, il est sous sa puissance. Car pendant ces trois jours, Paul a jeûné pour que Dieu ne le livre pas à l'ennemi. Festus aimerait mieux mourir assassiné de la main de Ménahem que de laisser aller Paul ou de le livrer à quelqu'un qui n'aurait pas le Saint-Esprit ! Car la ceinture de Jacques et le cercle vicieux, c'est tout un devant Dieu ; vous devez commencer à vous en apercevoir puisque vous avez la bonne fortune de n'être point exégètes.

1. Festus donc, étant arrivé dans la province, monta, trois jours après, de Césarée à Jérusalem.

(1) *Actes*, xxiv, 10.
(2) *Actes*, xxiv, 2.

2. Et les princes des prêtres et les premiers d'entre les Juifs, vinrent vers lui pour accuser Paul, et ils le priaient,

3. Demandant en grâce qu'il le fît amener à Jérusalem, ayant préparé des embûches pour le tuer en chemin (1).

4. Mais Festus répondit que Paul était gardé à Césarée, et que lui-même partirait bientôt.

5. « Que les principaux donc d'entre vous (dit-il) descendent ensemble, et, s'il y a quelque crime en cet homme, qu'ils l'accusent! »

Imposture n° 116.

NÉRON DANS LA CEINTURE DU FRÈRE JACQUES

Il est à remarquer d'ailleurs que les Juifs de Jérusalem n'ont pas offert d'argent à Festus, ce qui explique l'insuccès de leurs plans pour assassiner Paul.

6. Or, après avoir passé huit ou dix jours parmi eux, il descendit à Césarée, et le jour suivant, il s'assit sur son tribunal, et ordonna d'amener Paul.

7. Lorsqu'on l'eut amené, les Juifs qui étaient descendus de Jérusalem l'entourèrent, l'accusant de beaucoup de crimes graves, qu'ils ne pouvaient prouver.

8. Paul se défendait ainsi : « Je n'ai rien fait, ni contre la Loi des Juifs, ni contre le Temple, ni contre César. »

C'est l'évidence même, et il y a deux ans que cela dure !

Les Juifs n'offrant pas d'argent à Festus pour condamner Paul, il va le relâcher avec des excuses et des dédommagements, mais le frère Jacques est là qui serre sa ceinture d'un nouveau cran.

(1) Quelles mœurs dans la patrie du Juif consubstantiel au Père!

C'est en vain que les Juifs (en l'espèce il s'agit des Naziréens, des Ebionites, des Jesséens, de tous les Gaulonites, Bathanéens, Galiléens et Juifs de Judée restés fidèles aux doctrines de Jehoudda et de ses fils sur le salut, propriété exclusive et incommunicable de la Circoncision) accusent Saül d'une infinité de « crimes graves », non de ces petits crimes bénins qu'un souffle emporte, comme par exemple l'assassinat d'Ananias, de Zaphira, de Jehoudda Is-Kérioth, des grands-prêtres Jonathas et Ananias, mais de crimes d'une tout autre portée. La lapidation de Jacob junior, la persécution dirigée contre Eléazar et Bar-Jehoudda, l'expédition de Damas contre les restes de cette troupe infortunée, la persécution méthodique de Theudas, de Shehimon et de Jacob, — on peut lui passer Apollos, c'était un hérétique, — l'apostasie, le brevet de cité romaine, le concours accordé aux tyrans, l'amitié d'Hérode Antipas, des Agrippa, de Tibère Alexandre et de Félix, de Drusille et de Simon le Magicien, une longue complicité saducéenne avec la famille de Hanan et de Kaiaphas, l'ambassade à Néron pour lui dénoncer les entreprises pourtant si légitimes, de Ménahem, voilà des crimes qui se tiennent, et on peut les prouver contre Saül, prince hérodien, lieutenant d'Antipas et stratège du Temple ! Mais contre Paul apôtre et prisonnier ? Rien, « ils ne pouvaient rien prouver ! »

Pourquoi ? Parce que la ceinture du frère Jacques fonctionne au spirituel encore mieux qu'au corporel. Corporellement elle lie Paul dans les chaînes et dans les courroies, et elle vient des ateliers de Simon le corroyeur, commandité par l'Eglise à Joppé et fournisseur ordinaire du Saint-Esprit (1). Spirituellement donc elle délie Saül, s'il plaît à Jacob. Or, cela plaît à Jacob maintenant qu'il a sa place au ciel à côté de Pierre. Pour les choses de Judée il a les mêmes pouvoirs que Pierre pour les choses de Rome. Puisque Pierre a délié Pilatus, Jacques délie Saül. Il y a *religion*, selon l'étymologie (2). « Je me nomme Légion, dit le Mensonge », et le très excellent Théophile se tord comme un nœud de ceinture !

Puisque Félix a refusé pendant deux ans de faire venir Lysias de Jérusalem ou d'aller à Jérusalem pour l'entendre, puisque Festus revient de cette ville sans recourir au témoignage de ce tribun assez influent dans la Ville Sainte pour réunir le Sanhédrin, puisque Paul sait que son innocence est proclamée dans la lettre de ce tribun dont il ne demande même pas la comparution, qu'importe qu'il ait l'air d'être prisonnier ? Spirituellement il est délié, cela lui suffit. Chaînes, courroies, procès, prison, tout est pour rire. Festus, homme joyeux comme son nom l'indique, ne demande lui-même qu'à s'amuser, et cet état d'esprit lui suggère encore un moyen de ne pas délivrer Paul, car si Paul n'est plus dans la ceinture de Jacques, comment pourra-t-il être témoin de Bar-Jehoudda dans la Rome où Pierre est censé trôner corporellement ?

Festus, qui vient de refuser aux Juifs du Temple de juger Paul ailleurs qu'à Césarée, lui propose de le conduire à Jérusalem et d'y instruire son affaire. Personne,

_____

(1) Cf. le *Saint-Esprit*, p. 123. Simon *le corroyeur* n'est autre que Shehimon dit la Pierre, détaché de lui-même et envisagé comme maître en l'art de lier et de délier.

(2) *Religare*. Acte de lier.

bien entendu, ne lui suggère l'idée d'appeler Lysias, puisqu'on ne l'a pas suggérée à Félix.

9. Mais Festus, qui voulait faire plaisir aux Juifs, répondant à Paul, dit : « Veux-tu monter à Jérusalem, et y être jugé sur ces choses devant moi? »

Paul refuse énergiquement, et vous en feriez autant si vous étiez dans la ceinture de Jacques. Si, alors que Paul est prisonnier à Césarée sous Félix et sous Festus, on le rencontre à Jérusalem après leur procurature, c'est qu'il est identique au Saül qu'on y trouve sous Albinus, sous Gessius Florus et sous le roi Ménahem. Non, non, Paul est chargé de chaînes à Césarée, en 815, et Jacques se prépare à l'embarquer pour l'Italie; il ne serait pas digne de l'Esprit-Saint qu'il fût à Jérusalem en 819. Il n'y aurait aucun moyen plus tard de faire la chronologie des premiers papes! Et puis il y a la question de droit. C'est un axiome connu que le juge ne peut éluder la question. Citoyen romain, Paul est devant le juge. S'il ne peut pas être jugé — mon dieu! que tous ces procurateurs sont donc loin de Perrin Dandin! — eh bien! il fera appel à Néron de cette forfaiture, car enfin il est dans la succursale, presque dans l'antichambre du tribunal de l'Empereur. Bien mieux, depuis 806, Claude, pour donner plus de force aux jugements de son procurateur, a fait voter un sénatus-consulte qui les égale aux siens propres (1). Peut-être fut-ce à la demande des Pallas et des Félix. En tout cas, cette loi fonctionne sous Néron, fermant tout appel à Paul au cas où il eût été justiciable de Festus et condamné:

(1) Tacite, livre XII, ch. LX.

mais il n'est même pas condamnable, et après plus de
deux ans de prison il ne sait pas encore de quoi il est
accusé. Il en a assez de la ceinture du frère Jacques!

10. Mais Paul répondit : « C'est devant le tribunal de
César que je suis ; c'est là qu'il faut que je sois jugé. Je
n'ai nui en rien aux Juifs, comme vous-même le savez fort
bien.

11. Car si j'ai nui à quelqu'un ou si j'ai fait quelque chose
qui mérite la mort, je ne refuse point de mourir; mais s'il
n'en est rien des choses dont ils m'accusent, personne ne
peut me livrer à eux. J'en appelle à César! »

12. Alors Festus, ayant conféré avec le conseil, répondit :
« C'est à César que tu en as appelé, c'est devant César que
tu iras. »

Saül est allé devant Néron, Paul ira devant Néron.
Mû par le Saint-Esprit, Festus accepte immédiatement
le fait accompli. On ne peut attendre de lui aucune ob-
jection. D'autant plus qu'un prisonnier qui ne propose
pas d'argent perd tout intérêt. « Paul avait le droit de
faire appel à Néron, » dit le Saint-Siège pour colorer
d'une ombre juridique cette enfantine mystification.
Nullement. D'abord il avait perdu ce droit par le sénatus-
consulte de 806, et puis de quoi en appelle-t-il? Théori-
quement on comprendrait qu'il fit appel d'un jugement
rendu par Festus, mais où est le jugement? Paul, au
contraire, se plaint de n'être point jugé; nous allons entendre Festus déclarer devant témoin qu'il ne se consi-
dère même pas comme compétent.

Imposture n° 117.

CONFIDENCE DE FESTUS AUX PARENTS DE SAUL
SUR LE CAS DE PAUL

Vous avez pu remarquer que si Félix et Festus laissent Paul en prison, ils ne se prononcent à aucun moment contre sa croyance. Sans être convertis, ils sont ébranlés, et n'étaient les liens qui les attachent à l'Empire ils semblent prêts à tomber dans ceux de Paul. Ils ne sont pas éloignés de croire que Bar-Jehoudda soit l'Auteur de la vie et par conséquent consubstantiel au Père. Du moins ne produisent-ils aucun argument plausible contre cette théorie séduisante. Paul doit-il aller à Rome sans que les parents de Saül, notamment Agrippa et Bérénice, qui y sont allés à leur tour, n'éprouvent les effets de la demi-conversion dont les agents impériaux fournissent les apparences au très excellent Théophile? Non certes, et nous ne voyons pas pourquoi le Saint-Siège montre tant de sévérité pour la famille de Saül.

« Agrippa, dit-il, était alors roi de la Trachonite. Il était fils d'Hérode surnommé Agrippa, roi de Judée, qui avait fait mourir saint Jacques (1). Fils du meurtrier de saint Jacques, Hérode Agrippa était beau-frère de Félix par Drusille. C'était, d'après Josèphe, un Juif zélé pour sa religion. Il porta le titre de roi, quoiqu'il n'ait pas succédé à son père sur le trône de Judée. Il se retira à Rome en 66 (2) et mourut en l'an 100 (853). Bérénice,

---

(1) Imposture accréditée par les *Actes*. Comme nous l'avons montré, Jacob fut crucifié par Tibère Alexandre. Cf. le *Saint-Esprit*, p. 154.
(2) Ah! mais non. L'année 66, c'est 819. Agrippa ne s'est retiré à Rome qu'en 823.

sœur d'Agrippa, plus âgée que Drusille, déjà veuve
du vieil Hérode de Chalcis, son oncle, et séparée de Po-
lémon, roi de Cilicie, passait pour être la concubine de
son frère. Ces enfants déchus du grand Hérode viennent
offrir leurs hommages à l'affranchi Festus, devenu momentanément favori et grand officier de l'empereur.
Tandis qu'ils étalent leur faste, dans une ville où leur
père est mort rongé des vers pour son orgueil (1), le
gouverneur romain, voulant les distraire, les invite à
présider un interrogatoire qui pourra les intéresser,
parce qu'il a trait à leur religion. »

Ainsi parlent les exégètes ordinaires du Saint-Siège.
N'était qu'Agrippa Ier n'a fait mourir aucun Jacques,
qu'il n'est pas mort rongé des vers pour son orgueil, et
qu'Agrippa II n'a jamais interrogé Saül sur la question
de savoir si Bar-Jehoudda était ressuscité, il nous faut
bien avouer que la ceinture de Bérénice ne paraît avoir
eu la même solidité que celle du frère Jacques. Il est à
craindre — si toutefois Juvénal n'a pas médit — qu'en
un temps où ces sortes de licence se raréfiaient parmi
les païens, Agrippa n'ait abusé des prérogatives du
peuple de Dieu en renouvelant sur sa sœur l'expérience
qu'Abraham pratiquait sur la sienne, à l'exemple de
tant d'autres honnêtes patriarches et législateurs hébreux. Mais ces écarts de morale n'ayant point fait
obstacle au salut d'Abraham, nous ne sommes pas certain que le dieu d'Israël, le seul valable, ait condamné
chez un moderne ce qu'il a glorifié chez un ancien. Et
puis, si nous blâmions Agrippa, il nous faudrait vitupé-
rer la famille Borgia, ce qui irait contre le dogme de

(1) Imposture prise aux *Actes*. Cf. le *Saint-Esprit*, p. 160.

l'infaillibilité papale. Cette considération nous arrête, et nous croyons devoir rester dans le cercle d'idées que trace autour de nous l'austère ceinture du frère Jacques.

Loin de récuser Agrippa et Bérénice, nous les retenons comme étant dans les conditions d'impartialité requises : ils n'ont jamais entendu parler de Paul ! C'est Festus qui leur en apprend l'existence.

13. Quelques jours après, le roi Agrippa et Bérénice descendirent à Césarée pour saluer Festus.

14. Et comme ils demeurèrent plusieurs jours, Festus parla de Paul au roi, disant : « Un certain homme a été laissé ici par Félix comme prisonnier :

15. A son sujet, lorsque j'étais à Jérusalem, les princes des prêtres et les anciens des Juifs sont venus vers moi, demandant une condamnation contre lui.

16. Je leur ai répondu : « Ce n'est pas la coutume des Romains de condamner un homme avant que l'accusé ait ses accusateurs présents, et qu'on lui ait donné lieu de se défendre, pour se laver de l'accusation. » (1)

17. Après donc qu'ils furent venus ici sans aucun délai, le jour suivant, siégeant sur mon tribunal, j'ordonnai d'y amener cet homme.

18. Ses accusateurs, s'étant présentés, ne lui reprochaient aucun des crimes dont je le soupçonnais coupable (2) :

19. Mais ils agitaient contre lui quelques questions touchant leur superstition (3), et un certain Jésus, mort, que Paul affirmait être vivant.

(1) En effet, et Bar-Jehoudda était condamné depuis quarante jours par le Sanhédrin lorsque Pilatus le fit crucifier.

(2) Vous voyez ici la valeur du soupçon. Il est plus fort qu'une accusation nettement formulée. C'est à un soupçon de ce genre que Festus est en proie. Le soupçon, fils du doute !

(3) Cette superstition est commune à tous les Juifs, c'est celle du Messie. Les exégètes feignent de croire que Festus entend parler de la religion juive en général. « N'était-ce pas manquer de respect au ro

Ii n'existe qu'un seul document dans lequel Paul affirme que Bar-Jehoudda fût encore vivant, c'est la *Lettre aux Galates* dont l'auteur, résumant l'état de la superstition qui avait cours au sujet du Joannès, montre Paul à Jérusalem avec ce survivant en 802. Festus a lu ce passage dans la *Lettre*. On voit par là quel était la nature de la superstition jehouddique au temps des Saül, des Festus, des Agrippa, des Bérénice, des Drusille et des Félix : la famille du roi des Juifs continuait à soutenir qu'il avait échappé aux exécutions de Pilatus, et qu'il était vivant; la seule chose qu'on ignorât, c'est l'endroit où elle l'avait enterré. Ce qu'il faut que Paul montre pour faire la preuve de la survie, c'est le survivant lui-même. Paul ici ne soutient nullement que Bar-Jehoudda soit ressuscité, car il lui faudrait ou le produire ou prouver qu'il s'est enlevé devant témoins sur le Mont des Oliviers, il plaide ce que les frères du crucifié plaidaient au temps des Félix et des Festus, ce qu'il plaide d'après eux dans la *Lettre aux Galates* : « le Joannès est vivant, je l'ai vu, c'est Simon de Cyrène qui a été crucifié à sa place. »

Dans ces conditions Festus lui a tenu ce discours :

« Tu l'as vu il y a douze ans, tu lui as parlé, tu as traité avec lui et avec Pierre et Jacques, devant un païen,

---

Agrippa, dit le père de Ligny, que d'appeler du nom de superstition une religion que ce prince professait? Ou plutôt Festus ne marquait-il pas par ce terme de mépris le peu de considération qu'avaient les gouverneurs romains pour ces petits rois, que les empereurs faisaient et défaisaient, comme on prend ou comme on renvoie des commis? » Nullement, très excellent père de Ligny, jésuite (*Histoire des Actes des Apôtres*), telle n'est point l'intention du faussaire. Il parle de la superstition chrétienne en général et de la superstition spéciale que les frères du crucifié de Pilatus ont créée en répandant le bruit qu'il avait échappé aux exécutions.

Gallion, proconsul d'Achaïe, lequel est encore en fonction à Corinthe, et devant Barnabé, Juif de Chypre et
cousin de Pierre, tu ne peux pas le nier, voici ta lettre.
Barnabé a le droit d'être mort, puisqu'il n'est évêque
nulle part. Mais Gallion, frère de Sénèque, est encore
en vie, c'est un homme véridique, nous allons envoyer
prendre son témoignage à Corinthe. Pierre est pape à
Rome, c'est un peu loin pour l'envoyer chercher, mais
Jacques est évêque à Jérusalem; puisqu'il ne sera
lapidé que sous Albinus dans la version ecclésiastique (1), nous allons le prier de descendre, il nous fera
voir le Joannès. En même temps, nous ferons venir
Lysias, qui connait ton innocence et tu seras délivré. »

Comment se fait-il que Festus ait perdu cette occasion, tout en rendant bonne justice, de voir en face le
Juif consubstantiel au Père? Une hésitation inexplicable l'a privé de ce spectacle.

20. Pour moi, hésitant à l'égard d'une question de cette
sorte, je lui demandais s'il voulait aller à Jérusalem pour
être jugé sur ces choses.

21. Mais Paul en ayant appelé, pour que sa cause fût
réservée à la connaissance de l'Auguste, j'ai ordonné qu'on
le gardât jusqu'à ce que je l'envoie à César. »

22. Agrippa dit alors à Festus : « Je voulais, moi aussi,
entendre cet homme. — Demain, répondit Festus, vous
l'entendrez. »

_____

(1) Cf. le *Saint-Esprit*, p. 347.

Imposture n° 118.

PAUL DEVANT LES REVENANTS DU COUSIN AGRIPPA ET DE LA COUSINE BÉRÉNICE

Quoique l'appel soit suspensif et que Saül n'ait plus d'autre juge que Néron, il plait au Saint-Esprit que, soustrait par son appel à la juridiction de Festus qui reconnaît son innocence, l'Apôtre des nations se soumette au jugement d'Agrippa qui n'est pas compétent et qui ne l'accuse de rien. Mais il importe que la conversion de Saül soit notifiée à sa famille. En effet, il résultait de la *Lettre aux Galates* que sa famille n'avait jamais été prévenue et qu'il était passé à la jehouddolâtrie « à l'insu de sa chair et de son sang (1) », dont il avait négligé de prendre conseil. Par conséquent Antipas et Hérodiade sont passés en Espagne sans connaître ce miraculeux événement. Salomé, veuve de Philippe le tétrarque, s'est remariée avec Aristobule sans l'avoir appris. Agrippa Iᵉʳ est mort (2), l'ignorant à jamais. Drusille le sait par sa confrontation avec Paul devant Félix, mais « sa chair et son sang » ne se composent pas que d'elle. Les autres, Agrippa II, Bérénice, enfants lorsque Saül est parti pour l'expédition de Damas en 789 (3), sont censés ne l'avoir jamais revu depuis. S'ils écoutent sans broncher le récit que Paul leur fera de la conversion de Saül, en plagiant celui qu'en a fait précédemment le faussaire des *Actes*, ce sera une chose sinon acceptée du moins connue de la maison d'Hérode avant son

(1) Cf. les *Marchands de Christ*, p. 262.
(2) Cf. le *Saint-Esprit*, p. 245.
(3) Cf. le *Roi des Juifs*, p. 83.

départ pour l'Italie. Car il faut bien réfléchir à la situation de Saül, « de sa chair et de son sang, » en face des Écritures ecclésiastiques : tout ce monde ignore qu'Antipas ait décapité le Joannès baptiseur et que Saül soit revenu de Damas converti au Joannès, crucifié sous le nom de Jésus dans les *Évangiles*. Ils en sont restés à ce qui était de leur temps, c'est-à-dire à Saül persécutant Bar-Jehoudda et ses frères jusqu'en 819. Ce n'est pas une situation !

23. Le lendemain donc, Agrippa et Bérénice étant venus en grande pompe, et étant entrés dans la salle des audiences avec les tribuns (1) et les principaux de la ville, Paul fut amené par ordre de Festus.

24. Et Festus dit : « Roi Agrippa, et vous tous qui êtes ici réunis avec nous, vous voyez cet homme, au sujet de qui toute la multitude des Juifs m'a interpellé à Jérusalem, représentant et criant qu'il ne devait pas vivre plus longtemps (2).

25. Pour moi, j'ai reconnu qu'il n'avait rien fait qui méritât la mort ; cependant lui-même en ayant appelé à l'Auguste, j'ai décidé de lui envoyer.

26. Et n'ayant rien de certain à écrire de lui à l'Empereur, je l'ai fait venir devant vous tous, mais principalement devant vous, roi Agrippa, afin que, l'interrogation faite, j'aie quelque chose à écrire.

27. Car il me semble hors de raison d'envoyer un homme chargé de liens, et de ne pas en faire connaître la cause ! »

Ce serait en effet l'acte d'un fou, et pour l'expliquer

(1) Sauf Lysias.
(2) Ceci n'est même pas exact par rapport aux *Actes*. Ce n'est pas devant Festus, c'est sous Félix et devant Lysias que ce cri est poussé par les sicaires christiens. Reportez-vous au texte dans le présent volume, p. 182.

à Néron qui pourtant se croyait grand artiste, — *Qualis artifex pereo!* — il aurait fallu révéler d'abord au très excellent Théophile le truc de la ceinture du frère Jacques, ce qui n'entre pas dans les vues du Saint-Esprit.

VIII

ACTES DES APÔTRES, CHAPITRE XXVI

Imposture n° 119.

NOTIFICATION DE LA CONVERSION DE SAUL
A SA FAMILLE

A peine Agrippa et Bérénice sont-ils en face de Paul qu'un vent léger s'élève dans la salle d'audience et abolit chez eux le sens de la mémoire. Leur état d'enzônement touchant à la perfection, ni l'un ni l'autre ne reconnaît Saül. Paul lui-même est incapable de prononcer une parole que le très excellent Théophile n'ait déjà lue dans les *Actes*. C'est la ceinture qui opère !

Alors Agrippa dit à Paul : « On te permet de parler pour te défendre. » Paul aussitôt, étendant la main (1), commença sa justification.

2. « Roi Agrippa, je m'estime heureux d'avoir, sur toutes les choses dont les Juifs m'accusent, à me défendre aujourd'hui devant vous,

3. Vous surtout, qui connaissez toutes choses, et les coutumes et les questions qui existent parmi les Juifs. C'est pourquoi je vous supplie de m'écouter avec patience.

(1) Il peut accommoder le geste à la parole, ses chaînes ne l'embarrassent guère.

4. Et d'abord ma vie qui, depuis le commencement, s'est passée au milieu de ma nation à Jérusalem, tous les Juifs la connaissent,

5. Sachant d'avance (s'ils veulent rendre témoignage), que, dès le commencement, j'ai vécu pharisien, selon la secte la mieux fondée de notre religion.

6. Et cependant me voici soumis à un jugement au sujet de l'Espérance en la promesse qui a été faite par Dieu à nos pères,

7. Et dont nos douze tribus, servant Dieu nuit et jour, espèrent entrer en possession (1). Ainsi, c'est au sujet de cette Espérance, ô roi, que je suis accusé par les Juifs (2).

8. Juge-t-on incroyable parmi vous que Dieu ressuscite les morts?

9. Pour moi, j'avais pensé que je devais par mille moyens agir contre *le nom* de Jésus de Nazareth (3);

10. Et c'est ce que j'ai fait à Jérusalem ; j'ai jeté en prison un grand nombre de saints (4), en ayant reçu le pouvoir des princes des prêtres ; et, lorsqu'on *les* faisait mourir, j'ai donné mon suffrage (5).

11. Et parcourant souvent toutes les synagogues pour les tourmenter, je les forçais de blasphémer (6) et, de plus en

(1) Le Royaume de la terre, tel qu'il est défini dans l'*Apocalypse* et dont les Douze Apôtres, à la tête des Cent quarante quatre mille Anges, sont les garants. C'est en quoi consistait l'Espérance au temps de Saül.

(2) On revient ici sur l'accusation portée contre Paul par Tertullus, d'être le chef de la secte des Naziréens, ce qui explique le rappel de l'*Apocalypse*.

(3) Ce nom, c'est avant tout celui de David.

(4) Pris aux *Actes*.

(5) Les *Actes* n'avouent que Jacob junior sous le nom de Stéphanos. On voit qu'il y en eut d'autres et que comme stratège du Temple Saül avait voix délibérative.

(6) En exigeant d'eux le serment, le tribut, le salut à la Bête, l'usage de la monnaie à son image. Aveu qui n'est ni dans la *Lettre aux Galates* ni dans les chapitres antérieurs.

plus furieux contre eux, je les poursuivais jusque dans les villes étrangères (1).

12. Comme j'allais dans ces dispositions à Damas avec pouvoir et permission des princes des prêtres,

13. Je vis, ô roi, au milieu du jour, dans le chemin, qu'une lumière du ciel, surpassant l'éclat du soleil, brillait autour de moi et de ceux qui étaient avec moi.

14. Et, étant *tous* tombés par terre (2), j'entendis une voix qui me disait en langue hébraïque : « Saül, Saül, pourquoi me persécutes-tu ? Il t'est dur de regimber contre l'aiguillon ».

15. Et moi, je demandai : « Qui êtes-vous, Seigneur ? » Et le Seigneur répondit : « Je suis Jésus que tu persécutes.

16. Mais lève-toi et tiens-toi sur tes pieds ; car *je ne t'ai apparu* que pour t'établir ministre et témoin des choses que tu as vues, et de celles pour lesquelles *je t'apparaîtrai* encore,

17. Te délivrant des mains du peuple et de celles des Gentils vers lesquels je t'envoie maintenant,

18. Pour ouvrir leurs yeux, afin qu'ils se convertissent des ténèbres à la lumière, et de la puissance de Satan à Dieu, et qu'ils reçoivent la rémission des péchés, et une part entre les saints, par la foi en moi (3) ».

(1) Salamine, Corinthe, Ephèse, Antioche, etc., mais placées sous Tibère et avant Damas, alors qu'elles doivent l'être après. sous Caligula, Claude et Néron. « Saint Paul, dit le Saint Siège, entre dans tous ces détails pour montrer au roi Agrippa qu'il n'avait pas embrassé le christianisme légèrement, puisqu'il en avait été un persécuteur si ardent, et qu'il ne s'était rendu qu'à la force des miracles et à l'évidence de la vérité. »

(2) Cette fois le faussaire prend à témoin tous les soldats de Saül, ce que le premier scribe n'avait pas osé. Cf. le *Saint-Esprit*, p. 87.

(3) C'est la conclusion jebouddolâtrique de tous les chapitres précédents, notamment des discours de Pierre dans lesquels on a proclamé Bar-Jehoudda « Auteur de la vie » ; mais il n'est nullement question de tout cela dans le premier état de la conversion de Saül.

19. Ainsi, roi Agrippa, je ne fus pas incrédule à la *vision céleste* (1) :

20. Mais à ceux de Damas, d'abord, puis à Jérusalem, *dans tous le pays de Judée* (2), et aux Gentils, j'annonçais qu'ils fissent pénitence, et qu'ils se convertissent à Dieu, faisant de dignes œuvres de pénitence (3).

21. Voilà pourquoi les Juifs, s'étant saisis de moi lorsque j'étais dans le Temple, cherchaient à me tuer (4).

22. Mais, assisté du secours de Dieu, jusqu'à ce jour je suis demeuré ferme, rendant témoignage aux petits et aux grands, ne disant rien que ce que les *prophètes et Moïse* (5) ont prédit devoir arriver,

23. Que le christ souffrirait, qu'il serait le premier dans la résurrection des morts, (6) et qu'il devait annoncer la lumière à ce peuple et aux Gentils. »

Eh ! bien, tu le vois, très excellent Théophile, Agrippa n'a pas bronché, il a reçu cette bordée de mensonges

(1) Il y a plus que vision au chapitre ix, il y a témoignage du baptiseur Ananias, de Jehoudda Toâmin et de tous les Juifs de la ville, chrétiens ou non. Le faussaire n'ose produire de pareils témoins devant Agrippa, ils ne sont bons que pour l'excellent Théophile.

(2) Ah ! le temps est loin où l'auteur de la *Lettre aux Galates* faisait dire à Saül : « J'étais inconnu de visage aux églises de christ (naziréennes) qui sont dans la Judée ! »

(3) Peuh ! qu'est-ce que les œuvres de la Loi ? Rien du tout, il n'y a, pour être sauvé, que la foi en Bar-Jehoudda. Relisez plutôt la *Lettre aux Galates*. L'œuvre de pénitence que sous-entend le faussaire, c'est l'entretien des jehouddolâtres par les collectes.

(4) Hé ! quoi, pas un mot du séjour chez Pierre, des voyages avec Joannès-Marcos et Barnabé, de la jehouddolâtrie chez Gallion, du Concile de 802 avec Pierre, Jacques et surtout le Joannès survivant aux exécutions de Pilatus ? Agrippa en sera-t-il réduit à n'avoir que les apparitions célestes de 789 pour preuve de la conversion de Saül, ce cousin qu'il a nommé protecteur du Temple sous Albinus et qui l'était encore la veille de l'avènement de Ménahem ?

(5) Vous voyez, Saül n'a jamais entendu parler d'un nommé Bar-Jehoudda qui aurait prêché une *Apocalypse* sous le nom de Joannès.

(6) C'est le plan ecclésiastique. Pas un mot de cette imposture dans Moïse et dans les prophètes.

ineptes avec un sang-froid qui lui eût valu un évêché et une place éminente dans le Martyrologe romain s'il eût été possible de faire entrer un second prince hérodien dans la grande famille ecclésiastique. Conteste-t-il la conversion de Saül sur le chemin de Damas telle qu'elle est enregistrée par l'Esprit-Saint? Non. Par conséquent c'est un fait accepté, avec regret, si l'on veut, mais enfin accepté par la chair et par le sang de Saül. Malgré tout, c'est à Césarée, devant Félix et Drusille, ensuite devant Agrippa et Bérénice, que le scribe des *Actes* ose le moins frauder. Il est retenu par un reste de pudeur historique. Il enzône, il encercle, comme dit le précieux Guillaume II, *imperator et rex*, des personnages avec lesquels Saül a vécu; il y a des démentis qu'il veut éviter. Sauf le voyage d'Arabie qu'il n'avoue pas (1), qu'il ne peut avouer sans trahir ses impostures, il est obligé d'en revenir au premier état de la conversion de Saül, telle qu'elle est définie dans la *Lettre aux Galates:* une opération du Saint-Esprit, et qui n'a pas eu de témoins parmi les hommes. Saül est revenu de Damas tel qu'il était parti de Jérusalem après la crucifixion de Bar-Jehoudda. Si la figure de Paul fut « inconnue des églises qui sont dans la Judée (2) », celle de Saül ne leur est que trop connue avant comme après Damas. C'est bien l'Amalécite (3) des évangélistes, et Agrippa n'en a pas connu d'autre. Mais, lien pour Paul, la ceinture du frère Jacques est devenue baillon pour Agrippa.

(1) Cf. les *Marchands de Christ*, p. 91.
(2) Aveu consigné dans la *Lettre aux Galates.* Cf. les *Marchands de Christ*, p. 265.
(3) A qui Shehimon coupe l'oreille dans le *Quatrième Evangile*, et à qui Jésus la remet dans Luc.

Imposture n° 120.

Festus lui-même est entraîné par ce silence qui devient un aveu. Il pourrait contester le fait, car il connaît la parenté de Saül avec Félix, il s'est servi de lui pour punir l'imposteur qui s'est levé pendant sa procurature et dont Josèphe ne parlait peut-être pas aussi anonymement qu'aujourd'hui (1). Mais le conteste-t-il ? Nullement. Il se borne à traiter Paul de fou ; encore attribue-t-il cette folie à un excès de savoir historique et chronologique, authentiquant ainsi, dans la mesure de son enzônement, les *Lettres de Paul* dont les principales au moins sont censées connues de l'assistance. On ne lui demande pas de dire que Paul a raison de pousser un cadavre juif sur les autels comme symbole de la vie éternelle ; mais enfin il peut bien, sans se compromettre, laisser croire que les *Lettres de Paul* existaient de son temps et que leur point de départ, la résurrection de Bar-Jehoudda, était acquise à l'histoire. Il n'y a rien là qui engage la responsabilité d'un revenant.

24. Comme il parlait ainsi, exposant sa défense, Festus, d'une voix forte, dit : « Tu es fou, Paul ; ton trop de *lettres* te fait perdre le sens. »

25. Et Paul : « Je ne suis point fou (dit-il), ô excellent Festus ; mais je dis des paroles de sagesse et de vérité.

26. Et il sait bien ces choses, le roi devant qui je parle avec tant d'assurance ; car je pense qu'il n'ignore rien de

(1) Cf. le *Saint-Esprit*, p. 372.

cela, aucune de ces choses ne s'étant passée dans un coin (1).

27. Croyez-vous aux prophètes, roi Agrippa? Je sais que vous y croyez.

28. Et Agrippa à Paul : « Peu s'en faut que tu me persuades d'être christien. »

29. Mais Paul : « Plaise à Dieu qu'il ne s'en faille ni peu ni beaucoup ; que non-seulement vous, mais encore tous ceux qui m'écoutent, deveniez aujourd'hui tels que je suis moi-même,... à l'exception de ces liens. »

« Et il montra ses chaînes, dit le comte de Maistre. Après que dix-huit siècles ont passé sur ces pages saintes, après cent lectures de cette belle réponse, je crois la lire encore pour la première fois, tant elle me paraît noble, douce, ingénieuse, pénétrante. Je ne puis vous exprimer à quel point j'en suis touché. »

Ceci n'est que du Maistre, mais voici du de Ligny, jésuite : « Pourquoi excepter ces liens, dit le père de Ligny, puisque Paul regardait comme un si grand bonheur de les porter pour Jésus-Christ ? » La réponse est de Jésus-Christ : « Tous ne comprennent pas cette parole. » Et il ne fallait pas exposer cette perle aux insultes de ces animaux immondes ! »

Allons ! La ceinture du frère Jacques n'a rien perdu de sa vertu sur l'aristocratie ! Mais puisque nous n'appartenons pas à cette classe de la société, si digne par ses lumières de conduire les destinées du peuple, considérons qu'il n'y a qu'un instant le malheureux Festus se déclarait incapable d'écrire quoi que ce soit à Néron, faute de renseignements sur Paul, et qu'il le disait en ces

(1) Voilà qui lui en bouche un, comme on dit aujourd'hui !
(2) Il n'attend pas la réponse.

termes à Agrippa : « Je l'ai fait comparaître devant vous avant de l'envoyer à César, afin qu'après cet examen j'aie de quoi écrire. » Or nous apprenons ici qu'Agrippa « n'ignore rien » de ce que cherche Festus et aussi de ce que cherchait Félix. Il est au courant de tout cela depuis l'expédition de Damas, c'est-à-dire depuis 789, il sait même des choses qui n'ont été décidées qu'au troisième siècle, notamment que l'*Apocalypse* n'est plus le testament de l'homme crucifié par Pilatus et qu'il faut s'armer d'autres prophéties que celle dont Dieu a proclamé la faillite au Guol-golta. D'où vient donc que, seul, Agrippa se taise, laissant à Paul le soin d'éclairer Festus ? N'est-ce pas vouloir que Paul innocent continue à porter les chaînes qui, après dix-huit cents ans, ont le don d'émouvoir jusqu'aux larmes le comte de Maistre ? D'autre part, Paul ne pouvant être sauvé que par les liens du frère Jacques, ne serait-ce pas un crime de les lui enlever ? Que d'autres résolvent ce cas de conscience ! En attendant, examinez bien ce que vient de faire Agrippa, il a sauvé l'Église ! Or, qu'est-ce que l'Église fait pour lui ? Rien, sinon l'accuser d'avoir abusé de Bérénice ou d'être un animal immonde.

Agrippa méritait mieux, car il paraît qu'au cas où Paul n'eût pas été en état de prouver que Bar-Jehoudda était ressuscité, Festus aurait été en droit de le punir de mort. Un exégète catholique (1) trouve que ce Festus manque un peu de la gravité avec laquelle il faut parler d'un fait aussi solidement établi : « Il juge Paul innocent à cause du peu de cas qu'il fait du chef principal de l'accusation ; (selon cet exégète, le chef principal c'est

(1) Le Père de Ligny, *Histoire des Actes des Apôtres*, Louvain, 1824, in-8°.

d'avoir soutenu que Bar-Jehoudda était ressuscité.) (1)
En cela Festus se trompait; l'affaire était capitale, et s'il
n'eût pas été vrai que Jésus était ressuscité, Paul aurait
mérité la mort comme perturbateur du repos public (2)
et comme agresseur déclaré d'une religion (la juive) qui
avait Dieu pour auteur; mais un païen comme Festus ne
pouvait pas en savoir tant! »

Imposture n° 121.

RUPTURE DE LA CEINTURE DU FRÈRE JACQUES

30. Alors le roi, le gouverneur, Bérénice, et tous ceux qui
étaient assis avec eux se levèrent.

31. Et s'étant retirés à part, ils se parlaient l'un à l'autre,
disant : « Cet homme n'a rien fait qui mérite la mort ou les
liens. »

32. Aussi Agrippa dit à Festus : « Cet homme pourrait
être renvoyé,... s'il n'en avait appelé à César. »

Ainsi, après avoir tourné pendant plusieurs années
dans le cercle vicieux tracé par Jacques, les voilà revenus à ce que tout le monde sait depuis la lettre de
Lysias : « Paul n'a rien fait qui mérite même la prison »,
et n'était son « appel comme d'innocence », on pourrait
le relâcher. Oui, mais si on le relâche, au lieu d'être
envoyé à Néron par Festus, il rentrera dans le corps de
Saül à Jérusalem, il sera stratège du Temple sous

(1) Le faussaire des *Actes* se garde bien d'avancer franchement cette
proposition. Evidemment elle est sous-entendue, mais ce qu'il fait
prêcher par Paul devant Félix, c'est ce qui est dans la *Lettre aux
Galates*, à savoir que l'auteur de l'*Apocalypse* est vivant, n'ayant pas
été crucifié.

(2) Retenons cet aveu qui justifie toutes les mesures prises contre
les auteurs et les complices de cette criminelle imposture.

Albinus et Florus, il habitera son palais jusqu'en 819, il y subira l'assaut de Ménahem et il n'ira vers Néron qu'après l'assassinat d'Ananias par le septième frère de ce Bar-Jehoudda dont Paul vient de plaider la résurrection en quelque sorte publique — car enfin cela ne s'est pas fait dans un coin! — devant deux procurateurs, une princesse, un roi, une reine et de nombreux tribuns. Et en ce cas, non seulement le très excellent Théophile pourra concevoir des doutes sur le dogme, mais le non moins excellent comte de Maistre ne sera pas touché à un point inexprimable.

La ceinture de Jacques ne se rompra donc que pour Festus, Agrippa et Bérénice ; elle ne lie plus que deux hommes, Paul jusqu'à ce qu'il soit mis sur le vaisseau qui doit l'emmener hors de Judée, et Néron qui l'attend à l'autre bout de la mer. Car Néron est lié sans qu'il s'en doute. Le scribe prépare ici l'imposture de la *Passion de Paul* dans laquelle on voit l'Apôtre des nations comparaître devant Néron, lui prêcher la résurrection, par conséquent la divinité de Bar-Jehoudda, et expier de sa tête ce crime de lèse-majesté romaine.

Ce qu'il y a de remarquable dans ce vertigo général, c'est la foi de l'auteur dans l'imbécillité publique. Jamais il n'est honteux du rôle qu'il y fait jouer à tout ce monde. « On pourrait relâcher Paul », dit Agrippa, dès que Paul a le dos tourné. Sans doute. On avait qu'à prévenir Paul, il se fût désisté de son appel, puisque c'était le seul obstacle à sa libération. N'insistons pas sur cette comédie indigeste : c'est *Festus ou le dessaisi par persuasion*, c'est *Paul ou l'appelant par innocence*.

Les *Discours de Paul* à Césarée sont d'un scribe qui feint de ne plus rien savoir du christ millénaire, de l'*Apocalypse* et du Royaume de Dieu. Placés dans la bouche d'un prince hérodien, parent d'Agrippa et en même temps pupille de Rome, ils sont dans le ton des *Lettres*, d'une soumission si intéressée, d'une hypocrisie si ambitieuse, d'une tartuferie si savante! On s'est emparé de Saül mort, on lui a rivé aux pieds et aux mains les fers jehouddolâtriques, on a montré par des fables stupides qu'Agrippa et Bérénice, Félix et Drusille, Festus et tout son entourage, Césarée, Jérusalem et toute la Judée, tous les hommes jusqu'à Gallion, toutes les villes jusqu'à Corinthe étaient au courant du cas résurrectionnel exposé dans l'Évangile, Paul servant pour ainsi dire de truchement au personnage de Jésus et l'introduisant sous Néron dans la haute société juive et romaine.

Qui pourra nier que Jésus ait existé et que Saül ait été son apôtre, quand on aura vu le procurateur Festus, successeur de Félix, lequel l'était des Pilatus et des Tibère Alexandre, dire à Agrippa : « De ceux qui (Sicaires de 819 et Naziréens du second siècle) accusent Saül de persécution et d'apostasie, personne, pendant une instruction qui a duré trois ans, n'a pu établir *aucun des griefs sur lesquels je comptais; il n'y a de contestations qu'entre les Juifs du Temple et lui, à l'endroit d'un certain Jésus, mort, qu'il affirmait être vivant?* » Comme nous sommes censés en 815 et que huit ans à peine nous séparent de la chute de Jérusalem, comme de Tibère à Hadrien le mystère le plus profond n'a cessé d'entourer l'existence de Jésus, il est bon que dès le temps de Néron tous les grands et tout le peuple aient connu, par l'organe de l'Apôtre des nations, le divin héros du roman évangélique, sa résurrection et son ascension.

IX

OU EST PASSÉ L'ARGENT DE LA COLLECTE ?

Le rôle des Romains et celui des Juifs sont encore assez clairs, mais celui des frères, de ces bons frères qui ont accueilli Paul avec tant de joie, qui lui ont conseillé d'aller se faire arrêter bien gentiment dans le Temple, et qui, s'il n'a pas menti à toute l'Asie, à la Macédoine et à la Grèce, sont en train de compter l'argent de la collecte, que deviennent-ils au milieu des épreuves qui assaillent l'Apôtre des nations? Ces bons apôtres de la Circoncision, — les *Actes* n'osant plus parler des Douze, — que font-ils pour soulager ou délivrer le prisonnier? Où sont ceux que Philippe dans Césarée lui a donnés pour escorte afin de le défendre contre ses ennemis? Où est Philippe lui-même? Et Jehoudda dit Toâmin? Et Ménahem, le José de l'Évangile? Où donc sont Agabus et Mnason le Chypriote? Et Trophime? Où est Trophime? Est-il déjà parti pour Arles?

Mais la collecte? Que devient la collecte pendant ce temps? Paul avait à peine écrémé ce trésor pour contribuer aux sacrifices des quatre Naziréens de Jacques. Est-ce que ce coquin de Lysias s'en serait emparé pour se couvrir des frais énormes qu'il a faits lorsqu'il a acheté le droit de cité romaine? Non, car l'auteur des

16

Actes, c'est-à-dire Dieu lui-même, reconnaît spontanément que le tribun a repoussé jusqu'à l'idée de la plus légère indélicatesse. Paul a-t-il été « tapé » par le sanhédrin ? Non, Ananias s'est borné à le frapper sur la bouche. A-t-il été détroussé par les brigands ? Non, car les *Actes* le diraient avec l'insistance qu'ils déploient dans les questions d'argent. Il n'y a point de brigands à l'aller grâce à l'escorte fournie par le généreux Philippe, et quant au retour, Lysias a pris contre eux de victorieuses précautions.

Paul a quêté pour les pauvres et pour les saints de Jérusalem (1). Ces saints, ces pauvres sont ou ceux du Temple ou ceux de la secte christienne. Cet argent, Paul ne l'a remis ni aux Juifs du Temple qu'on nous montre acharnés contre lui, ni à ceux de la secte ; il l'a gardé, et c'est un pur escroc avec son ami Trophime. A moins qu'au contraire Trophime et ses compagnons, Mnason et les envoyés de Philippe, n'aient volé l'Apôtre des nations, ce qui expliquerait la disparition totale de ces personnages au moment psychologique. Je ne trouve pas cela très gentil de la part de gens dont plusieurs ont célébré la messe à Troas avec lui. A-t-il été volé par Jacques ou par ses quatre Naziréens, et la ceinture de ce frère ne serait-elle qu'une de ces ceintures comme on en portait jadis autour des reins pour serrer l'or ? Je ne puis croire que le Saint-Esprit soit descendu si bas dans les régions du corps humain.

La collecte a-t-elle été assumée au troisième ciel où elle s'est assise à la droite du Père ? Non, les assomptions définitives sont spécialement réservées aux membres de

(1) C'est le sujet, ce sont les termes de toutes ses *Lettres*.

la famille de Jehoudda, et l'argent doit demeurer sur terre comme gage et prémices de la félicité future.

Donc Paul l'a sur lui pendant les deux ans qu'il passe à Césarée. Il le déclare à Félix, c'est pour adorer Dieu et distribuer des aumônes à sa nation qu'il est venu à Jérusalem. Félix avait retenu ce dernier point, et c'est dans l'espoir de tirer à Paul un peu de cet argent qu'il aimait à converser avec lui : Félix était suspect, à la différence de Lysias qui, en sa qualité de juif de naissance, est insensible à l'argent. Lysias ne veut pas même être effleuré par le soupçon; Félix s'y expose, impudent comme un goy. Mais s'il espère avoir un peu de la collecte destinée à l'Église, c'est qu'il a conservé une naïveté qui ne se concilie pas avec la parfaite connaissance qu'il a de la « voie ». Les illusions que nourrit à cet endroit l'affranchi de Claude font douter de son expérience des affaires. « La vénalité, dit le Saint-Siège, était une des plaies de l'administration romaine, surtout dans les provinces éloignées du centre de l'empire. »

C'est pour remédier à cet excès que les collectes ont été inventées : leur but moral est d'enlever aux particuliers le moyen usuel de corrompre les fonctionnaires romains, et aux fonctionnaires le moyen d'être corrompus par les particuliers. On peut être certain qu'une fois aux mains de l'Église, l'argent n'en sortira pas pour rentrer dans le civil. Comme ce serait encourager la vénalité que de donner de l'argent à Félix, Paul ne lui en a pas donné. Et, puisqu'il ne l'a pas donné non plus aux saints de Jérusalem, c'est bien lui qui est le voleur. Après avoir dépouillé les nations pour la fraction du peuple de Dieu qu'il appelle les saints de Jérusalem, il s'est appliqué la collecte, il a mangé la grenouille. Et avec une malice telle qu'à la fin d'un emprisonnement pendant lequel il s'est contenté d'une nourriture spirituelle, il ne lui reste plus rien, rien, il écrit aux Philippiens pour se recommander à leurs aumônes ! (1)

Mais trêve de variations sur l'embarras où l'Eglise a plongé Paul. Paul n'est point le voleur, Paul n'est point le volé, Paul n'a point d'argent. Et pourtant il y a eu collecte ! Mais dans le plan du publicain ecclésiastique, elle est si bien destinée aux saints de Rome qu'il oublie de la remettre à ceux de Judée. Ni chez Philippe à Césarée ni chez Jacques à Jérusalem Paul ne songe un seul instant à leur en verser le produit. Elle leur passe sous le nez. Rome, voilà où est la caisse ! L'inventeur du denier de Pierre, c'est Paul.

Festus et Agrippa, qui savent où va l'argent, s'abstiennent de demandes indiscrètes. On voit bien l'escroquerie, elle est criante, il n'y a que le bénéficiaire qu'on ne voie pas. Or l'escroquerie est dans l'invention même de cette collecte que les aigrefins de Rome proposent en exemple perpétuel aux « poires » (de bon chrétien) du quatrième siècle.

Si Saül a vraiment quêté par toutes les provinces d'Asie et d'Achaïe où il y avait des Juifs, et cela n'a rien d'impossible, c'est qu'il en avait mandat du Temple, et en ce cas ce fut pour organiser la résistance contre les Juifs du dedans qui mettaient leur pays en danger, c'est-à-dire les chrétiens.

(1) *Lettre aux Philippiens.*

X

QUE FONT JACQUES ET PHILIPPE POUR L'APOTRE DES NATIONS?

Une autre chose juge l'imposture de cet emprisonnement dont personne, au bout de trois années, ne peut indiquer la raison ni parmi les Romains ni parmi les Juifs.

C'est le magnifique isolement dans lequel Jacques et les frères de Jérusalem, Philippe et les frères de Césarée, Aquila et les frères d'Ephèse, Crispus et les frères de Corinthe, tous les apôtres et en un mot tous les christiens de quelque école et en quelque pays qu'ils soient, laissent le pauvre Paul enchaîné. Pendant les deux grandes années de sa prétendue lutte contre Ananias et le sanhédrin, pas une main naziréenne qui se tende vers lui, pas une aide, pas une pensée de réconfort ni d'espérance qui lui parvienne, pas même un de ces témoignages banaux qu'une âme bien née ne refuse jamais à un ennemi injustement poursuivi. Tous sont apostoliquement ignobles, comme les Douze au Mont des Oliviers, comme Pierre dans la cour de Kaïaphas. Qu'on crache au visage du christ ou qu'on frappe sur la bouche de Paul, c'est le même prix. Les serrures qui tombent toutes seules quand Pierre est en prison semblent se consolider quand c'est Paul qui gémit dans les cachots. Que dans la semaine agitée où l'on risque sa peau en mettant le nez dehors le frère Jacques se cache dans sa toison, passe encore! Mais qu'il ne daigne même pas se montrer à Césarée pendant les deux procès portés par le grand-prêtre devant Félix et devant Festus, alors que l'accusé n'est point passible de l'emprisonnement au dire même des Romains, voilà qui renseigne souverainement sur la somme de charité que le christianisme a fait jaillir de l'âme humaine à la honte du paganisme agonisant !

Dira-t-on que Jacob était mort crucifié depuis 802 par les soins de Saül et que cet accident le dispensait de venir au secours de Paul? Nous n'admettons pas cette raison, car ce serait mettre l'histoire au-dessus du Saint-Esprit. Il existe une *Lettre de Jacques* et l'Eglise la date de 59 de l'Erreur christienne, c'est-à-dire de 812. C'est l'année même où Paul est arrêté dans le Temple ; or il est entré dans cet édifice à l'instigation de Jacques et il a payé cette confiance de plus de deux ans de prison. En outre l'interpolation ecclésiastique de Josèphe sur Jacques place en 63 de l'E. C., soit 816, la lapidation de ce frère du christ. (1) Il a donc vécu à Jérusalem pendant les deux années que Paul a passées dans les fers, accablé par la calomnie juive. Césarée est-elle trop loin pour ses vieilles jambes? Ananias et les anciens du sanhédrin font bien deux fois le chemin pour accuser Paul ! Jacques ne peut-il le faire une fois pour défendre l'innocent et pour se défendre à son tour auprès de lui, car qui lui a tendu le traquenard dans lequel il devait fatalement tomber ? Qui est la cause de ses malheurs immérités ? Si Jacques est travaillé par quelque rhumatisme articulaire, Philippe, qui est à Césarée avec ses quatre filles, n'aurait-il pas dû le

(1) Cf. le *Saint-Esprit*, p. 347.

représenter? Il est donc impardonnable et il ne peut pas même invoquer pour excuse qu'il était occupé à la rédaction de sa lettre, car ce monument apostolique n'est point antérieur à la seconde dispersion des Juifs sous Hadrien (1).

(1) Cette pièce n'ayant aucune prétention historique, nous la réservons pour le volume consacré aux fausses *Lettres de Paul* et autres.

LANCEMENT DU GOGOTHA

I

AVERTISSEMENT

A travers les évolutions de ce vertigo actionné par le Saint-Esprit, Paul rentre un moment dans le corps de Saül pour s'embarquer, avec Costobar et les autres envoyés de la maison hérodienne, à destination de l'Achaïe où ils vont voir Néron. A Césarée, Saül et Costobar trouvèrent Agrippa et Bérénice qui, très émus par l'avènement de Ménahem, étaient venus se placer sous l'aigle romaine. Tous attendaient Cestius Gallus, proconsul de Syrie, que la garnison romaine, les Grecs, et les Juifs loyalistes venaient d'appeler à leur secours. Toutefois ce serait une grave erreur de croire que Saül fût maître de ses mouvements et de sa direction. Paul est toujours dans la ceinture du frère Jacques sur laquelle brochent les deux chaînes et les multiples courroies de Lysias, sans compter celles que Félix et Festus n'ont pas manqué d'ajouter aux premières. Paul a au moins trois couches de chaînes. Prométhée n'en avait qu'une sur le Caucase.

Le récit de sa navigation provient du *Voyage de*

Saülas, production du même genre que le *Voyage de Joannès théologien*, le *Voyage de Pierre*, le *Voyage d'André* et autres (1). Car tant pour obéir aux *Evangiles* où, réformant ses premières ordonnances, Jésus commande aux christiens de prêcher l'*Apocalypse* hors de Judée, que pour appliquer leur facultés inventives aux besoins de leur commerce, les scribes ecclésiastiques commençaient à promener les apôtres par le monde avec d'autant plus de latitude que personne ne les y avait vus. Aucun démenti n'était à redouter. Pour Saül il y avait des précautions à prendre, puisque par Josèphe il appartenait à l'histoire. Il était allé vers Néron en Achaïe, après quoi il était passé en Italie,; il fallait promener « Paul prisonnier » à travers tous les ports de la Méditerranée, sauf ceux d'Achaïe. Prisonnier sur terre, il fallait qu'il le fût également sur mer. L'essentiel était qu'il le fût, d'une part, avant l'aventure de Saül sous le christ à tête d'âne, d'autre part, qu'il arrivât à Rome avant le martyre de Pierre en 817 ou en 819 au choix, car on a insinué successivement les deux dates.

II

ACTES DES APOTRES, CHAPITRE XXVII

Imposture n° 122.

ENZONEMENT DU CENTURION JULIUS

J'ai besoin ici de toute votre attention et je vous prie

(1) Pour le *Voyage de Joannès*, se reporter aux *Marchands de Christ*, p. 135.

de considérer que vous êtes en face d'une des plus belles inspirations du Saint-Esprit. Ce n'est donc pas le moment de m'objecter que vous avez autre chose à faire, car si vous vous détournez d'une Ecriture qui est de Dieu pour vous consacrer à des occupations futiles, vous n'aurez à vous en prendre qu'à vous-même des peines qui vous attendent dans l'autre monde.

1. Lorsqu'il eut été résolu que Paul irait par mer en Italie, et qu'on le remettrait, avec d'autres prisonniers, entre les mains d'un nommé Julius, centurion de la cohorte Augusta,

2. Montant sur un navire d'Hadrumète, nous levâmes l'ancre, commençant à naviguer le long des côtes d'Asie, et ayant toujours avec nous Aristarque, Macédonien de Thessalonique.

Le temps de s'enzôner, et le centurion Julius est à vous! Il accourt de l'air empressé qu'ont les « centurions » de l'Ecriture. Rappelez-vous le centurion qui déclare Bar-Jehoudda fils de Dieu contre l'opinion commune, le centurion qui adore Pierre, le centurion qui évite le fouet à Paul, le centurion qui prend soin de Paul dans la prison de Césarée. Voici un cinquième centurion, mais d'une cohorte plus impériale encore que n'étaient les précédents; il est de la cohorte dont les liens avec la personne de l'Auguste semblent particulièrement étroits. Nous pouvons donc nourrir l'espoir de voir la ceinture du frère Jacques décrire une trajectoire gracieuse au-dessus de la Méditerranée et envelopper Néron dans ses plis jehouddolâtriques. Nous n'avons qu'un seul regret à exprimer, dans cet enzônement préalable, c'est qu'Aristarque et ses compagnons, parmi lesquels Trophime, se soient trouvés

hors de la ceinture du frère Jacques pendant les
cruelles épreuves que Paul vient de subir à Jérusalem
et à Césarée. Nous devons supposer qu'ayant la garde
de la collecte ils se souciaient plus de l'apporter intacte à
Rome que de contribuer au soulagement de l'Apôtre
des nations, dont les souffrances, pour être agréables à
Dieu, doivent être un revenu et non un déboursé.

Imposture nº 123.

SUR LE CHEMIN DE SAUL

3. Le jour suivant, nous vînmes à Sidon. Or Julius, trai-
tant Paul avec humanité, lui permit d'aller chez ses amis, et
de prendre soin de lui-même.

4. Et quand nous fûmes partis de là, nous naviguâmes au-
dessous de Chypre, parce que les vents étaient contraires.

5. Traversant ensuite la mer de Cilicie et de Pamphylie,
nous vînmes à Myre, ville de Lycie;

6. Mais le centurion trouvant là un navire d'Alexandrie,
qui faisait voile pour l'Italie, il nous y fit embarquer.

Vous avez pu remarquer que Paul fait la traversée
de Césarée à Myre sur un vaisseau qui arrive d'Hadrumète, aujourd'hui Sousse ; ce vaisseau vient d'Occident, il est vide, il est balaamique, bon pour des gens
comme Saül, les Hérodes, Simon le Magicien, Tibère
Alexandre, Démétrius et les autres Juifs latinisants. Il
arrive en sens inverse de la direction de l'Arche d'alliance, de celle qui porta Jonas aux colonnes d'Hercule,
de celle que Joseph le Charpentier a construite pour
Jésus dans l'Évangile, et qui toutes sont des images de
l'Arche solaire. C'est un vaisseau d'Occident qui a
emmené Saül pour aller voir Néron à Corinthe après

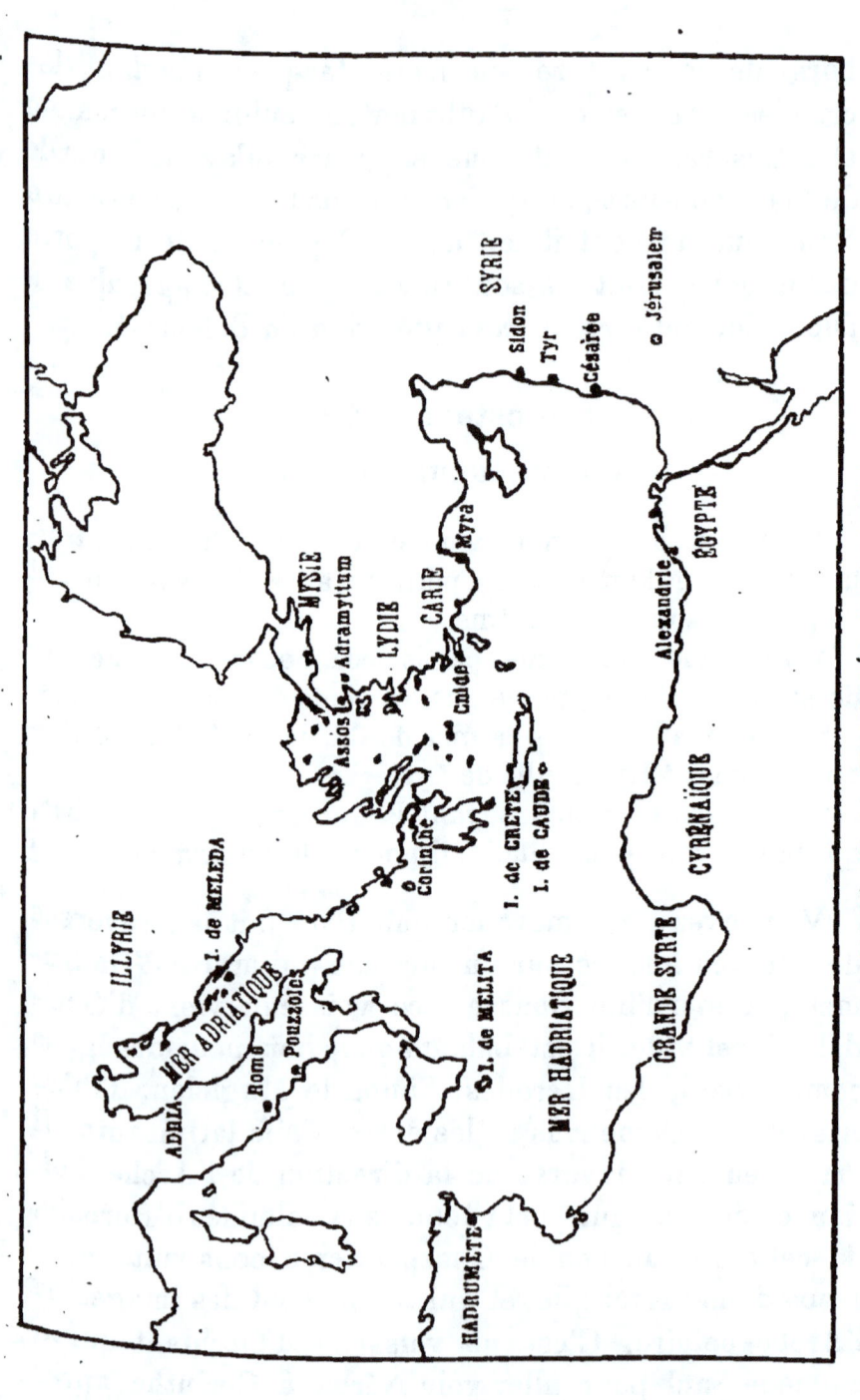

CARTE DE LA TRAVERSÉE DU GOGOTHA

la chute de Ménahem. Celui qui vient d'Hadrumète convient beaucoup trop à Saül pour convenir à un homme qui est maintenant dans la ceinture du frère Jacques. Saül ne pourra pas faire une traversée utile sur un vaisseau qui se dirige vers le nord où règnent Gog et Magog, de tout temps ennemis des Juifs. Il va contre la destination de Paul, entraîné vers Rome par des voies que l'Esprit seul connaît et qui, étant de Dieu, ont la faculté d'être impénétrables. Le pilote prend pour aller à Rome le même chemin que s'il allait à Adramyttum de Mysie (1), car l'auteur prend sur la carte les points de repère de sa mystification ; c'est indubitablement un Juif d'Asie qui écrit. Il s'agit d'égarer le très excellent Théophile afin qu'il ne puisse retrouver la piste de Saül à partir de Césarée, que « voyant il ne voie point, et qu'entendant il n'entende point », comme le veut le système parabolique conseillé par Jésus dans l'Évangile pour tromper les goym. Tromper les goym sur son identité avec Saül, c'est tout ce que pourra Paul sur ce vaisseau-là ; quant à faire de la jehouddolâtrie, il ne faut pas qu'il y compte !

Bon compère comme à l'ordinaire des centurions, Julius lui permet de descendre à Sidon, où séjournèrent successivement et pour des motifs qui se ressemblent, Bar-Jehoudda en 788, Shehimon et Jacob en 802, et Ménahem qui paraît avoir habité la ville avec plus de régularité, pour quoi il est appelé Sidonien dans certaines *Histoires ecclésiastiques* (2). Cet arrêt montre à

(1) Le jeu sur Hadrumète et Adramyttum est complété dans l'esprit de l'auteur par le mot Mysie, qui veut dire en hébreu *criminelle*.
(2) Cf. le *Roi des Juifs*, p. 259.

quel point Julius possédait sans en avoir l'air le même Esprit que Paul, car l'Apôtre des nations, et c'est une pensée dont le très excellent Théophile est touché, ne veut point quitter l'ancien royaume de David sans montrer l'intérêt que Saül portait au rétablissement de cette monarchie, notamment en la personne de Ménahem dit Joseph Bar-Schabath (1). La traversée du navire africain n'est guère marquée de l'Esprit que par cet arrêt, car nous comptons pour peu que les vents contraires l'aient un instant retenu sur la côte sud de l'île de Chypre. A peine peut-on signaler comme un trait de l'Esprit l'embarquement d'Aristarque, témoin deutéronomique (2), car Paul est indubitablement accompagné de tous les compagnons que lui donnent les *Actes* au cours de sa brillante carrière. Je ne puis admettre que Trophime ne soit pas là ni le généreux Gaïus. Trophime était à Jérusalem avec Paul, Gaïus était à Ephèse avec Aristarque. Aristarque et Gaïus étaient aux mains des barbares d'Ephèse tandis que Paul évangélisait chez Tyrannus. Ici Aristarque est libre, tandis que Paul est prisonnier des barbares de Rome. C'est une de ces compensations comme l'Esprit se plaît à en faire. Mais il y a d'autres témoins encore, — ne nie pas, très excellent Théophile, je te vois rire! — ce sont les prisonniers que Julius a embarqués à Césarée avec Paul, chef de la secte de Naziréens. Car la ceinture du frère Jacques est à ressort et à combinaison. Si elle a permis à Paul de ne pas passer pour le chef des Naziréens de Jérusalem, elle lui permet ici de le devenir pendant toute la traversée. Les prisonniers que l'Es-

(1) Dans Marc et dans les *Actes*. Cf. les *Marchands de Christ*, p. 380.
(2) Le *Deutéronome* exige deux témoins pour l'établissement d'un fait.

prit conduit en Italie dans la même ceinture que Paul, tous Juifs et christiens, ont été en leur vivant — ce sont des revenants, eux aussi, — ceux qui furent envoyés à Corinthe par Vespasien pour y être employés au percement de l'isthme. Spiritualisés par le temps qui a spiritualisé Saül, ils accompagnent Paul en Italie, ne fût-ce que pour l'empêcher de trahir en route.

Il faut aussi que vous connaissiez un des miracles accomplis par la ceinture du frère Jacques. Développée, étendue au second siècle, elle enzône Hadrien qui a consommé la ruine de la Judée et la dispersion des christiens dans le monde. Le procurateur d'Hadrien en Judée était africain. C'est pourquoi le navire fait semblant de monter vers Adramyttum. Adramyttum est là pour Hadrumète : *Hadriani meta*, borne d'Hadrien, ce sont les jeux de mots qui commencent. Plût à Dieu que le tyran Adamas (1) et son procurateur n'eussent jamais dépassé cette borne d'Occident !

Imposture n° 124.

MYRE, ARRÈT! CHANGEMENT DE VAISSEAU!

On relâche à un endroit nommé Myre qui est sur la carte de Lycie. Mais le texte a subi des changements dans les noms de lieux. Au lieu de Myre, il y a maintenant « Lystre, qui est de Lycie », et l'on s'accorde à penser que les copistes ont mal lu le mot Myre ou cru que Lystre en Lycaonie, dont il est question ailleurs (2), pouvait être impunément placé sur la mer de Lycie. Or dans la fréquentation de Paul nous avons acquis

(1) Nom d'Adrien (Hadrien) dans la *Sagesse* de Valentin.
(2) Au chapitre xiv des *Actes*. Cf. le *Saint-Esprit*, p. 180.

un tantinet de l'Esprit qui le lie ; Myre existe, c'est un port de mer de Lycie, et c'est bien le mot que l'auteur des *Actes* a écrit. Seulement il a joué sur le mot selon son habitude de duplicité. Myre éveille une idée millénaire, et c'est le nom même qu'on a donné dans les *Évangiles* à la mère de Bar-Jehoudda : nous disons Maria, c'est Myriam qu'il faut lire (1).

Et aussitôt un nouveau vaisseau se présente, qui par hasard vient d'Alexandrie et qui, par hasard encore, fait voile vers l'Italie. Comme pour profiter de l'occasion, on quitte le vaisseau qui descendant d'Hadrumète montait vers Adramyttum, et on se met sur celui qui montant d'Alexandrie descend sur l'Italie. Le voyage de Paul va s'inscrire autour d'une croix qui regarde les quatre points cardinaux, comme toutes les croix, mais celle-ci a sa signification dans le système christien.

Car le Temple est tombé non seulement depuis Titus et Vespasien, mais encore depuis Hadrien, lorsque le Saint-Esprit inscrit la navigation de Paul autour de cette figure. Iahvé n'a plus d'autre Temple que le monde, mais c'est encore quelque chose, puisque celui de Jérusalem n'a jamais été que la réduction de celui-là. Qu'était-ce que le Royaume des Juifs esquissé par Ménahem et à cause de quoi les prisonniers christiens furent envoyés à Corinthe? Iahvé étendu par son christ aux quatre points cardinaux. Telle était la promesse enfermée dans le tabernacle du *testament*, et il est clair que sous les espèces du navire égyptien l'Arche d'alliance fait ici sa dernière traversée. C'est pourquoi le navire vient d'Égypte d'où est monté le

(1) Le grec *murios*, immense, *murias*, myriade, en vient.

Mage, Mosché, Moïse (1), et d'où Jehoudda Panthora, le nouveau Moïse, père des rois-christs, a jadis ramené la Loi de la prédestination juive, avec les prophéties faites pour son accomplissement, c'est-à-dire l'Apocalypse de l'empire universel. Bar-Jehoudda ne cesse de nous le dire sous la figure de Jésus dans l'Évangile ; il était venu pour « accomplir toute la Loi », inséparable des prophéties ; il était envoyé pour donner la terre aux Juifs.

Le vaisseau n'est égyptien que d'étiquette : dans le vase est l'Esprit juif, et les christiens prisonniers peuvent y entrer. Sur celui qui venait de l'ouest pour monter vers le nord, Paul est encore Saül; il n'a pu rien faire pour la croisade judaïque. Sur celui qui vient du sud pour aller à l'ouest, Paul va pouvoir travailler : il est poussé par le vent d'est, le vent de Judée. Et voilà pourquoi Julius a changé de vaisseau à Myre. Ce gogoy est monté sur le *Gogotha !* Car tel est le nom spirituel de ce vaisseau (2).

(1) L'Arche, simple image de la traversée du Soleil au-dessus des mers, venait d'Egypte d'où le Mage Osarsiph l'avait rapportée et donnée aux Hébreux comme gage de leur alliance avec Dieu. Le mage Osarsiph était d'On (Héliopolis), ville dédiée, comme son nom l'indique, au soleil dont on promenait l'Arche dans le temple aux jours de fêtes solsticiales et équinoxiales. Osarsiph n'est d'ailleurs qu'un surnom, mais plus explicite que celui de Mosché. Nous ne le connaissons que par l'égyptien Mancith ou Manéthon, et il nous est arrivé dans un état d'adultération non moins grave que celui de Mancith lui-même. Osarsiph, c'est *Mosché-ar-Ziv* ou *Zib (Poisson)*, le Mage aux Poissons, le *Zib* étant l'aboutissement du système millénariste que ce Juif avait hérité de Joseph, comme nous l'avons montré dans le *Charpentier*, p. 19. Nous reviendrons sur cette étymologie que confirme avec une évidence irrésistible le surnom de Zibdeos donné au Joseph de l'Evangile, Mage aux Poissons, lui aussi, et père des sept pêcheurs d'hommes.

(2) Paul est en butte aux Quatre Vents de l'*Apocalypse*. Cf. le *Roi des Juifs*, p. 10.

Tandis que les christiens prisonniers de Néron, qui auraient pu reconnaître Saül sous le masque de Paul, poursuivent leur route vers Corinthe, ceux d'Hadrien montent sur le *Gogotha*, incapables, à raison de la chronologie, de reconnaître dans la ceinture de Jacques le persécuteur juré de leur maître et de ses doctrines. Ils ne reconnaîtront pas plus l'Arche dans le *Gogotha* qu'ils n'ont reconnu Saül dans Paul. Ce n'est pas sur ce vaisseau-là qu'ils comptaient monter en partant de ce port de Myre dont le nom seul évoque pour eux le grand rêve du Royaume des Juifs. Si Myre équivaut à Myriam pour l'enzôné de Jacques, il a une plus large signification pour de vrais christiens comme sont ceux que le *Gogotha* emmène en Italie. Myria, c'était le port de gloire promis à chacun d'eux, le port devant lequel s'ouvraient les myriades de Cycles succédant au *Cycle du Zib*. Mais les rois-christs désignés par les prophéties sont morts, et maintenant c'est par journées de misère que les disciples de l'*Agneau* en sont réduits à compter le temps! C'est comme prisonniers qu'on les embarque et pour les conduire à la Bête!

Est-ce là cette Arche d'alliance éternelle qui devait paraître au Jubilé de 789 et dont la barque de Jésus sur la mer de Galilée est une réduction à l'usage des initiés? Tout au plus est-ce la petite arche annuelle qui accomplit son trajet en vingt-quatre heures au compte de la révolution diurne, en trois cent soixante jours au compte de la révolution annuelle. On fait venir le *Gogotha* du sud à Myre pour égarer les gogoym; en réalité il y a quatre-vingt-quatre jours qu'il est parti de l'Orient (1).

(1) Nous rendrons bon compte de ce chiffre dans un instant.

Paul est Juif avant d'être citoyen romain. En l'embarquant avec les prisonniers christiens, Julius a le salut à bord. Le salut vient des Juifs, le *Quatrième Évangile* le dit assez, ainsi que les *Lettres de Paul*, les *Discours de Pierre*, ses actes chez Cornélius, et tous les miracles accomplis par Paul à Lystre, à Éphèse et à Troas. Julius et ses gogoym vont en Italie ; s'ils étaient restés sur le navire hadrianique, jamais ils ne seraient arrivés !

Certes l'allégorie est difficile à percer, parce que tout y semble physique et dit d'une navigation ordinaire. Mais n'en est-il pas ainsi de la fameuse ode dans laquelle Horace nous montre un vaisseau-fantôme dont le bois provient des forêts du Pont d'où ce vaisseau est originaire, les vents qui l'assaillent à la hauteur des Cyclades, et ses bancs dégarnis de rameurs ? Si Quintilien ne nous avertissait qu'il s'agit de la République romaine, menacée de tempêtes qui mettent en péril son existence même, nous pourrions croire qu'il s'agit d'un navire et d'une tempête réels.

« Le navire égyptien, dit le Saint-Siège, avait été poussé jusqu'à Myre par les vents contraires. » Oh ! plus contrariants que contraires ! Car parti d'Alexandrie pour aller à l'ouest, il se trouve porté en plein nord sans avoir pu se réfugier dans aucun des ports qui jalonnent la route en ligne droite dans le sens des îles et à l'est sur les Échelles du Levant. Jamais vents plus contrariants ne sont levés dans la Méditerranée depuis la Création. Oui, dit le Saint-Siège, ces vents étaient contraires, et c'est pour cela que tout à l'heure le navire d'Hadrumète a longé l'île de Chypre par le sud. Saint-Siège, ayons un peu plus de Saint-Esprit, que diable ! Ces vents ne peuvent être les mêmes, car ceux qui ont poussé le navire égyptien vers le nord ne peuvent venir que du sud, et ceux qui ont forcé le navire d'Hadrumète à longer l'île de Chypre par le sud ne peuvent venir que du nord. Car le bon moyen d'être jeté à la côte de Chypre et fracassé, c'était de présenter le flanc au vent du sud.

Emporté par son génie, le mystificateur garde si peu de ménagement pour la chronologie des *Actes* qu'il place cette traversée dans une année à la fois sabbatique et protojubilaire comme était celle où Bar-Jehoudda fut mis en croix. Or non seulement l'année 814, assignée par l'Église au voyage de Paul, n'est point protojubilaire, mais elle n'est même pas sabbatique. Il en va ainsi de l'année 819, assignée par l'histoire au départ de Saül pour l'Italie. La dernière *double année*, c'est 788-789. La dernière année sabbatique et protojubilaire, c'est 788 (manifestation de Bar-Jehoudda). Les années sabbatiques qui se sont succédé depuis sont donc 795, 802 (manifestation de Shehimon et de Jacob), 809 (manifestation d'Apollos), 816, 823, (Jérusalem a été prise dans une année sabbatique), 830, et il n'y a pas eu d'année protojubilaire avant 837, sous Domitien. Or non seulement l'année du lancement du *Gogotha* est protojubilaire, mais le *Gogotha* ne peut effectuer sa traversée qu'à la condition d'être protojubilaire lui-même par son lancement. Le *Gogotha* est un bâtiment mathématique, construit par les Forges et Chantiers de Dieu. C'est comme j'ai l'honneur de vous le dire. La ceinture du frère Jacques ne servirait de rien à Paul — et pourtant! — si le *Gogotha* n'était d'abord enzôné par le Juif consubstantiel au Père.

Jusqu'à Myre c'est le centurion qui a commandé, c'est le pilote païen qui a conduit. Mais sur le *Gogotha*, c'est Paul avec son équipe de christiens prisonniers. Sur mer comme sur terre il n'y a qu'une Loi, la loi juive; il n'y a qu'une sorte de maîtres, semblassent-ils être dans les fers, ce sont les Juifs jehouddolâtres. Julius et les gogoym ont l'air de les tenir; vaine apparence, ils sont dans l'Arche juive et menés!

Imposture n° 125.

LE DÉPART DU GOGOTHA

7. Après avoir navigué lentement pendant bien des jours, et être à peine arrivés devant Cnide, le vent nous arrêtant, nous côtoyâmes la Crète, du côté de Salmone;

8. Et suivant la côte avec difficulté, nous vînmes en un lieu appelé Bonsports, près duquel était la ville de Thalasse.

9. Beaucoup de temps s'étant ainsi écoulé, et comme la navigation n'était déjà plus sûre, le temps du *Jeûne* se trouvant déjà passé, Paul les conseillait (1),

10. Leur disant : « Hommes (2), je vois que la navigation commence à n'être pas sans péril et sans grand dommage, non seulement pour la cargaison et le vaisseau lui-même, mais aussi pour nos vies ».

11. Mais le centurion croyait plus au pilote et au patron qu'à ce que Paul disait.

Peu pressé d'arriver en Italie avant Saül, Paul a cinq ans devant lui pour faire la traversée, s'il tient compte de la chronologie ecclésiastique; il en a vingt-

---

(1) Et non « consolait » comme il est dit dans la traduction du Saint-Siège. Ils n'ont aucun chagrin, aucune peur. Bien au contraire!

(2) Pas frères, il y a des goym !

trois s'il tient compte du caractère protojubilaire du *Gogotha*, et soixante-douze s'il tient compte de l'indication fournie par l'hadrianisme du premier navire. Il ne peut arriver avant 887 sous le règne d'Antonin le Pieux, et comme il n'est encore que sous celui de Néron, il en prend à son aise avec le temps.

Il ne fallait qu'un jour pour aller de Myre à Cnide, on en met une quantité indéterminée. Après quoi on recommence à naviguer avec le plus de lenteur possible, jusqu'à ce que vienne une fête juive qui marque une date jehouddolâtrique. Cette fête, c'est celle des Tabernacles, à l'équinoxe d'automne ; elle est caractérisée dans Mathieu par l'annonciation de la naissance de Bar-Jehoudda à son père, et dans Luc, à sa mère. La commémoration de cet heureux événement est annoncée par le nom même du dernier port où l'on ait fait escale, Bonsports près Thalasse, qui est sur la côte de la Carie dans l'esprit du narrateur et non en Crète, comme il est dit maintenant, après une sophistication de texte nécessitée par la prudence, car l'intention de l'auteur primitif était trop claire pour les initiés et elle pouvait le devenir pour les non initiés. Bonport en Carie, c'est Eu-carie, d'où, par le changement du *kappa* en *chi*, Eucharié, dont on a fait Eucharistie. (Ah! on était gai en ces temps-là, très excellent Théophile, on jubilait!) Le jeu de mots est d'autant plus expressif que le X par lequel on a remplacé le *kappa* de Carie est une croix (1).

Seul Paul est dans la confidence avec les prisonniers.

(1) A l'initiale de l'empereur Constance, le Kappa, les christiens d'Antioche, les jehouddolâtres surtout, répondaient par le *chi* de Xristos, et l'on voit par notre bon Julien (*Misopogon*) que cette forme d'opposition, qu'il juge lui-même fort inoffensive, eut du succès.

En dehors d'eux il n'est entouré que d'étrangers au judaïsme jehouddolâtrique. Il se prépare à la Nativité par le jeûne dit des Expiations, jeûne dont il ne peut se dispenser, étant donné qu'à travers son masque apostolique les prisonniers peuvent distinguer encore l'oreille coupée du persécuteur Saül. Il faut qu'il donne en route des gages de contrition sincère. Il y a des moments où la ceinture du frère Jacques n'est pas une garantie suffisante.

Le sens général de ce jeûne est parfaitement défini par le *Lévitique* : « Au septième mois (compté du 15 nisan), le dixième jour du mois, vous humilierez vos âmes, vous ne ferez aucun ouvrage, ni l'indigène, ni l'étranger qui séjourne au milieu de vous. Car en ce jour on fera l'expiation pour vous, afin de vous purifier ; vous serez purifiés de tous vos péchés devant l'Eternel. Ce sera pour vous un sabbat, un jour de repos, et vous humilierez vos âmes. C'est une loi perpétuelle. L'expiation sera faite par le prêtre qui a reçu l'onction... On fera une fois chaque année l'Expiation pour les enfants d'Israël à cause de leurs péchés ». Celle-ci tire un caractère plus solennel encore de l'approche d'un jubilé. Elle totalise sept années sabbatiques d'expiation. Paul a l'onction par l'Esprit ; en faisant l'Expiation pour lui il la fera pour tous les prisonniers et, sans même qu'ils s'en doutent, il y associera Julius et ses soldats dont les ancêtres ont jadis crucifié Bar-Jehoudda. Car Julius a beau dater d'Hadrien, il n'en est pas moins le centurion qui a conduit le roi-christ au Guol-golta sous Tibère. Il a beau se croire sous la loi romaine, il est sous celle de Bar-

(1) *Lévitique*, xvi, 29-34.

Jehoudda, et « s'il n'est pas affligé en ce jour-là, il périra du milieu de son peuple (1). » De même s'il fait quelque ouvrage (2).

Le jeûne de l'Expiation passé, Paul est un autre homme, et si mauvaise que soit la traversée, — dût le *Gogotha* périr, — tout le monde sera sauvé. En effet Paul vient d'expier pour Saül; les prisonniers ne l'ayant pas reconnu nettement, à cause de la ceinture du frère Jacques, il n'a pas été assassiné par eux, il peut maintenant annoncer l'avenir et donner des conseils non seulement aux jehouddolâtres qui sont avec lui sur le *Gogotha*, mais aux gogoym eux-mêmes. Or, la mer commençait « à s'enfler et tumultuer du bas abysme », comme dit notre bon maître Rabelais, et comme il arrive à l'équinoxe d'automne. Mais à la façon dont Paul s'exprime, on voit qu'il est là par la procuration de quelqu'un d'invisible, maître de toutes les vies qui sont contenues dans le vaisseau.

Le centurion, qui naturellement est un petit de la Bête et qui résume en lui l'esprit obtus du paganisme, pense comme s'il n'y avait pas de jehouddolâtres à bord, et pareil à frère Jean il semble plus près de s'en fier à l'habileté du pilote qu'au Panurge circoncis qui essaie de lui faire peur. Toutefois, réfléchissant qu'il vaut mieux arriver sous un Antonin à qu'il n'a pas de comptes à rendre que sous Néron, il laisse aller les choses; et même il ne se formalise pas de la différence que le prisonnier en chef met entre ses compagnons de chaîne et les gogoym : la présence d'un centurion et de ses

(1) *Lévitique*, xviii, 29.
(2) *Lévitique*, xxiii, 30.

hommes sur le *Gogotha* fait que Paul n'a pas pu traiter tous les passagers de frères ! C'est déjà bien joli qu'il les appelle hommes ! Si Bar-Jehoudda l'entendait, ou simplement le frère dont il porte la ceinture de sauvetage !

Imposture n° 126.

L'ANSE DE SALUT

Au début il n'y a pas lieu d'approuver l'ingérence de Paul dans la conduite de la navigation.

On ne fait que des sottises, on quitte Bonsports d'Eucharie sous le prétexte qu'il ne convient point à l'hivernage et on lève l'ancre d'Asson (1) pour se diriger vers la Crète et y passer l'hiver dans un lieu nommé Phœnix qu'on chercherait vainement sur la carte (2), mais qu'on retrouverait dans l'*Apocalypse* sous les espèces de l'Aigle Phénix qui annonce le renouvellement des Cycles et emporte Bar-Jehoudda en Égypte après sa naissance au jubilé de 739. Le centurion est de moins en moins pressé depuis que Paul lui a révélé les dangers de la navigation après l'équinoxe d'automne, et, pris d'un violent accès de sybaritisme, il ne songe qu'à bayer

(1) Asson ou Assos est sur la côte de Mysie et les faussaires des *Actes* nous y ont déjà menés. Mais au milieu des remaniements que le texte a subis Asson se trouve maintenant rejeté dans l'intérieur de la Crète. Cela n'embarrasse point les exégètes ordinaires du Saint-Siège qui disent : « Il y a bien en Crète une ville d'Asos, mais ce n'est pas un port de mer. D'après l'interprétation commune, le traducteur latin a pris pour un nom propre un mot grec qui est en réalité un adverbe, *asson, plus près*, et il faut traduire : ayant levé l'ancre, ils longèrent la terre, la côte de Crète, de très près. »

(2) C'est probablement, disent les exégètes du Saint-Siège, le Lutro actuel, au sud-ouest de l'île, protégé par les rochers contre les vents du sud-ouest, l'*Africus*, et du nord-ouest, le *Corus*.

au soleil sans aucun souci de la mission que lui a donnée Festus. Néron attendra.

12. Et comme le port n'était pas propre pour hiverner, la plupart émirent l'avis d'en partir, afin, s'il se pouvait, de gagner Phénice, port de Crète, qui regarde l'Africus et le Corus, et d'y passer l'hiver.

13. Un vent doux du midi s'était levé, et eux, pensant qu'ils accompliraient leur dessein, levèrent l'ancre d'Asson et côtoyèrent la Crète.

14. Mais peu après il se leva contre l'île un vent de typhon, qui est appelé euro-aquilon.

15. Et comme le vaisseau était emporté, et ne pouvait résister au vent, nous nous laissâmes flotter avec le vaisseau au gré du vent.

16. Et, poussés au-dessous d'une île qui est appelée Cauda, à peine pûmes-nous être maîtres du vaisseau.

17. Lorsque les matelots l'eurent enfin tiré à nous, *ils lièrent* le vaisseau en se faisant aider, et, craignant de donner sur la Syrte, *ils abaissèrent le mât*, et s'abandonnèrent ainsi à la mer.

Je gage que vous n'y comprenez rien du tout, en quoi vous ressemblez à tous les exégètes qui se sont succédé depuis l'année où le Saint-Esprit ordonna cette étrange manœuvre, et à moi-même avant que je n'eusse mis la clef de l'*Apocalypse* dans la serrure de l'Église. Il est vrai que je vous ai tendu un petit piège, celui de respecter la traduction des exégètes composant la Sacrée Congrégation de l'index que le Saint-Siège se fourre dans l'œil.

Otons cette paille qui devient poutre dans le nôtre, et même mât. Nous ne saurions rien voir de distinct avec un mât dans l'œil au milieu d'une telle tempête.

Pendant que le centurion longe les côtes de Crète, se dirigeant vers l'ouest, dans le dessein manifeste de n'arriver jamais, le typhon s'élève en tourbillon selon sa fâcheuse habitude, et emporte le navire au delà de l'île de Cauda (1) — *in caudâ venenum*. Que se passe-t-il là ? Touche-t-on à l'île ou enfonce-t-on ? L'auteur n'a indiqué qu'un sens, on enfonce ; mais les traducteurs en ont trouvé deux en dehors du vrai et on en pourrait trouver davantage par les moyens qu'ils ont employés. Le mystère s'épaissit par l'adoption d'une manœuvre que n'avait jamais préconisée aucun navigateur avant ce jour-là et qui ne s'est jamais renouvelée depuis : avec des cordages on ceint le vaisseau par-dessous. « C'est, disent les exégètes officiels, pour consolider les flancs du vaisseau. C'est, disent les officieux, pour l'empêcher de donner sur des bancs de sable ». Après quoi on l'abandonne à la mer démontée !

En supposant qu'il ait été possible de les passer par-dessous le vaisseau, ces cordages n'auraient pu l'empêcher ni de donner sur les bancs de sable, ni de s'entr'ouvrir en donnant sur un écueil. D'autre part, s'il s'agissait d'un renflouement, ce n'est pas après avoir remis le navire à flot, c'est avant, et pour le tirer de l'enlisement, qu'il aurait fallu l'entourer de cordages ; mais on se serait bien gardé de reprendre la mer, on serait resté dans l'île au moins jusqu'à la fin de la tempête. Il faut donc qu'il y ait autre chose dans cette bizarre manœuvre, car, le troisième jour venu, pour rendre le navire de plus en plus insauvable, voilà les passagers qui de leurs propres mains jettent à l'eau

(1) Gaudo ou Gozo, au sud de la Crète.

les agrès, de telle manière qu'ils ne puissent plus ni
résister au courant qui les emportera vers les Syrtes,
si le vent se met à souffler du nord, ni se diriger vers
l'ouest, si le temps redevient favorable.

Les apologistes, les protestants surtout, ont senti le
besoin de donner un sens vraisemblable à cette succession de gages de perdition.

Ils n'ont pu y parvenir qu'au détriment des termes
employés par l'allégoriste. Quelques-uns mettent à
côté du navire une chaloupe qu'on a de la peine à ma-
nœuvrer et qu'on laisse ensuite à bord (1); après quoi
on abaisse soit le grand mât, soit les voiles pour offrir
moins de prise au vent. Car les uns lisent voiles où les
autres lisent mât.

Mais nous avons plus loin la preuve qu'on n'a pas
touché aux mâts, et bientôt nous verrons qu'on se sert
de l'artimon. La confiance des jehouddolâtres est ailleurs.

Après avoir mis le vaisseau sous cordages par-dessous, on a fait une manœuvre dont la signification a
échappé, on l'a mis sous cordages par-dessus, *submisso
vase*, dit le texte latin, d'après le grec. Libre aux apologistes de traduire *vas* par *mât* ou par *voile* — pourquoi pas par *lorgnette?* — il s'agit bien du *vase*,
vaisseau (2), le contenant dont Paul et les prisonniers sont le contenu sauveur. Il est clair qu'à côté de
l'équipe païenne qui s'épuise en efforts inutiles et
désespérés, l'équipe chrétienne est là qui fonctionne

(1) Louis Segond, *La Sainte Bible*, Paris, 1898, in-12.
(2) On disait vaisseaux d'or, d'argent ou de cuivre pour désigner ce
qu'on entend encore aujourd'hui par vaisselle. Le radical est *vas*.

sous l'inspiration de Paul. C'est elle qui vient par cette manœuvre significative de mettre le vaisseau sous une main invisible, mais puissante. La manœuvre décrite s'est donc composée de deux mouvements, le premier qui consiste à ceindre le vaisseau (*vas*) par-dessous, le second à le ceindre par-dessus, *submittere vasem*, jusqu'à ce qu'il offre une *anse* de salut (1). Après quoi

CROIX ANSÉES DU TEMPLE DE JÉRUSALEM

ils l'ont laissé aller à la grâce de Dieu, et encore plus de son prophète Bar-Jehoudda qui lui devient chaque jour de plus en plus apparenté, en attendant qu'il lui devienne consubstantiel au point de s'établir dans le ciel à sa place. Ote-toi de là que nous nous y mettions, moi et toute ma famille !

En passant les cordages par-dessous et par-dessus les christiens se sont eux-mêmes passés dans l'anse de la croix. Quant à la croix, elle est dans les quatre points cardinaux dont l'image est à bord sous la forme

(1) On rencontre souvent le mot dans notre vieux français, particulièrement celui de la Renaissance.

de quatre ancres qui feront leur apparition au moment opportun. C'est la croix d'Egypte, et voilà pourquoi le navire vient d'Alexandrie : « J'ai ramené mon fils d'Égypte, » dit Dieu dans l'Évangile selon Mathieu. La croix était le signe de Sérapis, le signe du Fils de l'homme, et l'image que nous reproduisons d'après Vigouroux, *La Bible et les découvertes modernes,* donne une idée très exacte de la croix ansée. Elle provient d'un motif gravé sur le Temple de Jérusalem. J'ai dit qu'avant de la porter sur le dos pour aller au Guol-Golta, Bar-Jehoudda la portait sur le bras, tatouée et très certainement ansée (1). Ainsi la portaient les Égyptiens et même les initiés — comme Apulée — qui n'étaient ni Égyptiens ni christiens. Ainsi la portaient les prisonniers du *Gogotha.* En ansant le vaisseau ils lui donnent leur signe. Paul, qui de son côté est lié par Jacques, s'amuse en dedans, mais le sourire que lui arrache la candeur des exégètes futurs se perd dans sa barbe. Quant au très excellent Théophile, il continue, tel Bobêche, à faire semblant de ne rien comprendre.

Imposture n° 127.

TOUT A LA MER!

18. Et comme nous étions fortement battus de la tempête, le jour suivant ils jetèrent les marchandises à la mer;

19. Le troisième jour, ils jetèrent aussi, de leurs propres mains, les agrès du vaisseau.

20. Or, le soleil ni aucun autre astre n'ayant paru pendant plusieurs jours, et une violente tempête sévissant, nous avions perdu tout espoir de salut.

(1) Cf. le *Charpentier,* p. 318.

La confiance des christiens repose tout entière dans le signe ansé que font les cordages passés par-dessous et par-dessus, puisque le troisième jour, contre la raison et sans nécessité, ils jettent à la mer, avec le gréement, tous les moyens de direction et de sauvetage dont ils disposent. Jamais des matelots païens n'auraient fait cela, mais pour des christiens hier millénaristes, aujourd'hui jehouddolâtres, le troisième jour est bien près du quatrième, jour auquel le Seigneur Soleil s'est montré à la terre dans la Genèse, et jour auquel ressuscitent tous les personnages de la littérature apostolique, à commencer par Jonas, leur prototype, pour finir par Éléazar et Bar-Jehoudda dans les *Évangiles* après l'intermède de Jehoudda et de Zadoc dans l'*Apocalypse*.

Imposture n° 128.

LE SORT DU GOGOTHA PRÉDIT PAR PAUL

On n'a pas mangé depuis deux cent soixante-seize jours (1), mais comme le vaisseau est plein de blé avec lequel on peut faire du pain, puisqu'il y en aura pour tous le quatorze nisan suivant, c'est qu'apparemment il faut qu'il en soit ainsi dans quelque intention secrète. Paul se moque du très excellent Théophile lorsqu'il dit aux passagers qu'on n'aurait souffert ni de la faim ni de la tempête, si au lieu de s'aventurer en mer on était resté à Bonport d'Eucharie, comme il le conseillait plus ou moins clairement. Il y a beaucoup plus de pain sur le *Gogotha* à l'époque où l'on est qu'à Eucharie lors des

_____
(1) Nous justifierons de ce chiffre dans un instant.

Expiations ou Tabernacles. Le très excellent Théophile
le sait bien, lui qui vend de ce pain-là !

21. Et comme depuis longtemps on n'avait pas mangé,
Paul, se tenant au milieu d'eux, dit : « Hommes, vous auriez
dû, m'écoutant, ne point quitter la Crète, et vous épargner
ainsi ce péril et cette perte.

22. Cependant je vous exhorte à prendre courage, parce
qu'aucune de vos âmes ne périra ; il n'y aura que le vaisseau.

23. Car un ange du Dieu à qui je suis et que je sers s'est
présenté à moi cette nuit,

24. Disant : « Paul, ne crains point ; il faut que tu com-
paraisses devant César ; et voilà que Dieu t'a donné tous
ceux qui naviguent avec toi. »

25. C'est pourquoi, hommes, ayez bon courage ; car j'ai
foi en Dieu, qu'il en sera comme il m'a été dit.

26. Mais il faut que nous soyons jetés contre une certaine
île. »

Sans être dans l'Arche d'alliance proprement dite, —
depuis Myre nous savons qu'il n'en est rien, — Paul et
les prisonniers ont par leur naissance et par leur foi
assez de salut en eux pour en étendre le bénéfice aux
gogoym moyennant l'absorption du pain que recèle le
Gogotha. Il suffit qu'il y ait à bord un jehouddolâtre et
de ce pain-là pour que tous les autres passagers, Aristarque et ses compagnons qui sont de Macédoine ou
d'Asie, Julius et ses soldats qui sont romains, échap-
pent à la mort ; si Bar-Jehoudda use envers eux de son
pouvoir de lier et de délier. Or le prisonnier en chef est
dans la ceinture de Jacques, frère de ce grand Joannès
qui liait et déliait par le baptême ; il enzône tous ceux
qui sont avec lui. Tant que Julius s'en est rapporté aux

matelots égyptiens, donc barbares et hors de l'alliance, il a été en péril ainsi que toute sa cargaison de chair païenne ; mais du moment que sa cause est aux mains d'un jehouddolâtre, et qu'il le laisse commander, tout lui vient à bien sans qu'il s'en doute. « Il apprit bientôt, dit un jésuite (1), que les connaissances qui viennent du ciel ont bien une autre certitude que celles que nous tirons de nos raisonnements et de nos expériences. » En effet, l'Envoyé du Dieu à qui est Paul — c'est de Bar-Jehoudda que veut parler l'allégoriste — lui a révélé que le *Gogotha* seul périrait et que tous ceux qui étaient dedans s'en échapperaient sains et saufs pour aborder à une certaine île sur laquelle il ne se prononce pas clairement, abandonnant au très excellent Théophile le soin de deviner qu'il s'agit de l' « Ile fortunée », l'Ile des bienheureux . « Paul avait plus fait en priant que tous les autres en travaillant, dit notre jésuite ordinaire, comme les mains de Moïse levées au ciel (2) contribuèrent plus à la victoire que les mains armées qui portaient les coups. »

On connaît le respect dont nous entourons l'*Apocalypse* du Juif consubstantiel au Père. Cependant nous sommes bien obligés de dire que la Révélation qu'il fait ici à Paul sur le sort du *Gogotha* est l'opposé complet de l'originale. Le *Gogotha* va sombrer au jubilé prochain. Or non seulement l'Arche ne sombrait pas au jubilé millénaire de 789, mais tous les christiens juifs montaient dedans pour l'éternelle navigation de plai-

(1) Le père de Ligny toujours ! Il est inépuisable.
(2) Voilà où se trompe cet honnête jésuite, peu ferré sur les Ecritures de Dieu. C'est pour avoir étendu les bras en croix que Moïse a été victorieux.

sance que Dieu leur réservait sur les eaux douces. Des eaux salées il n'était plus question, la mer disparaissait (1). C'est en cela qu'est tout le sel de la traversée du *Gogotha* : malgré les Expiations de Paul cette arche est condamnée par Dieu à deux cent soixante-seize jours d'eaux amères, — le mystificateur dira le vrai mot dans une minute, — de mer « hadriatique. »

Imposture n° 129.

LA DATE ANNIVERSAIRE DE LA CRUCIFIXION

27. Or, quand la quatorzième nuit fut venue, nous naviguant dans l'Adriatique, vers le milieu de la nuit, les matelots crurent entrevoir quelque terre.

28. Jetant aussitôt la sonde, ils trouvèrent vingt brasses; et s'éloignant un peu au delà, ils trouvèrent quinze brasses.

Arrêtons-nous, le très excellent Théophile doit avoir une raison pour se tordre comme il le fait, car le très excellent Théophile se tord. Osons davantage, puisqu'il s'agit d'un vaisseau pour rire, il se gondole! Voilà nos gens dans l'Adriatique à présent! Et pourtant, le lendemain matin, ils vont aborder à Malte! Qu'est-ce que cela signifie? Demandez au Bobéchos grec, compère habituel du Galimafras araméen. Il vous répondra que la dispersion définitive des christiens ayant eu lieu sous Hadrien, ils voyagent en ce moment sur les eaux amères de l'Hadriatique. Je vous ai déjà dit que jamais l'Église n'avait été plus gaie qu'au temps du très excellent Théophile, et, bien que je ne sois pas juif, devant la

(1) Cf. le *Roi des Juifs*, t. II du *Mensonge chrétien*, p. 77.

multiplicité de ces exemples vous finirez bien par me croire et par entrer dans la joyeuse ceinture du frère Jacques! Gogoym, pleurez dans vos verres sur les malheurs de Jérusalem et sur la passion de Bar-Jehoudda! Mais nous autres, gentilshommes de la primitive Église, *gaudeamus igitur juvenes dum sumus*... A ta santé, très excellent Théophile!

On comprend d'ailleurs qu'ils jubilent, voyez leurs chiffres. La *quatorzième* nuit, croyant entrevoir quelque terre, les matelots jettent la sonde, trouvent ici *vingt* brasses, et un peu plus loin *quinze*. Additionnez, je vous prie, vous obtenez *quarante-neuf*, nombre composé de sept sabbats d'années dont la dernière doit être doublée pour compléter le chiffre cinquante et répondre à la division que les Juifs appelaient un Jubilé. Donc avant de monter sur le *Gogotha*, les prisonniers de l'Esprit, et Paul depuis qu'il est dans la ceinture du frère Jacques, ont traversé les sept sabbats d'années que le roi-christ a parcourus depuis sa naissance jusqu'à sa mort et dont chacun répond, comme vous savez, aux sept signes de son *Apocalypse*, comme les anges (messagers) de ces signes, les sept fils de Jehoudda, répondent aux sept Boanerguès (1) qui annoncent la venue du Fils de l'homme et aux sept démons de Maria la Magdaléenne. Ces sept sabbats d'années sont les suivants (2) :

Premier (739). . . . . Le Lion.
Deuxième. . . . . . . La Vierge.
Troisième. . . . . . . Le Sagittaire.

(1) Fils du tonnerre.
(2) Cf. le *Roi des Juifs*, p. 49 et suiv.

Quatrième	*Le Scorpion.*
Cinquième	*Le Capricorne.*
Sixième.	*Le Verseau.*
Septième (789)	*Les Poissons.*

Le *Gogotha* s'est mis en route dans une année pro-tojubilaire comme était l'année 788, à la fin de laquelle Bar-Jehoudda fut crucifié. Il n'est donc pas très éton-nant que Paul ait annoncé la déplorable façon dont fini-rait le corps de ce navire, puisque la date du 14 nisan à venir est celle de l'arrestation et de la mise en croix du Juif consubstantiel au Père.

Rappelez-vous que l'*Apocalypse* de Bar-Jehoudda, en prophétie Joannès et en Evangile Jésus, promettait la terre aux Juifs au bout de quarante-neuf ans, comptés du jour de sa naissance en 739 et naturellement divisés en sept années sabbatiques. Rappelez-vous également que dans son système, le Cycle en cours de son vivant était celui du *Verseau* qui cédait la place, le 15 nisan 789, à celui des *Poissons* pendant lequel Bar-Jehoudda de-vait régner mille ans avec tous les Juifs qui consenti-raient à le suivre. Rappelez-vous encore que, condamné par la justice de son pays pour crimes publics et cru-cifié par Pilatus, le Baptiseur ou Pêcheur d'hommes n'a pu aborder l'Eden des eaux douces dans la barque que lui avait construite son père, le Charpentier, et qu'enfin au bout du *Verseau*, ce fut la culbute dans les *Poissons* du Guol-golta. Voilà pourquoi, du haut du ciel où il est assis à la droite du Père, non sans avoir préalablement rejoint Jonas dans son *Poisson*, — desi-nit in piscem, — il a pu révéler à Paul que le *Gogotha* serait versé dans l'eau amère de l'Hadriatique avant la fin du 14, la veille d'une cinquantième année ou année jubilaire (1).

Si les matelots ont attendu la nuit pour faire leurs sondages et leurs calculs, c'est qu'ils avaient de la lumière à bord en la personne de Paul. Ils ont déjà l'anse, il leur manque la croix, mais ils ont à bord les moyens d'en faire une, en attendant celle qui ne se forme pas avant le 15, sous l'*Agneau*, et que le roi-christ a passée sur la sienne.

Imposture n° 130.

LA CROIX RENVERSÉE

29. Alors craignant de heurter contre quelque écueil, jetant de la poupe quatre ancres, ils souhaitaient vivement qu'il fît jour.

30. Les matelots, cherchant à fuir du vaisseau, après avoir mis l'esquif en mer, sous prétexte de commencer à jeter des ancres du côté de la proue,

31. Paul dit au centurion et aux soldats : « Si ces hommes ne restent pas dans le vaisseau, vous-mêmes ne pouvez vous sauver ! »

32. Alors les soldats coupèrent les cordages de l'esquif et le laissèrent aller.

Voilà encore une série de manœuvres que vous ne comprendrez pas, si vous vous en rapportez aux exégètes, au lieu de vous placer de vous-mêmes, comme tout homme inspiré de Dieu doit le faire, dans la ceinture enchantée du frère Jacques.

(1) Les lecteurs du *Mensonge chrétien* n'ont pas besoin de cette preuve nouvelle pour savoir que Bar-Jehoudda fut mis en croix le 14 nisan 788, veille de la pâque jubilaire 789, et qu'il avait cinquante ans.

Qu'ont fait ici les matelots non enzônés ? La chose du monde la plus naturelle quand il s'agit d'un vaisseau où il n'y a pas de Juifs. Obéissant à l'habitude ils sont allés à l'avant pour jeter leurs ancres, peut-être même ont-ils ri de voir les jehouddolâtres se placer à l'arrière pour jeter les leurs. Mais cet arrière, dans la situation du *Gogotha*, c'est l'Orient, d'où part l'Arche solaire pour faire son trajet annuel, et c'est de là seulement, du berceau de Bar-Jehoudda, que les disciples de l'*Agneau* pourront lancer les quatre ancres de salut qui, placées au quatre points cardinaux, feront croix autour du navire. Ils jetteront donc une ancre à la poupe, une ancre à bâbord, une ancre à la proue, une ancre à tribord : manœuvre absurde en apparence et impossible en fait, car, malgré tout l'éclat que les derniers ministères ont donné à la marine française, je défie M. Alfred Picard lui-même, monté sur un vaisseau capable de contenir deux cent soixante-seize passagers, de lancer de l'arrière quatre ancres dont la seconde à bâbord, la troisième à tribord et la dernière à l'avant. Les matelots de Julius ont cru à la supériorité de leur point cardinal quand ils ont mis à l'eau la barque de sauvetage et qu'ils sont allés jeter leurs ancres à la proue, comme le veut l'art de la navigation. Mais ils sont de ces antichristiens dont les pères ont jadis crucifié le Sauveur des Juifs ; or, en telle occurrence, jeter l'ancre à l'Occident dont ils sont originaires et où ils retournent, c'est proprement se vouer à la mort éternelle dont le mot *occidere* est l'expression dans leur langage barbare.

Par rapport au retour annuel de l'Arche à l'*Agnus*, le *Gogotha* s'est trouvé forcé de faire sa traversée dans la direction inverse ; il aboutit à *Virgo*, point de départ de l'*Apocalypse* et signe de l'annonciation à la mère de Bar-Jehoudda. Une journée sépare les christiens de la Pâque jubilaire, et les voilà au point cardinal opposé à celui de la *pesach* sur la sphère ! Le *Gogotha* marche à rebours, il est complètement retourné, c'est la proue qui devrait être à la poupe et la poupe à la proue. La veille du jour où l'Arche revient dans l'hémisphère boréal, il est au point où elle entre dans l'hémisphère austral. Dieu lui-même se trompe d'équinoxe, c'est le comble du désordre cosmogonique, c'est le tohu-va-bohu ! Depuis 739 la fortune d'Israël a reculé au lieu d'avancer ; le Libérateur promis par Mosché-ar-Zib et Joseph le Zibdéos a passé sur la croix la Pâque qui devait être celle de la domination universelle !

Cependant Julius, plus attentif que les matelots, n'a pas été trop étonné lorsqu'il a vu quatre prisonniers christiens, le premier semblable à un *Lion*, le second à un *Veau*, le troisième à un *Homme*, le quatrième à un *Aigle* (1), possédant chacun six ailes, en tout vingt-quatre, pleins d'yeux au-dedans et au dehors, criant : « Saint, Saint, Saint est le Seigneur Dieu, le Tout-Puissant qui était, qui est et qui doit venir, » ayant la mine fort basse toutefois, les ailes fort déplumées, et procédant avec plus de méthode que d'enthousiasme à la crucifixion du *Gogotha* par les quatre ancres jetées de l'arrière aux quatre points cardinaux. Il en conclut que cette figure est le gage du salut, le support indispensable de l'anse, sinon pour le vaisseau qui est sacrifié, d'après ce qu'a dit Paul, du moins pour tous ceux qui sont à bord.

---

(1) *Apocalypse*, IV, 7. Cf. le *Roi des Juifs*, p. 3.

De plus il a très bien vu qu'en quittant un vaisseau qui touche au trois cent soixantième degré du Zodiaque, un vaisseau ansé, crucifié et dans lequel il y a Paul avec la ceinture du frère du Juif consubstantiel au Père, s'ils l'avaient délesté avant terme d'un poids qui répond à un nombre de degrés équivalent, les matelots auraient fait basculer le navire et empêché le salut de tous les autres passagers. Il ne faut donc pas qu'ils s'évadent du *Gogotha*, il faut qu'ils renoncent à placer leurs ancres au mauvais endroit qu'ils prennent pour le bon, les sots ! et qu'ils rentrent au plus vite pour compléter le chargement chronométrique dont ils sont les facteurs inconscients. Qu'ils soient là où sont les enzônés, sinon aucun d'eux ne pourra être sauvé ! Sous cette menace ils rentrent dans le *Gogotha*, et certains désormais de leur propre salut, ils coupent les cordages de la barque et la laissent aller au hasard du flot. Ils ont donc parfaitement compris que cette petite barque hadriatique ne peut servir à rien en cette circonstance, elle est sans anse et sans croix, elle déshonorerait la grande en y restant, ils la naufragent presque.

Imposture n° 131.

CÈNE NOCTURNE DU 14 NISAN

Reste la mort par inanition, elle vient, car il y a trois cent cinquante-neuf jours que personne n'a mangé de ce qui fait vivre. A la vérité, ce ne sont pas les occasions de se nourrir qui leur ont manqué, puisqu'ils sont descendus à terre depuis le départ de Myre, ni les provisions, puisque le navire est chargé de blé. La loi sabbatique sous laquelle ils sont, étant donné qu'il y a des jehouddolâtres à bord, ne les en empêche pas non plus, puisque le blé n'est pas de l'année. « Vous direz : « Que mangerons-nous la septième année, puisque nous ne sèmerons point et ne ferons point nos récoltes? Je vous accorderai ma bénédiction la sixième année, et elle donnera des produits pour trois ans (la sixième, la septième et la huitième). Vous sèmerez la huitième année et vous mangerez de l'ancienne récolte, (celle de la sixième). » Les jehouddolâtres auraient donc eu parfaitement le droit de manger le blé qui était dans le *Gogotha*, puisqu'il était de la sixième année, mais sur un navire où il y a Paul on ne mange pas de pain fait avec ce blé-là. Il nourrirait peut-être, mais il ne sauverait pas. Paul tenait en réserve pour le 14 une nourriture qui les rassasierait en les sauvant.

33. Et comme le jour commençait à se faire, Paul les exhorta tous à prendre de la nourriture, disant : « C'est aujourd'hui le quatorzième jour que vous passez à jeun dans l'attente, ne prenant rien.

34. C'est pourquoi je vous exhorte, pour votre salut, à prendre de la nourriture; car pas un cheveu de la tête d'aucun de vous ne périra. »

35. Et, quand il eut dit ces choses, prenant du pain il rendit grâces à Dieu en présence de tous; et l'ayant rompu, il se mit à manger.

36. Alors tous les autres, ayant repris courage, mangèrent aussi.

37. Or nous étions dans le vaisseau deux cent soixante-seize personnes en tout.

38. Et quand ils furent rassasiés, ils allégèrent le vaisseau en jetant le blé dans la mer.

(1) *Lévitique*, xxv, 20-22.

Comme à Troas Paul a le salut en poche. Il prend du pain, le rompt, en mange, tous l'imitent, et quoi qu'ils soient deux cent soixante-seize, ils se sentent *ipso facto* rassasiés au point de jeter tout leur blé dans la mer. En effet ils ont la vie en eux, puisque dans la théorie acceptée avec reconnaissance par le très excellent Théophile, ce pain est le corps du Juif consubstantiel au Père. Le faussaire des *Actes* se moque effrontément de nous selon son habitude lorsqu'il nous dit qu'ils jettent le blé à la mer pour alléger le vaisseau. Le *Gogotha* ne fait pas eau, il n'enfonce pas comme devant Caude, il n'y a pas lieu de jeter du lest, et le blé est le dernier lest auquel songeraient des gens encore affamés quelques minutes auparavant. Si c'est pour alléger le *Gogotha* qu'on jette un tel lest à la mer, il aurait fallu laisser aller les matelots qui en pleine nuit sont sortis du *Gogotha* sous le prétexte de jeter les ancres à l'avant; on se serait même battu pour les suivre. La vérité est que toute nourriture terrestre leur est devenue inutile, ils sont au-dessus de ces tristes contingences, ils ont leur part de consubstantialité avec le Père de Bar-Jehoudda, ce Juif comme on n'en avait jamais vu, comme on n'en a plus revu, comme il n'y en jamais eu, et qui sous le nom de Jésus est présenté aux gogoym comme s'étant sacrifié pour eux.

Le lest est la raison qu'on donne aux goym pour jeter le blé à la mer. Mais il y en a une autre, la vraie, et qui regarde uniquement les jehouddolâtres. Le blé vient de Judée, c'est ce blé sabbatique que Jehoudda en 761, Bar-Jehoudda en 788, Shehimon et Jacob en 802 ont défendu contre les Quirinius, les Pilatus et les Tibère Alexandre, c'est le blé de Dieu qui sous aucun prétexte

ne doit servir à la nourriture soit des Romains, soit
même des Juifs adultères envers la Loi. Les jehouddolâtres qui sont sur le *Gogotha* connaissent les ordonnances de leurs Rabbis. A la honte d'avoir mangé
spirituellement avec des Romains — à Dieu de par-
donner ! — ils n'ajouteront pas celle de partager
ostensiblement, sabbatiquement, protojubilairement le
blé juif avec eux. Ils le jettent la mer; s'il y a du vin et
de l'huile à bord (1), ils les jettent de même. Sur ce
point les sept fils de Jehoudda ont satisfaction. (Là,
êtes-vous contents ?) Puissent-ils ne pas se venger sur
leurs disciples que Paul entraîne dans cette succession
d'apostasies ! Mais la mystification des gogoym est
tellement complète que Paul a l'indulgence de la maison
de David. Soustraire le blé temporel à l'appétit des
païens trois cent cinquante-huit jours par an, ne leur
donner de pain qu'au spirituel le trois cent cinquante-
neuvième jour et moyennant collecte, c'est une combinaison qui a son prix en échange de la vengeance qui
n'est pas venue !

De même qu'à Troas, la Cène est un repas de nuit,
et ce qui est fantastique, ce qui passe l'imagination,
c'est que le faussaire y a laissé la date du 14 nisan donnée par le *Quatrième Évangile* pour le Banquet de la
rémission accordée au crucifié de 788 par le Verbe de
Dieu ! C'est une nouvelle preuve, après tant d'autres, que
Bar-Jehoudda n'a pu, comme Jésus le fait dans les trois
Évangiles Synoptisés, célébrer la pâque du 15 et insti-
tuer l'Eucharistie. Dix-sept cents ans ont passé sur
ce texte sans que personne n'ait vu cela, ni ici ni dans

(1) Cf. le *Roi des Juifs*, p. 8.

le *Quatrième Evangile*, le plus formel de tous sur ce point particulier. Les *Voyages de Saülas*, auxquels cette partie des *Actes* est empruntée, ont donc été fabriqués dans la secte des christiens qui, l'agneau du 15 nisan étant devenu impossible faute de Temple, célébraient à sa véritable date, le 14, veille de la pâque, la commémoration du supplice de leur roi-prophète. Et en même temps nous avons la vraie signification de ce repas où ils nourrissaient, sous les espèces du pain partagé, l'espoir de revoir un jour le Rabbi revenant pour leur donner la terre qu'il leur avait promise. Nous avons également un renseignement fort curieux, c'est ce jeûne de quatorze jours consécutifs par lequel ils se préparaient à cette commémoration, sept jours pour la malédiction et sept jours pour le retour de la bénédiction. Durée qui semble intolérable à nos estomacs modernes, mais que les écrivains profanes constatent, les uns chez les montanistes (1), les autres chez les jehouddolâtres orthodoxes comme les Naziréens, les Ebionites et les Ischaïtes.

Cette traversée du *Gogotha*, la première que la barque de Joseph le Charpentier ait accomplie hors de Judée, c'est la première communion des gogoym. Mais la barque est à jamais souillée par leur présence et par celle de l'hérodien Saül sous le nom de Paul. Lancée en fraude de la Loi, il faut qu'elle périsse comme a péri le blé, car le Charpentier est au ciel depuis le Recensement de 761 et il n'est dupe ni de la conversion de Saül en Paul, ni de la conversion de l'Arche d'alliance

(1) Disciples de Montanus le Phrygien, antichristiens.

en *Gogotha*. L'une est un ignoble mensonge et qui
l'écœure, l'autre est une illégalité flagrante et qui l'indigne. Avoir été Panthora (Toute la loi) et voir cela
d'en haut, c'est à regretter d'être au ciel ! Mais comme
au fond les gogoym sont les seules victimes de cette
basse fumisterie, comme ils demeureront, après comme
avant l'invention du pain eucharistique, la semence de
bétail qu'ils étaient au temps du tribut, comme ils vont
s'avilir eux-mêmes au rôle de contribuables judéolâtres,
il leur laisse manger ce pain miraculeux qui par le
pouvoir qu'il a sur la bourse païenne va remplir le
grenier juif au lieu de le vider ! *Quos vult perdere
Jehoudda dementat.* Ah ! le bon billet qu'ils ont là !
Paul, qui sait tous ses *Évangiles* par cœur, leur affirme que pas un cheveu ne tombera de leur tête. C'est
ce que Bar-Jehoudda disait à ses partisans quelques
jours avant de fuir le champ de bataille et de les abandonner à la cavalerie de Pilatus. Encore un verre, très
excellent Théophile, rien ne donne soif comme de rire !

Imposture n° 132.

LES DEUX CENT SOIXANTE-SEIZE

La capacité du *Gogotha* est limitée à deux cent
soixante-seize personnes, toutes christiennes et jehouddolâtres, sauf le centurion, ses soldats et l'équipe
alexandrine. C'est une Arche anormale, car la véritable
est toujours aménagée pour trois cent soixante places.
Mais comme les *Évangiles* ont paru, et avec eux le
mythe de Jésus, lorsque le *Gogotha* fait sa traversée,
elle ne peut contenir plus de deux cent soixante-seize
personnes, puisque les douze apôtres et les soixante-

douze disciples de Jésus occupent déjà quatre-vingt-quatre places dans l'Arche du ciel (1), la seule bonne, l'Arche que le Joannès a décrite dans son *Apocalypse*. Si le navire de l'année dans laquelle Paul s'embarque pour l'Occident contenait trois cent soixante personnes, il substituerait aux quatre-vingt-quatre Juifs qui sont dans l'Arche céleste, dans la barque de Jésus, quatre-vingt-quatre individus, qui non seulement seraient des bêtes, n'étant point d'Israël, mais qui, aussi criminels que Saül, n'auraient pu monter sur le *Gogotha* qu'à la condition d'avoir l'agrément de celui qu'ils ont crucifié. Or il est bien évident que Bar-Jehoudda ne pardonne à aucun de ceux qui l'ont empêché de régner, puisqu'il commande à ses partisans de les tuer jusque dans le Temple. Saül a sa grâce, puisque Jésus lui a remis l'oreille droite et qu'il se pavane maintenant dans la ceinture du frère Jacques; il vient d'expier en Eucharie par un Yom kippour jehouddolâtrique, et la comédie à laquelle il se prête vaut bien qu'à son tour il dispense sa grâce à autrui.

Mais cette grâce n'a pas d'effet rétroactif, il ne saurait aller jusqu'à remplacer les quatre-vingt-quatre immortels des *Évangiles* par des personnes de son choix, fussent-elles juives de bon aloi et jehouddolâtres. Ce faisant, il entreprendrait contre le droit davidique. Lui-même n'est sauvé définitivement que depuis quelques minutes par le pain eucharistique dont il avait le plus grand besoin, car il est d'Amalech, fils d'Esaü, lequel, ayant vendu son droit d'aînesse à Jacob, est

(1) Répétons que dans Luc. Jésus est accompagné de soixante-douze disciples représentatifs des trente-six Décans soumis aux Douze Apôtres de l'année.

déchu de la promesse faite à celui-ci. Paul n'est entré dans l'héritage que par l'Esprit; mais l'être qu'il fut en serait déchu si par le pain il ne s'assimilait le corps de Bar-Jehoudda ressuscité selon la promesse faite à David. Tous ceux qui sont autour de lui sont hors de cette promesse, les uns, comme Julius et ses gens, par le corps et par l'esprit, les autres, comme les prisonniers christiens, par l'esprit seulement, car ils attendent encore le Royaume de ce monde. Selon l'Apocalypse que le roi-christ leur a faite, ils sont baptisés du baptême de rémission. Les gogoym ne sont point baptisés et même ils ne peuvent l'être, puisqu'il n'y a point à bord d'eau sourdant de la terre. Ils ne peuvent donc être sauvés que par le corps de Bar-Jehoudda sous les espèces du pain rompu et partagé. De plus ils ne peuvent point l'être avant que la révolution de l'année ne ramène le dernier jour du signe des *Poissons* sous lequel Bar-Jehoudda a été mis en croix, c'est-à-dire la veille de l'*Agneau* pascal. Enfin ils ne peuvent pas l'être par le corps de Bar-Jehoudda avant que celui-ci n'en ait fait le sacrifice dans la mystification évangélique, ils ne peuvent pas l'être avant la nuit du 14 nisan. Il faut que le nombre des jours, de l'année sabbatique et protojubilaire où Bar-Jehoudda fut crucifié, (et celle-ci en est le rappel *ad usum gentium*,) soit accompli, car encore une fois c'est la première traversée du *Gogotha*. Il faut aussi que les quatre-vingt-quatre disciples de Jésus ne se trouvent pas déshérités sous le prétexte qu'il plaît à l'Esprit d'étendre la promesse à deux cent soixante-seize personnes, parmi lesquelles il y en a qui étaient encore des bêtes quelques minutes auparavant, l'année finissant le soir du 14. Le cercle

19

des admissions nouvelles se trouve fermé sur le *Gogotha* même par le chiffre 360 qui est celui de l'année christienne. On forme ce chiffre par l'addition de :

    12 apôtres mensuels ;
    72 disciples bi-décanaires ;
    276 passagers du *Gogotha*.
    ─────
    360

Si le *Gogotha* ne renferme pas les trois cent soixante unités de l'année 788, dont quatre-vingt-quatre sont invisibles, mais sous-entendues, les deux cent soixante-seize ne peuvent être sauvés, et c'est ce que leur a fait entendre Paul tout à l'heure, lorsque quelques imprudents ont voulu quitter le vaisseau judaïque pour la petite barque païenne. Les quatre-vingt-quatre sont hors concours. Quant aux deux cent soixante-seize, s'ils avaient été diminués par le départ de quelques-uns, c'en était fait des autres ! Une seule unité de moins et le *Gogotha* restait éternellement à l'ancre sans que personne pût gagner la terre !

En effet le temps se fût arrêté comme il devait le faire le 15 nisan 789, et l'Apocalypse du Joannès se fût réalisée en cela, devant le port, au dam éternel des deux cent soixante-seize. Bar-Jehoudda n'a pu (1) « se sauver lui-même » le 14, mais par son sacrifice il sauve aujourd'hui tout le monde. Il n'a pas été exécuté, il s'est sacrifié, le pauvre cher homme ! Et le résultat de ce sacrifice, c'est que le temps ne finira pas, que le soleil poursuivra sa course, que les hommes continueront à vivre. La garantie, le gage, c'est ce cadavre de Juif !

(1) L'Evangile le lui reproche assez !

N'est-il pas l'Auteur de la vie ? Demandez donc au très-excellent Théophile s'il ne nourrit pas fort proprement son homme !

L'identité de Joannès le Baptiseur avec Joannès l'É-vangéliste (1) se trouve démontrée pour la centième fois dans ce calcul, car, s'ils n'étaient pas identiques, le Baptiseur se trouverait par ce calcul même exclu de l'Arche d'Alliance, puisqu'il est déjà exclu de la liste des douze apôtres par la fable (2). Il est clair qu'on ne lui a pas encore coupé la tête, et pourtant nous avons passé le règne d'Hadrien ! Par le même calcul est démontrée, pour la centième fois également, l'identité prototypique du Joannès avec Jésus, car ils ne peuvent se trouver dans l'Arche que si le Saint-Siège compte deux passagers de moins sur le *Gogotha*, soit deux cent soixante-quatorze. De sorte que, si Joannès le baptiseur et Jésus ne sont pas le même individu que Bar-Jehoudda, ils sont les deux seules personnes de l'Évangile qui ne soient pas dans l'Arche des douze apôtres et des soixante-douze disciples !

Ce n'est pas tout. Si Pierre est pape à Rome au moment où Paul y emmène ses deux cent soixante-quinze compagnons, comme il n'est certainement pas encore dans l'Arche de 815, puisqu'il n'est martyr qu'en 817 ou 819 au compte de sa propre Eglise, il y a trouvé sa place prise par l'un des quatre-vingt-quatre lorsqu'il est monté au ciel. Et comme le premier occupant ne la lui

(1) Seul l'auteur de *l'Apocalypse* mérite ce titre. Il était, disait-il, l'Évangile éternel ! Cf. le *roi des Juifs*, p. 43.
(2) La fable revue et synoptisée par l'Eglise, car dans l'insynoptisable *Quatrième Evangile* il est le prince des Apôtres.

a certainement pas cédée, il est hors du salut. Jacques est également dans la même situation, s'il ne subit le martyre qu'après Pierre, comme le veut le pape Clément (1). Philippe également, chéz qui Paul a couché, montant à Jérusalem sous Félix. Enfin Ménahem qui, s'il n'est pas des douze, fut sous le nom de José Bar-Schabath un des sept démons de Maria, ce qui est un brevet d'Assomption, Ménahem se trouve également hors de l'Arche, et quand il s'y est présenté en 819 il n'y a trouvé aucun des siens, pas même son père Jehoudda et son oncle Zadoc (2), qui pourtant sont au ciel depuis 761 ! Tout cela est affreux à penser, et d'autant plus déplorable que l'arithmétique ferme toute issue aux exégètes. Car enfin, s'il faut ajouter Jehoudda et Zadoc aux quatre-vingt-quatre privilégiés qui sont dans l'Arche, le nombre des passagers du *Gogotha* diminue encore de deux unités. Mais en ce cas, le vaisseau de Paul eût fait la culbute le 11 !

Si la Révélation n'est pas un vain mot, qui, devant le caractère apocalyptique de la traversée du *Gogotha*, osera dire que Shehimon, sous le nom de Pierre, soit jamais venu à Rome avant sa crucifixion, laquelle est passée depuis une douzaine d'années dans la chronologie réelle et depuis plus d'un siècle à l'époque possible de la rédaction des *Actes?* Vous voyez cette traversée mythique, la première et la dernière du *Gogotha*. Aurait-on jamais confié la célébration d'une Cène en mer à Paul, qui corporellement est Saül, si Shehimon, en Evangile Pierre, et frère cadet du crucifié, avait abordé en

(1) Présenté dans les fraudes ecclésiastiques comme étant le successeur de Pierre à Rome.
(2) En effet, ils sont hors de l'Arche dans le calcul.

terre italienne avant 802, date de sa crucifixion ? Ce n'est pas Paul qui monterait le *Gogotha*, c'est Pierre. Mieux que cela, jamais on n'aurait converti Saül, si Shehimon était allé à Rome avant lui !

Tels sont les jeux d'esprit auxquels Dieu se plaît lorsqu'il tient la plume, car leur incomparable éclat montre assez que toutes ces Ecritures sont de lui. Je ne conteste pas ce principe, il est évident ; mais je veux relever une différence entre le salut octroyé par Pierre à Cornélius et celui que Paul octroie sur le *Gogotha*. Chez Cornélius Pierre sauve le bétail païen par le seul baptême. Cela se conçoit ; étant de David, il a le pouvoir de lier et de délier, c'est-à-dire de remettre ou de retenir les péchés. Sa chair vaut celle de son frère le christ. Mais Paul a beau avoir sur son corps hérodien la ceinture qui a touché celui de Jacques, il est lié, donc il ne peut délier par le baptême davidique. Et d'ailleurs le baptême n'est plus indispensable dans le nouvel Évangile embarqué sur le *Gogotha*. Ce qu'apporte à l'Occident le *Gogotha*, c'est l'abdication momentanée du Roi dont le Royaume était de ce monde, c'est sa renonciation apparente à la judéocratie universelle : dès lors ce n'est plus dans son baptême qu'est la vie éternelle, c'est dans son sacrifice. La seule chose que le Saint-Esprit oublie de dire, c'est que cette abdication est forcée, et que ce sacrifice, loin d'être volontaire, fut le juste châtiment d'un imposteur condamné pour ses crimes. Cela, c'est le secret professionnel du très excellent Théophile. C'est comme s'il livrait aux gogoym la lettre du coffre-fort où est l'argent de la collecte !

Imposture n° 133.

LA TERRE HADRIATIQUE

Ainsi nourris du pain de vie, et d'ailleurs parvenus au terme assigné par l'Esprit pour la rupture du *Gogotha* jadis construit par le Charpentier dans un tout autre but, ils portent leurs regards à l'horizon. Le jour est venu, leur permettant d'apercevoir une terre que, ne connaissant pas, ils ne peuvent pas reconnaître. Mais le revenant de Saül la reconnaît bien, lui! Elle avait été promise aux christiens de sa génération par le Joannès. C'est l'Occident que devait purifier le feu céleste et où l'on devait arriver à pied sec sous les *Anes*, en conquérants, en maîtres, après les sabbats d'années sabbatiques dont les quatorze jours et les trente-cinq brasses de tout à l'heure sont l'expression chiffrée d'après l'*Apocalypse* et comptée depuis la naissance du christ. Mais de même que la barque du jésus s'est rompue avant de toucher au port, de même fera le *Gogotha*, condamné, lui aussi, mais pour d'autres causes.

39. Lorsque le jour fut venu, ils ne reconnaissaient point la terre : mais ils apercevaient un golfe qui avait un rivage, sur lequel ils songeaient à échouer le vaisseau s'ils le pouvaient.

La barque du Charpentier ne devait ni naviguer sur cette mer, ni aborder à cette terre. La mer disparaissait dès le 15 nisan 789 devant le roi-christ (1), et les Juifs massés derrière lui arrivaient à pied sec, vainqueurs, maîtres de l'Occident comme du reste. Ils y arrivent

---

(1) *Apocalypse*. Cf. le *Roi des Juifs*, p. 77.

maintenant sur le navire de la dispersion, battus, chassés de Judée ou prisonniers, destinés à l'esclavage. Voilà pourquoi ils ne reconnaissent pas la terre — hadriatique, hélas ! — où ils abordent. Elle ne les reconnaît pas non plus dans cette troupe famélique, en haillons et les fers aux pieds. Ce n'est pas cela qui avait été prédit, mais la croisade juive, triomphante avant-garde des Barbares (1). Après cette conversion de gloire en abaissement et de richesse en misère, on prend ses mesures pour aborder vaille que vaille.

40. Ainsi, après avoir levé les ancres, et en même temps lâché les attaches des gouvernails, ils s'abandonnèrent à la mer ; et ayant dressé l'artimon selon le vent qui soufflait, ils tiraient vers le rivage.

On dresse le mât d'arrière afin que la voile recueille le dernier souffle du vent de Judée, et on tire vers le Royaume de la Bête hadriatique.

Imposture n° 134.

LE SACRIFICE DU GOGOTHA

41. Mais ayant rencontré une langue de terre baignée par deux mers de deux côtés, ils échouèrent le vaisseau ; et la proue, s'étant enfoncée, demeurait immobile, mais la poupe se disjoignait par la violence des vagues.

Le *Gogotha* pique sa tête annuelle à l'Occident dans le dernier *Poisson*, en un mot *occidit*, il tombe, du moins en apparence. Mais si, après avoir consulté Jonas qui a fait jadis le même naufrage et piqué la même tête, le même jour, dans le même *Poisson*,

(1) Cf. le *Roi des Juifs*, p. 51.

vous consultez Jésus sur la valeur de cette allégorie, il vous répondra que le seul *signe* qui ait été donné à la génération de Kaiaphas et de Saül, de Tibère et de Pontius Pilatus, c'est la *similitude* du Joannès crucifié le 14 et enlevé de son Guol-golta terrestre après trois jours et trois nuits, tel Jonas de son Guol-golta marin. De tous les signes de gloire annoncés par l'auteur de l'*Apocalypse* (et de la vie !) aucun ne s'étant réalisé, les Évangélistes synoptisés se sont brossé le ventre avec la similitude de Jonas. Toute leur fiction est bâtie sur cette similitude, nous verrons cela ensemble lorsque nous en serons là.

Mais avant d'échouer, qu'a-t-on vu ? Une chose qui ne souilla point l'œil de Jonas et qu'exécrait le Joannès habitué à manier la langue hébraïque dont chaque lettre, depuis l'aleph jusqu'au thav, est l'œuvre personnelle du Père céleste. Cette chose immonde, (comment dire cela sans désigner l'Italie ?) c'est une « langue de terre entre deux mers. » Il faudra supporter cette dernière épreuve, s'en accommoder même, puisqu'on n'est pas libre ! Que faire de cette langue qui s'avance, aiguë, tranchante comme un glaive, entre la mer où le corps du *Gogotha* doit périr et celle où l'Esprit va lancer un vaisseau neuf selon la méthode indiquée dans les *Évangiles ?* Cette langue, c'est d'un côté celle du Verbe juif qui va mourir dans sa forme araméenne et millénariste, de l'autre, celle de la Bête latine qui va pouvoir causer avec Iahvé par l'intermédiaire de Bar-Jehoudda. Enfin !

Le Verbe juif ne parlera plus, il a dit dans l'*Apocalypse* tout ce qu'il avait à dire. Quant au *Gogotha* lui-même, à la fin de la journée il ne restera plus rien de ce corps impur à cause de son bois qui est d'Égypte, maudit à cause des païens qu'il y a dedans, lesquels n'ont été rachetés de la mort que le dernier jour de la traversée, par l'ingestion du Juif consubstantiel au Père et panifié.

Le 15 nisan, à six heures du soir, première heure de la journée au compte juif, le *Gogotha* était au fond de la mer hadriatique.

Imposture n° 135.

EXPLOITATION DES GOYM PAR LE MONOPOLE JUIF

42. Alors le dessein des soldats fut de tuer les prisonniers, de peur que quelqu'un d'eux ne s'enfuît en nageant.

43. Mais le centurion, voulant sauver Paul, les en empêcha et ordonna à ceux qui savaient nager de se jeter à la mer les premiers, et de se sauver en gagnant la terre.

44. Pour les autres, on les fit passer sur des planches, et quelques-uns sur des débris du vaisseau. Et ainsi il arriva que tous gagnèrent la terre.

Ah! misérable humanité d'Occident! Pourquoi faut-il qu'un tableau si touchant ait été gâté par le trait de noirceur des Romains? Pourquoi faut-il qu'un fatal préjugé ait failli compromettre le salut du monde par le Juif-dieu? Au milieu d'un naufrage qui les atteint eux-mêmes, vous les avez vus s'attaquer à l'unique gage de bonheur qui leur ait été donné par le ciel; et sans la ceinture du frère Jacques qui les enzônait malgré eux, peut-être leur rage eût-elle anéanti les derniers débris du peuple sauveur! Et cela, quelques instants après avoir absorbé le corps du Juif consubstantiel au Père!

Quels monstres d'ingratitude! N'est-ce point avoir la vocation de l'athéisme que d'oser de tels excès? Que serait-il arrivé si l'ombre d'un prince hérodien sanglé dans la ceinture d'un prince davidique ne s'était trouvée là pour souffler l'Esprit-Saint à Julius? On se le demande avec effroi.

Le seul pêcheur d'hommes qu'il y eût à bord, c'était Paul, et, renouvelant contre lui le déicide qu'ils avaient consommé contre Bar-Jehoudda, ils allaient tuer ce sauveur! Mais auraient-ils été pêchables, auraient-ils su nager dans cette eau furieuse s'ils n'avaient eu en eux la bouée du froment juif? Le salut vient des Juifs, les planches sont là qui le prouvent! Le *Gogotha* perdu, il reste ces planches, les *Lettres de Paul*, le large espoir et la vaste pensée des collectes, car, nous en avons les preuves ici, Paul a l'argent en poche. Réjouis-toi, très excellent Théophile, Paul arrive!

Mais aurais-tu beaucoup regretté les prisonniers juifs? Pas beaucoup peut-être. Et ici pourtant ils sont tout. Crois bien que Saül ne serait pas arrivé au bout de la traversée si les prisonniers de la Bête n'avaient vu la ceinture de Jacob senior, frère de Shehimon dit Pierre et de Bar-Jehoudda dit Joannès et Jésus, sur le ventre de Paul. A son tour que fait Paul? Ce que leur avaient promis Bar-Jehoudda, Shehimon et Jacob en 788: il les délivre! Il les délivre selon la loi de l'*Apocalypse*, puisque l'allégorie veut que la traversée du *Gogotha* soit proto-jubilaire. Ce qu'ils attendent de lui, en le voyant dans cette ceinture, c'est cela même, c'est cette libération. Libération qui ne peut être définitive comme devait l'être celle du Grand Jubilé des *Poissons*, mais ils se contenteront d'un jubilé ordi-

naire. Paul ne peut pas faire plus pour eux, il n'est pas
de David. Le centurion et ses soldats, s'inclinant devant le Juif-dieu auquel ils doivent le salut, les lais-
seront libres, ne songeant même pas à les rattraper.
C'est la Loi. Julius n'a pas attendu qu'Hadrien disper-
sât les Juifs pour lire l'*Apocalypse*, et il sait tout ce
qu'il y a sur Bar-Jehoudda dans les *Assomptions* de ce
temps-là. C'est comme compère qu'il est sur le *Gogotha*, comme « ceinturion » et non comme ennemi.

Ce n'est pas à l'Occident que Bar-Jehoudda devait
délivrer les Juifs, c'est en Judée même; il ne devait plus
y avoir de Juifs à l'étranger lors du grand Jubilé de 789,
tous devaient avoir rallié Jérusalem pour y être baptisés
de l'eau des sources puis du feu céleste (1). Rien de cela
n'est arrivé, mais la prophétie n'est pas morte avec le
prophète au Guol-golta. Prisonnier de son esprit, Paul
l'apporte en Occident.

Les gogoym ne s'en doutent pas, mais le très excellent Théophile le sait: « Tu compteras sept sabbats
d'années, sept fois sept années, et les jours de ces sept
sabbats d'années feront quarante-neuf ans... Et vous
sanctifierez la cinquantième année. Vous publierez la liberté dans le pays pour tous ses habitants; ce sera pour
vous le jubilé (2). » Or au moment où les prisonniers
touchent la terre, le 15 nisan est venu, le jubilé commence, et, allégoriquement élargis, ils répandront le
Verbe juif. On oublie de dire qu'avant de devenir Jésus
dans la fable, ce Verbe s'était incarné dans Bar-
Jehoudda, crucifié la veille du jour archi-jubilaire où il
devait rendre la liberté aux Juifs et les lâcher sur l'Oc-

(1) Cf. le *Roi des Juifs*, p. 62.
(2) *Lévitique*, xxv, 8 et 10.

cident dévasté. On se borne à faire lire aux gogoym la première partie du programme et à les y intéresser, mais sans rien leur donner que le vent des allégories, car c'est là le charme, et j'entends d'ici le très excellent Théophile, il se tord : sous le masque de l'agneau, voilà le loup juif qui entre dans la bergerie païenne !

Pourquoi sous Claude Aquila dans Corinthe apprend-t-il à Paul le métier de tisserand? Pourquoi, transformé en artisan par l'Esprit, le prince hérodien Saûl occupe-t-il les loisirs que lui laisse la persécution à fabriquer des tentes? (1) Parce qu'est tombée la tente qui contient toutes les tentes, la tente de David qui devait couvrir le monde. C'est pour la refaire que Paul travaille de ses propres mains — allusion aux *Lettres* — dans Corinthe et dans Éphèse ; c'est pour la planter jusque sur les terres de la Bête qu'enzôné par Jacques il est monté sur le *Golgotha*.

III

ACTES DES APOTRES, CHAPITRE XXVIII

Imposture n° 136.

LE PREMIER PAS CHEZ LES BARBARES

Il se trouve que l'île où ils abordent, au lieu d'être celle des bienheureux, éternellement occupée par le peuple élu, est celle de Malte, habitée, comme on sait,

---

(1) Sur ces tentes voir la Transfiguration dans l'*Evangile* et les discours de Pierre dans les *Actes*. C'est par application de ces allégories que Paul apprend à fabriquer des tentes à Corinthe chez Aquila. Cf. le *Saint-Esprit*, t. IV du *Mensonge chrétien*, p. 257.

par les Barbares d'Occident. Aussi la première langue
dont Paul fait l'épreuve est celle d'une vipère, organe
des calomniateurs de Jehoudda et de sa secte. Paul a
hérité de Bar-Jehoudda le pouvoir de marcher sur les
serpents et de braver leurs morsures. S'attaquer à un
Juif passe encore ! mais à un jehouddolâtre et qui vient
de s'incorporer la vie éternelle dans le pain ! cette idée
ne peut venir qu'à une vipère que sa séparation d'avec
le continent éloigne en même temps du monde savant !
Devinant qu'ils avaient affaire à un christien du temps
de Félix et de Florus, les Barbares, plus instruits qu'on
ne pourrait croire, pensaient, vu l'histoire du sicariat, que c'était un de ces assassins comme en ont connus Ananias, Zaphira, Jehoudda Is-Kérioth, Jonathas,
Hanan, fils de Hanan, Ananias, fils de Kaïaphas, et
tant d'autres victimes de cette secte abominable. Ces
Barbares ne sont pas « les restes des paysans africains
qui étaient restés dans l'île depuis que les Romains s'en
étaient rendus maîtres et qui, ne parlant ni grec ni
latin, se voyaient appeler Barbares par les Grecs (1) » ;
c'est au contraire leur connaissance des annales écrites
dans ces deux langues qui entretient chez eux un préjugé malsain contre les ministres du Verbe juif si
avantageusement connus des soldats de Métilius.

Après nous être ainsi sauvés, nous apprîmes que l'île s'appelait Malte. Et les barbares nous montrèrent beaucoup
d'humanité.

2. Car ayant allumé du feu, à cause de la pluie tombante
et du froid, ils nous ranimaient.

3. Alors Paul, ayant rassemblé une certaine quantité de

(1) Edition du Saint-Siège.

sarments, et les ayant mis au feu, une vipère que la chaleur en fit sortir s'élança sur sa main.

4. Dès que les Barbares virent cette bête qui pendait à sa main, ils se dirent l'un à l'autre : « Assurément, cet homme est un meurtrier, puisque, après avoir échappé à la mer, le Destin vengeur (1) ne permet pas qu'il vive. »

5. Et lui, secouant la bête dans le feu, n'en souffrit aucun mal.

6. Mais eux croyaient qu'il allait enfler, tomber soudainement et mourir. Et après avoir attendu longtemps, voyant qu'il ne lui arrivait aucun mal, ils changèrent de sentiments, et dirent que c'était un dieu.

C'est manifestement de Malte que l'auteur des *Voyages de Saülas* a voulu parler. Comme Saül n'a nullement suivi ce trajet pour aller à Rome et qu'il semble bien être remonté de Corinthe en Illyrie, de nombreux exégètes ont pensé qu'il ne fallait pas lire Malte, mais Melète, qui est une île du golfe de Venise (2). Il y a sur le nom de l'île à laquelle on aborde un jeu de mots à la portée de toutes les personnes versées dans le dogme millénariste : *Malte* est là pour *Mélète*, la terre de miel promise aux élus par l'auteur de l'*Apocalypse* (3).

(1) *Dikè*, la vengeance, dit le texte. Mais c'est mieux que cela, c'est la vengeance apostée par les dieux.
(2) Et célèbre par ses petits chiens.
(3) « Quel est, dit Origène (*Peri arkou*), l'homme assez grossier pour penser que Dieu, comme un jardinier, ait planté un jardin, qu'il y ait placé réellement un Arbre de vie et qu'on pouvait en manger le fruit avec les dents, et qu'on acquérait la connaissance du Bien et du Mal en mangeant le fruit d'un autre Arbre ; que Dieu se soit promené dans ce Jardin et qu'Adam se soit caché de lui entre ces arbres ? » L'homme assez grossier pour penser cela, c'est le Juif qui a été déclaré consubstantiel au Père. « On ne peut douter, ajoute Origène que toutes ces choses doivent être prises figurément et non à la lettre. » Sans doute, mais il s'est trouvé une famille pour décider le

« Il y a encore des serpents dans l'île de Malte, dit notre jésuite ordinaire (1), mais ils n'ont point de venin : on voit les enfants les manier et les mettre dans leur sein, sans qu'il leur en arrive aucun mal. Si on croit que saint Paul n'a point abordé à l'île de Malte, on pourra croire aussi que l'exemption de venin est une propriété naturelle aux serpents de cette île; mais si saint Paul y a été, le miracle est incontestable, car puisque l'on s'attendait à le voir tomber mort lorsqu'il eut été mordu par la vipère, il s'ensuit qu'avant son arrivée les serpents y étaient venimeux! » Parfaitement, et c'est bien ce que l'auteur des *Actes* a voulu dire. En jetant la vipère dans le feu, Paul a tari le venin de la calomnie dont les Barbares poursuivaient le christ et les christiens. A partir de ce moment, baptisée dans le feu qui était l'Esprit-Saint au temps de Bar-Jehoudda, la vipère est convertie : Saül jusqu'à son dernier jour avait été cette vipère hérodienne; mais converti en Paul par l'Esprit, — Bar-Jehoudda et ses frères n'ayant pu lui appliquer la question du feu, malgré leurs préférences pour ce moyen révélé, — le corps de Saül avait depuis longtemps perdu son venin; la dent de Saül était

---

contraire, et c'est le fils aîné de Jehoudda qui a codifié ces absurdités dans l'*Apocalypse*. Cette interprétation littérale, cet ébionisme, c'est la base même du dogme christien. Et Celse le platonicien en ayant fait la juste critique dans son livre *De la vérité sur les christiens*, l'Eglise lui répond dans l'*Anticelse* par cet audacieux mensonge : « C'est mal à propos qu'il reproche ce dogme aux christiens; il n'aurait pas dû dissimuler que cette histoire s'entend allégoriquement ni soustraire à ses lecteurs les paroles qui leur auraient rappelé qu'elle a un sens figuré. » On voit par là que Celse connaissait parfaitement l'identité du Joannès et de Jésus et qu'il la fondait sur *la prophétie* où le retour du Jardin et de l'Arbre de vie est la récompense des Juifs fidèles à la Loi.

(1) Le Père de Ligny.

d'une vipère, la main de Paul, celle qui a signé les *Lettres*, est d'un dieu !

7. En ces lieux-là se trouvaient des terres appartenant au premier de l'île, nommé Publius, lequel nous recevant, se montra, durant trois jours, très bon envers nous.

8. Or il se rencontra que le père de Publius était au lit, tourmenté de la fièvre et de la dysenterie. Paul alla le voir, et ayant prié, et lui ayant imposé les mains, il le guérit.

9. Cela fait, tous ceux qui, dans l'île, avaient des maladies, venaient, et étaient guéris ;

10. Ils nous rendirent aussi beaucoup d'honneurs, et, quand nous nous mîmes en mer, ils nous pourvurent de toutes les choses qui nous étaient nécessaires.

Partout on rend hommage à la bonté naturelle, à l'hospitalité confiante de ceux que les Juifs appelaient les Barbares. Rien ne prouve mieux cette supériorité de sentiments que la facilité avec laquelle ces Barbares furent dupes de la mystification criminelle ourdie par les jehouddolâtres. Mieux vaut mille fois la bonté bafouée que la duplicité triomphante. Il faut se demander aussi comment auraient été reçus par les chrétiens des imposteurs maltais débarquant en Judée et faisant appel à l'hospitalité de Bar-Jehoudda et de ses acolytes.

PAUL MARTYR ET PIERRE PAPE

I

Imposture n° 137.

DE MALTE A ROME AVEC SÉJOUR A POUZZOLES

Un seul homme a jusqu'ici l'apparence d'un prisonnier, c'est le centurion qui conduit Paul à Rome, car il lui a laissé prendre des libertés qu'à grand'peine se fût-il accordées à lui-même, comme de relâcher à Sidon, au milieu de ses partisans (quels?); de tenir la route la plus extraordinaire qu'on ait jamais vue dans cette traversée; de conseiller les manœuvres les plus contraires à la navigation; de séjourner trois mois à Malte dans des conditions qui sont d'un étranger curieux des beautés de l'île; le tout sans aucun souci de la consigne, ni même du but du voyage qui était de mener Paul à Néron.

Si Tacite et Suétone n'avaient pas pris le soin de nous représenter Néron sous les couleurs d'un tyran, on

20

pourrait conclure des *Actes* que jamais homme plus doux ne régna sur les autres hommes. Jamais touriste embarqué ne fut traité plus confortablement en mer que Paul par l'agence Julius and C°. Julius se conduit même avec une partialité marquée en faveur de Paul. Quand le bateau souffre une avarie, et le voyage, un retard, Julius ne songe qu'à tirer Paul des mauvais pas, il tient à ce que Paul arrive intact.

Après un séjour de trois mois à Malte, — il était en route depuis un siècle, — Paul et les jehouddolâtres montent sur un vaisseau d'Alexandrie, le troisième depuis le départ de Césarée, et qui a hiverné dans l'île. Il a pour enseigne *Castor et Pollux* dont les images vénérées des navigateurs étaient en peinture ou en relief à la proue. Ces deux divinités sont fidèles à leur renommée, et la navigation est agréable, ce qui nous porte à croire que la dévotion des païens n'était pas déplacée. Autant elle avait été mauvaise sous l'invocation de Bar-Jehoudda et sous le signe de la croix, autant elle devient bonne, quand on se règle sur l'étoile du soir et sur l'étoile du matin.

11. Au bout de trois mois, nous nous embarquâmes sur un vaisseau d'Alexandrie, qui avait hiverné dans l'île, et qui avait pour enseigne les *Castors*.

12. Et étant arrivés à Syracuse, nous y demeurâmes trois jours.

13. De là, faisant le tour de la côte, nous vînmes à Rhégium ; et un jour après, un vent ayant soufflé du midi, nous vînmes à Pouzzoles,

14. Où nous trouvâmes de nos frères, qui nous prièrent de demeurer avec eux sept jours; et après nous partîmes pour Rome.

15. Ce qu'ayant appris, nos frères de Rome vinrent au-devant de nous jusqu'au forum d'Appius et aux trois Tavernes. Lorsque Paul les eut vus, rendant grâces à Dieu, il fut rempli de confiance.

Il n'est point impossible que Saül soit venu à Pouzzoles avant de se retirer en Espagne et même qu'il se soit embarqué là, au milieu de ses cousins et de ses cousines. La colonie juive était importante. Le commerce de l'argent florissait en ce grand port de Campanie, le Naples d'alors (1). L'argent qu'Alexandre Lysimachos, le riche alabarque d'Alexandrie, prêta au prince Agrippa, lorsque celui-ci alla prendre possession des états de Philippe le tétrarque, fut compté partie à Pouzzoles, où Lysimachos avait sans doute un correspondant, partie en Égypte, sous l'œil de Philon (2).

On allait à Rome par la voie Appienne, encombrée

(1) Donnons la note de l'édition du Saint-Siège sur Pouzzoles. « Le port d'Ostie ne pouvant recevoir que des barques, celui de Pouzzoles était le dernier où l'on abordât avant l'embouchure du Tibre. C'est vers ce port, parfaitement sûr, que cinglaient les nombreux vaisseaux qui venaient d'Alexandrie ; et c'est là que débarquaient les Juifs et les Syriens qui se rendaient à Rome. Saint Paul y arriva deux jours après son départ de Reggio. Les frères qui l'accueillirent avec une charité si empressée, et qui le retinrent toute la semaine avec Saint Luc et Aristarque, étaient certainement des chrétiens, aussi bien que ceux qui vinrent à sa rencontre jusqu'au marché d'Appius, à neuf lieues de Rome, et aux Trois Loges, à quatre lieues : Pouzzoles est à peu de distance de Pompéi. On a trouvé récemment dans les ruines de cette dernière ville, ensevelie dix-huit ans plus tard, en 79, sous les laves du Vésuve, une synagogue, et dans une inscription gravée au trait sur le stuc d'une muraille, une trace certaine de l'existence du christianisme à cette époque : *Audi christianos, sævos olores.* »

J'ignore si l'authenticité de cette inscription a été constatée, surtout avec une pareille orthographe. (Il faut lire *odi*, j'exècre les christiens. *Sævos olores* vise à la fois leur odeur et leur cruauté.) En tout cas elle répond bien aux sentiments universellement professés envers le christ et les frères.

(2) Alexandre Lysimachos est le père de Tibère Alexandre qui fit crucifier Shehimon et Jacob.

d'hommes, de bêtes, de mules et de chars. A Capoue ce long convoi montant et descendant s'augmentait de celui de Brindes (1), et c'était alors une inexprimable cohue. Passé le pont de Campanie, on prenait son chemin par Sinuesse, Fundi, Anxur, Feronia, et bientôt les grenouilles coassaient l'approche des Marais Pontins, sur lesquels on s'embarquait avec les bagages. On passait sur de grands bateaux où les commissaires empilaient jusqu'à trois cents personnes, et on débarquait au Forum d'Appius. C'est là que se réglait le passage au milieu des loueurs de mules, des bateliers quémandeurs et des cabaretiers fripons. On y couchait, plutôt pour obéir à l'usage que pour dormir. Aux grenouilles se joignaient les moustiques, et, brochant sur le tout, le chant nocturne des ivrognes qui célébraient à gorge déployée les grâces exubérantes de leurs belles. Du Forum d'Appius à Aricie et d'Aricie à Rome il n'y avait qu'une journée : les délicats comme Horace en mettaient deux pour donner moins de prise à la courbature, car la voie était fort pénible.

Les frères — le scribe entend par là les jehouddolâtres — viennent à la rencontre de Paul, les uns jusqu'au forum d'Appius, à quarante-trois milles de Rome, les autres jusqu'aux Trois-Tavernes, ainsi appelées des hôtelleries installées à la sortie des Marais Pontins. Ils n'avaient point à aller au-devant de lui, ils étaient sur son chemin, le long de cette voie Appienne où ils avaient leur catacombe.

(1) Moins considérable toutefois que celui de Pouzzoles. Celui qui venait de Brindes ne rencontrait de voie commode qu'à Bénévent, après un long détour par Rubi, Bari et Egnatie. C'est Trajan qui prolongea la voie Appienne de Bénévent à Brindes.

A leur vue il rend grâce à Dieu et prend courage : un courage dont il n'a guère besoin, car jamais prisonnier ne fut conduit à Néron dans des conditions de liberté pareilles. Le « ceinturion » Julius, qui est la meilleure pâte de ceinturion qu'oncques ne vîmes, renoncerait au service militaire plutôt que de conduire Paul au préfet du prétoire.

Quant aux jehouddolâtres, savez-vous pourquoi ils vont au devant de Paul avec cette célérité ? C'est pour le supplier de ne pas dire quel fut Saül en Judée, en Grèce et en Asie. Eux aussi sont des agents du Saint-Esprit.

Les historiens de toute école s'accordent à dire que Paul est arrivé à Rome vers le milieu de mars 814, dans la septième année du règne de Néron, Cœsenius Pœtus et Petronius Turpilianus étant consuls.

Nous avons montré que Saül n'était guère arrivé à Rome qu'au commencement de 820, et qu'existât-il, Paul n'aurait pu y arriver en mars, puisqu'il a célébré la pâque le 14 avril à bord du *Gogotha*. Mais il est intéressant de dire que la situation légale des Juifs de Rome ne s'était pas modifiée sous Néron. Ils y vivaient nombreux et tranquilles, leurs rangs ne s'étant éclaircis que par l'expulsion des christiens sous Claude.

Déjà nombreux au temps de Cicéron, Auguste leur avait permis d'occuper une partie de la ville, au delà du Tibre, près de ses jardins. Ils jouissaient d'une liberté complète dont Philon nous trace le tableau. La plupart des prisonniers de guerre, amenés en Italie, étaient devenus citoyens romains par suite d'affranchissement ; les maîtres leur avaient rendu la liberté sans les forcer de renoncer à aucun des usages de leur pays. L'Empereur savait qu'ils avaient des proseuques où ils se réunissaient, surtout les saints jours du sabbat, et faisaient publiquement profession de la religion de leurs pères ; il savait qu'ils recueillaient des prémices et envoyaient des sommes d'argent à Jérusalem par des députés qui les offraient pour des sacrifices. Cependant il ne les inquiéta pas, il ne les dépouilla pas des droits du citoyen ; il voulut que leurs institutions fussent maintenues aussi bien à Rome qu'en Judée, il ne fit aucune innovation contre les proseuques, il n'empêcha pas les assemblées où s'enseignait la Loi, il ne s'opposa pas à ce qu'on recueillît les prémices. Il les ménagea dans Rome comme il les ménageait à Jérusalem. A Rome, chaque fois que le peuple reçut des distributions mensuelles d'argent et de blé, il voulut qu'on n'oubliât pas les Juifs ; si cette largesse tombait un jour de sabbat, jour où ils ne peuvent ni donner, ni recevoir, ni faire quoi que ce soit qui concerne la vie, rien surtout en vue du gain, les distributeurs avaient l'ordre de remettre, pour les Juifs, le don public au lendemain.

C'était, comparée à celle d'Alexandrie, — un Etat dans l'Etat, deux cantons sur cinq, — une assez pauvre communauté que celle de Rome. Mais elles ne différaient que par là. Le mépris énorme que traduit Philon pour les alexandrins avec leur religion animale et potagère, les Juifs de Rome l'avaient au dedans d'eux-mêmes pour les romains avec leurs dieux de marbre et d'or. Ils se taisaient, courbaient le dos dans une misère humble et tassée, mais leurs haillons couvraient les mêmes haines.

Tibère n'avait pris contre les christiens que des précautions de police, aucune mesure de persécution contre les autres. En supposant que Claude eût chassé tous les Juifs de la ville, ils y étaient tous revenus, et d'ailleurs ils n'avaient pas marché plus loin qu'Ostie où ils étaient encore mieux à leur affaire. Par là ils allaient et venaient de Rome à Césarée, apportant les marchandises, remportant l'argent et les nouvelles.

Ostie, c'était le port ouvert à tous les cultes comme à toutes les marchandises de l'Orient. On y débarquait, on y emmagasinait le blé d'Égypte et celui d'Afrique sans lesquels les Empereurs n'auraient pu ni commander à l'armée ni gouverner le peuple. On y adorait les dieux de tous les pays sans lesquels Rome serait morte de faim : Osiris, Isis, Cybèle, plus tard Mithra. Le Sénat montrait pour eux une tolérance à laquelle se mêlait la reconnaissance du ventre satisfait. Lorsque la question du pain, pressante sous tous les régimes, eut déterminé Claude à agrandir le vieux port, à le protéger par des digues, à l'annoncer par un phare, Ostie devint une prodigieuse Canebière où tous les types d'hommes se heurtaient, où toutes les langues se croisaient. Les Juifs y avaient des comptoirs et une communauté dont, à vrai dire, on ne connaît pas l'importance ; mais on a retrouvé, dans la plaine nue où la ville s'est ensablée, des inscriptions grecques avec le chandelier à sept branches et la mention d'un chef de communauté qui se donne le nom de père des Hébreux (1) : Kenchrées était peu de chose en comparaison d'Ostie ; Pouzzoles, qui desservait la Campanie, fut touchée.

(1) Boissier, *Promenades archéologiques*, Paris 1880, in-12. Toutefois, n'ayant déclaré la guerre au genre humain dans aucune *Apocalypse*, ce père des Hébreux n'a pas été promu consubstantiel à leur Père.

Imposture n° 138.

PAUL CHEZ LE SOLDAT

16. Quand nous fûmes arrivés à Rome, on permit à Paul de demeurer seul avec le soldat qui le gardait.

« Ce bon traitement pouvait avoir deux causes, dit notre jésuite ordinaire (1) : l'une est la lettre de Festus qui dans le compte qu'il rendait de ce prisonnier, déclarait sans doute qu'il ne l'avait trouvé coupable d'aucun crime ; l'autre doit être le rapport du centurion Julius, devenu son admirateur et apparemment son néophyte, qui en aura parlé selon la haute idée qu'il en avait conçue. Ainsi s'accomplissait le dessein de Dieu qui voulait que Paul captif et enchaîné eût cependant assez de liberté pour pouvoir travailler, comme il fit, à la propagation de la foi. »

Le soldat se trouve associé de très près à l'apostolat, car c'était, dit le Saint-Siège, un soldat prétorien auquel saint Paul, d'après la coutume romaine, était attaché par une chaîne au bras. Cette chaîne occuperait le numéro cinq dans l'ordre de celles que Paul a portées. On ne s'est jamais demandé pourquoi on ne revoyait jamais Julius, pourquoi il ne rendait compte à personne de sa mission et de ses retards, pourquoi Paul envoyé à Rome par le procurateur de Judée pour soutenir son appel devant Néron, descend chez un simple soldat qui oublie complètement de le conduire au tribunal de l'Empereur. Lui-même oublie complètement que, pour pouvoir comparaître devant Néron, il a fait

(1) Le Père de Ligny, *Histoire des Actes des Apôtres.*

appel d'un jugement qui n'a jamais été rendu, et son premier acte, c'est de mander les principaux d'entre les Juifs. Ils accourent avec un empressement d'autant plus extraordinaire que la curiosité n'y est pour rien, car aucun d'eux n'a entendu parler de Paul et de ses affaires. Il faut en conclure qu'ils n'avaient pas encore reçu la *Lettre aux Romains*.

17. Après le troisième jour (1) il fit appeler les premiers d'entre les Juifs. Et lorsqu'ils se furent assemblés, il leur disait : « Hommes, mes frères, n'ayant rien fait contre le Temple (2) ni contre les coutumes de nos pères (3), j'ai été chargé de liens à Jérusalem (4), et livré aux mains des Romains,

18. Lesquels, après m'avoir interrogé, ont voulu me renvoyer, parce qu'il n'y avait aucune cause de mort en moi (5).

19. Mais les Juifs s'y opposant (6), « j'ai été forcé d'en appeler à César, (7) non que j'aie quelque sujet d'accuser ma nation (8).

20. Voilà donc pourquoi j'ai demandé à vous voir et à vous parler. Car c'est à cause de l'*Espérance d'Israël* (9) que j'ai été lié de cette chaîne (10). »

(1) Il tient à être en état de ressusciter, le cas échéant.
(2) Au contraire, Saül l'a protégé contre le christ et ses frères.
(3) Eh bien, et la *Lettre aux Galates* où les Juifs de la Loi sont sous sa malédiction?
(4) Non, de deux chaînes, portées à quatre quand il comparait devant Agrippa.
(5) Ni même d'emprisonnement, Lysias est formel.
(6) Nullement
(7) Pas du tout, ils veulent qu'on l'amène à Jérusalem pour le juger, et c'est lui qui refuse, il lui faut Néron.
(8) Comment! Et la lettre où il dit que la colère s'est enfin appesantie sur les Juifs et que c'est un châtiment mérité?
(9) L'Espérance d'Israël, c'est le Fils de l'homme qui doit armer le fils de David pour la délivrance des Juifs et pour la destruction de l'Occident, selon la formule de l'*Apocalypse*.
(10) Ce n'est pas la chaîne du soldat. C'est sa chaîne à lui, celle qu'il apporte de Césarée.

21. Ils lui répondirent : « Nous n'avons point reçu de lettre de Judée à ton sujet, et aucun frère n'est venu, qui nous ait parlé, ou nous ait dit aucun mal de toi.

22. Mais nous serions bien aises d'apprendre de toi-même ce que tu penses; car ce que nous savons de *cette secte*, c'est que partout on la combat. »

Nous serions heureux, nous aussi, d'avoir la réponse de Paul, mais le Saint-Esprit ne lui en suggère aucune; et sur la secte de l'Espérance d'Israël nous devons nous contenter des renseignements fournis par les Juifs de Rome : elle a récolté ce qu'elle a semé, la haine universelle.

Imposture n° 139.

PAUL A L'HOTELLERIE

Si Paul répondait à l'invitation, ce serait la première fois, et le Saint-Esprit en prendrait ombrage. Il réfléchit. D'autre part le logis du soldat lui paraissant un cadre trop étroit pour réunir les soixante mille Juifs de Rome, il se transporte dans une hôtellerie qui dispose de pièces de réception plus vastes. Le Saint-Siège pense que par hôtellerie il faut simplement entendre le logement où il recevait: « peut-être, disent les exégètes, celui d'Aquila et de Priscilla. » Nous avons trop souvent taxé le Saint-Siège d'incompétence en matière d'installation pour nous ranger à cette exégèse. D'autre part, nous n'admettons guère qu'Aquila et sa femme, expulsés de Rome sous Claude, y soient revenus sous Néron, à moins que ce ne soit pour y mettre le feu. C'eût été livrer le troupeau d'Ephèse à toutes les horreurs de l'anarchie et à toutes les turpitudes du nicolaïsme, car sans eux où eût été le berger? Nous préférons croire qu'on a fait de vigoureuses coupures dans la partie des *Actes* où Paul établissait son innocence devant Néron et le laissait dans cet état de demi-conversion que nous avons déjà remarqué chez Agrippa. La présence de Paul dans une hôtellerie s'explique par un changement de tableau qui se faisait à vue et auquel nous n'assistons plus.

C'est là que les Juifs viennent trouver Paul pour avoir enfin le mot de la bouteille à l'encre.

23. Lorsqu'ils lui eurent marqué un jour, ils vinrent en grand nombre le trouver dans l'hôtellerie; et il leur expliquait, et confirmait par des témoignages le Royaume de Dieu, s'efforçant, du matin au soir, de les persuader de ce qui regarde Jésus, par la loi de Moïse et par les Prophètes.

24. Et les uns croyaient ce qu'il disait, et les autres ne le croyaient pas.

25. Et comme ils ne s'accordaient pas entre eux, ils se retiraient, Paul disant ce seul mot : « C'est avec raison que l'Esprit-Saint a parlé à nos pères par la bouche du prophète Isaïe (1);

26. Disant : « Va vers ce peuple, et dis-lui : Vous entendrez de vos oreilles, et vous ne comprendrez point; regardant, vous regarderez, et vous ne verrez point.

27. Car le cœur de ce peuple s'est appesanti, leurs oreilles sont devenues sourdes, et ils ont fermé leurs yeux, de peur qu'ils ne voient de leurs yeux, qu'ils n'entendent de leurs oreilles, qu'ils ne comprennent de leur cœur, qu'ils ne se convertissent et que je ne les guérisse. »

28. Qu'il soit donc connu de vous que ce salut de Dieu a été envoyé aux Gentils, et qu'eux écouteront. »

(1) Plus d'*Apocalypse*, la seule chose qui fût en discussion au temps de Saül.

29. Lorsqu'il leur eut dit ces choses, les Juifs le quittèrent, ayant de grands débats entre eux.

Depuis Néron jusqu'à Hadrien et au-delà, les Juifs de Rome sont restés dans l'absolue ignorance de ce qui concerne Paul. De ceux de Jérusalem ils n'ont reçu ni lettres ni messagers relativement à ses affaires qui sont demeurées le secret de l'Esprit-Saint leur auteur.

Paul aurait pu craindre que, pendant les deux siècles qui se sont écoulés depuis la mort de Saül, quelqu'un ne l'eût devancé à Rome pour le desservir dans l'esprit des jehouddolâtres ; il a la joie de constater qu'il n'en est rien, que nul, pas même de ceux d'Asie qui l'avaient arrêté dans le Temple, n'a parlé ni écrit, que Pierre, pape à Rome depuis une vingtaine d'années n'a rien dit, et que Jacques n'a envoyé personne. Du côté des Romains, rien : Félix, Festus, Lysias et le centurion n'ont pas parlé. Aucune allusion au mouvement qui a été cause de l'expulsion des christiens sous Claude, aux messianiques attroupements qu'il a dispersés, à cet Aquila, à cette Priscilla qui auraient fui ses foudres juqu'à Corinthe.

Le Saint-Esprit a soufflé sur cette ville où personne non plus n'a entendu parler d'un nommé Saül qui, après l'avènement d'un nommé Ménahem, dernier frère d'un nommé Jehoudda, roi-prophète, s'est retiré en Italie et de là en Espagne où il est mort.

Ainsi tombe la toile sans que Paul ait été jugé par personne, selon la parole de l'Évangile : « Ne jugez point et vous ne serez point jugé », et sans que personne ni parmi les Juifs ni parmi les Grecs ni parmi les Romains ait encore rien compris à son affaire, ce qui est le but poursuivi par l'Esprit conformément aux

prédictions d'Isaïe renouvelées par les paraboles. Le
but du Saint-Esprit est atteint : la mystification est
irrémédiable. On a des yeux et on ne voit point, on a
des oreilles et on n'entend point. Telle est l'aboutissement du Verbe, en qui la lumière était depuis le commencement. « Le petit nombre de ceux qui croyaient
pouvaient être ébranlés par l'incrédulité du plus grand
nombre, dit notre jésuite ordinaire. Mais on les forti-
fiait contre cette tentation en leur apprenant que l'incrédulité du plus grand nombre avait été prédite. Il
n'est pas douteux que ce ne soit la raison pour laquelle
cette prophétie d'Isaïe, qui annonçait si clairement
l'incrédulité du plus grand nombre des Juifs, est rapportée six fois dans le Nouveau Testament. » Elle y
est en effet rapportée six fois, mais ce n'est point pour
annoncer l'incrédulité des Juifs, c'est pour célébrer la
crédulité des païens, pris aux pièges que leur tend le
Verbe juif. Ils sont dans un tel état que désormais ils
ne pourront plus même se servir des organes de la vue
et de l'ouïe : l'état rêvé par l'Église!

Imposture n° 140.

PAUL DANS SES MEUBLES

Débarrassé de tout le monde par cette impudente
fumisterie, Paul va pouvoir jouir des agréments de
Rome.

30. Or il demeura deux ans entiers dans un logis qu'il
avait loué ; et il recevait tous ceux qui venaient à lui.

31. Prêchant le Royaume de Dieu, et enseignant ce qui
regarde Jésus-Christ, en toute assurance et sans empêche-
ment.

Voilà enfin une ville libre, et c'est Rome ! Un maître tolérant, et c'est Néron !

Tant qu'il est avec les Juifs et encore plus avec les christiens, injures, rixes, assassinats, parjures, concussions, incendies, émeutes, Paul voit tous ces maux ! Aussitôt au milieu des Romains, paix et liberté même pour le mensonge. Permis à Paul de tromper le peuple et les grands, de troubler la ville par des prophéties absurdes et par des manœuvres criminelles, de conspirer contre les dieux, de miner sourdement tout ce qui fut la civilisation et d'ouvrir les portes aux Barbares. Seul chez son soldat, seul dans son hôtellerie, seul dans sa petite chambre, Paul est plus maître du monde que Néron au milieu de ses gardes. Et c'est l'autorité romaine qui défend en lui la liberté des opinions religieuses, si toutefois c'est une opinion religieuse de soutenir que le monde périra dans le feu à moins qu'il ne mette toute sa foi dans le cadavre d'un juif condamné par ses compatriotes en Cour d'assises, crucifié par les romains, et enterré (civilement !) par sa famille.

II

LA PRIORITÉ APOSTOLIQUE DE PAUL A ROME

Les pauliniens ont abusé de leur création et de leur créature.

Supposons l'existence de Paul et l'authenticité de ses *Lettres*. Hors de Judée, c'est lui qui est tout. La résurrection ne tient que par lui. Si on le continue, c'est lui qui finira par donner son nom au culte en formation : Pierre n'aura vécu que pour s'abîmer dans Paul. L'apôtre par excellence, c'est Paul. Cela ressort de son processus géographique : il est le premier partout.

A considérer les *Actes* et les *Lettres*, parmi les apôtres aucun n'appartient à l'histoire en dehors de Paul. Il n'y a d'action extérieure que par Paul. Point d'autres faits et gestes que ceux de Paul. Paul devance tous les apôtres en Asie et en Grèce. S'il a été prévenu par quelqu'un à Rome, ce n'est par aucun des sept fils de Jehoudda, c'est par ses propres émissaires, par sa propre avant-garde. Shehimon n'est jamais allé plus loin qu'Éphèse et sans la *Lettre aux Galates* nous ne saurions pas qu'il est allé à Antioche. On ne sait ni ce qu'ont fait ni comment ont fini le Joannès-Marcos, son fils, et Barnabas le Chypriote, son neveu. Paul devient le seul apôtre qui ait laissé un enseignement écrit. On tire de sa poche quelque papyrus jauni dont on dit : « Voyez ce que jadis écrivait Paul. » Cette émulation du faux s'étendit à l'histoire, quand il devint nécessaire de prouver certaines choses par des écritures. On ne forgea pas toujours le document entier, quoique l'effort assurément fût plus méritoire aux yeux de Dieu, mais on coupa ceci, on allongea cela, on rentra ce qui saillait, on accentua ce qui trop fuyait. D'un trait de la plume prise à l'aile de l'Esprit-Saint on glissa le benoît petit mot qui tout à coup donne à la phrase un sens inespéré : « Vous voyez, disait-on, le mot y est ».

On renforça surtout l'évangélisation de Rome par Paul, la perte de l'écrin ecclésiastique, celle dont on était à bon droit le plus fier, et on lui fit dater certaines lettres de Rome pour bien montrer que son ardeur apostolique ne s'était point ralentie dans les délices de la Ville Sainte du paganisme.

Paul parle, prêche ouvertement parmi le peuple, près des ponts, sous les portes, nullement recherché, protégé plutôt, citoyen romain dans la plénitude du mot, et libre pour la première fois de sa carrière apostolique.

La majesté de la paix romaine était le fruit de la tolérance romaine. Grâce à elle, le monde antique ignora l'épouvantable fléau des guerres religieuses, il ne sut jamais ce qu'était une hérésie : il fallut forger le mot. Rome ne combattit jamais les dieux étrangers : elle ne voulait pas qu'à leur tour ils luttassent contre elle. Pour elle il n'y eut pas de dieux étrangers, il n'y eut que des dieux annexés ou sur lesquels elle exerça son protectorat. Elle ne détruisit ni les cultes ni les temples, comme si, dans son respect des dieux, elle pensait qu'il n'y en aurait jamais trop. Son histoire tout entière est là qui dépose de cette large compréhension du devoir politique. Entre ses dieux et ceux des autres peuples, point d'autre différence que la puissance : c'est à la victoire, c'est au résultat, qu'on connait les meilleurs, c'est-à-dire, les plus forts. Mais ceux-ci n'abusent point de leur supériorité, et moyennant que le vaincu paie le tribut, ils laissent honorablement vivre ses dieux. C'est par la tactique religieuse que Rome obtint l'empire des peuples.

Non contente de respecter les dieux chez eux, elle les reçut chez elle. Cette ville de tous les plaisirs fut le Conservatoire de tous les cultes. Elle se formalisait de ce que les Juifs la jugeassent indigne d'un sanctuaire juif : elle les eût moins suspectés s'ils lui eussent fait la grâce d'un second Temple.

III

LES LETTRES ROMAINES DE PAUL

Le premier dispositif paulinien faisait la part trop belle à la vérité : de Rome, Paul se retirait en Espagne où il mourait dans des conditions inexploitables. On supprima donc le voyage en Espagne et on fabriqua une notable quantité de lettres dans lesquelles Paul se dépeignait comme retenu à Rome dans les fers néroniens. Ce furent d'abord des généralités timides.

Dans la *Lettre aux Éphésiens* Paul est « prisonnier de Jésus-Christ ou prisonnier dans le Seigneur, » façon de parler qui n'implique pas fatalement les chaînes humaines, si ce n'est la ceinture de Jacques. La mystification apostolique de ce Mastuvu perce surtout dans quatre documents fameux, la *Lettre aux Philippiens*, la *Lettre aux Colossiens*, la *Lettre à Philémon* et la *Seconde à Timothée*, où l'on insistera fort sur ses prisons et ses chaînes avant-coureuses du martyre final.

La *Lettre aux Philippiens* pose le principe : « Par tout le prétoire et ailleurs, *dans toute la Cour de l'Empereur et parmi tous les habitants de Rome*, les chaînes de Paul sont devenues célèbres. » Comment ne le seraient-elles pas devenues, il y a cinq ans que Paul est couvert d'anneaux auxquels les scribes superposent des courroies à chaque incident nouveau. Évidemment l'auteur de la Lettre a travaillé pour la gloire de Paul, mais son intention se retourne contre l'honneur de Pierre. En effet Pierre n'apparaît point parmi ceux qui consolent Paul dans son affliction, et l'on conçoit cette abstention puisque Pierre est mort depuis 802. Mais les doléances de Paul sont conçues dans des termes tels qu'elles font planer les plus abominables soupçons sur le premier pape. On apprend par Paul que des gens profitent de sa captivité pour ajouter à ses chagrins et prêcher le christ dans un esprit de basse jalousie ; ces gens sont manifestement les ouailles de Pierre, qui est pape à Rome depuis 795 (1). Il en est d'autres qui prêchent le christ « par charité, sachant que Paul a été établi pour la défense de l'Évangile. » Mais si Pierre est de ceux-là, que penser de Paul qui, réconforté dans sa prison par le prince des apôtres lui-même, ne trouve pas un mot pour dire aux Philippiens : « Ma consolation dans ma peine, c'est le grand témoin de la résurrection, c'est Pierre dont la belle âme est pleine de la pitié, de la charité universelles? » Il est donc bien clair qu'au moment de la fabrication de la *Lettre aux Philippiens* l'Église ne songeait pas encore à soutenir que Pierre fût venu à Rome pour y être pape. Sinon elle aurait mis les sentiments de Pierre en harmonie avec ceux de Paul qu'il aurait pontificalement consolé dans sa prison. Cependant elle fait ses travaux d'approche en annexant à la jehouddolâtrie un certain Clémens qu'elle présente comme ayant prêché la résurrection avec Paul en Macédoine et qui dans son esprit est le père de Flavius Clémens, cousin de Domitien et puni de mort par cet empereur pour avoir prêté une oreille trop complaisante aux prédictions anti-romaines de l'*Apocalypse*.

Dans la *Lettre aux Colossiens*, Paul fait appel à la

(1) D'après la chronologie arrêtée en dernier lieu par l'Église.

charité de ces citoyens par l'intermédiaire d'Epaphras, bien qu'il ne soit jamais allé chez eux. Aristarque est prisonnier avec Paul en qualité de témoin deutéronomique, on n'avait pas jugé à propos de l'employer dans la *Lettre aux Philippiens*. Timothée dont le personnage s'enfle de plus en plus est près de Paul, et libre visiblement il est engagé pour lui servir d'émissaire en Asie. Marc est là également, libre comme Timothée. Paul recommande aux Colossiens de le recevoir avec chaleur, car Marc est cousin de Barnabé, (mieux que cela, fils de Pierre!) et il importe de voir que si Paul n'a pas eu la visite de Pierre, au moins était-il assez bien avec l'Évangéliste pour l'envoyer en courses. Bien des compliments à Archippus, chez qui se réunit l'église de Colosses. Un second Évangéliste canonique est à Rome auprès de Paul, c'est Luc (1). Outre Luc, il y a Démas et aussi Tychicus, lequel est assez maître de ses mouvements pour aller bientôt vers les Colossiens, auxquels il ramène leur concitoyen Onésime.

Outre les trois lettres que nous avons citées, on lui en prêtera une *A Philémon* le Colossien, qu'on fera également signer par Timothée. Paul est toujours prisonnier et Timothée est près de lui. La lettre est adressée au frère Philémon, à la sœur Apphia, et à Archippus « notre compagnon d'armes chez qui se réunit l'église de Colosses ». Onésime, esclave de Philémon, a naguère quitté son maître et lui a fait tort, mais devenu jehouddolâtre dans la prison, il a servi Paul avec tant de zèle que celui-ci songeait à le garder avec lui. Il le renvoie à Philémon, priant celui-ci de lui par-

(1) *Aux Colossiens*, IV, 14.

donner, offrant même de payer ce que l'esclave pourrait devoir au maître. Il est sûr d'avance de l'indulgence de Philémon. « *Prépare-moi l'hospitalité, car j'espère vous être rendu*, grâce à vos prières. Epaphras, prisonnier avec moi, te salue. De même Marc, Aristarque, Démas et Luc, mes collaborateurs. »

Epaphras qui est libre dans la *Lettre aux Colossiens* est prisonnier dans la *Lettre à Philémon*. Aristarque, prisonnier dans la *Lettre aux Philippiens*, est libre à son tour. Marc n'est pas encore parti pour Colosses. Tout en espérant être bientôt rendu aux Colossiens, Paul avoue dans un document antérieur qu'il n'est jamais allé chez eux, et, dans la *Lettre aux Romains*, qu'il ne se propose aucunement d'y aller, devant passer en Espagne après Rome.

Lorsqu'on décida que Paul, visiblement libre dans sa petite chambre, retournerait en prison pour être enfin immolé, on lui fit écrire de Rome une *Seconde à Timothée*, beaucoup plus accentuée que la *Première* laquelle est fort vague (1). Il fut entendu qu'ayant eu déjà une première défense devant Néron, Paul en aurait eu une seconde, séparée de la première par un intervalle dont on laissait la durée à l'appréciation des connaisseurs.

« Personne ne m'a assisté dans ma *première défense*..., mais le Seigneur m'a fortifié afin que par moi la prédication fut accomplie et que tous les gentils l'en-

(1) Le fabricant de la *Première à Timothée* a su se tenir dans des généralités qui la protègent contre la critique historique, mais celui de la *Seconde* a voulu la relever de détails et de noms utiles à l'imposture spéciale de l'Eglise romaine.

tendissent. » Paul est sublime, mais ses compagnons ont été dégoûtants selon leur habitude.

Timothée provoque de véritables nausées, car dans la *Lettre aux Philippiens* il est auprès de Paul. Or non seulement il n'a pas assisté Paul dans sa *première défense*, mais il s'en est allé à Éphèse pour n'avoir pas à l'assister dans la seconde, qui ne sera pas heureuse puisqu'elle se terminera par son holocauste. « Tout le monde l'a abandonné. » Cette solidarité apostolique, ce dévouement de la primitive Église me plongent dans le ravissement. On se croirait à Jérusalem lorsque Paul apporte la collecte à Jacques !

Tous ces messieurs, Marc, Luc, Timothée, Tychicus, Onésime et Démas, sont au premier rang de ceux qui ont abandonné Paul en sa première défense. Mais il n'importe que leur réputation de fraternité en soit quelque peu ternie; ils sont là non pour partager les fers de Paul, ni pour compatir à ses souffrances, mais pour attester aux gogoym de Macédoine et d'Asie que Paul a été réellement prisonnier pour cause de jehouddolâtrie aiguë. Dès le moment qu'il s'agit d'appeler de l'argent, on est prisonnier. Dès le moment qu'il s'agit d'en aller chercher, on est libre. Est-ce que Jacques et Philippe viennent personnellement en aide à Paul quand il est prisonnier à Césarée? Non. Alors pourquoi Démas, Onésime, Tychicus, Timothée, Luc et Marc lui viendraient-il personnellement en aide quand il est prisonnier à Rome? Aux gogoym d'intervenir.

Cependant Paul n'en veut nullement à Timothée d'avoir regagné son évêché d'Éphèse où l'on est si bien. Jésus pardonne à Judas ! Comment Paul pourrait-il se montrer plus difficile ? Aujourd'hui on cherche à concilier ces contradictions qui seraient affligeantes pour l'honneur de cette troupe fictive si elles n'étaient uniquement dues au manque d'entente préalable entre les faussaires. On en est réduit à supposer que Paul a fait deux voyages à Rome, l'un avant 817, l'autre en 819. Selon Proud'hon, qui sur ce point a vu clair, Timothée n'est jamais allé à Rome, et ce serait parfait si Proud'hon avait vu que, Paul n'existant point, Timothée n'existe pas davantage. Malheureusement il croit à l'existence de ces faux apôtres et il pense que la *Seconde à Timothée* est de 819.

En effet, une première fois, est-il dit dans la lettre, Paul a échappé à la gueule du lion ; mais le voilà de nouveau prisonnier. Dans ses chaînes son imagination se console par de touchants tableaux de l'intérieur de Timothée ; il voit encore, il voit comme au premier jour ces deux touchantes figures, Loïs et Eunice, la grand'mère et la mère de Timothée, toutes deux jehouddolâtres de leur vivant. Mais il ne voit pas, et c'est regrettable, l'instrument dont il s'est servi pour le circoncire sous le prétexte que son père n'était pas juif (1). Ce père ne peut avoir été qu'un être immonde qui tirait tous ses moyens d'existence de son union avec une juive de la Loi. Aussi Paul ne lui envoie-t-il aucun souvenir. On ne communique pas avec l'enfer.

Parmi ceux d'Asie qui l'ont abandonné il y a Phygelle et Hermogène. Honneur, au contraire, à Onésiphore, qui a rendu tant de services à Éphèse ! Étant à Rome, Onésiphore l'a recherché et soulagé dans sa prison : Onésiphore a bien su le trouver, lui ! Hyménée

_____

(1) Cf. le *Saint-Esprit*, p. 204.

(déjà nommé dans la *Première à Timothée*) et Philète se sont dévoyés de la vérité, « proclamant que la résurrection (de Bar-Jehoudda) est déjà advenue (à d'autres). »

Hyménée et Philète étant dans la vérité la plus absolue et la plus évidente, on les déclare plongés dans les ténèbres les plus profondes et on ne doute pas que Timothée ne s'écarte de cette funeste erreur. En effet, que sont Hyménée et Philète ? Des hommes qui, par les Écritures (*Apocalypse* et *Evangiles*), démontrent que la résurrection de Bar-Jehoudda n'est que la sixième, — celles de son père et de son oncle dans l'*Apocalypse*, et celles de son frère, le fils de la veuve (Jacob junior), de la fille de Jaïr, sa belle-sœur, et d'Éléazar, son beau-frère, étant antérieures à la sienne, les unes de vingt-huit ans, les autres de plusieurs mois ou de plusieurs semaines. Ce sont donc des hérétiques. On ne peut les persécuter, parce que l'Église n'en a pas encore les moyens. Au moins peut-on les confondre en comparant leur ignorance et leur mauvaise foi à la conviction désintéressée de Timothée que Paul a vu jadis à l'œuvre dans Iconium, dans Antioche et dans Lystre (1). (Comment ! là seulement ? Et la grande collecte de Macédoine et de Grèce ?) Quant à Paul, il sent que la dernière persécution est venue pour lui : il va servir d'holocauste (2). Il prie Timothée de venir le voir, abandonné qu'il est par Démas, retourné à Thessalonique, Crescens en Galatie et Titus en Dalmatie. Il ne lui

_____

(1) C'est à Lystre que Paul fait la connaissance de Timothée dans les *Actes*, xvi, 1. Cf. le *Saint-Esprit*. p. 204.

(2) On n'est pas encore décidé à lui couper le cou. On préfère le brûler, les cendres tiennent moins de place.

reste que Luc, car il a envoyé Tychicus à Éphèse, (le
faussaire ne se rappelle plus que Timothée y est aussi).
« Prends Marc (ah ! enfin ! Marc est parti pour Colosses !) et l'amène avec toi, il me sera très utile pour
le ministère (1). Quand tu viendras, apporte le manteau que j'ai laissé à Troade (2) chez Carpus, ainsi que
les *livres* et surtout les *parchemins*. (N'oublie pas les
parchemins, les vieux parchemins sur lesquels on a
écrit les faux que l'Église de Rome a signés « Paul » et
fait passer pour contemporains de Pierre). Alexandre,
l'ouvrier en cuivre, m'a fait éprouver des maux nombreux... De celui-là donne-toi garde, car il s'est fort
opposé à mes paroles. (Oui, cher Timothée, il faut pas
le confondre avec Tibère Alexandre, toujours d'accord
avec Saül, surtout à Éphèse, contre Shehimon devenu
évêque de Rome sous le nom de Pierre et Jacob devenu évêque de Jérusalem sous le nom de Jacques.)
Salue Prisca et Aquila, (dont le faussaire a trouvé le
nom dans les *Actes*,) et la maison d'Onésiphore. Eraste
est demeuré à Corinthe (3), et j'ai laissé Trophime malade à Milet (4). Hâte-toi de venir avant l'hiver. Eubu-

(1) Tout cela est d'autant plus inepte que toute l'Église fait mourir
Marc en 815 évêque d'Alexandrie.

(2) Pris aux *Actes*, xx, 4 et 5, où l'on voit Paul, accompagné de Timothée et de quelques autres, s'arrêter pour la dernière fois à Troas.
Cf. le présent volume, p. 143.

(3) Timothée doit le savoir puisqu'il est avec Paul au moment où
celui-ci écrit en 817 cet immortel chef-d'œuvre qui s'appelle la *Lettre
aux Philippiens*.

(4) Comment Timothée ! c'est ainsi que tu es renseigné ! Trophime est
malade à Milet depuis plusieurs années, Paul n'en a pas de nouvelles,
et tu n'es pas allé en prendre lorsque tu es revenu de Rome à Éphèse ?
Le faussaire oublie complètement que Trophime, éclatant de santé
dans les *Actes*, accompagne Paul à Jérusalem hors de son dernier
voyage, et que d'après ces mêmes *Actes* (xx, 25) Paul ne devra jamais
être retourné à Milet. Cf. le présent volume, p. 148.

lus te salue, ainsi que Pudens, Linus et Claudia et tous les frères. »

L'Église a donc inventé pour Paul avant d'inventer pour Pierre. Après quoi elle s'est servie de Paul dans l'intérêt de Pierre, car un jour la grosse question sera d'établir, par n'importe quel moyen, que Pierre s'est trouvé à Rome en même temps que Paul et avant Paul.

On tirera un parti merveilleux du nom de Marc et du nom de Luc dans les lettres *A Philémon* et *Aux Colossiens*, de celui de Clémens dans la lettre *Aux Philippiens*, et de celui de Linus dans la *Seconde à Timothée*. Tous les noms portent, car Marc sera l'évangéliste qui aura été l'interprète de Pierre à Rome, Luc sera l'évangéliste qui aura été à Rome en même temps que Paul. Mais le point le plus remarquable de cette énumération, c'est l'absence totale du nom de Clément. Clément a dit trop de mal de Saül pour que les pauliniens l'acceptent comme successeur de Pierre. Ils lui substituent Linus qui remplira tout aussi bien cet office. Car si les *Lettres de Paul* sont de diverses plumes et de diverses époques (1), elles ont ceci de commun que

---

(1) La *Lettre à Titus* (Annæus Gallion, frère de Sénèque) n'a aucune couleur historique. Peut-être est-elle plus ancienne qu'on ne croit. On ne sait à quel moment des *Actes* la rattacher. En tout cas, dans l'esprit du faussaire, elle ne peut être contemporaine de la *Seconde à Timothée*, car ici Titus est en Crète et là en Dalmatie.

Paul a laissé Titus en Crète afin d'y établir des prêtres avec des évêques recommandables par leurs mœurs, au rebours de quelques-uns adonnés aux fables judaïques et qui trafiquent de leur saint ministère. Paul a d'ailleurs fort mauvaise opinion des Crétois, menteurs, mauvaises bêtes et ventres paresseux. Pour tout le reste c'est une imitation des *Lettres à Timothée*. Paul va envoyer à Titus soit Artemas ou Artemidore soit Tychicus. Il l'attend à Nicopolis où il a résolu de passer l'hiver, et lui recommande d'avoir bien soin de Zénas le légiste et d'Apollos.

toutes combattent vigoureusement le millénarisme et ses abominables apôtres. Dans quelques-unes, on va jusqu'à déplorer l'aveuglement de ceux qui vont « se tournant vers les fables » dont les jehouddolâtres repaissent leurs dupes.

IV

L'APOTHÉOSE DE PIERRE

On n'a pu magnifier Pierre que par les moyens dont on s'est servi pour convertir Saül, la supposition de lettres, en un mot le mensonge. On ne s'est point inquiété des difficultés qu'on léguait à l'histoire, on a cru qu'elle ne reviendrait jamais, qu'elle ne parlerait plus, qu'elle n'oserait !

D'où vient la transformation de Shehimon en Pierre, j'allais dire la pétrification de Shehimon, son apothéose dans le marbre et dans l'or, l'exaltation paradoxale de ce juif qui, par la volonté de l'Église, est aujourd'hui chargé de fermer la porte du paradis aux israélites, pour ne l'ouvrir qu'aux catholiques ? Du besoin qu'eut l'Église d'avoir pour chef, à Rome, *per fas et Képhas* (1), celui que les *Actes* présentaient comme ayant été chef des apôtres à Jérusalem et qui, d'après les *Evangiles*, avait fait la résurrection. Les Juifs avaient l'Ancien Testament qui les rendait très forts, mieux que cela, maîtres de la situation. Mais les christiens jehouddolâtres ? Il leur fallait un Testament qui fût nouveau non

(1) Képhas, en araméen la Pierre.

par rapport à l'Ancien, mais par rapport à l'*Apocalypse* du crucifié de Pilatus. Ce Testament fut l'*Evangile*, l'exécuteur testamentaire fut Pierre.

Par un hasard qu'il était nécessaire d'exploiter, les *Actes des Apôtres* perdaient de vue Pierre à partir du Concile de Jérusalem, tandis que Paul y jouait un rôle extraordinaire que les fausses *Lettres* avaient fini par rendre prépondérant. De plus, et pour l'un et pour l'autre, la narration s'arrêtait en deçà de leur martyre. Cela n'allait pas. Et puis le *Quatrième Evangile*, mettant le sceau de la théologie sur les trois autres et devenant par là le plus précieux, tenait un compte insuffisant de Pierre. Évidemment Pierre avait renié son frère dans la cour de Kaiaphas, il était horriblement gênant, mais sans lui il n'y avait rien de possible. Ce surnom de Pierre qu'il ne méritait que pour sa dureté, il le gagne ici sans conteste : il est la pierre angulaire de tout l'édifice : c'est sur lui et sur lui seul que s'appuie toute l'Église. Otez-le, tout croule, il ne reste plus qu'une allégorie que peuvent revendiquer les Égyptiens de Sérapis et les Perses de Zoroastre. Quatre siècles après la mort de Bar-Jehoudda, cette baudruche énigmatique que gonfle l'Église et que la raison dégonfle intrigue encore saint Augustin et l'inquiète. Il s'agite, il sonde sa foi, si peu profonde, et comme pour s'étourdir, il crie bien haut : « Non, non, la magie de Pierre, les artifices de Pierre ne sont pour rien dans la religion; la résurrection rentre dans les choses révélées, elle n'est pas de Pierre, elle est de Dieu ! »

V

CLÉMENT, SUCCESSEUR DE PIERRE

Il fallut trouver mieux que les additions et les corrections dans les *Evangiles*. L'épilogue du *Quatrième* ne satisfaisait pas l'esprit, il alimentait la critique au lieu de la prévenir, et même il en résultait formellement que Shehimon, surnommé la Pierre par les scribes, avait été crucifié au même lieu que son frère aîné.

Quelqu'un se chargea de mentir d'une façon qui assommerait net les pauliniens, hérétiques au demeurant, et les contradicteurs. On ne les brûlait pas encore, et on ne pouvait se débarrasser de ces gens-là que par de tranchantes impostures. On ressuscita Clémens, père de Flavius Clémens, lequel déclara solennellement qu'il avait succédé à Pierre sur le siège pontifical de Rome. Ce Clémens est connu dans l'histoire de l'Église sous le nom de Clément le Romain et il a tout fait pour mériter ce titre. On avait mis son nom dans la *Lettre aux Philippiens ;* ce Clément avait, disait-on dans la lettre, prêché la résurrection de Bar-Jehoudda en Macédoine avec Paul, au début de l'apostolat, et il était inscrit au Livre de vie.

Le faussaire est, à ce qu'il semble, un juif hellène converti à la jehouddolâtrie et grand clerc en fables. Chargé de mentir sous le nom de Clément, il s'acquitta de sa besogne, non pas timidement, comme un écolier à qui on est obligé de pousser le coude, mais avec du goût naturel et un certain sentiment du confortable.

Il forgea toute une série de lettres, de souvenirs et de règlements apostoliques dont il attribua l'inspiration à Pierre et la rédaction à lui-même. Personne n'étant plus là pour réclamer, il donna libre carrière aux facultés d'invention qu'il tenait de Dieu, et découpa dans le papyrus l'image acceptable d'un Clément, successeur immédiat de Pierre.

Quoi qu'il n'y ait que le premier pape qui coûte, le second le fit à peu de frais. Il vint attester qu'il avait suivi Pierre depuis l'âge tendre, qu'il l'avait accompagné en tous lieux, à telles enseignes qu'étant à Rome Pierre l'avait établi pape à sa place avant d'aller au martyre.

Clément, voilà la grande autorité de l'Église pour le premier siècle. On invoque son témoignage avec tant de persistance qu'on a pu lui attribuer tout un volume de faux, *Homélies*, *Recognitions* et le reste. Historiquement il n'a d'existence que par son fils, Flavius Clémens. Il n'en a pas moins servi à plusieurs fins qui étaient de prouver, tantôt par une prétendue correspondance avec les Corinthiens, qu'il y avait eu persécution et recrudescence de persécution sous Domitien; tantôt, par une suite de romans ineptes, que Pierre avait subi le martyre à Rome sous Néron. Or il n'y eut point de persécution sous Domitien, et, en admettant que la *Première de Clément aux Corinthiens* soit de la fin du premier siècle comme on l'a soutenu, on n'est pas même certain que cette lettre soit datée de Rome, et pour le faire croire on a dû ajouter: Rome au manuscrit. Le texte grec ne contient pas le nom de Petros:

on y lit... os pour tout enseignement (1), c'est peu subs-
tantiel. Mais ne chicanons pas, acceptons « Petros » en
entier. Il n'en ressort nullement qu'il ait été martyrisé
ailleurs qu'à Jérusalem. De Paul dont il connaît les
nombreuses épreuves décrites dans les *Actes*, et
d'autres subies jusqu'aux confins de l'Occident, Clément dit qu'il souffrit le martyre sous « les princes »,
sans désigner leur pays ni leur race. Par ce qu'il dit de
Paul on voit qu'il ne savait rien de Pierre à Rome. Sur
Paul il arrive au chiffre de sept emprisonnements qu'il
suppute d'après les *Lettres* et les *Actes des Apôtres*.
Il ne cite que deux autres victimes de la persécution,
deux femmes, grecques au moins de nom, Danaïs et
Dircé, en supposant toutefois qu'il s'agisse de deux
femmes, car les critiques sont perplexes. Il n'y a rien,
absolument rien dans ce document qui permette d'en
faire remonter la composition au premier ni même au
second siècle ; il appartient au bloc dans lequel a été
taillé le piédestal de Paul et il n'est ni de la main qui
a fabriqué les *Constitutions*, ni de celle qui a fabriqué
les *Recognitions*, ni de celle qui a fabriqué les *Homélies*, compositions dont quelques-unes sont antipau-
liniennes sans réserve.

Le gagiste finit par se perdre dans ses propres impostures, car il se représente, ici, comme ayant assisté
à la Cène (2), et là, comme n'étant allé en Judée qu'à la

(1) Kalonymos sans doute, nom que le Talmud donne à Flavius
Clémens, qui ne fut oncques christien ni jehouddolâtre, mais se laissa
influencer par l'Apocalypse du Jourdain dont la seconde éruption du
Vésuve semblait être une éclatante confirmation.
(2) Dans un morceau que nous gardons pour notre édition du *Quatrième Evangile* et qui détruit radicalement l'attribution ecclésiastique
de cet écrit à un certain Joannès, apôtre et évangéliste. Nous montre-
rons avec une parfaite évidence que ce Joannès est le baptiseur lui-

suite de Barnabé pour faire la connaissance de Pierre après la Passion. Nous ne tenterons même pas de relever les incohérences des divers scribes qui ont clémentisé.

On n'a pas fait assez d'honneur à l'imposture de Clément, elle est cardinale — que dis-je ? papale ! Clément, c'est toute l'Église, toute la religion. Clément a fait que Pierre fût le prince des douze en remplacement de son frère aîné, le Joannès, divinisé sous le nom de Jésus dans la mystification évangélique. Le prince des douze, c'était le Joannès baptiseur. Cérinthe (1) était tellement formel sur ce point qu'il l'est demeuré malgré tous les tripatouillages de l'Église. Savez-vous pourquoi Clément dit avoir assisté à la Cène pascale du 15 nisan ? Parce que dans la Cène selon Cérinthe, Cène qui a lieu la veille, le Joannès est clairement désigné par Jésus comme étant celui des apôtres qui a été livré au Temple par Is-Kérioth. Clément vint dire : « Ce ne peut être lui, puisque c'était moi ! Le prince des douze à ce repas, c'était Pierre ! »

Clément va droit à ses faux d'une allure intrépide et frétillante. Il est né à Rome, et dans sa jeunesse il a exploré vainement la philosophie. Il a même poussé une forte pointe vers la mythologie; car il nous parle du Pyriphlégethon, du Tartare, de Sisyphe, d'Ixion, de Titye et de Tantale. Le doute étant entré dans son esprit, il a résolu de partir pour l'Égypte où il consulterait les savants et les prêtres sur le mot de la vie, lorsque sous le règne de Tibère un juif vint à Rome

même et qu'il est en état d'arrestation, dans cet *Evangile* même, au moment où Jésus célèbre la pâque dans les trois *Synoptisés*.
(1) L'auteur premier du *Quatrième Évangile*.

prêcher la bonne nouvelle du Messie rédempteur. Ce juif, c'était Barnabé, il parlait au nom du fils de Dieu (1). Clément l'entend, l'emmène loger chez lui pour l'arracher aux fureurs populaires. La Pâque approchant, Barnabé quitte Rome pour retourner à Jérusalem. Clément le rejoint à Césarée où il est présenté à Pierre venu là pour combattre Simon de Kitto, aliàs Simon le Magicien. L'entrevue fut cordiale, on peut le croire. Sans tarder Pierre offre à Clément de le prendre avec lui et de l'instruire dans les choses divines, se promettant bien de l'accompagner jusqu'à Rome à son tour. Toutefois, il ne lui fait point la grâce de manger avec lui, car Clément n'avait point encore reçu le baptême (2). Simon le Magicien ayant demandé une remise à huitaine, Pierre, que son heureuse nature exempte de toute préparation, en profite pour expliquer à Clément la genèse des choses depuis le chaos jusqu'aux apôtres. Il passe totalement la scène du jardin des Oliviers où tous et lui-même abandonnent leur Seigneur, mais il reconnaît la suprématie de Jacques, à qui son frère avait, dit-il, confié l'Église de Jérusalem avant d'aller aux cieux.

(1) S'il y avait un seul mot de vrai dans tout cela, il en résulterait que Barnabas le Chypriote, cousin du christ, serait le premier apôtre du Royaume des Juifs parmi les nations. Nous pensons qu'en effet Barnabas a pu se trouver mêlé à la croisade de 772 sous Tibère. (Cf. le *Charpentier*, p. 307.) C'est pourquoi les fabricants des *Actes des Apôtres* et ceux des *Lettres de Paul* l'ont placé auprès de Saül et de Gallion comme le plus ancien survivant de cette période glorieuse, et le garant le plus autorisé, tout au moins par l'âge, de la divine mission de Bar-Jehoudda

(2) Détermination peu flatteuse pour Clément, car dans les *Actes* nous avons vu Pierre et ses six frères, parmi lesquels le revenant du christ lui-même, manger avec le centurion Cornélius et son entourage de païens, coucher chez lui, passer plusieurs jours sous son toit, lui octroyer l'Esprit-Saint sans l'avoir préalablement baptisé. (Cf. le *Saint-Esprit*, p. 129.)

Pierre narre tout cela dans un langage qui doit être celui du Saint-Esprit, car il ne sait pas un mot de grec et Clémens pas un mot d'hébreu. Les apôtres, dans les luttes qu'ils soutiennent contre le Temple ennemi marquent une science profonde des fausses Écritures. Mathieu, contre Kaiaphas ; André, frère de Pierre, contre les Saducéens ; Jacques et Joannès, fils de Zébédée (1), contre les Samaritains, bien qu'ils aient ordre de ne point conférer avec ceux-ci ni d'aller dans leurs villes ; Philippe, contre les Scribes ; Barthélemy, contre les Pharisiens ; Jacques d'Alphée, Lebbée (2), Barnabé et Mathieu, le remplaçant de Judas, contre les réfractaires qu'il y avait dans le peuple ; Simon le Kanaïte contre ceux *qui tenaient Joannès le prophète* (3) *pour plus grand que Jésus* ; Thomas de nouveau contre Kaiaphas, Pierre enfin, la liste des Douze est déjà complète (4). Le plus fort de tous, c'est Pierre.

Kaiaphas lui fait honte de son impudence, le traite d'imbécile, de pêcheur, de rustre qui veut jouer au docteur et crève d'ignorance : Pierre répond, et très bien, que l'inspiration divine lui tient lieu de science et lui assure la victoire. Puis il distribue les rôles aux autres dans la prédication apostolique, car c'en sera fait bientôt du Temple et des sacrifices. A ces sinistres prédictions, la colère s'empare de Kaiaphas, l'interven-

(1) Le Ziddéos, un des surnoms de Jehoudda, le père aux sept fils.
(2) En remplacement de Theudas, Thaddée, qu'on n'avoue plus. (Cf. le *Saint-Esprit*, p. 248.
(3) Le baptiseur et l'auteur de l'*Apocalypse*, le christ lui-même, celui dont Jésus est le revenant dans la mystification évangélique. Quant à Simon le Kanaïte (le Zélote), c'est Shehimon dit la Pierre, frère puîné du Joannès.
(4) Elle diffère de celle des *Actes* par la présence de Lebbée.

22

tion de Gamaliel échoue (1). A la voix d'un ennemi qui n'est point nommé, mais en qui on reconnaît immédiatement Saül, le sang des christiens est répandu. On se jette sur Jacques, évêque des évêques (2), qui est venu au secours des apôtres dans les discussions ; on le laisse pour mort près du Temple, mais ses disciples le relèvent et tous se retirent dans sa maison. La nuit, ils s'enfuient à Jéricho au nombre de cinq mille (3). Là, Gamaliel les fait avertir que l'ennemi anonyme (Saül) a obtenu de Kaiaphas le mandat de poursuivre tous les christiens et de les mettre à mort jusqu'au dernier, fût-ce avec l'appui des infidèles (4).

Cet homme, (comment ne pas reconnaître Saül ?) va passer par Jéricho, se rendant à Damas avec des lettres de Kaiaphas, il se hâte pour atteindre Pierre qu'il croit réfugié dans cette ville. Et, en effet, environ trente jours après, il passe par Jéricho pendant que Pierre et les autres étaient allés au sépulcre de deux frères, lequel devenait blanc chaque année (5) : *miracle* qui excite contre eux la fureur de la foule, car elle voyait que Dieu se souvenait d'eux (6).

(1) Gamaliel, président du sanhédrin, qui a successivement condamné Jacob junior, Bar-Jehoudda, Shehimon et Jacob senior. (Cf le *Saint-Esprit*, p. 326.)

(2) Substitué à Jacob junior, lapidé par Saül dans les *Actes*. On voit par là que l'épisode de Jacob junior, lapidé sous le nom de Stéphanos, n'était pas encore dans ce recueil d'impostures.

(3) Chiffre calculé d'après les *Actes*.

(4) Seconde mission de Saül à Damas. (Cf. le *Saint-Esprit*, p. 83.)

(5) Jacob junior le lapidé de 787, et Bar-Jehoudda le crucifié de 788, enterrés l'un près d'Engan-Aïn, l'autre à Machéron. (Cf. les *Marchands de Christ*, p. 70.) Chaque année on blanchissait les sépulcres à la chaux ; (de là l'expression de sépulcres blanchis dont se sert l'Evangile pour désigner les pharisiens rebelles à la jehouddolâtrie.)

(6) Il y a miracle parce que c'est Dieu lui-même qui fait l'office de la famille. Si les disciples avaient pu indiquer à la chaux l'endroit où

Quelque temps après, Jacques, évêque de Jérusalem, envoie Pierre de Jéricho (1) à Césarée, car il avait reçu de Zachée des lettres l'avertissant qu'un certain Simon, mage de Samarie, détournait beaucoup de chrétiens auprès desquels il se faisait passer pour le Messie. Montrant par miracles qu'il était investi de la puissance du Dieu souverain (2), celui qui est au-dessus du Créateur du monde (3), Simon attirait à lui beaucoup de gens. Sur l'ordre de Jacques, Pierre va seul au combat contre ce christ antidavidiste et descend chez Zachée, auquel il dénonce la conduite de Saül, le méchant homme par qui la persécution de Jérusalem avait été déchaînée. C'est à ce moment que Clément arrive à Césarée.

Le jour de la dispute venu, Pierre, au chant du coq — il le connaissait, le chant du coq ! — réveille Clément, qui était couché dans la maison de Zachée, où il y avait en tout treize disciples, y compris Clément,

Shehimon et sa mère, accompagnés de Cléopas et de sa femme, avaient caché le corps du roi-christ quatre jours après la pâque de 789, l'histoire de Simon de Cyrène, crucifié à sa place, aurait été matériellement impossible.

(1) Avec quelle insistance le faussaire introduit le séjour que Shehimon aurait fait à Jéricho pendant que Saül poussait jusqu'à Damas ! Il veut faire croire que l'entrée allégorique de Jésus à Jéricho, trois jours avant la pâque, (Luc, xix, 1) c'est-à-dire pendant que Bar-Jehoudda s'enfuit du Sôrtaba et se fait arrêter à Lydda, est un cas historique et constaté par témoins. Pierre n'est à Jéricho que pour appuyer le témoignage du publicain Zachée, (Luc, xix, 2-8) lequel est censé avoir existé réellement et assisté quelques jours auparavant à l'entrée dont on fait état dans la mystification évangélique. Le nom seul de Zachée (de Zachû, le l'erseau, nom réservé par les scribes au père du christ) et sa fonction (un publicain !) sont des attrape-goym d'une malice inouïe.

(2) Le Père dans l'Apocalypse. (Cf. le Roi des Juifs, p. 2.)

(3) Le Verbe ou Fils. Sur ce point Simon était d'accord avec l'auteur de l'Apocalypse. (Cf. le Roi des Juifs, p. 45.)

parmi lesquels Sophonias, Josephus, Micheas, Elies-
dros et Phinéas, Lazarus et Eliseus, Niceta et Aquila,
d'abord disciples de Simon le Magicien mais ramenés
par Zachée à la vraie foi, enfin Nicodème (1). Pierre
leur explique qu'arrivé à la moitié de la nuit il ne lui est
plus possible de fermer l'œil, (il a bien changé depuis le
jardin des Oliviers!) (2) Niceta et Aquila, qui depuis l'enfance ont été enlacés dans les liens magiques de Simon (3), offrent à Pierre de l'instruire de certaines particularités capables de l'aider dans la discussion, et
ils entament une véritable biographie du Magicien (4).

Nous ne suivrons pas Clément et Pierre dans leurs
voyages autour du monde connu des anciens. Il nous
suffit de les avoir présentés l'un à l'autre. Ils deviennent inséparables, et après toutes les conversions par
eux accomplies sur terre et sur mer, on s'étonne qu'ils
aient laissé des païens derrière eux. Nous avons hâte
de les retrouver à Rome, qui est le but auquel ils ten-

(1) Aucune trace des sept diacres que les Douze instituent dans les
Actes (Cf. le *Saint-Esprit*, p. 30.) pour exercer le ministère et servir
aux agapes.
(2) Là il est impossible à Jésus de le réveiller.
(3) Aquila n'est pas encore présenté dans les *Actes* comme ayant été
expulsé de Rome en qualité de jehouddolâtre par Claude. (Cf. le *Saint-
Esprit*, p. 257.) Il n'est pas encore en état de donner des leçons de jehouddolâtrie à Paul et à Apollos.
(4) C'est là, je pense, que les *Philosophoumena* l'ont prise ; j'admets
qu'elle contient des parcelles de vérité.
Comment a-t-on pu nier l'existence de Simon ? En dehors des *Actes
des Apôtres*, (d'abord c'est une mauvaise chose de douter de ce qui est
dans les *Actes*, car où s'arrêtera le doute ?) elle est attestée par Josèphe. On n'a aucune preuve historique du séjour de Simon à Rome,
en dehors de ce que dit Justin (*Apologies*) où l'on ne parle peut-être que
d'après Clément. Ignorant des choses de Rome, le faussaire qui a in-
terpolé Justin dit y avoir vu une statue de Simon. Cela le juge. Elle
était dédiée au dieu sabin Semo Sancus, on a retrouvé l'inscription
sous Grégoire XIII : *Semoni deo Sanco.* (V. Stapfer, dans l'*Encyclo-
pédie des sciences religieuses* de Lichtenberger.)

dent, et peine à comprendre que Simon le Magicien soit venu les affronter dans Rome même : il ne pouvait être que battu par de tels hommes.

Toutes fausses qu'elles sont, et d'une hilarante fausseté, les *Constitutions apostoliques* de Clément n'en sont pas moins de quelqu'un, et ce quelqu'un n'en est pas moins attaché à la jehouddolâtrie jusqu'à mentir pour elle. Eh bien! cet homme qui prétend avoir assisté à la Cène, qui se fait passer pour avoir été frappé de verges par Kaiaphas, Alexander et Hanan (1), qui se dit témoin des apôtres, qui a lu les *Actes*, et qui par conséquent ne peut être antérieur au troisième siècle, cet imposteur ne connaît que deux martyrs authentiques, Jacques, frère du Rabbi (2), et Stéphanos, avec lequel il dit avoir été diacre. Nous avons la liste des sept diacres : Stéphanos y est bien, mais Clément n'y est pas. La liste des six collègues du pseudo-Stéphanos n'est donc pas encore arrêtée dans les *Actes*. De plus on n'admet ni que Saül se soit converti ni qu'il ait été martyr à Rome sous le nom de Paul.

Ce Clément, qui n'exista jamais que comme faussaire, est donc le grand artisan de la papauté de Pierre. C'est lui qui biffa de l'histoire Shehimon le Kanaïte, si peu apostolique, si peu évangélique, si peu pastoral, si juif de la pire école.

(1) Emprunté aux *Actes*. (Cf. le *Roi des Juifs*, p. 183.) où Bar-Jehoudda est fouetté avec ses frères sous le nom de Joannès, Kaiaphas étant grand-prêtre. Le but du faussaire, en s'associant à cette fustigation, est de faire croire qu'elle est postérieure à la crucifixion du nommé Jésus, lequel par conséquent n'a pu en être.

(2) On a corrigé cette appellation dans les *Actes* et on l'a remplacée par « frère du Joannès », ce qui au temps de cette correction avait cessé d'être un équivalent.

La suppression de Shebimon était d'autant plus agréable à Clément que, pour soutenir sa thèse, il affirmait avoir été sacré évêque de Rome par Pierre lui-même. Pierre est, à cette occasion, d'une débonnaireté charmante. Après avoir fait un pompeux éloge de Clément, il le force, tout rougissant, de monter sur le siège pontifical à sa place, et au milieu de l'assemblée il lui communique ses dispositions testamentaires : « Je t'en prie, dit-il, lorsque j'aurai quitté la vie *de la façon qui m'est prescrite* (1), envoie à Jacques, frère du Rabbi, un abrégé dans lequel, remontant aux idées de ton enfance, tu diras comment tu m'as accompagné dans les premiers temps jusqu'à ce jour, quels discours j'ai tenus, quels actes j'ai accomplis dans les villes, et de quelle fin ma vie a été couronnée ». Clément n'a garde de manquer à sa mission, d'autant que Pierre la lui a facilitée déjà en envoyant lui-même à Jacques le récit des prédications qu'il a faites dans ses *Voyages*. Ainsi, avant d'être désigné par Pierre pour lui succéder, Clément avait été son secrétaire... Mais alors... Marc que la *Première lettre de Pierre* (2) représente auprès de lui, à Rome, dans cet emploi si honorable ?

Grâce à Clément, Pierre qui n'avait rien dit pendant sa vie, et pour cause, devint, une fois mort, d'une loquacité remarquable. Un plus long mutisme eût tourné à l'hérésie. On prêtait des Epîtres ou des fragments à Jude, à Barnabé, à Mathieu, à Barthélemy, à Jacques, on en prêtait à des évêques comme Anaclet, à Saül enfin, pourquoi, seul, Pierre n'aurait-il rien écrit ?

(1) Par le *Quatrième Evangile* surtout.
(2) 1 *Pierre*, v, 13.

Cela n'était point orthodoxe. Outre la *Lettre de Pierre à Jacques*, il en parut deux autres, toutes de Rome, comme il convenait, afin que ce frère du Rabbi consentît, au moins par le silence, à reconnaître que de Jérusalem la suprématie ecclésiastique était passée à Rome. Le faux Clément se porta garant de leur authenticité : il était résolu à tout pour faire croire que Pierre avait été pape avant lui. Il n'hésita pas à écrire, de son côté, une lettre à Jacques pour lui exprimer dans un trémolo la joie austère que lui avait causée Pierre en l'installant de sa propre main sur le siège pontifical.

Dans la suscription de cette Epître, Clément qualifie Jacques d'évêque de Jérusalem, évêque des évêques, autrement dit pape des circoncis. Jacques, quoique mort, et surtout à cause de cela, est appelé à témoigner en faveur de Shehimon, qui est délaissé, n'ayant rien écrit, alors que les *Evangiles* le représentent comme la pierre angulaire de tout l'édifice christien. Ces lettres ont donc été faites pour restituer à Pierre la primauté apostolique dont les *Lettres de Paul* l'avaient dépouillé, contrairement à la règle hiérarchique transmise aux Juifs. Alors que Paul laissait derrière lui la trace lumineuse de ses prédications auxquelles on avait élevé ce monument, les *Lettres*, Pierre subitement, comme par une trappe, avait disparu de la scène asiatique, et rien de lui ne restait que sa crucifixion avec Jacob dans Josèphe : Paul s'étant spécialisé dans la prédication aux païens de Rome, personne n'était plus là pour renouer avec Jérusalem la chaîne depuis longtemps rompue par les armées de Titus et d'Hadrien. En ressuscitant Jacques, Clément ressus-

cita Pierre. Pierre fut le fils légitime, l'héritier selon la
Loi, dans la famille ecclésiastique où malgré tout Paul
n'était qu'un intrus. Du même coup, Clément prenait
un air de petit-fils qui lui seyait à merveille.

Sans doute, c'était d'utiles et beaux ouvrages que
les *Homélies*, les *Constitutions*, *Recognitions* et
Lettres de Clément. Le Saint-Esprit y battait de l'aile
dans chaque phrase. Mais ils étaient touffus et leur
grosseur les retenait aux rayons des bibliothèques doc-
torales. Pour arriver au martyre de Pierre, il fallait traverser de longs épisodes qui pouvaient laisser le populaire indifférent. De plus, propres à édifier les fidèles
sur les commencements héroïques de la papauté, ils
tournaient, par contre, au scandale de l'apostolat lui-
même, en mettant à nu les persécutions de Saül contre
Pierre, car, en fin de compte — trait plein de noirceur
— c'est Saül lui-même, sous les traits de Simon le Magicien, que Pierre venait confondre à Rome !

VI

LA LÉGENDE DE CONCILIATION

Les pauliniens firent entendre de violentes protesta-
tions, menaçant de tout dire : chantage déjà employé
dans la *Lettre aux Galates*. Ils démontraient facilement que Pierre n'était pas venu à Rome avant Paul ;
qu'il n'y était point avec Paul ; qu'il n'y était point venu
après ; que seul le séjour de Paul était certain, et
qu'enfin le seul moyen de prouver que Pierre avait été
évêque de Rome, c'était de l'y montrer en même temps

que Paul, d'en faire l'ami de Paul, en un mot de prouver par Paul que Pierre avait si bien fait le voyage de Rome qu'il y était mort martyr avec Paul. Paul partout et toujours! Sans lui, point de Pierre pape.

Les *Lettres de Paul* constituant le seul appel à la bourse que l'Église pût faire valoir auprès des gogoym, on reconnut qu'il n'était pas adroit d'en vouloir à Saül d'avoir été persécuteur, puisqu'on n'en voulait pas à Bar-Jehoudda et à ses frères d'avoir été des criminels. Bar-Jehoudda avait inventé le baptême; mais Paul se trouvait avoir inventé les collectes. Voie et traction : Bar-Jehoudda. Exploitation : Paul.

Clément était allé un peu loin en montrant que Saül ne s'était jamais converti, pas même sur le chemin d'Espagne. On sacrifia la partie de ses *Mémoires* dans laquelle Pierre confondait Paul sous les traits de Simon le Magicien et on produisit une légende de conciliation, où l'on reconnaissait que si Pierre avait triomphé du Magicien, c'était en collaboration avec Paul. A la bonne heure!

Dépouiller Paul pour habiller Pierre fut l'effort ecclésiastique du quatrième siècle. Quand on trouvait dans Paul un nom de disciple qui n'avait pas fait parler de lui, on le rattachait à l'apostolat de Pierre.

Pierre après n'avoir vécu que contre Rome, croissait en gloire et en autorité, à mesure que Paul, malgré ses *Lettres*, s'enfonçait dans l'ombre apostolique et prenait l'air d'un aventurier levantin peu digne de la grande famille juive et de la petite famille davidique. D'ailleurs, l'Église de Rome avait à se défendre contre celles qui, par leur prétention de descendre des apôtres, notamment en Syrie et en Asie, revendiquaient le privilège de régenter les autres églises. Cette prétention perça d'assez bonne heure en Afrique à cause de l'influence jehouddique dans la province de Cyrène. Des légendes, plus tard recueillies par des grecs anonymes, la soutenaient, disant que Pierre avait par deux fois visité l'Afrique et fait élire son disciple Crescent (nommé dans les *Lettres de Paul*) évêque de Carthage (1). A défaut de Pierre d'autres disaient Simon le Kanaïte, — c'est le même; d'autres Jude le Kanaïte, — c'est Jehoudda Toamin, son frère; d'autres Marc, — c'est Jehoudda dit le Joannès Marcos, son fils.

Prince des apôtres depuis la destitution du Joannès, comment n'aurait-il pas fait tout ce qu'avait fait Paul? Après l'Afrique, on l'envoya en Espagne sans réfléchir que plus on lui prêtait de voyages, plus on l'éloignait de Rome. Il fallut adopter un parti énergique à son endroit, Pierre qui roule n'amassant pas mousse. A toutes ces légendes vagabondes qui éparpillaient l'attention on substitua bravement la sédentaire tradition de Pierre évêque de Rome pendant vingt-cinq années consécutives. De cette manière on ne se disputerait plus pour savoir qui de Pierre ou de Paul avait le plus voyagé. Paul conserverait la gloire de commis-

---

(1) V. Anonymes grecs. *De SS. Petro et Paulo*, 3. ii. Cf. *Acta sanctorum*, jun. t. V. p. 416, et la Chronique anonyme attribuée à Flavius Dexter an 50 dans la *Patrologie* latine de Migne.

De telles légendes ne meurent jamais. Sous Grégoire le Grand les évêques de Numidie diront que leurs usages remontent au temps des ordinations faites en Afrique par Pierre prince des Apôtres. Augustin n'admettra pas d'autre origine : « Les Apôtres t'ont engendrée, dira-t-il, à l'Église de Carthage. » Les fidèles prendront un stylet et écriront dans le granit : « Siège de saint Pierre et saint Paul » et ils ne croiront pas mentir.

voyageur en vies éternelles ; Pierre, clefs en mains, aurait gardé la maison.

Saül, d'après la *Lettre aux Romains*, devant être en Espagne à la date qu'on adopte pour la crucifixion de Pierre il fallut l'en ramener. On insinua que Paul pourrait bien être venu deux fois à Rome (1), y avoir été emprisonné deux fois, la première sans Pierre, la seconde avec Pierre : c'est cette seconde fois qu'ils auraient été martyrisés ensemble. D'autre part, comme il résultait et des *Lettres de Paul* et des *Actes des Apôtres* que Pierre n'était pas à Rome lorsque Paul y était venu sous Néron, on décida que Pierre soit de force soit de bonne volonté aurait été absent à ce moment-là, mais qu'il serait revenu à temps pour montrer à Paul le chemin du martyre.

Au lendemain de l'incendie que l'interpolateur de Tacite attribue aux christiens, Pierre et Paul reviennent tous les deux, celui-ci du bout du monde, celui-là de l'autre monde, exprès pour offrir leur tête aux bourreaux.

Cette invention est le second état de l'imposture qui fait Pierre premier pape de Rome.

On ignore totalement quel fut le premier dispositif adopté pour le martyre de Paul. Dans la *Lettre aux Philippiens* on annonce qu'il sera brûlé. Mais à la réflexion, cette fin ayant paru peu digne d'un homme qui, avant d'être tisserand, avait été prince hérodien et pupille de Rome, Néron le condamne à mort et lui fait

(1) Dans le canon dit de Muratori. L'Eglise appelle ainsi le recueil des plus anciennes pièces qu'elle a fabriquées. Sa prétention est qu'il date de la fin du second siècle.

trancher fort proprement la tête, non sans l'avoir gardé en prison le temps nécessaire pour donner à Pierre le temps d'arriver.

En effet, sous le pape Gélase dont Dieu ait l'âme, les hérétiques, enhardis par ces tergiversations, (que voulez-vous ? il y a des gens qui ne respectent rien !) répandaient le bruit que Pierre et Paul étaient morts martyrs en des temps différents. A ce compte étaient hérétiques saint Justin et saint Irénée qui, sur le témoignage d'un manuscrit grec anonyme, relatant les démêlés de Pierre et de Paul, ont dit que Paul avait été martyrisé cinq ans après Pierre. Hérétiques ceux qui les font mourir le même jour, mais à une année d'intervalle ! Orthodoxe le seul Eusèbe qui, d'après le témoignage de Dionysios, évêque de Corinthe, et de Caius, écrivain ecclésiastique, les font mourir le même jour et la même année. (Que ces textes devaient être concluants ! Mais ils ont disparu.)

On avait d'abord adopté l'année 817, très bonne année qui toutefois avait le tort de se rapprocher un peu trop de l'incendie de Rome. Mais il était certain que le prince Saül, quel que fût son zèle jehouddolâtrique sous le nom de Paul, n'avait pu arriver à Rome avant la fin de 819. En conséquence il fut décidé que Pierre et Paul ne seraient martyrs que cette année-là.

Après avoir retardé de vingt-et-un ans la nativité de Bar-Jehoudda, et avancé sa crucifixion de sept ans, on pouvait bien ajouter deux ans à la date du martyre de nos SS. AA. Pierre et Paul. On les ressuscita donc, et avec eux tous les personnages martyrisés deux ans auparavant.

L'Église veut bien que Néron, en sa qualité de

monstre, ait persécuté les christiens en 817, elle ne veut pas qu'il ait supplicié ceux dont elle a besoin en 819. Par un hasard, où chacun reconnaîtra le Saint-Esprit, tous les christiens brûlés en 817 survivent à leurs cendres dans les récits ecclésiastiques : trait renouvelé du phénix, ce qui lui donne un air de grandeur fabuleuse, mais contraire à tous les principes de la biologie. Les supplices de 817 ont épargné toute la société christienne que reconnaît l'Église au temps de Paul. Crescens n'est pas mort, Luc n'est pas mort, Démas n'est pas mort, Marc n'est pas mort, Clément n'est pas mort, Linus n'est pas mort. Néron n'a brûlé que des anonymes, il n'a fait aucune victime parmi les christiens classés. Il n'est pas jusqu'au sénateur Pudens, l'amphitryon de Pierre depuis vingt ans, qui ne respire l'air du Capitole avec sérénité.

VII

LE SOUTERRAIN DU SOLDAT MARTIAL

Après avoir donné un nom au soldat chargé de garder Paul, — il ne pouvait guère s'appeler autrement que Martial, — la tradition catholique donne un emplacement certain à sa maison : elle était située Via lata, et bâtie au-dessus d'un souterrain beaucoup plus grand que la prison Mamertine, de sorte que ce soldat disposait à lui seul de moyens d'incarcération très supérieurs à ceux de l'État. La maison de Martial est devenue l'église de Sainte-Marie in Via lata. On descend dans le souterrain par deux escaliers pratiqués sous le porche, on y voit diverses inscriptions qui rappellent, avec des détails fournis par la spéculation, les dernières années de l'Apôtre. On montre aux fidèles la colonne à laquelle Martial avait attaché son prisonnier. C'est là qu'il aurait vécu, dit le bon Mgr Gaume, « attaché par une chaîne au bras d'un soldat pendant deux années entières ». C'est beaucoup pour le soldat : nous aimons à croire qu'il n'en fut pas ainsi, car le pauvre Martial n'avait rien fait qui méritât deux années de chaîne.

Mgr Gaume a lui-même reconnu le besoin de se relâcher de cette sévérité : il dit, sans citer ses auteurs (1), que Paul parut devant Néron, qui lui laissa son gardien, sa chaîne et sa prison; mais comme on lui permit de prêcher, nous pensons que Martial eut dès ce jour quelques moments de libres. Il paraît en effet que sa prison ne désemplissait pas et que « le Collège des pontifes, le Sénat, le Prétoire, le Palais même — nous citons toujours Mgr Gaume — retentissaient des vérités qu'il annonçait sans aucune prohibition. »

Dans cette prison il avait pour auditeurs ou compagnons Onésiphore d'Éphèse, Epaphras de Colosses, Timothée, Hermas (2), « auquel, dit M. le chanoine de Bleser (3), un ange apparaissait sous la forme d'un pasteur (4), et révélait les profonds mystères de la Morale chrétienne », Aristarque, Marc, Démas, et une foule d'autres, « des courtisans même de Néron, ses parents,

---

(1) Nous allons bientôt les connaître.
(2) Quatre noms pris aux *Lettres de Paul*.
(3) *Guide du voyageur catholique à Rome*.
(4) Allusion à l'écrit connu sous le nom de *Pasteur*, d'origine hermétique et attribué à un certain Hermas.

Flavius Clémens, entre autres et Domitilla sa femme ».
Je ne doute pas que Néron et sa Cour n'aient été partisans du juif consubstantiel au Père, surtout s'ils ont
été catéchisés par le très excellent Théophile, mais je
proteste au nom de Flavius Clémens et de Domitilla ;
Flavius Clémens est le fils du Clémens dont l'Église a
fait le successeur de Pierre.

Sous le règne de Domitien, son cousin, Flavius
Clémens était encore élève de Quintilien, ce qui suppose un âge peu avancé, il ne pouvait donc pas être
marié depuis bien longtemps lorsqu'il fut mis à mort par
ledit Domitien. C'était un homme jeune, à qui on ne peut
guère donner plus de trente ans à sa mort. A peine en
avait-il cinq lorsque Saül vint à Rome, il n'est donc
pas permis de croire qu'il eût déjà serré les nœuds de
l'hyménée lorsque tout Rome descendait dans le souterrain pour ouïr la parole enchanteresse de l'Apôtre
des nations. Bientôt Pierre, entraîné par l'exemple,
s'établit dans ce souterrain qui devint l'endroit de Rome
où il y avait le plus de lumière. Une lumière telle que
Luc y vint également, non pour évangéliser, — ce qui
eût été banal, — mais pour peindre. N'étant point à la
chaîne, il occupait ses loisirs à peindre une Sainte
Vierge qu'on a trouvée dans son « oratoire », et qui
est une des sept figures de Madone attribuées à son
pinceau. On a eu bien tort de ne pas laisser ce chef-
d'œuvre à sa première place et de le transporter dans
l'Église supérieure où il est à présent. On a eu tort
aussi d'y mettre l'inscription relative à Paul :
« Mansit biennio toto in suo conductu et suscipiebat
omnes prœdicans regnum Dei, » car elle vient jeter bas
d'un seul coup toute la maison de Martial. Il n'existe

aucun moyen de traduire « conductum » autrement que par « maison louée ou appartement loué. » Cicéron, Sénèque, Pétrone et Ulpien sont formels sur ce point : la langue juridique s'est enrichie du mot « reconduction », qui signifie continuation de loyer. Si Paul a loué une maison pour y recevoir, c'est qu'il était libre, et si cette maison fut celle de Martial, c'est que le propriétaire et le locataire n'étaient enchaînés l'un à l'autre que par un bail.

La tradition serait tout à fait vicieuse si elle ne comportait la conversion du soldat geôlier. Paul fit Martial jehouddolâtre, bien d'autres. Et comme il fallait de l'eau pour baptiser, il fit jaillir une source où l'on vient boire en souvenir de ce miracle.

Cette imposture n'est pas seulement combattue sur le lieu même par la phrase empruntée aux *Actes* des Apôtres : « il resta deux ans entiers dans une petite chambre qu'il avait louée (1) », elle l'est au dehors, dans la ville même, par la dédicace de l'église Saint-Paul *alla regola*. Cette église s'appelait antérieurement *Scuola di San Paolo*, l'École de Saint-Paul, et c'est là que l'Apôtre réunissait les jehouddolâtres pour les instruire. Elle est située près de Sainte-Marie in Monticelli, entre le Forum et le Viminal.

(1) *Actes*, XXVIII, 30.

VIII

LA LITTÉRATURE MARTYROLOGIQUE

Croiriez-vous que, malgré tout cela, les hérétiques continuèrent à répandre autour d'eux les notions les plus erronées, en s'appuyant sur ce qui restait de vérité dans l'histoire des démêlés de Saül, prince du sang d'Hérode, avec Shehimon dit la Pierre, prince du sang de David? Pour obvier à ces machinations diaboliques, on fit sortir des vastes flancs de Rome toute une théorie de petits livres latins à l'usage de messieurs les clercs : *Passion de Pierre et de Paul, Actes de Pierre et de Paul, Histoire de Pierre et de Paul, Prédications de Pierre et de Paul, Epitome des gestes de Pierre et de Paul,* dans lesquels le premier rôle est toujours réservé à Pierre, comme ayant de droit divin la suprématie spirituelle. On peut dire que ces petits romans sont, avec les *Évangiles,* un des premiers essais de la littérature de colportage.

Négligeant les *Actes des Apôtres,* tous s'accordent à dire qu'après l'Ascension de Bar-Jehoudda, Pierre a occupé pendant six ans le siège épiscopal d'Antioche, et qu'il y avait en Judée, — à Jérusalem, dit le scribe Marcellus, — un certain Simon, magicien de son état, dont Pierre réprima les maléfices et qu'il poursuivit jusque dans Rome.

Qu'on juge par là du pouvoir de Simon : l'auteur de la *Lettre aux Galates* n'avait mené Pierre que jusqu'à Antioche!

Après avoir proposé à Pierre de lui acheter l'Esprit-Saint, Simon s'était enflé jusqu'à la divinité, mais n'ayant pu résister à Pierre, il avait jeté tous ses livres de magie à la mer et s'était enfui à Rome, où il avait pris sa revanche en captant la confiance de Néron. Mais Pierre qui était évêque de Rome depuis vingt-cinq ans deux mois et bientôt quatre jours, et qui avait pour coadjuteurs Linus, Cletus et Clément (1), n'était point homme à tolérer Simon dans la ville.

Averti par une vision des intrigues ourdies contre lui par Néron et Simon, il s'était, en prévision du martyre, hâté de constituer l'Église romaine avec dix Anciens et huit diacres. Bar-Jehoudda prévenait en même temps Pierre du secours que lui apportait dans la prédication le bien-aimé Paul qui arrivait le lendemain, car, au rebours de ce qu'on pourrait croire, Pierre et Paul étaient d'inséparables amis, acharnés à la perte de Simon.

Si vous voulez, prenons la suite de l'imposture dans la version de Marcellus.

Le défaut de ce Marcellus est, je le sais, de n'apparaître qu'après les grands fabulistes, de s'appuyer sur Clément en ce qui touche les débats avec Simon le magicien, sur tous les auteurs ecclésiastiques en ce qui touche la durée du pontificat de Pierre, et sur les

(1) Ces imposteurs oublient totalement que l'Eglise dans les *Actes des Apôtres* a avancé de sept ans la crucifixion de Bar-Jehoudda et qu'elle l'a placée en 782. Si nous admettons, au contraire, qu'ils respectent cette donnée, il s'ensuit qu'ils associent Pierre sur le siège d'Antioche jusqu'en 788 et sur celui de Rome jusqu'en 813 seulement. Or vous avez vu que d'après la chronologie ecclésiastique, Paul n'arrive à Rome qu'en 814. D'autre part, vous avez vu que Pierre écrit encore à Jacques en 817.

historiens romains en ce qui touche la mort de Néron. C'est donc un témoin qui n'a vu que par les yeux de Clément, lequel n'a rien vu du tout, mais comme il signe sa relation (1) : « Moi, Marcellus, disciple de mon maître l'apôtre Pierre, j'ai écrit ce que j'ai vu, (il oublie d'ajouter « dans Clément, dans Eusèbe et les autres, ») c'est un de ces témoins que l'Église qualifie d'oculaires.

Marcellus toutefois estima que ces témoignages ne compensaient pas le silence de l'histoire, quoiqu'ils fussent dans le fond contresignés par Néron et toute sa cour.

Disciple de Pierre, il avait assisté à son supplice ainsi qu'à celui de Paul. Il fondit en une seule les livraisons à deux sesterces de Clément et consorts, et nous eûmes une *Passion de Pierre et de Paul* que nous citâmes. Mais, fortement embarrassé par la question de savoir qui de Clément, de Linus ou de Clet fut le second pape, il l'a tranchée en les donnant tous trois en même temps comme coadjuteurs de Pierre. Voilà trois témoins, le Deutéronome n'en exige que deux.

IX

L'AUTO-AÉROPLANE DE SIMON LE MAGICIEN

Et voici ce qu'a vu Marcellus dans la mémorable

(1) Voyez le petit opuscule gothique, sans date, qui semble de la fin du xve siècle : *Passio Petri et Pauli Apostolorum disputatio eorumdem contra Symonem*, etc., et qui se termine par cette déclaration : « Ego, Marcellus, discipulus domini mei Petri Apostoli, quæ vidi scripsi. »

journée où Simon le Magicien fit devant Néron le premier essai connu d'auto-aéroplane.

Pierre et Paul sont auprès de Néron lorsque Simon se prépare à voler vers les cieux ; ils sont condamnés par la même sentence à des peines différentes, et c'est la raison pour laquelle ils vont être envoyés séparément à la mort. Fils de Dieu comme feu Bar-Jehoudda, Simon demande à Néron d'édifier une haute tour de bois où les anges du ciel viendront le chercher pour l'emporter vers son Père : ils sont trop purs, dit-il, pour descendre dans une foule où il y a deux jehouddolâtres ! Néron, déférant à ce désir, a fait construire au Champ de Mars une tour très élevée, et convié le peuple et tous les dignitaires à ce spectacle ; il a ordonné que Pierre et Paul y assistent également. « — La vérité apparaîtra, dit Néron. — Nous ne la craignons pas, dit Pierre, et, se tournant vers Simon, il ajoute : « Fais ce que tu as dit. Ta défaite et notre triomphe sont proches, le christ nous appelle ». — Où voulez-vous aller sans ma permission ? dit l'Empereur. — Où notre Seigneur nous appelle. — Et votre Seigneur, c'est... ? — Jésus-Christ. » Simon, indigné, dit alors à Néron : « Afin que tu saches que ce sont des imposteurs, je te préviens qu'aussitôt dans le ciel je t'enverrai prendre par mes anges. — Fais, dit Néron, flatté par cette perspective. » Et Simon, étant monté sur la tour, couronné de lauriers, étend les mains et prend son vol.

Pierre dit à Paul : « Regarde ! », et Paul, levant ses yeux pleins de larmes, vit Simon qui volait. « Achève ce que tu as commencé, dit Paul, car notre Seigneur nous appelle ! » Alors Pierre, tournant les yeux vers Simon, dit : « Anges de Satan, qui le soutenez dans les airs, je vous adjure par le Dieu tout-puissant et par Jésus-Christ de le laisser choir à l'instant! » Et à l'instant Simon tomba dans la Via Sacra où il s'écrasa en quatre parties, brisant quatre pierres qu'on voit encore aujourd'hui en témoignage de la victoire jehoud-dolâtrique.

Néron fit immédiatement enchaîner les deux hommes qu'il rendait responsables de cette mort. Quant au corps de Simon il le fit garder avec soin, de peur qu'il ne ressuscitât le troisième jour. « — Il est bien mort, dit Pierre, il ne ressuscitera pas! — Qui t'a permis un tel crime? demande Néron. — Son obstination, dit Pierre. — Fais conduire ces deux hommes à la Nauma-chie, dit Néron à son préfet Agrippa, qu'ils soient brûlés vifs ainsi que tous ceux de leur espèce! — Pour-quoi la même peine? objecte Agrippa. Il faut trancher la tête à Paul, pour crime contre la religion, et mettre Pierre en croix pour homicide. — Bien jugé, dit Néron, » et on les conduit au martyre.

Condamnés à des peines différentes, envoyés séparé-ment à la mort, Paul est décapité sur la Via Ostiensis, Pierre est exécuté la tête en bas sur une croix renversée.

Aussitôt apparurent près de la croix de saints hommes que personne n'avait vus auparavant et que personne ne revit plus jamais. (Cela, je le crois.) Ils se dirent envoyés de Jérusalem exprès. Se joignant à Marcellus, ils enlevèrent secrètement le corps et le déposèrent sous un térébinthe près de la Naumachie, au lieu dit le Vatican. Alors ceux qui étaient venus de Jérusalem, s'adressant à la foule, dirent : « Réjouissez-vous d'avoir mérité pour patrons les grands amis de

Notre-Seigneur, et sachez qu'après leur mort l'infâme Néron ne pourra conserver l'empire ! » Et en effet quelque temps après, par la révolte de son armée et de son peuple, le tyran, réduit à fuir et à se cacher, périt dans les chaînes, au dire des uns, de la dent des loups, au dire des autres. Quant aux apôtres, comme des grecs emportaient leurs corps en Orient, il survint un tremblement de terre formidable. Le peuple romain accourut qui les arrêta dans les catacombes, au troisième mille de la voie Appienne, où on conserva les corps pendant un an et sept mois jusqu'à ce qu'on leur eût aménagé un lieu convenable. Au milieu des hymnes, celui de Pierre fut porté au Vatican et déposé dans la Naumachie, celui de Paul au sixième mille de la Via Ostiensis.

Telles sont les choses que Marcellus notamment a vues, et dont on ne saurait douter sans encourir l'excommunication majeure.

X

REMPLACEMENT DE CLÉMENT PAR LINUS COMME SUCCESSEUR DE PIERRE

Plus tard, et c'est ce qui permet de mesurer le fond de l'ingratitude humaine, il vint des gens qui ne furent satisfaits ni de Marcellus parce qu'il n'avait pas succédé à Pierre, ni de Clément à cause de ses sorties contre Saül le persécuteur. Clément avait menti de son mieux, mais ce mieux était ennemi du bien, puisqu'il découvrait Paul.

On opposa donc maître Linus — Pathelinus — à Clément comme successeur de Pierre; et Clément, relégué au quatrième rang sur la liste des papes, se confondit avec Flavius Clémens (1), ce Juif d'intention qui avait été puni de mort pour avoir feuilleté l'*Apocalypse* dans la maison de l'empereur Domitien.

Donnons quelques renseignements biographiques sur Linus, dont nous n'avions entendu résonner le nom éminemment onctueux que dans la *Lettre à Timothée*. D'origine toscane, personnage pieux et aimé de Dieu, Linus est le second évêque de Rome (2), à moins qu'il ne soit le troisième, de même que Clément est le quatrième, à moins qu'il ne soit le second. Il a succédé à Pierre, à moins qu'il n'ait été consacré par Paul ou qu'il n'ait pris la place des deux après leur martyre. Il a régné de 808 à 820, à moins qu'il n'ait commencé à régner qu'en 819, ou qu'antérieurement il n'ait été vicaire de Pierre et de Paul. D'autres vous diront qu'après avoir pontifié onze années trois mois et douze jours, — il florissait sous Galba, — et fut martyrisé par le préfet Saturninus (3) pour avoir délivré sa fille de l'indécent assaut des démons; ce Saturninus n'entendait rien à la reconnaissance ! C'est à Linus qu'il appartenait de déposer sur les événements qui avaient marqué son époque. On lui fit écrire deux petits livres en grec, la *Passion de saint Pierre et de saint Paul* martyrisés le même

(1) Toute la différence est qu'après avoir spéculé sur le nom du père, on spéculait sur celui du fils.

(2) Les premiers jehouddolâtres de Rome sont dits indifféremment évêques ou papes. Leur liste est fausse pendant trois siècles et davantage.

(3) Notons l'insistance avec laquelle les gagistes tournent autour de ce nom, déjà mêlé par Josèphe à la répression du mouvement chrétien de 772 (Cf. le *Charpentier*) et par Tertullien (*De Carne Christi*) à la nativité de Bar-Jehoudda.

jour, et non à des jours différents, comme pouvaient seuls le soutenir des gens qui n'étaient pas là.

Longtemps, oh! longtemps, la terre se morfondit dans l'attente de renseignements certains sur Linus. Mais, dans la seconde partie du seizième siècle, alors que ces maudits huguenots entreprenaient contre la vraie foi, notre bon ami et féal serviteur Guillaume Malerbault, théologien de Sorbonne, eut l'idée excellente de nous donner une traduction latine de ce grec que tant de fidèles ne comprenaient pas. A la vérité, l'original avait disparu dans un incendie de la bibliothèque du monastère où il était conservé; mais on ne pouvait douter qu'il eût existé, Le Fèvre d'Etaples l'avait vu, il en avait parlé dans ses *Commentaires sur les Épîtres de saint Paul*, et puis, il y a un dieu pour de tels monuments. Malerbault l'avait dans sa bibliothèque particulière. Il s'empressa donc de le livrer au public, car on aurait pu spéculer sur la destruction de ce précieux témoignage pour nier que Pierre eût jamais été à Rome, et il ne manquait pas d'êtres mal pensants pour le soutenir.

Manie de la contradiction, puisque Linus, qui assistait au martyre, était là pour en attester la réalité! Mieux vaut un seul témoin oculaire que dix auriculaires, comme il appert des Institutes *Titulo de gradibus cognitionum*, paragraphe dernier, et de Barthole, à la loi *Quod mea*, paragraphe *Si Venditorem*, *ff. de acquirendâ et amittendâ possessione* (1). Et puis à quoi

---

(1) D. Lini Romanorum pontificum secundi *De sui predecessoris divi Petri Apostolorum Principis, et coriphei.* (sic enim loquitur divus Dyonisius Areopagita) *passione libellus.* Item ejusdem Lini *De passione divi Pauli libellus alter.* (Paris, 1566, in-8).

tendent les mauvais esprits qui révoquent en doute le séjour de Pierre à Rome ? Est-ce qu'il n'est pas attesté par les docteurs sacrés, comme saint Clément et saint Ambroise, lequel, pour sa part, nous a conté la rencontre de Pierre et du christ, celui-ci allant à Rome pour y être crucifié de nouveau ?

XI

QUO VADIS ?

Linus reconnaît que Néron fit emprisonner Pierre, uniquement par arrêt du destin. L'heure du martyre approchait pour l'apôtre : il n'y a pas d'autre raison. Cependant Pierre avait déjà détourné de leurs époux quantité de matrones de la plus haute naissance, pour les marier à Bar-Jehoudda. Il poursuivit en prison cette chaste propagande et prêcha si bien Agrippina, Eucheria, Euphemia et Dione (d'autres disent Cleonis), toutes quatre concubines du préfet Agrippa, qu'elles finirent par refuser toute espèce de rapport avec ce fonctionnaire. Les courtisanes elles-mêmes redevenaient vierges : on comprend le chagrin et l'étonnement d'Agrippa ! Caresses, petits cadeaux, rien ne put briser leur obstination. Le libidineux Agrippa fit une enquête, découvrit d'où venait ce qu'il estimait être le mal, menaça les quatre courtisanes et l'apôtre des supplices les plus horribles, il n'en obtint pas davantage. Sur ces entrefaites Xandipe, femme d'Albinus (1), intime ami

_____

(1) On a pris le nom du procurateur de Judée sous lequel on a placé la lapidation de Jacques.

de Néron, vint trouver Pierre avec d'autres dames non moins nobles, et rentrée au logis, elle refusa tout contact avec son mari. Albinus, au comble de la fureur, alla trouver Agrippa, son compère, et ils convinrent de se venger de Pierre ensemble, ayant reçu chacun la même injure. Ayant appris cette conspiration, Xandipe avertit Pierre qu'il eût à s'enfuir promptement, et dans le même but elle faisait prévenir les frères par Marcellus, fils du préfet Marcus, autrefois disciple de Simon le Magicien, maintenant rallié à Pierre.

Entre temps les nombreux sénateurs, qui avaient été abandonnés de leurs femmes, s'assemblaient pour mettre un terme aux menées de Pierre et félicitaient Agrippa de sa détermination. Pressé par Marcellus et par les frères de chercher son salut dans la fuite, Pierre répondit qu'il se devait au martyre comme son Maître. Ils insistèrent, invoquant l'intérêt de la prédication et le leur. Les jeunes gens qu'il préparait à la vie éternelle se tordaient les bras, se jetaient la face contre terre, criant : « Après nous avoir baptisés, voici que tu nous abandonnes aux morsures des loups ravisseurs ! » Les matrones poussaient des gémissements et se couvraient les cheveux de cendre. Les gardiens de la prison, Processus et Martinianus, joignaient leurs supplications à celles des magistrats et des officiers : « Renonce à ton dessein, l'Empereur ne pense plus à toi ! Sinon Paulinus, qui nous a chargés de ta garde, aurait reçu ta sentence de mort ! C'est ce vilain Agrippa qui t'en veut ! Depuis que tu nous as baptisés au nom de la Trinité dans la fontaine de cette prison, et que par miracle le signe de la croix s'est gravé sur le rocher, tu es allé où tu as voulu (1), personne ne t'a rien dit ». Les veuves, les orphelins, les vieillards se frappaient la poitrine, s'arrachaient les cheveux : « Toi qui nous as guéris du démon et des maladies, qui nous as ressuscités d'entre les morts, vas-tu nous laisser dans cette vallée de misères ? » Vaincu par tant de larmes, Pierre se décide à partir seul ; et la nuit d'après, les ayant bénis, tandis qu'il partait sous un déguisement, les chaînes se détachèrent de sa jambe. Arrivé à la porte de la ville, il rencontra le christ qui le rappela au respect de la prophétie (2) ; il rentra, glorifiant Dieu (3), et dit aux frères les raisons pour lesquelles il fallait que Bar-Jehoudda fût de nouveau crucifié en lui, car « il n'avait consenti à se soustraire pour quelque temps au martyre qu'à la demande des christiens qui l'avaient supplié de vivre encore pour eux; et comme il fuyait par charité, il suivait le Sauveur même en fuyant ! » (4) Effectivement il le rencontra tout à coup, et il faut croire que le crucifié avait le front incliné vers la terre, car c'est son frère qui parla le premier : « *Domine, quô vadis?* dit-il, Rabbi, où vas-tu ? — Et le Rabbi lui répondit : « Je vais à Rome pour y être crucifié de nouveau » (5), ce qui est une façon de lui enjoindre d'exécuter à Rome pour les besoins de l'Eglise l'exercice crucial dont il s'est une

(1) Expression prise au *Quatrième Evangile* (xxi, 18) : « Lorsque tu étais plus jeune, tu te ceignais toi-même et tu allais où tu voulais. »
(2) La prophétie de Jésus à Pierre dans le *Quatrième Evangile* (xxi, 18) : « Lorsque tu seras vieux, tu étendras les mains, et un autre te ceindra, et te mènera où tu ne voudras pas, » (c'est-à-dire au Guol-golta.)
(3) *Quatrième Evangile*, xxi, 19 : « Or il (Jésus) dit ces mots pour marquer de quelle mort il (Pierre) devait glorifier Dieu. »
(4) Ceci d'après M. le Chanoine de Bléser que nous ne voulons pas priver de cette élégante pensée.
(5) Une petite église, située sur la voie Appienne, rappelle cette invention, au deuxième mille après qu'on a passé l'Almon.

première fois acquitté à Jérusalem. Pierre comprit « et rentra dans Rome pour sortir de ce monde. »

On l'entraîna donc sur le Janicule dont le nom lui rappelait agréablement celui du Joannès, auteur de l'*Apocalypse* (1).

On montre dans le cloître de l'église Saint-Pierre in Montorio la fosse où fut plantée la croix. Cette fosse est dans la chapelle souterraine au-dessus de laquelle s'élève le temple construit par le Bramante pour perpétuer cette imposture (2).

XII

LA CROIX A L'ENVERS

A partir du *Quo Vadis?* rien ne put fléchir Pierre. Hiéros se présenta suivi de quatre appariteurs et de quelques décemvirs : ils l'emmenèrent, chargé de chaînes, au préfet Agrippa. Au petit discours d'Agrippa, la figure de Pierre resplendit comme le soleil, et il éclata en injures contre le préfet : « dux libidinum! amator pollutionis ! » j'en passe, lui déclarant, en outre, qu'il entendait être crucifié au plus tôt. Agrippa consentit.

Ce fut alors dans la ville un mouvement extraordinaire de gens de tout âge et de toute condition, riches, pauvres, veuves, pupilles, infirmes et bien portants, une confusion inexprimable, le tumulte, l'émeute!

(1) On sait que Janès ou Janus est le nom latinisé de Joannès.
(2) Primitivement l'église Saint-Pierre-in-Montorio s'appelait *Sancta Maria in Castro Aureo*, ainsi nommée, dit-on, de la couleur jaune du sable de la colline : l'église Santa-Maria a été élevée (sous Constantin, dit-on) en un temps où le nom de Pierre n'était pas encore lié à cet emplacement.

Pourquoi tuer Pierre? C'est une honte! il est innocent. On avait bonne envie d'écharper le préfet. Mais Pierre étant monté sur un tertre, harangua cette foule grondante, et d'un geste l'apaisa. On laissa aller le préfet pour ne pas gâter le plaisir que Pierre éprouvait à rejoindre son frère. Pierre fut conduit, suivi des appariteurs et de la cohue, à la Naumachie, près du Cirque de Néron, sur la Montagne du Vatican. Au pied de la croix qu'on avait plantée en ce lieu, Pierre parle de nouveau et plus longuement que jamais, recommandant au peuple d'épargner Agrippa, « le ministre d'un diable qui abuse de la permission de Dieu pour me tuer dans ma chair », et citant d'abondance le *Quatrième Évangile*, il se tourne vers la croix, lui adresse un discours apologétique en plusieurs points, gourmande les valets du bourreau et les appariteurs qui ne se dépêchent pas assez : « Je vous en supplie, leur dit-il, veuillez me crucifier les pieds en haut la tête en bas. Je ne suis pas digne, moi, simple serviteur, d'être crucifié dans la *position* (1) de celui qui a sauvé le monde. » Son vœu exaucé, il se remet à parler copieusement.

A ce moment, à travers les larmes qui mouillent leurs yeux, les assistants voient distinctement des anges qui se tiennent, avec des couronnes de lis et de roses, autour de la croix, et au-dessus Pierre lui-même, recevant de Bar-Jehoudda un livre dans lequel il lit ce qu'il vient de leur dire (2). A cette vue,

(1) La position ici, c'est le point opposé à l'Occident, c'est l'Orient, c'est Jérusalem où Shehimon fut crucifié après Bar-Jehoudda. Cf. le présent volume, au *Lancement du Gogotha*.
(2) *L'Evangile* de Cérinthe ou *Quatrième Evangile* après son attribution par l'Eglise à un certain Joannès apôtre qu'elle fait distinct du baptiseur.

la joie se répand sur tous les visages, les bourreaux
en sont confondus. Pierre dans ses derniers instants
explique à son frère (1) pourquoi il n'a pas cru pouvoir être crucifié la tête en haut, et au peuple comment
le péché originel est racheté par la croix, ce qui nous
vaut la plus verbeuse de ses déclarations, et de telle
dimension qu'un orateur à la tribune aurait eu de la
peine à la soutenir. Il expire enfin (2). Marcellus alors
le descend lui-même de la croix, lave le corps du meilleur lait et du meilleur vin ; puis, avec quinze cents
mines de résine d'aloès, de myrrhe, de nard et de
stacné, plus quinze cents autres mines de substances
variées, il l'embaume le plus soigneusement du monde,
remplit le sarcophage, entièrement neuf, de miel
attique, et y place le corps bien enveloppé d'aromates.
La nuit, comme il veillait près du tombeau, (car tel était
son chagrin qu'il avait résolu de ne plus jamais se
séparer de son Maître,) voici que Pierre lui-même lui
apparut. A son aspect, il s'élança vers lui. Mais le
bienheureux lui dit : « Marcellus, n'as-tu pas entendu
la parole du Rabbi : « Laisse les morts ensevelir
leurs morts ? — Je l'ai entendue, Maître, répondit
Marcellus (3). » Alors Pierre lui recommanda de se
réjouir, car loin d'être mort, il était au contraire vivant

(1) Le plus mal possible, bien entendu.
(2) La prosopopée de Pierre sur le mystère de la croix, la croix
arbre de vie, est purement ecclésiastique, c'est-à-dire en contradiction
formelle avec l'interprétation de ce signe dans l'*Apocalypse*. Les nombreux emprunts qu'il fait aux *Evangiles* et au *Symbole de Nicée* s'ex-
pliquent par la date de la composition qui est postérieure au quatrième siècle.
(3) En effet, elle est dans les Synoptises. Cf. le *Roi des Juifs*, p. 317.
Mais Marcellus, en qualifiant Pierre de Maître, désobéit furieusement
à cette autre parole de Jésus : « N'appelez personne sur la terre votre
Maître, car vous n'avez qu'un Maître qui est aux cieux. »

et bien vivant. La nouvelle de cette résurrection, répandue en tous lieux par Marcellus, remplit les frères d'allégresse.

De son côté, Néron, apprenant qu'on avait crucifié Pierre au lieu de le garder en prison, s'emporta contre Agrippa qu'il accusa de lui avoir volé sa vengeance, car il se disposait à punir Pierre des supplices les plus divers pour avoir enlevé Simon à la reconnaissance de la République.

Grâce à l'intervention de ses amis, Agrippa ne perdit que la préfecture et se retira dans sa maison, accablé par le mépris universel. Mais il ne tarda pas à succomber, frappé du châtiment le plus terrible par la justice divine ; Néron tourna sa colère contre ceux qui avaient suivi de plus près l'enseignement de Pierre, mais l'apôtre leur révéla ce dessein et leur indiqua le moyen d'échapper à cette bête fauve. Néron eut une vision dans laquelle Pierre, après l'avoir flagellé cruellement, lui donna l'ordre de calmer ses nerfs. Quant aux frères, ils étaient réconfortés par de fréquentes apparitions de l'apôtre.

Telle est la relation que Linus manda aux Eglises d'Orient qui, sans lui, croupissaient dans une honteuse ignorance et continuaient à croire que Shehimon avait été crucifié en Judée, dans la même *position* géographique que son frère aîné. Il fit de même pour Paul, et voici ce qu'il leur apprit, lui Linus, en sa qualité de successeur de Pierre.

XIII

PAUL ET LA RÉSURRECTION DE PATROCLE

Luc étant arrivé de Galatie, et Titus, de Dalmatie, attendaient Paul à Rome. Les ayant rejoints, (avec quelle joie l'apôtre les retrouva !) Paul loua hors de la ville un grenier public, (dans un grenier qu'on est bien à cent ans !) où il commença de prêcher la parole de vie avec ses disciples et les autres frères. Il est clair que sa « petite chambre » était de dimensions insuffisantes. Une foule immense accourut, même de la maison de César, — Linus connaît la *Lettre aux Philippiens*, — et chaque jour (1) s'augmentait la sainte communion des fidèles. Le précepteur de Néron (c'était Sénèque), se prit pour Paul d'une amitié si vive qu'il ne pouvait se passer de lui, à tel point qu'il lui écrivait à chaque instant. Il lisait ses *Lettres* à l'empereur et favorisait ouvertement sa prédication. Paul, se sentant soutenu, disputait contre les philosophes ethniques et n'en faisait qu'une bouchée. Le Sénat lui-même en était assoté.

Certain jour, Patrocle, échanson et mignon de l'Empereur (que Malerbault appelle toujours le roi, on voit bien qu'Henri III n'est pas loin), quitta son poste pour aller au grenier où Paul enseignait le chemin de la vie éternelle. Il y était conduit et par son instinct et par les propos que lui tenaient ses camarades. C'était le soir, et Paul, pour mieux se faire entendre des foules, était monté

(1) *Chaque jour*, dit honnêtement Malerbault, ne se trouve pas dans l'édition de Venise.

au plus haut de l'édifice. Patrocle ne pouvant approcher, s'assit sur le rebord de la fenêtre la plus haute afin de mieux entendre. Paul ayant été un peu long ce soir-là, le diable, jaloux de son succès, endormit Patrocle qui perdit l'équilibre, tomba de la fenêtre et rendit l'âme (1). On porta immédiatement la nouvelle à Néron qui revenait du bain : sa tristesse fut grande et grand son désarroi. Déjà il avait choisi un autre éphèbe qui lui présentât le vin, lorsque Paul, percevant par l'esprit ce qui était advenu à Patrocle, dit : « Frères, le Malin est entré ici pour vous tenter, mais Bar-Jehoudda, selon sa coutume, va tourner tout à la louange de Dieu. Sortez, et dehors vous trouverez inanimé le mignon de l'Empereur. Le prenant, apportez-le moi ». Et sortant, ils le trouvèrent, étonnés que Paul eût appris une chose inconnue à tous. Mais lui : « Il est temps que la semence de la vie éternelle, tombant en terre, fructifie au centuple. Mettons notre confiance en Dieu, prions-le de rendre la vie au cadavre de ce jeune homme pour qu'il vive mieux désormais ». Tous se mirent à genoux. « Lève-toi, Patrocle! dit Paul, et raconte ce que Dieu a fait de toi. » A sa voix, le jeune homme, comme s'il s'éveillait, commença de glorifier Dieu qui donne un tel pouvoir aux hommes, et il revint, plein de joie, au palais avec ses amis.

Cependant Néron continuait à pleurer Patrocle. « Console-toi, lui dirent tout à coup ses courtisans, Patrocle n'est pas mort, il est aux portes du palais. » Néron n'en voulait croire ses oreilles et, dans sa stupeur, il refusait de laisser entrer celui qu'on avait dit mort,

(1) Imitation de l'affaire d'Eutychus à Troas, dans les *Actes*.

24

mais l'ayant vu devant lui, sain et sauf, il lui fallut se
rendre. « Tu vis, Patrocle? lui dit-il. — Je vis, César,
dit Patrocle. — Qui t'a ressuscité ? reprit Néron. »
Alors Patrocle, l'âme enflammée de l'ardeur de la foi,
répondit : « Le Seigneur Jésus-Christ, (entendez Bar-
Jehoudda), Roi de tous les siècles. » Néron troublé par
le nom du Roi de vérité : « — Il doit donc régner dans
tous les siècles et renverser tous les trônes du monde?
— Oui, César, répondit Patrocle, oui, il détruira tous
les trônes qui sont sous le ciel ; et tout ce qui est sous le
ciel lui obéira, car il est le seul Roi des rois et le seul
Maître de ceux qui commandent ». Néron lui donna un
soufflet, disant : « Alors tu combats pour ce Roi? —
Oui, dit Patrocle exultant, car il m'a rappelé d'entre
les morts ! »

Alors Barnabas, Justus, Paulus, Arius de Cappadoce
et Festus de Galatie, ministres de Néron, qui étaient
constamment en sa compagnie, lui dirent : « Pourquoi
frappes-tu ce jeune homme? Il a répondu selon la vérité.
Nous aussi, nous sommes des soldats de Jésus-Christ,
notre Roi invaincu, et notre Maître! » A cette déclaration unanime, Néron les fit jeter en prison afin de les
torturer autant qu'il les avait aimés jusqu'alors. Sur son
ordre, tous les serviteurs du christ furent recherchés. Il
édicta qu'ils fussent soumis sans interrogatoire à toutes
les tortures imaginables. Quelques-uns furent amenés
en sa présence, notamment Paul, lequel comparut
chargé des chaînes qui composaient toute sa garde-robe.

XIV

LA DÉCAPITATION DE PAUL

Après leur séjour dans le souterrain de la Via lata où pour sa part, Paul était resté deux années, Pierre et Paul avaient été amenés à la prison Mamertine, dans le Tullianum où ils restèrent huit à neuf mois. Le Tullianum était comme la cave de la prison Mamertine : c'était un raccourci de l'horrible et du ténébreux, dans un espace qui a moins de dix mètres de long, moins de trois mètres de large et n'a pas plus de deux mètres de haut. La tradition a choisi le Tullianum parce qu'il est plus Anne Radcliffe que la prison Mamertine, et qu'il y a une fontaine. Sans fontaine point de baptême, sans baptême point d'apôtre, sans apôtre point de conversion. La fontaine du Tullianum est celle que Pierre fit jaillir pour baptiser quarante-sept des prisonniers qui étaient avec lui, plus les deux geôliers, Processus et Martinien, en tout quarante-neuf (1). Sans colonne d'attache point de prison : on montre encore la colonne à laquelle était attaché Pierre. On a eu au moins l'intelligence de la placer près de la fontaine, en sorte qu'il pût, malgré ses chaînes, puiser l'eau nécessaire à la régénération des goym détenus avec lui. Outre l'histoire, le lieu même et son exiguïté, tout s'oppose à ce que quarante-sept personnes aient habité pendant neuf mois le Tullianum avec Pierre et Paul, et nous n'aurons pas besoin

(1) Sept fois sept.
Observons ce chiffre, il est jubilaire selon la formule de l'*Apocalypse*.

d'invoquer les considérations de la nature et de l'hygiène : nous nous en tiendrons au cube et au carré.

Devant Néron Paul répondit avec une hardiesse que le seul Linus eût été capable de tempérer : il conclut en conseillant à Néron de se faire, lui aussi, serviteur du juif consubstantiel au Père, afin de mériter le salut éternel, lorsque ce Roi des rois viendrait juger les vivants et les morts et dissoudre le monde par le feu. Le feu ! Note malheureuse ! C'est lui qui donne l'idée à Néron de faire périr tous les christiens par le moyen dont ils menaçaient eux-mêmes le monde ! Quant à Paul, reconnu coupable de lèse-majesté par un sénatus-consulte, il fut condamné à avoir la tête tranchée hors de la ville, et livré aux préfets Longinus et Megistus, ainsi qu'au centurion Acestus. Ce serait le mal connaître que de croire qu'il n'en profita pas pour les catéchiser tous.

Entre temps, Néron, avec une incroyable célérité, faisait rechercher et mettre à mort tous les christiens. On en tua un tel nombre que le peuple se révolta, envahit le palais, et força Néron de rapporter son édit. Par un édit tout contraire, Néron défendit de molester aucun christien avant que l'affaire ne lui fût officiellement soumise et régulièrement dénoncée. C'est alors qu'on lui ramena Paul. En le voyant, il fut pris d'une rage indescriptible, criant : « Enlevez ce malfaiteur, décollez cet imposteur, supprimez ce fauteur de désordres ! Qu'à l'instant il disparaisse de la surface de la terre ! » (1) Mais Paul : « César, je ne souffrirai pas longtemps, car j'irai rejoindre celui qui viendra juger

(1) Imité des *Actes*.

le monde dans l'incendie final ». Néron, s'adressant à Longinus, à Megistus et à Acestus : — Que sa tête tombe, afin qu'il sente où est le vrai maître ! » Paul reprit : « Pour t'apprendre qu'après ma mort j'entrerai dans la vie éternelle, je t'apparaîtrai, victorieux devant un vaincu ». Sur quoi Longinus, Megistus et Acestus l'entraînèrent au lieu du supplice ; mais pendant la route ils se faisaient initier au mystère qui rendait les jehouddolâtres indifférents aux tortures et à la mort. Je passe sur les discours de Paul : il annonça la fin du monde, le jugement dernier, le salut pour les croyants et l'enfer pour les incrédules. Les foules s'écriaient : « Miséricorde ! nous avons erré, nous avons péché ». Longinus, Megistus, Acestus, prenant Paul à part, le priaient de les faire inscrire dans la milice céleste, afin qu'ils pussent échapper au feu éternel, moyennant quoi ils le relâcheraient, le suivraient partout où il lui plairait, et mourraient avec lui. Paul refusa : « Qu'allons-nous faire, dirent-ils, et comment vivrons-nous si nous te punissons ? »

On avait enfermé Paul avec Pierre dans la prison Mamertine, on les en tira pour les mener au supplice. Ils firent route ensemble. Au delà de la porte d'Ostie, à l'endroit où est la Chapelle du Sauveur, Paul rencontra Plautilla, une noble dame romaine qu'il avait convertie. Elle était venue le voir passer. Un voile cachait ses pleurs. Il le lui demanda pour s'en couvrir les yeux au moment de la décollation, lui promettant qu'on le lui rendrait après. Bientôt il lui fallut quitter Pierre : il allait vers les Eaux Salviennes, et Pierre vers le Janicule. A l'endroit où est la Chapelle de la Séparation, ils se donnèrent le baiser d'adieu, Paul disant : « La

paix soit avec toi, fondement de l'Église (1) et Pasteur
de tous les agneaux de Jésus-Christ ! (2) » et Pierre :
« Va en paix, prédicateur des bons et guide des justes
dans la voix du salut » ! L'imposture de la séparation
n'étant faite que pour établir la réunion des deux
hommes dans le même sentiment et subordonner Paul
à Pierre, on n'a pas réfléchi à ce qu'il y avait d'anormal
dans le trajet suivi par leur escorte. On n'y a pensé
que plus tard et alors on a trouvé cette explication :
« Pierre et Paul auront prié les soldats de les laisser le
plus longtemps possible, les fidèles auront appuyé de
quelque argent cette demande bien facile à comprendre. » Ce qui est moins facile à comprendre, c'est
qu'on choisisse deux endroits aussi éloignés que le
Janicule et les Eaux Salviennes pour exécuter deux
hommes conduits en même temps au même supplice.
Dans l'hypothèse ecclésiastique, le centurion qui commande l'escorte est obligé de la couper en deux, d'en
laisser une partie avec Paul, de rentrer en ville avec
Pierre, de traverser le Tibre sur le pont Sublicius et
de monter ensuite au Janicule.

Ce serait une grave erreur de croire que Pierre ayant
parlé plusieurs heures la tête en bas, Paul fût mort
sans prononcer un discours. On tranche la tête à un
apôtre, on ne lui coupe pas la parole. Les Romains
étaient sous le charme d'une première harangue, lorsqu'arrivèrent deux soldats, Parthémius et Phérétas,
pour savoir si on avait exécuté les ordres de Néron.
« Croyez au Dieu vivant, leur dit Paul, qui me ressus-

(1) Pris à Mathieu.
(2) Pris au *Quatrième Evangile*, xxi : « Pais mes agneaux. »

citera des morts ainsi que tous les croyants! » Mais les soldats répliquèrent : « Quand tu auras été mis à mort et que tu seras ressuscité, alors nous croirons ». On l'entraîna donc au lieu du supplice au milieu d'une foule immense. Plautilla continuait à prier, partagée entre le mépris des hommes et la louange du juif consubstantiel au Père. Parthémius et Phérétas se moquaient de sa simplicité. « Frères, dit Paul à Mégistus et à Acestus, toujours fort inquiets pour leur salut, quand j'aurai la tête tranchée et que vous vous serez éloignés, des fidèles viendront m'emporter et m'ensevelir. Mais notez l'endroit de mon sépulcre, revenez demain matin, vous trouverez deux hommes, Titus et Luc, priant sur ma tombe, dites-leur ce que vous êtes venus faire et ils vous donneront des preuves de mon salut en Dieu ». Ensuite il pria longtemps en hébreu, les mains tendues vers le ciel, avec des larmes, et s'étant bandé les yeux avec le mouchoir de Plautilla, il tendit le col au glaive. Après que le bourreau lui eut enlevé la tête, on l'entendit prononcer distinctement le nom de Jésus-Christ en langue hébraïque (1). Aussitôt un flot de lait jaillit de son corps sur les vêtements d'un soldat, et à son tour le sang se mit à couler. Une odeur si suave se répandit dans l'air, une lumière si éclatante envahit le ciel que les hommes n'en croyaient point leurs sens.

Ce ne fut pas tout, le bourreau l'avait frappé d'un tel coup que la tête détachée fit trois bonds sur le sol et en fit jaillir trois fontaines. On a bâti à cet endroit

---

(1) Ce nom de Jésus-Christ en langue hébraïque, c'est Jehoudda bar-Jehoudda. Saül le connaissait bien!

l'Église San Paolo alle tre Fontane, où l'on montre les trois fontaines et la colonne qui a servi au supplice.

On chercha le mouchoir dont il s'était couvert les yeux pour mourir, il avait disparu! Repassant donc par la porte pour rentrer en ville, l'escorte rencontra Plautilla qui louait Dieu. Incorrigibles, les soldats se moquèrent d'elle, lui demandant pourquoi elle ne se couvrait pas la tête du mouchoir qu'elle avait prêté à Paul. Mais elle répondit, dans un saint transport : « O aveugles! ce mouchoir que vous demandez, je l'ai et vous ne le voyez point! Une innombrable théorie d'anges me l'a rapporté du haut des cieux ». Et le tirant de son sein, elle le leur montra, rouge du sang de l'apôtre. Saisis de frayeur, ils coururent annoncer ce prodige à Néron, qui en causa longuement avec les philosophes, les ministres et le Sénat. Et comme la neuvième heure venait et que Néron veillait, portes closes, voici que lui apparut Paul. Linus, successeur de Pierre, ayant renoncé à peindre l'étonnement de Néron, je ne l'entreprendrai pas.

A deux milles environ des Eaux Salviennes, il y avait une noble dame romaine, disciple de Paul. Elle était de famille sénatoriale, comme Pudens, et s'appelait Lucine. Elle mettait un soin pieux à recueillir les restes des martyrs, et c'est ainsi qu'elle fut amenée à transporter ceux de Paul dans sa villa. Un des successeurs de Pierre, le saint Anaclet, érigea d'abord une « confession » au lieu où reposait Paul, et sur cet oratoire s'éleva ensuite la basilique Saint-Paul hors les murs.

Ce qui avait le plus accablé Néron, c'avait été de

s'entendre prédire la mort terrible dont il était menacé. Sur le conseil de ses amis, il relâcha Patrocle et Barnabas qui gémissaient dans les fers.

Le lendemain, Longinus, Megistus et Acestus vinrent au tombeau, comme leur avait dit Paul, et quelle ne fut pas leur surprise lorsqu'entre les deux hommes qui priaient sur la tombe ils aperçurent Paul lui-même, debout et vivant ! Comme ils s'enfuyaient précipitamment, Titus et Luc coururent après eux, les rassurèrent, leur imposèrent les mains, les baptisèrent et par là leur ouvrirent le chemin des cieux.

Comment douter d'événements qui ont eu pour témoins tous les habitants de Rome, évalués à trois millions, plus un pape ? Il faudrait avoir l'athéisme chevillé dans le cœur.

XV

BRODERIES SÉPULCRALES

A l'aide des faux érigés en système, on était arrivé non à prouver, car la foi n'a pas besoin de preuves, mais à soutenir que Pierre était mort, crucifié par Néron, dans Rome même. Au surplus on avait ses restes et son tombeau. Mais ceux de Paul ? Qu'à cela ne tienne ! on eut les restes de Paul, et on ne fut pas plus gêné pour leur trouver un tombeau.

Il va sans dire que si Shehimon était mort à Rome, crucifié ou non, son corps aurait été porté à l'un des cimetières juifs. On connaît deux catacombes juives ; la plus ancienne, bien antérieure à la jehouddolâtrie, est

celle du Transtevère ; l'autre est celle de la voie Appienne. En vain l'histoire du premier âge ecclésiastique essaie de secouer le joug de David et de Juda : les
catacombes chrétiennes sont juives. Les chrétiens
confient leurs corps au roc ou à la terre de Rome
comme les juifs au roc et à la terre de Jérusalem. Si
Shehimon était mort dans la ville de Néron, son corps,
recueilli par les Juifs, aurait été placé dans une galerie
de la catacombe du Transtevère ou de la Via Appia,
avec ceux de la communauté. On aurait fait pour lui
comme il fit pour son frère : on l'aurait couché dans un
caveau, les pieds tournés vers l'Orient, et on aurait
fermé l'orifice de la tombe avec de la pierre, ou, comme
on faisait à Rome, avec des briques. En admettant que
les Juifs chrétiens de Rome eussent une communauté
distincte de celle des achrétiens, ils avaient le même
champ de repos, et tous les fils d'Abraham se retrou-
vaient dans la grande fraternité de la mort. Si le corps
de Shehimon était à Rome, ce n'est pas dans les cryptes
vaticanes qu'il faudrait chercher, au milieu des premiers papes, c'est dans la catacombe du Transtevère,
au milieu de ces Juifs à qui il eût sacrifié sans scrupules
toute la population romaine.

Il y a quelque cinquante ans, dans une vigne de la
voie Appienne, vers le troisième mille, M. de Rossi
découvrit la catacombe israélite qui devait servir de
modèle aux chrétiens pour les leurs. Les monuments
de cet hypogée, la représentation du chandelier à sept
branches, des palmes et de la corne, les inscriptions en
langue hébraïque et même en hébreu carré, ne laissent
aucun doute sur l'origine et l'âge de ces sépultures. Là
dort la colonie juive qui vint essayer sur les citoyens de

la Rome républicaine son pouvoir de divination et de parasitisme.

L'intérêt de l'Église romaine ne lui permettant pas de balancer, elle soutiendra éternellement que les restes de son patron furent transportés par les païens dans les grottes vaticanes, à un endroit où Anaclet, un de ses premiers successeurs, lui élève sous Domitien un modeste oratoire, autrement dit Confession. Sur l'emplacement de cette Confession, Constantin aurait édifié une basilique — jehouddolâtre, s'entend — qui a été remplacée par l'église Saint-Pierre actuelle.

Mais la déplorable fascination que l'hérésie exerce autour d'elle nous empêche d'accueillir ces fantaisies. En effet, si nous supposons, d'une part, que Pierre repose sous l'oratoire d'Anaclet, il est constant, de l'autre, que cet oratoire était situé sur la *spina* du Cirque de Néron, et la spina était marquée par l'obélisque qui se trouve aujourd'hui transporté sur la place Saint-Pierre, à peu de distance de son emplacement primitif.

Cet obélisque est celui que Caligula fit venir d'Alexandrie pour le placer sur la spina du Cirque construit dans les jardins du Vatican et qu'on appela plus tard le Cirque de Néron. De tous les obélisques de Rome, c'était le seul qui fût resté debout à l'endroit où il avait été élevé, là où est la sacristie, jusqu'au jour où Sixte-Quint le transporta devant l'église. Aucun doute que ce ne soit bien l'obélisque de Caligula : la dédicace à Auguste et à Tibère est sur le piédestal. Aucun doute qu'il n'ait été dans le Cirque de Néron, il n'y a qu'à lire Pline.

Cela étant donné, et la sacristie étant dans l'axe du Cirque, la Confession d'Anaclet se trouve donc ou sur cet axe, si le Cirque était dans la largeur de Saint-Pierre, ou sous les gradins, s'il était dans la longueur. D'une manière ou d'une autre, elle était dans la propriété privée de Domitien. Cet empereur, qu'on nous représente comme un foudre de proscription, avait donc recueilli chez lui les restes d'un homme dont il faisait périr tous les disciples, et le monument d'un culte dont il détruisait tous les partisans! Et cette tolérance s'est perpétuée sous tous les princes proscripteurs! Et tous ont respecté la petite Confession d'Anaclet! Et pour la jeter bas, il n'a fallu rien moins que Constantin associé à un pape! De la Confession d'Anaclet, rien que l'hypothèse; de celle que lui aurait substituée Constantin, rien, sinon qu'au dire des Vaticanards elle était comme celle d'aujourd'hui, à deux étages et que ce prince aurait fait envelopper d'airain la tombe de Saint-Pierre, à ce que rapporte le bibliothécaire Anastasius! Quant à la tombe elle-même, elle serait sous l'autel placé au fond de la Confession actuelle, qui date de Paul V!

On le voit, toute l'imposture tombale tient à Anaclet et à sa petite Confession. Il faudrait au moins savoir s'il y avait un évêque jehouddolâtre à Rome sous Domitien et si cet évêque était Anaclet. L'Eglise nous dit que c'était Anaclet, quand elle parle du tombeau de Pierre, mais elle nous dit que c'était Clément, quand elle parle de la *Première lettre de Clément aux Corinthiens* qu'elle veut authentique envers et contre tous. Ensuite il faudrait savoir d'où vient à cet Anaclet le pouvoir exorbitant qu'il a d'enterrer Pierre chez l'Empereur. Jamais, tant qu'il me restera quelque ombre de bon sens, je ne verrai un Anaclet quelconque s'entendant avec les Césars pour la translation des restes de Shehimon, crucifié au Guol-golta, dans les dessous du Cirque du Vatican qui, encore une fois, était propriété privée de Domitien et demeura celle de ses successeurs pendant plus de deux siècles. C'est absolument comme si l'on disait que la famille des quatre sergents de la Rochelle s'est entendue avec Napoléon III pour les faire enterrer dans les fondements de l'Elysée ou des Tuileries. On a pu voir un Louis-Philippe d'accord avec le gouvernement anglais pour transporter les restes de Napoléon Ier aux Invalides, mais il s'agit de Napoléon Ier. Ce qu'on n'a pas vu, c'est Louis XVI d'accord avec les descendants de Damiens pour enterrer celui-ci sous le théâtre des petits appartements de Versailles. Si par hasard il était question de Shehimon dit Képhas chez Domitien, ce ne pouvait être qu'en souvenir de l'Apocalypse de son frère et du danger de destruction totale qu'avait couru la ville sous Néron.

Un pareil accord entre Anaclet et Domitien peut paraître naturel à M. le Chanoine de Bléser qui suppose chez Anaclet un pouvoir d'intrigue déjà papal, et chez Domitien une somme d'imbécillité pour le moins souveraine.

Des écrivains, qui ne passent point pour avoir juré la perte de l'Eglise, M Francis Wey, par exemple, ont dû en rabattre quelque peu, et rester dans les terrains vagues de l'hypothèse. Selon eux, les empereurs ayant laissé ces espaces à l'abandon (quand cela ?), les jehoud-dolâtres s'en emparèrent (comme cela !), et sous le sol témoin de tant d'horreurs, ils déposèrent tout ce qui restait des apôtres et des martyrs. Ils y apportèrent la tête de Paul (seulement?), puis le corps de Pierre que ses disciples avaient caché (où cela?) pendant quelque temps, avant de l'inhumer au Vatican avec les autres victimes de Néron. Les témoignages établissent l'authenticité de cette sépulture : vingt-quatre ans après les exécutions de 817, Anaclet en marquait l'endroit d'un oratoire dont il subsiste une portion, car ce petit monument fut conservé par le pape Sylvestre lorsqu'il fit excaver la Catacombe vaticane pour y jeter les fondements de la basilique constantinienne. Onze siècles après, on bouleversa plus largement ce terrain pour y édifier la basilique actuelle, en respectant toutefois les vestiges de l'oratoire d'Anaclet autour duquel subsiste encore, dans les grottes, le pavé de la première basilique. Enfin, il y a trois siècles, la sépulture fut ouverte et la présence des ossements (lisez : d'ossements) constatée.

« Rien n'est plus virtuellement affirmé que ces origines, ajoute M. Wey, mais comme les Pères de l'Eglise et les historiens ne sont pas des auteurs classiques, nos professeurs ne sont pas obligés de les faire connaître. » Quelle erreur! ils ne demandent que cela, j'en suis sûr! Je serais professeur, je me hâterais de faire connaître les Pères de l'Eglise et les historiens qui fondent sur des documents certains la preuve qu'une partie du Cirque de Néron a été abandonnée par Domitien à Anaclet pour y élever un oratoire à Shehimon, frère de Bar-Jehoudda ; la preuve qu'avant Anaclet des jehouddolâtres avaient obtenu, soit de Vespasien, soit de Titus, soit de Domitien lui-même, la faveur de creuser pour le crucifié de Tibère Alexandre une catacombe dans un cirque qui appartenait en propre aux Empereurs et qui fonctionnait encore sous Héliogabale ; enfin et surtout, car c'est là vraiment ce qui intéresserait un professeur, la preuve, même médiocre, que Shehimon est venu à Rome avant sa crucifixion à Jérusalem.

C'est au IV° siècle seulement qu'on a commencé à dire que le Vatican contenait la sépulture de ce Juif. Auparavant on faisait simplement passer ce lieu pour être celui de son martyre.

Avant le *Liber Pontificalis* qui est du VI° siècle, aucun texte ne permet de supposer que les pseudo-successeurs de ce pseudo-pape aient été enterrés au Vatican. On y dit, d'après les romans précités, que Linus et Cletus auraient été vicaires de Pierre à Rome (au grand dam de Clément.) On y dit également que Linus aurait été enseveli près du corps de Pierre au Vatican. Mais le Vatican, défoncé sous Constantin, n'a donné aucune sépulture ; retourné sous d'autres princes, il n'en a donné aucune antérieure à Constantin. On a bien découvert en 1615 de l'erreur chrétienne, devant la Confession, un monument que le savant et pieux M. de Rossi croit être celui de Linus, d'après ce que le chanoine Torribio et l'oratorien Severano ont écrit en ce temps-là. Mais où Torribio (1) a lu « Linus », Severano (2) a cru pouvoir aller jusqu'à « S. (Sanctus) Linus » après quoi la pierre a sagement disparu. Au reste, les monnaies découvertes dans les tombeaux et les costumes des corps défendaient de remonter au II° siècle, encore moins au I°.

Enfin, si c'est le tombeau de Linus, qu'on nous dise

(1) *Le Sacre grotte vaticane*, 1618.
(2) *Memorie Sacre delle chiese di Roma*, 1630.

au moins où gît Clément le romain, sacré par Pierre en 817 après avoir assisté en son jeune temps à la Cène célébrée par Jésus dans l'Evangile tandis que le crucifié de Pilatus agonise depuis la veille au Guol-golta!

Si Pierre avec tous ses successeurs, sauf Clément, est enterré dans les Grottes Vaticanes, aucun Empereur n'a fait plus de mal que Constantin aux souvenirs de la primitive Église! Les Grottes Vaticanes étaient là première de toutes les catacombes christiennes et par la date et par l'importance : toute l'histoire de l'Église romaine y dormait dans la dépouille sacrée du prince des Apôtres, Romulus authentique de l'obscure lignée des papes. On tenait là, dans une suite de petites niches dont chacune avait la valeur d'une preuve, toute la genèse du pouvoir pontifical et toute la généalogie de ceux qui l'avaient exercé, de celui qui l'avait fondé au nom de Bar-Jehoudda. Et c'est une équipe de maçons, une coterie de terrassiers qui, sur l'ordre du plus grand des Empereurs convertis (1), aurait à jamais dispersé ces reliques vénérées auxquelles les jehouddolâtres allaient la veille encore offrir des prières et demander des miracles! Jamais je ne croirai cela, jamais je ne croirai que Constantin ait mis là-dedans la pioche et la truelle; non, jamais! Surtout si on me produisait l'édit signé de sa main! Jamais je ne croirai qu'il a bâti sur les ossements de celui qui, de Shehimon, est devenu Képhas et de Képhas Pierre, premier chef, après son frère, de la religion devant laquelle les gogoym fléchissent maintenant le genou.

(1) Par le même procédé que ce prince hérodien Saül. Constantin n'a jamais songé un seul instant à consubstantialiser Bar-Jehoudda avec le Père.

Jamais je ne croirai que les nécessités de la construction aient été telles que, pour élever la basilique, il ait fallu détruire les restes qu'on voulait précisément authentiquer! Je ne sais si l'on pourrait trouver dans l'histoire des sacrilèges un homme plus stupide et plus odieux que l'évêque Sylvestre.

Que l'illustre M. de Rossi et l'éminent père Marchi se consolent de n'avoir pu fouiller le Vatican sous la basilique de Saint Pierre, ils n'y auraient rien trouvé du prince des apôtres! C'est trop déjà que M. de Rossi ait pu retrouver les évêques du IIIe siècle dans le cimetière de Calliste, sur les indications des itinéraires découverts à Salzbourg. Dès la fin de l'Empire et probablement plus tôt, il existait comme aujourd'hui de petits livres pour guider les pèlerins aux tombes des pseudo-martyrs. C'est grâce à ces guides que M. de Rossi a découvert celles-là : il a refait dans le cimetière de Calliste le voyage qu'y faisaient les pèlerins du temps de Théodose. Quant aux Grottes Vaticanes, elles ne sont pas plus dans les guides que dans la poétique visite de Prudence aux catacombes. Personne sous Constantin n'y allait porter son obole sur la tombe de Pierre et de Clément, lequel pourtant avait assisté à la Cène.

XVI

JONGLERIES AVEC LES CORPS DE PIERRE ET PAUL

Pierre a fait mort plus de voyages que vivant. Paul a failli en faire autant, et nous n'en avons pas fini avec les tromperies dont on les entoure.

A deux milles environ de la porte Saint-Sébastien, qui fut la porta Capena, sur la voie Appienne, est l'église Saint-Sébastien hors des murs. C'est une des sept basiliques de Rome : on croit qu'elle fut bâtie sous Constantin et qu'avant d'être dédiée à Saint-Sébastien elle le fut à Saint-Sylvestre. Elle est bâtie sur le cimetière de Calliste, c'est-à-dire sur la catacombe de Rome la plus ancienne après la vaticane. Les souvenirs de l'ère apostolique sont étroitement liés à ce sanctuaire, où les fidèles vénèrent la pierre de la Voie Appienne qui conserva l'empreinte des pieds du jésus lorsqu'il apparut à Pierre. Au centre de la catacombe dite de Saint-Sébastien est un autel antique, superposé à un puits dont on peut voir l'orifice en regardant par une ouverture pratiquée à la base même de l'autel. Le puits a recélé pendant quelque temps les corps de Pierre et de Paul, aussi inséparables dans la mort qu'ils avaient été séparés dans la vie.

Il y a deux légendes sur ce pieux recel. D'après l'une Héliogabale ayant voulu agrandir son Cirque du Vatican pour que les éléphants pussent y courir plus à l'aise, les christiens craignirent qu'il ne profanât le lieu où Pierre reposait, et comme ils redoutaient quelque caprice du même genre pour le cimetière de Lucine, où reposait Paul, ils prirent secrètement le parti de réunir les deux corps dans la catacombe de Saint-Sébastien, quoiqu'elle ne fût pas plus à l'abri d'Héliogabale que celle de Lucine. Cette translation aurait donc eu lieu de 218 à 222 de l'E. C. On s'étonne qu'au lieu de réunir le fondateur de l'Eglise et l'apôtre des Gentils aux papes et aux martyrs dans la catacombe de Calliste, on les ait réservés pour celle de Saint-Séba s tien qui, au surplus, n'existait peut-être pas. Comme Pierre et Paul ne sont plus là, il faut admettre que sous un prince meilleur qu'Héliogabale, les christiens rassurés les ont remportés au Vatican. Cette légende est sans fondement, mais elle n'est pas sans intérêt, car c'est un souvenir des transformations qui se sont faites dans les catacombes au commencement du troisième siècle ; par sa persistance elle aurait pu, jusqu'à un certain point, mettre les savants sur la voie des sépultures épiscopales qu'ils cherchaient avec tant de curiosité.

Autre légende, adoptée par saint Grégoire le Grand comme mieux fondée. Ce n'est pas dans le troisième siècle, c'est dans le premier, et peu de temps après la mort des deux apôtres, que ces choses se seraient passées. Des christiens orientaux, pourquoi ne pas dire des juifs de Tarse et des juifs de Jérusalem ? auraient enlevé furtivement les deux corps, revendiquant ceux-ci comme leur bien propre, pour les rendre à leur patrie respective. Craignant d'être découverts, ils les avaient cachés dans le souterrain de la Voie Appienne. Au moment où ils se disposaient à les retirer pour continuer leur route, un orage survint qui leur parut une menace du ciel et les paralysa : en même temps arrivèrent des christiens romains qui avaient été avertis à temps et qui leur reprirent les corps. Le pape saint Corneille fit reporter celui de Pierre au Vatican et celui de Paul sur le chemin d'Ostie (1).

---

(1) L'inscription que le pape Damase aurait fait placer au IV° siècle sur une pierre de la catacombe confirme ce récit. On sait combien le pape Damase était mal renseigné. Les marbres et les peintures qu'on a retrouvés dans le puits en 1849 sont sans intérêt pour l'histoire, car les uns et les autres sont contemporains de Damase.

Nous ne ferons pas ressortir l'incohérence de ces macabres disputes. Si encore elles finissaient avec Héliogabale, mais elles recommencent de plus belle sous Dioclétien.

Nous avons vu Pierre et Paul enlevés de leur tombeau, déposés dans le puits de la catacombe de Saint-Sébastien sous Héliogabale, disputés par les judéo-chrétiens et par les romano-chrétiens, enfin réintégrés dans leurs tombeaux primitifs. Ils vont en sortir une seconde fois pour revenir dans la même catacombe où ils étaient encore sous Dioclétien, pendant la persécution de 286. Zoé priait sur la tombe de Pierre lorsqu'elle fut brûlée; Tranquillin priait sur celle de Paul lorsqu'il fut lapidé. En 288, Sébastien, assommé dans l'hippodrome attenant au palais, puis jeté dans la Cloaca Maxima, fut enlevé secrètement par Lucine et enterré dans le cimetière de Calliste, où il reposait aux pieds de Pierre et de Paul. Il a donné son nom à la catacombe, expropriant de cet honneur les deux plus illustres des apôtres. C'est la preuve que ceux-ci n'y étaient pas restés et qu'ils étaient retournés à leurs tombeaux primitifs.

Mais ce qu'il faut voir dans ces fantasmagoriques voyages, dans ce double aller et retour entre le Vatican, les Eaux Salviennes et le cimetière de Calliste, c'est l'image exacte de l'incertitude des évêques du quatrième siècle sur l'emplacement qu'il convenait d'attribuer à la sépulture de Pierre et Paul. Cet emplacement va des hauteurs du Vatican aux profondeurs de la Voie Appienne selon l'humeur des pèlerins, avec une pointe vers les Eaux Salviennes en ce qui concerne

Paul. Il paraît plus expédient à quelques-uns de les réunir pour donner du poids à leurs cendres, mais ce qui est caractéristique, c'est la tendance qu'ils ont tous à les rapprocher de la Voie Appienne et de la porta Capena où vivaient les Juifs du premier siècle, non loin du cimetière où reposaient ceux de leur race.

XVII

LE DERNIER CRI

Lorsque l'Église fut assez forte pour se passer de faux témoins, elle décida que Pierre serait venu à Rome en 795, après s'être échappé de prison à Jérusalem « pour aller ailleurs, comme il est dit dans les *Actes.* » Cet « ailleurs », ce fut Rome. Ce dispositif avait quelque chose d'attentatoire aux *Récognitions* de Clément, mais on trouverait bien pour ce précieux serviteur un dédommagement dans une combinaison ecclésiastique.

Le premier de tous les faux par lesquels on préparait le séjour de Shehimon à Rome, c'était l'introduction du nom de Marc dans la *Lettre aux Philippiens.*

Toute l'Église, d'après quelques lignes de Papias, évêque millénariste d'Hiérapolis sous Antonin et mort vers 161 de l'Erreur chrétienne, tient que Marc a suivi Pierre, — ce qui est vrai, le fils a suivi le père, — et recueilli ses souvenirs sur le Rabbi : d'où l'*Evangile* dit de Marc. Jehoudda, fils de Shehimon et filleul de Bar-Jehoudda, a en effet recueilli les *Paroles du Rabbi,* son oncle, mais il n'a pas laissé d'*Evangile.* On l'avait mis auprès de Paul et à côté de Luc dans la *Lettre aux Philippiens*, on l'a mis auprès de Pierre à Rome dans la *Première lettre de Pierre* (1). Cela va de soi, il serait anormal que Marc ait vu Paul à Rome et qu'il n'y ait pas vu son propre père. On sait à quoi s'en tenir; la seule chose qu'on ne sache pas bien, c'est où et quand Marc est mort.

L'Église, dans un intérêt facile à comprendre, salue en lui le premier évangéliste avec Mathieu, et l'interprète de Pierre. Dix lignes sur Marc, deux sur Mathieu, voilà tout ce que Papias donne sur les deux Évangélistes qui passent pour être les plus anciens. Le témoignage de Papias n'en a que plus d'importance, puisque cent vingt ans après la mort de Bar-Jehoudda il n'y en avait pas d'autre, à ce que dit Eusèbe, contemporain de Constantin. Papias meurt en 161 de l'Erreur chrétienne, ignorant que Pierre fût allé à Rome, et naturellement il n'a connu ni *Actes des Apôtres* ni *Lettres de Paul*. Selon Eusèbe qui se substitue à Papias, Marc n'a pas connu Jésus (2), mais il a suivi Pierre sur le tard : il a écrit fidèlement, mais sans ordre, ce que Pierre lui a dit, celui-ci n'ayant d'ailleurs aucune prétention à la méthode. Aussi, aux premières fables des scribes qui lui étaient suspectes Papias préferait-il la conversation de ceux qui avaient pu connaître les apôtres eux-mêmes. C'est dire qu'il ne croyait pas que les Évangiles existants fussent inspirés par le Saint-Esprit. Il se plaint même que les écrits de Marc ne contiennent qu'un petit nombre de choses. D'où vient

(1) Nous réservons les deux *Lettres de Pierre* pour le volume consacré aux *Lettres de Paul*.
(2) Et qui a connu Jésus?

donc qu'aujourd'hui Marc soit presque aussi complet que les autres ? C'est qu'on l'a complété depuis Papias. Comme Marc est censé reproduire Pierre, on n'a pas voulu que la tradition du prince des apôtres manquât sur les points essentiels, celui de la résurrection notamment qui a été ajouté. En effet, on s'est beaucoup occupé de Marc, à partir du jour où Papias l'eut représenté comme ayant suivi Pierre. De ce jour-là il fut décrété que l'Evangile mis sous son nom n'avait pu être écrit qu'à Rome. Vous avez déjà vu de quels faux on a chargé Clément d'Alexandrie (1). Selon Clément d'Alexandrie, cité par Eusèbe, c'est à Rome que Marc rédige son Evangile, sur les instances des auditeurs de Pierre qui désiraient conserver un témoignage écrit de sa prédication. Instruit du fait par une révélation du Saint-Esprit, Pierre approuve la rédaction de Marc. D'après le même Clément (2), cité par le même Eusèbe, il apprend le fait sans l'intervention du Saint-Esprit et accueille le travail avec une certaine froideur, sans enthousiasme ni blâme. Selon Irénée, contemporain de Clément, et cité comme celui-ci par Eusèbe, Marc a écrit son Évangile après la mort de Saint-Pierre et de Saint-Paul (3) : Pierre n'a donc pas connu ce travail.

---

(1) Cf. les *Marchands de Christ*, à propos des dates de la naissance et de la crucifixion de Bar-Jehoudda.

(2) *Institutions Chrétiennes*.

(3) *Metà tèn touton exodón*, que la *Patrologie* et Henry de Valois traduisent avec raison par *post eorum interitum*, « après leur mort. » D'autres ont préféré traduire « exode » par *discessum Romæ*, c'est-à-dire par « après leur départ de Rome. » C'est, dit M. Pierre Victor (*Les Évangiles et l'Histoire*) pour éviter une contradiction à Eusèbe. C'est surtout pour essayer d'établir le séjour de Pierre à Rome, à quoi on tient plus qu'à tout le reste. Mais ces traducteurs n'évitent un écueil que pour échouer sur un autre : Si Pierre et Paul ont quitté Rome, il va falloir les y ramener pour le martyre.

Comme il était facile de le prévoir, on a abandonné la version d'Irénée et même la seconde version de Clément, pour revenir à la première qui naturellement ne peut-être que la bonne. Car selon Eusèbe et Jérôme, Pierre est arrivé à Rome sous Claude pour y combattre Simon le Magicien, et les écrivains ecclésiastiques donnent la date de 795, qui permet à Marc de suivre l'enseignement de Pierre, de rédiger son Évangile et d'aller ensuite à Alexandrie où il meurt en 815 après avoir fondé une église.

Mais cette allégation est contredite par Eusèbe lui-même. Il rapporte que le Verbe avait recommandé aux apôtres de ne pas s'éloigner de Jérusalem avant douze ans, et il nous montre Pierre n'arrivant à Rome que sous Néron, après de longs voyages dans le Pont, la Bithynie, la Cappadoce et l'Asie. Enfin la *Lettre aux Romains* et le récit de l'arrivée de Paul à Rome seraient absolument inexplicables, si Pierre avait au préalable endoctriné Rome par le moyen de l'*Évangile de Marc*.

Pierre n'a donc ni inspiré ni connu cet écrit. Il ne l'a pas connu par la bonne raison que Marc ne l'a pas connu lui-même. Bien plus, si Marc l'a composé après la mort de Pierre et de Paul dans le *Martyrologe* romain, il se trouve également l'avoir composé après sa propre mort. En effet, d'après Eusèbe, Marc est mort, sur le siège épiscopal d'Alexandrie, la huitième année du règne de Néron, soit 815, tandis que Pierre et Paul ne sont martyrisés ensemble par l'Église qu'en 817 au plus tôt.

Conclusion : si Marc a suivi Shehimon, c'est peut-être au Guol-golta, mais ce n'est certainement pas à Rome.

Le *Quatrième Evangile*, très clairement, les autres, à

mots couverts, disaient avec Josèphe que Shehimon était mort en croix comme le christ et Jacob, et au même Guol-golta qu'eux. Mais Pierre dans la mystification évangélique et dans les *Actes* n'avait plus rien de commun avec ce Shehimon. On avait fait un dieu de son frère, et de Shehimon lui-même, le prince des apôtres; mais malgré les Clément et les Linus, on n'avait pas un seul premier évêque de Rome au nom du juif consubstantiel au Père. Or il faut un commencement à tout; pas de chaîne sans un premier anneau, pas de dynastie sans un fondateur, Romulus ou Pharamond.

On avait fait des Écritures dans lesquelles Jésus, reprenant les choses au point où Bar-Jehoudda les avait laissées en Samarie, baillait vicariat à Pierre; la logique voulait qu'on réclamât ce vicaire pour Empereur de l'église romaine. On eut ainsi un chef qui, si on n'avait divinisé son frère aîné, eût pu s'appeler Jésus-Christ II. D'un seul coup les églises d'Orient devenaient vassales. Le suzerain était à Rome.

Le parti une fois pris, le plan ourdi, on soutint l'un et l'autre avec un ensemble qui fait honneur aux grandes décisions de l'Église. On les soutint même contre les textes évangéliques : ils cessent d'être sacrés quand ils gênent. On décida d'abord que Pierre était venu s'établir à Rome en 795, sans égard pour les *Actes des Apôtres* qui le montrent à Jérusalem déjouant les desseins homicides d'Agrippa Ier et la surveillance des sentinelles de la prison romaine, pour ces mêmes *Actes* qui le montrent présidant le Concile auquel assistent Paul et Jacques, et pour la *Lettre aux Galates* dont l'auteur déclare l'avoir vu à Jérusalem en 802 avec Saül, Barnabas, Gallion, proconsul d'Achaïe, Jacob, et qui plus est le christ lui-même sous son premier nom de Joannès. L'année 795 parut un choix d'autant meilleur que, vers ce temps, sous la paterne autorité de Claude, les communautés juives grouillaient dans Rome.

Les gens d'église supportent mal le silence des auteurs juifs sur Jésus, à plus forte raison sur Pierre. On insinuera dans Origène qu'au troisième livre du *Peri Agathou* Philon se dépense en allégories « et aussi sur Jésus, *mais sans écrire ce nom* ». Ce qui est une preuve de l'ignorance où il était de Jésus et de la prétendue église fondée à Alexandrie par Marc, ce brillant disciple de Pierre.

Evidemment, il est très ennuyeux qu'un homme aussi instruit que Philon et aussi remarquable par les qualités morales, — c'est le premier philosophe qui se soit manifesté dans la race, — ne puisse être rangé parmi les juifs acquis à la jehouddolâtrie. Il est également fâcheux que cet homme, mêlé à tous les mouvements de la vie religieuse et politique des Juifs, soit mort sans avoir soupçonné l'existence du Fils de Dieu annoncé par ces Ecritures qu'il connaissait si bien.

Mais ce qui était encore plus fâcheux, c'est qu'il avait assisté à la parodie du sacre de Bar-Jehoudda jouée en place publique par les Alexandrins, (1) et qu'il était oncle de Tibère Alexandre, procurateur de Judée, le Pilatus de Shehimon et de Jacob.

L'imposteur Épiphane insinuera que, sans les nommer, Philon avait désigné les christiens primitifs sous le nom de Thérapeutes. L'Eglise avait le plus grand inté-

(1) Cf. *Les Marchands de Christ*, p. 109.

rêt à ce que l'on confondît les christiens avec ces Thérapeutes dont la vie, semblable à celle des Esséniens,
avait laissé dans l'histoire comme un parfum de
sainteté (1). Philon ayant écrit sur les Thérapeutes, et
s'inclinant, lui juif de la Loi, devant leurs bonnes mœurs
et leur charité profonde, on déclara que Thérapeutes et
christiens ne faisaient qu'un pour lui, et qu'au surplus
il était christien lui-même, puisque c'était faire acte de
christien que de louer les Thérapeutes. Epiphane, l'un
des premiers, s'avisa de cette identité : « Philon, dit-il,
a écrit sur les christiens primitifs ». Quels? dirent les
suivants. Ceux de Paul! Ah! non, car Paul n'existe pas.
Mais ceux de Pierre, car Pierre était le chef, et ceux de
Marc, car Marc était le disciple, de plus l'Évangéliste
et par surcroît l'évêque d'Alexandrie. Les Thérapeutes
de Philon ne peuvent être que des christiens, lesquels
ne peuvent être que les disciples de Pierre, si toutefois
ils ne le sont pas de Marc.

Et sur quoi se fondait le bienheureux Epiphane? Sur
rien, comme toujours, ou plutôt sur ce qu'il considé-
rait comme important à l'Église. « Qui que tu sois,
disait-il, tu trouveras ce sujet (la profession monas-
tique) traité à fond dans les Commentaires de Philon
et dans le livre qu'il a écrit sur les *Jesséens* (2). Là,
célébrant leur discipline et leurs louanges, décrivant
leurs monastères qui sont établis tout à l'entour du lac
Mareotis, *il n'a parlé de personne autre que des*

(1) Ce sont des moines sérapisants.
(2) Jesséens ou Ischaïtes. De Jessé, Ischaï, père de David. Philon
n'a écrit aucun livre sur les Jesséens. Les Jesséens sont ceux qui,
avec les Naziréens et les Ebionites, — ces trois sectes sont des branches du christianisme jehouddique — attendaient le Règne de mille
ans et le retour de Bar-Jehoudda combinés.

christiens. Donc tout ce qu'il dit dans cet ouvrage n'a aucun autre objet que la croyance et le genre de vie des christiens. »

Eusèbe ne trouvera pas Épiphane suffisamment affirmatif, et il dira des livres saints que consultaient les Thérapeutes de Philon : « Les livres dont parle Philon étaient l'*Évangile* et les *Écrits des Apôtres*. » Mais Philon est mort précisément vers 795 et les *Paroles du Rabbi* n'étaient pas même terminées ! Qu'importe, puisqu'on donne à Philon bonne figure de christien sur ses derniers jours ?

Car Eusèbe dit sans barguigner — en effet, pourquoi barguigner ? — que Philon, âgé de près de cent ans, fit un dernier voyage à Rome sous Claude pour voir Pierre. Il ajoute que ce Juif intrépide lut devant le Sénat, avec le plus grand succès, sa *Légation à Caïus*. On peut être sûr qu'il n'en est rien, et le Sénat, même au prix d'injures contre Caligula, n'eût pas entendu volontiers l'apologie de ces mêmes Juifs qui venaient de se livrer à des représailles terribles contre les Alexandrins fidèles à l'Empire. Mais le but secret de Philon, c'était de faire la connaissance de Pierre avant de mourir. On lui avait parlé de Pierre, et après l'avoir entendu il se fit jehouddolâtre. Toutefois il se serait retiré après certaines déceptions. La vérité est toute contraire, et Augustin avoue formellement que jamais Philon ne fut christien. Jusqu'au dernier jour il est demeuré Juif orthodoxe, persuadé (il ne cesse de le répéter) que la Loi juive a été révélée de Dieu : comme les Juifs, « il en garde imprimée dans son âme l'image qu'il contemple sans cesse et dont il s'applique à pénétrer le sens profond ». C'est ainsi qu'il parle dans la

Légation à *Caïus* qui semble bien son dernier ouvrage, car c'est probablement la mort qui l'empêcha d'écrire la *Palinodie* annoncée et qui devait conduire le lecteur jusqu'à la victoire des Juifs sur les Alexandrins.

Mais, foin de ces objections ! La preuve que Pierre était bien à Rome sous Claude, c'est que Philon a traversé la Méditerranée pour venir le voir. « On rapporte, dit Eusèbe, que Philon, *sous Claude*, jouit de la conversation de saint Pierre, prêchant à cette époque ». Et Jérôme : « *On rapporte* que Philon, étant allé à Rome *sous Claude* parler à l'apôtre Pierre, fut son ami, et que, pour cette raison, il fit l'éloge de *ceux qui suivaient à Alexandrie les leçons de Marc, auditeur de Pierre* ». Et Suidas : « On rapporte que Philon *alla à Rome vers Claude*, qu'il eut des relations avec l'apôtre Pierre, qu'ils étaient amis, etc. » Et Photius : « *On rapporte* qu'il avait adopté les mystères du christianisme, (il avait simplement décrit les mœurs des Thérapeutes), qu'il les avait plus tard quittés pour quelque chagrin et quelque contrariété, mais qu'*auparavant* il était allé à Rome *sous Claude*, qu'il y avait rencontré Pierre, le plus élevé des apôtres, et était devenu son ami ». Photius est un homme du neuvième siècle, ne l'oublions pas, celui qui rompit avec l'Église de Rome. C'est de lui qu'est cette vérité que ni Philon, ni Josèphe, ni Juste n'ont parlé de Jésus, et cette autre vérité que « tout le langage allégorique de l'Écriture (celui de l'*Apocalypse* au moins) est descendu dans l'Église ».

Quatre siècles après la crucifixion de Shehimon par Tibère Alexandre, la fable de Philon auditeur de Pierre à Rome sous Claude, cette superbe invention n'avait fait aucun progrès. Augustin lui-même se cabrait.

Malgré ces béquilles et ces échasses, ces arcs-boutants et ces contreforts, Pierre tient si mal sur ses pieds, qu'on a pu faire de lui, dans ces derniers temps, une manière de philosophe alexandrin, d'abord ermite sur les bords du lac Mareotis, puis apôtre non du Jésus juif, mais du Sauveur égyptien Sérapis. Un homme, ancien professeur en Égypte (1), s'est rencontré qui prétend cela, et s'il ne le prouve aucunement, c'est déjà trop qu'il puisse le soutenir sous les couleurs de l'histoire. Pour ce professeur, Jésus est, judaïsé par les scribes, le mythe de Sérapis, le dieu-fils ressuscitant à son tour ses fidèles : Jésus est une contre-façon tout simplement. Et cela n'est déjà pas si mal vu ! Mais Pierre, que devient-il dans cette théorie qui supprime totalement de l'histoire le Juif consubstantiel au Père ? Un thérapeute égyptien, ami de Philon, et qui n'a jamais entendu parler de Jésus. Les christiens eux-mêmes, dans le sens qu'ils ont aujourd'hui, n'existent pas avant le concile de Nicée. L'Évangile primitif était celui de Sérapis; les *Evangiles* modernes n'en sont qu'une adaptation juive. Pierre et Paul sont des adorateurs de Sérapis, le Christos égyptien, prototype du Christos galiléen. Le Juif consubstantiel au Père n'existe que par décret de l'Église.

Laissons la thèse, où la vieille gaieté française ne trouve que trop d'aliments (2). Nous avons bien établi

(1) M. Ganeval, *Jésus devant l'histoire n'a pas existé.*
(2) Elle est beaucoup moins ridicule toutefois que celle des exégètes en renom, et elle est clairvoyante sur un point : l'inexistence de

que Bar-Jehoudda fut le prototype de Jésus, Shehimon celui de Pierre, et Saül celui de Paul. Quant à Philon, il ne fut jamais christien, — il connaissait trop bien le christ pour cela ! — et il ne vit point Pierre à Rome sous Claude, par la bonne raison qu'ils n'y étaient ni l'un ni l'autre.

XVIII

LES DEMEURES DE PIERRE A ROME

Raison de plus pour que l'Eglise nous prenne par la main et nous serve de guide à travers les différents palais que Pierre a occupés dans « l'Urbs. »

« Vous dites que Pierre n'est jamais venu à Rome sous Claude ? Nous allons vous montrer sa demeure ; de cette façon vous ne hasarderez plus de ces propos blasphématoires. Arrivé à Rome, l'an 795, oui, monsieur, nous savons cela, nous autres, parce que notre métier est de tout savoir, il habita d'abord le quartier des Juifs, nous le concédons ; mais un tel quartier n'était point fait pour lui. Le quartier des Juifs, fi donc ! Pierre ne pouvait se plaire dans un milieu de vulgaires circoncis. Son éloquence, sa foi, sa connaissance des langues, ses engageantes manières ne lui ouvraient-elles pas les portes sénatoriales ? Pour lui point de ces *Cave canem* bons pour les Gaulois, les Germains ou les Celtes.

« Aussi avec quelle rapidité il convertit le sénateur

Jésus en chair. En dépit de toutes les erreurs dont il est farci, le travail de M. Ganeval se dirige vers la vérité ; toutes les prétendues *Vies de Jésus* s'en éloignent, quelle que soit la vaine érudition dont elles sont ornées.

Pudens, sa mère Priscilla, ses deux fils Novatus et Timothée, ses deux filles Praxède et Pudentienne avec leurs serviteurs! Il fit sa maison de celle de Pudens et pendant sept ans — pas un jour de moins — il y demeura, célébrant les Saints Mystères, présidant les synaxes, donnant l'onction sacrée à saint Lin et à saint Clet, ses successeurs, (ah! pauvre Clément, te voilà exclu!) envoyant des missionnaires en Occident, bref remplissant toutes les fonctions d'un principat apostolique. Paul vint à son tour, dans cette maison, mais bien plus tard. La maison de Pudens (ou pour mieux dire de Pierre, car le Romain avait été supplanté par le Juif), était située sur le Viminal, dans le Vicus Patricius. Elle fut dès le second siècle convertie par le pape Saint Pie I en une église célèbre dans l'histoire sous le titre du *Pasteur*, et dédiée à sainte Pudentienne (1). C'est donc sur les hauteurs du Viminal que Pierre commença son règne spirituel sur la ville Éternelle. Les pauvres Juifs de la porta Capena pouvaient considérer avec quelque jalousie, et peut-être quelque mépris, cet ancien « pêcheur galiléen » qui, au lieu de prendre des goujons dans le Tibre pour la communauté, s'installait en maître dans le logis d'un sénateur. Mais laissons à leur envie ces vilains Juifs qui n'entendent rien au confortable et ne se plaisent que dans les ruines. Ce sont d'indécrottables gens ».

Voilà Pierre installé chez Pudens, un de ces sénateurs qui sous Claude ont opiné de la tête à l'expulsion des Juifs christiens. Et sur quoi se fonde-t-on pour affirmer que Pierre a logé dans le palais de Pudens?

(1) On voit dans le pavement de l'église des fragments de mosaïque, derniers vestiges du palais sénatorial de Pudens.

Sur ceci que Justin, martyr (1), a, d'après ce qu'on suppose, demeuré là pendant son séjour à Rome, au cours du second siècle. Alors, vous comprenez, dès le moment que Justin a peut-être demeuré là, c'est que Pierre y a certainement habité. Supposition d'autant plus gratuite que, dans les *Actes* de son pseudo-martyre, Justin lui-même dit : « J'habite au-dessus de la demeure d'un certain Martinus, auprès des Thermes de Timotinus, depuis que je suis à Rome... »

Suivons Pierre à travers les compites et quadrivies de l'Urbs. Le voici de nouveau chez une ouaille aristocratique, Prisca ou Priscilla qui, pour s'appeler comme la mère de Pudens et la femme d'Aquila, ne serait, en dernière analyse, ni l'une ni l'autre, mais une troisième Priscilla, vierge.

La maison de Prisca était sur l'Aventin, non loin du temple de Diane. C'est aujourd'hui l'église consacrée par Eutychianus à sainte Prisca en 280 de l'E. C. On y montre le vase dans lequel Pierre administra le baptême à Aquila, Priscilla et autres. C'est un grand chapiteau bien travaillé au milieu duquel il y a un large bassin. On y remarque trois trous avec l'inscription en caractères... du XIIIe siècle : BAPTISMUM SCI PETRI.

Cette Priscilla est une jeune fille qui appartenait à une famille proconsulaire dans laquelle Pierre recevait fréquemment l'hospitalité, grâce à deux néophytes, Aquila et Priscilla, qui étaient attachés à la maison. Elle avait treize ans lorsqu'elle fut baptisée par Pierre dans cette maison qui était sa maison paternelle. Dénoncée à Claude, elle fut conduite au temple d'Apol-

(1) Faux martyr, bien entendu.

lon pour y sacrifier aux idoles, et refusa. Condamnée, flagellée, jetée en prison, ramenée devant le tribunal, condamnée de nouveau, ébouillantée, réemprisonnée, exposée aux bêtes, soumise aux tortures du chevalet, du feu et de la faim, enfin entraînée sur la route d'Ostie, elle finit la tête tranchée. Elle est considérée comme la première femme qui ait subi le martyre en Occident. Il n'y a ici d'autre martyre que l'histoire, cette bonne histoire qui souffre depuis dix-neuf siècles sans remplir les martyrologes du récit de ses tortures. Pendant que les bourreaux détaillent cette pauvre Prisca, qui pour les uns est une jeune fille, pour les autres la mère de Pudens, et pour d'autres encore sa femme, Pierre s'attable chez le sénateur influent (1). Entre la coupe de Falerne et la tétine de truie, il lui demande de l'avancement pour Pontius Pilatus.

Praxède eut également son église, moins bien partagée toutefois que celle de Pudentienne où l'on montre « la table de bois sur laquelle Pierre offrit bien souvent le sacrifice de la messe ».

Le pontificat de Pierre n'était pas une sinécure. Baptiser Pudens et ses amis du Sénat (2), présider les Synaxes, prêcher en tous lieux, Pierre était accablé de besogne. Néanmoins, sous l'inspiration du Saint-Esprit, il trouva encore le temps de dicter un Evangile à Marc,

---

(1) On aurait bien dû se mettre d'accord sur la généalogie de Prisca pour nous montrer comment quelques-uns ont pu la rattacher à celle de Pudens. Un faux de plus n'était point une affaire.

(2) La légende de Pierre chez Pudens provient des *Actes de saint Justin*. Avec quelle rigueur de déduction, on l'a vu.

Quant à la célèbre mosaïque représentant le christ sur son trône, Paul couronné par sainte Pudentienne et Pierre par sainte Praxède, avec d'autres figures, on la dit du VIII⁰ siècle ; quelques-uns la font remonter au IV⁰.

à son bon « fils Marc », comme dit la *Première Epître de Pierre*, quoique la tradition ne lui prête que deux enfants, deux filles (1). Ainsi Pierre aurait pu demander à Claude l'octroi du *jus trium liberorum*, et Pudens lui aurait certainement obtenu cette faveur, car Claude devait être jehouddolâtre, lui aussi. Et qui sait si, dans le fond, Messaline n'avait pas été convertie par Protonicè (2)?

Quant à Pierre, si, sous Claude, il est resté sept ans à Rome dans la maison de Pudens, si c'est lui qui, outre ce sénateur et toute sa famille, a baptisé le juif Aquila et sa femme Priscilla, comment se fait-il que Paul qui dans les *Actes* (3) connaît tous les détails de ce séjour par Aquila et Priscilla eux-mêmes, ose écrire aux Juifs romains qu'il va leur porter l'Évangile (4)? Voilà un apôtre qui vit à Corinthe pendant plusieurs mois dans ce pauvre ménage de Juifs convertis par Pierre à la jehouddolâtrie; il n'entend parler que des succès de Pierre dans la société la plus aristocratique de Rome; il retrouve Aquila et Priscilla en Asie, vit chez eux, mange avec eux, constitue l'Église d'Ephèse avec eux, continue à n'entendre parler que de Pudens, de Novatus, de Timothée, de Praxède, de Pudentienne, de ce palais du Viminal où Pierre a évangélisé, baptisé, catéchisé pendant sept longues années, et quand,

---

(1) Les *Actes* ne lui en reconnaissent qu'une. (Cf. *Le Saint-Esprit*, p. 154). On aura converti Marc (Jehoudda dit le Joannès Marcos) en fille tout en lui laissant son sexe comme Évangéliste. C'est le droit de l'Eglise. Elle est héritière de la promesse, et vous avez vu que le retour à l'androgynisme adamique était dans le programme de Bar-Jehoudda.

(2) Sur cette imposture, voir *le Saint-Esprit*, p. 340.

(3) Cf. le *Saint-Esprit*, p. 257.

(4) *Lettre aux Romains*.

à son tour, il se décide à partir pour Rome, il se pose
en conquistador évangélique? Où trouver un second
exemple d'une pareille impudence? Et désormais comment croire un seul mot de ce qu'a dit l'Église par la
bouche de cet Apôtre?

Si Paul avait existé, on pourrait croire que les *Actes*
sont conçus dans un esprit de partialité systématique en
sa faveur, on pourrait dire — et en ce cas quel crédit
faire à un tel ouvrage! — que tout argument favorisant
la grandeur de Pierre a été éliminé pour organiser la
préséance de Paul, et qu'on a plié l'histoire apostolique
aux caprices d'un seul. Mais c'est le contraire que s'est
proposé le gagiste. Son but a été de démontrer leur
harmonie, en effaçant toute trace de sicariat dans Shehimon et d'hérodisme dans Saül. Si donc Shehimon
était venu à Rome avant Saül, les *Actes*, au lieu d'enfermer Paul dans sa petite chambre pendant deux ans,
n'auraient pas manqué de montrer Pierre venant jusqu'aux Trois Tavernes à la rencontre de Paul, le prenant dans ses bras, l'accolant, et le conduisant chez
Pudens d'où ils ne seraient sortis que pour assister
aux expériences d'auto-aéroplane tentées par Simon le
Magicien.

Il est donc impossible que Shehimon soit venu à
Rome avant Saül. Le principat de Pierre dans la Ville
Éternelle, ce qu'on appelle les « années de Pierre »,
est une invention dont l'Église a tissé tous les fils, et
ces fils, vous les tenez dans vos mains.

Aujourd'hui, devant l'impartiale histoire, il ne reste
plus que deux thèses en présence : l'une qui a pour elle
Josèphe, et tous les témoignages sacrés, à savoir que
Shehimon a été crucifié en Judée, dans les mêmes con-

ditions que son frère aîné et son frère Jacob ; l'autre,
qui s'appuie uniquement sur la supposition et le mensonge, et qui n'a pour elle aucun commencement de
preuve, à savoir que Pierre a été évêque, autrement dit
pape, à Rome, pendant vingt-cinq ans.

.   .   .   .

.   .   .   .

Le Mensonge, le Mensonge triomphant et doré
comme le ventre de Turcaret, c'est ce brillant catafalque
de Saint-Pierre de Rome dans lequel il n'y a rien. La
Vérité, la Vérité vaincue et bafouée, c'est ce trou profond du Guol-golta où blanchissent les os de Shehimon. C'est là qu'en creusant nous avons trouvé non le
vicaire de Jésus-Christ, mais son sicaire.

TABLE DES MATIÈRES

LA CEINTURE DU FRÈRE JACQUES

LANCEMENT DU GOGOTHA

PAUL MARTYR ET PIERRE PAPE

ILLUSTRATIONS

CARTES

E. GREVIN — IMPRIMERIE DE LAGNY

ARTHUR HEULHARD

LE MENSONGE CHRÉTIEN — (JÉSUS-CHRIST N'A PAS EXISTÉ)

Sous ce titre générique : **LE MENSONGE CHRÉ-TIEN — (JÉSUS-CHRIST N'A PAS EXISTÉ)**, l'ouvrage complet se composera d'environ dix volumes in-8° écu comprenant, à côté du travail personnel de M. Heulhard, l'édition critique de toutes les pièces connues sous le nom de *Nouveau Testament*.

EN VENTE :

I. LE CHARPENTIER

II. LE ROI DES JUIFS — III. LES MARCHANDS DE CHRIST

IV. LE SAINT-ESPRIT

Volumes in-8° écu de plus de 400 pages. — Prix : 5 fr. chaque.

Pour paraître en Juin :

L'ÉVANGILE DE NESSUS

Un volume in-8° écu. — Prix : 5 francs.

SOUSCRIPTION A L'OUVRAGE COMPLET

Prix réservé aux Souscripteurs :

En France : 4 fr. le volume, franco.
A l'Étranger (Union postale) : 4 fr. 50 le volume, franco.
Pays étrangers à l'Union postale : 5 fr. 50, franco.

Payable à réception de chaque volume.

Paris, **Arthur HEULHARD**, Éditeur, 6, rue Saulnier, Paris (IXe).

ÉMILE COLIN ET Cⁱᵉ — IMPRIMERIE DE LAGNY
E. GREVIN, SUCCⁱ